로베르토 볼라뇨

이 저서는 2008년도 정부(교육부)의 재원으로 한국연구재단의 지원을 받아 수행된 연구임
(NRF-2008-362-B00015).

지구적 세계문학 총서 4

로베르토 볼라뇨

이경민 엮음

책을 펴내며

라틴아메리카 문학계의 이단아 로베르토 볼라뇨(Roberto Bolaño, 칠레, 1953-2003)는 병마와 싸우다 2003년 50세의 짧은 나이로 생을 마감했다. 시인이기를 고집하다가 경제적인 이유로 1984년 스페인 작가 가르시아 포르타(Antoni García Porta)와 공동 집필한 첫 소설 『모리슨의 제자가 조이스의 광신자에게 전하는 충고』를 내놓은 지 20년, 1998년 『야만스러운 탐정들』로 라틴아메리카 문단에 본격적으로 발을 내딛으며 로물로 가예고스 문학상을 수상한지 고작 5년 만이었다. 그 사이 평단과 독자들의 무수한 찬사를 받았지만 그의 문학이 세계적으로 주목 받은 것은 그가 죽고 난 뒤의 일이었다. 2003년 『칠레의 밤』을 시작으로 2007년 『야만스러운 탐정들』, 2008년 『2666』 영문판은 볼라뇨가 세계적으로 알려지는 계기가 되었다. 영문판 역자인 크리스 앤드류스가 노벨문학상을 받은 작가를 제외하고 영어로 번역된 작품 중에 볼라뇨의 작품만큼 비평계의 관심을 받고 상업적으로 성공한 작가는 극히 드물다고 할 만큼 그의 성공은 이례적이었다. 그의 문학적, 상업적 성공을 입증하듯 출판계는 끊임없이 그의 유작을 발굴해왔다. 2003년 볼라뇨가 마지막으로 건넨 원고로 출판된 『참을 수 없는 가우초』(2003)를 시작으로 『2666』

(2004), 『제3제국』(2010), 『진짜 경찰의 무미건조함』(2011), 『사이언스픽션의 정신』(2016), 『목동들의 묘』(2017)를 비롯해 그가 남긴 원고를 집요하게 그러모아 9편에 이르는 유작을 출판했다. 그렇게 볼라뇨의 문학은 21세기 문턱에서 라틴아메리카 문학에 중대한 전환점이 되었으며 볼라뇨의 비판을 피하지 못했던 바르가스 요사(Vargas Llosa)조차 볼라뇨가 라틴아메리카 문학의 아버지 세대를 제거하고 새로운 신화를 세웠다고 인정할 만큼 라틴아메리카 현대문학을 대표하는 작가로 부상했다.

볼라뇨는 라틴아메리카 문학의 붐 세대의 문학적 유산을 거부하며 그들의 문학과 문학권력에 대항한 작가였다. 물론 1990년대 후반 세계화의 조류 속에 등장한 멕시코의 문학 그룹 크랙(Crack)과 마르케스의 마콘도(Macondo)를 풍자하며 단편집 『맥콘도 McOndo』(1996)을 펴낸 맥콘도 그룹의 작가들 또한 기성 작가들의 문학적 궤도를 벗어나 탈라틴아메리카를 표방하며 문학적 단절을 시도했다. 그러나 이들이 시대의 조류에 발맞춰 세계주의를 표방했다면 볼라뇨의 문학세계는 기성 문학이 신화화한 라틴아메리카성을 파괴하는 한편, 역사적 현실을 기반으로 라틴아메리카의 벌거벗은 현실과 야만적인 세계(사)를 거시적으로 재조명한다. 볼라뇨는 위선과 폭력과 범죄와 광기로 점철된 근대사의 순간들을 문학적으로 포착함으로써 악이 일상화된 현실이 마침내 인간의 몰락을 야기할 것이라는 묵시록적 비전을 표출한다. 따라서 볼라뇨는 자신의 문학을 '메타문학적 유희'라고 말하지만, 그의 문학세계는 결코 문학적 유희로 읽히지 않는다. 그의 문학은 추악한 인간의 내면을 거침없이 끄집어내기에 불편하다 못해 그지없이 잔혹하다. 그의 문학은 자본과 출세주의의 노예로 전락하여 부조리한 현실을 마주하고도 문제를 제기하지 않는 이기적인 시대 혹은 그렇게 할 수 없는 공포의 시대를 살아가는 현대인의 초상을 정치하게 반영하고 있다. 그런 점에서 그의 문학은 글로벌 자본주의에 함몰된 세계에 대한 절망적 경고이며 우리 모두가 어떤 방식으로든 그 현실의 공모자이자 방관자임을 직시하고 악행으로 점철된 인간의 삶을 구제할 방법을 찾으라는 절박한 요청이다.

국내에서도 2009년 『아메리카의 나치 문학』이 소개된 이후 2014년까지 12편의 주요 작품이 번역되었다. 그의 문학은 독특한 구성과 무거운 주제에도 불구하고 일정한 독자층을 확보했으며 정지돈과 오한기를 비롯한 일군의 작가들이 주도한 후장사실주의(Anarealism) 문학운동의 자극제가 되었다. 이렇게 볼라뇨는 한국문학에 특별한 영향력을 미치며 네루다, 보르헤스, 마르케스, 바르가스 요사, 푸엔테스 등으로 대변되던 국내 라틴아메리카 문학의 지형도를 뒤흔들고 21세기 들어 베스트셀러 목록을 장식하던 세풀베다와 코엘료의 아성을 무너뜨렸다. 국내 라틴아메리카 문학 연구자들 또한 볼라뇨의 문학세계에 대한 연구를 지속적으로 진행해왔으며 그간의 연구 성과를 정리하여 문학과 세계에 대한 볼라뇨의 문제의식을 공유하고 논의의 장을 확대하고자 이 책을 준비하게 되었다. 이 책은 볼라뇨의 출세작이라 할 수 있는 『야만스러운 탐정들』, 악의 문제를 통해 인간과 세계를 총체적으로 조망한 작품으로 평가되는 『2666』, 문학과 권력의 기생적 관계와 폭력성을 그려낸 『부적』, 『칠레의 밤』, 『먼 별』, 볼라뇨의 문학적 유서라 할 수 있는 『참을 수 없는 가우초』에 대한 국내 연구와 더불어 세계문학의 패러다임 속에서 볼라뇨의 위치를 가늠해 볼 수 있는 해외 연구를 포함하고 있다. 비록 『살인창녀들』, 『전화』 같은 단편집과 여타 소설에 대한 구체적인 연구가 더해

지지 못한 아쉬움이 있으나 볼라뇨의 문학세계를 포괄적으로 이해하기에는 모자람이 없을 것으로 생각한다. 이로써 세계와 문학에 대한 볼라뇨의 문제의식이 늘 위기에 처해있다는 한국 문학과 문단, 그리고 한국 사회의 초상에 대한 진지한 성찰의 계기가 될 수 있기를 소망한다.

이 자리를 빌려 흔쾌히 원고를 보내주신 서울대학교 김현균 교수님, 울산대학교 송병선 교수님, 경희대학교 박정원 교수님, 고려대학교 최은경 선생님, 서울대학교 윤종은, 독일 쾰른대학교 벤하민 로이에게 깊은 감사의 마음을 전한다. 또한 이 책을 준비하면서 물심양면으로 애써주신 서울대학교 우석균 교수님께 각별한 감사의 인사를 드린다. 그리고 예술이 속물화되고 문학 작품이 소비재 상품으로 전락하고 비평의 사회문화적 역할이 위축된 한국의 현실에서 라틴아메리카 작가에 대한 문학비평서 출판을 기꺼이 받아준 글누림출판사에 깊이 감사드린다.

2018년 1월

이 경 민

목차

Roberto Bolaño

로베르토 볼라뇨

로베르토 볼라뇨의 유목적 글쓰기*

이경민

이 부류의 인간은 존재 자체가 문제적이다.
삶의 조건은 신화적이며 운명은 수수께끼 같고,
그 어떤 안정적 거주지도 휴식처도 없으며,
어디에도 없지만 어디에나 있고,
하나가 아니라 수십 개의 일을 한다.
—제럴드 시걸, 『보헤미안 파리』

1. 들어가며

로베르토 볼라뇨는 1996년 인물백과사전 형식을 차용한 소설 『아메리카의 나치문학 La literatura nazi en América』과 이 작품의 마지막 전기적 에피소드를 확장하여 독재시대의 문학과 권력의 상호기생적 공범관계를 파헤친 『먼 별 Estrella distante』(1996)을 출판하며 라틴아메리카 문단에 등장했다. 이후 1999년 『야만스러운 탐정들 Los detectives salvajes』(1998)

* 이 글은 『이베로아메리카연구』 23권 3호(2012년)에 실린 「유목적 글쓰기로서의 볼라뇨 문학」을 수정 · 보완한 것이다.

로 로물로 가예고스 문학상을 수상하며 상대적으로 단시간에 독자와 평단의 호평을 받으며 라틴아메리카 문학계를 대표하는 작가로 부상했다. 그에 대한 평가는 2003년 세비야 라틴아메리카 작가대회에서 로드리고 프레산(Rodrigo Fresán)이 그를 동세대 작가들의 리더이자 "토템"(Herralde 2005, 13)이라고 언급한 것만으로도 충분할 것이다. 더욱이 그의 작품이 각국어로 번역되면서 수잔 손탁(Susan Sontag)이 그를 "필독"(Herralde 2005, 8) 해야 할 작가로 소개함은 물론, 출판계 또한 2004년 『2666』을 필두로 2010년 『제3제국 El Tercer Reich』, 2011년 『진짜 경찰의 무미건조함 Los sinsabores del verdadero policía』을 비롯해 2016년 『사이언스 픽션의 정신 El espíritu de la ciencia-ficción』, 2017년 『목동들의 묘 Sepulcros de vaqueros』에 이르기까지 그가 죽은 지 14년이 지난 지금까지 집요하게 그의 작품을 '발굴'하고 있다. 그런 점에서 볼라뇨가 붐 세대의 거대서사와 단절을 천명하며 새로운 문학적 비전을 제시하고자 한 멕시코의 크랙(Crack)과 맥콘도(McOndo)의 작가들을 위시하여 현재 활동 중인 그 어떤 작가보다 라틴아메리카문학에서 독보적인 위치를 점하고 있음은 분명하다.

볼라뇨는 로물로 가예고스 문학상을 받는 자리에서 "양질의 글쓰기"란 "암흑에 머리를 들이밀줄 알고, 허공을 뛰어내릴 줄도 알며, 문학이 기본적으로 위험한 일임을 알고 있는"(Bolaño 2008, 39) 글이라고 하면서 작가란 뻔히 패퇴할 줄 알면서도 "괴물"에 맞서 싸워야 하는 "사무라이"이며 그 싸움이 바로 "문학"(Braithwaite 2006, 90)이라고 한다. 그런 점에서 볼라뇨의 문학세계가 문학과 문학권력에 대한 비판적 성찰(『야만스러운 탐정들』, 『칠레의 밤 Nocturno de Chile』(2000), 『먼 별』, 『아메리카의 나치문학』 등), 세계를 지배하는 폭력과 공포와 인간의 트라우마(『부적 Amuleto』(1999),

『2666』, 『먼 별』 등), 지식인으로서의 작가와 정치권력의 공모와 상호기생적 관계(『야만스러운 탐정들』, 『칠레의 밤』, 『먼 별』, 『아메리카의 나치문학』 등), 자본주의가 지배하는 근대세계의 범죄와 악(『2666』(2004)), 인간의 편집증과 광기(『제3제국』(2010)) 등과 같은 현대사회의 병리와 추악한 인간상을 추적하는 주제를 다루고 있다는 것은 자연스러워 보인다. 특히, 문학권력을 집요하게 파헤치며 작가로서 자기 비판적 글을 썼다는 점은 작가와 문학의 관계에 대한 치열한 성찰을 드러냄과 동시에 기성세대의 문학성과 문학권력에서 멀어지고자 하는 의지의 표명일 것이다. 볼라뇨는 21세기의 문턱에서 붐 세대 이후 가장 주목받는 작가 대열에 들어서고 상업적으로도 성공했음에도 불구하고 마지막까지 무정부주의적 '야인 작가'의 면모를 유지하며 기성세대의 문학권력과 거리를 뒀다.[1)]

엔리케 빌라-마타스(Enrique Vila-Matas)는 그런 볼라뇨를 "유목인의 영혼을 지녔으며 복합성에 열광하는"(2002, 99) 작가로 평가한다. 볼라뇨는 자신의 삶만큼이나 '부유하는 문학성'을 보여주는데, 형식과 내용에 있어 단일적이고 수렴적인 성격의 작품과 차별화되면서 상호·메타텍스트, 하이퍼텍스트, 장르혼종, 프랙탈, 탈중심성, 문학적 탈영토화, 포스트모더니즘, 콜라주, 다성성 등의 용어를 수식어처럼 달고 다닌다. 이처럼 그는 어느 한 지점에 머무르지 않는 글쓰기를 구현한다. 그의 대표작인 『야만스러운 탐정들』, 『아메리카의 나치문학』, 『2666』, 『먼 별』, 『부적』 등은 물론이고 단편 및 시작품을 포함한 대부분의 작품이 상호의존적으로 교차하며 분산적 연결체를 생성한다.[2)] 그런 이유로 "그의 텍스

1) (비)물리적 경계를 거부하는 볼라뇨의 무정부주의적 기질은 익히 알려져 있다. "국경"을 부르주아의 산물로 이해하는 그는 "목수의 조국은 손"이며 "작가의 조국은 도서관"이라면서 오직 "정치인만이 조국에 향수를 느낀다"라고 밝힌 바 있다(Bolaño 2004, 43).

트는 문체, 장르, 테마의 총체를 그려내는 일종의 수사적 전략의 결과물로서 순수 이론용어로는 분류되지 않는다. 그건 텍스트 자체가 하나의 분류를 찾고 있기 때문이다"(Kokaly 2005, 258). 어느 한 지점에 수렴되거나 정주하지 않는 글쓰기, 그것이 볼라뇨 문학의 핵심이라고 할 수 있다. 이에 이 글은 '유목'이라는 용어를 빌려 볼라뇨의 문학세계를 아우르며 유목적 삶-글쓰기가 그의 작품에서 어떻게 형상화되고 있으며 그런 글쓰기가 지향하는 바를 살펴볼 것이다.

2. 절망적 탈주와 유토피아의 몰락

「창세기」에 나오는 농부 카인과 목자 아벨은 인간의 두 가지 삶의 방식, 즉 정착민과 유목민의 삶을 상징적으로 보여준다. 정주와 이동이라는 두 삶의 방식이 분열되는 사건, 다시 말해 아벨을 질투한 카인이 마침내 아벨을 살해하는 사건은 유목민에 대한 정착민의 승리(동시에 죄악)를 의미하는 것이며, 근대세계는 기본적으로 특정 경계의 내·외부를 명확히 구분하는 정착주의에 기초하고 있다.[3] 그러나 이러한 정착주의

2) 특히, 『안트베르펜 Amberes』은 작가가 "소설"(Bolaño 2002, 9)로 규정하고 있지만 그 구성과 내용에 있어 소설로 판단하기 어려운 작품이다. 소설과 시의 경계를 넘나드는 것 같은 이 작품은 일종의 작가노트일 수도 있고 고착화된 문학 장르에 대한 비판일 수도 있으며 가독성을 포기하면서까지 새로운 문학양식을 찾으려는 시도일 수도 있다.

3) 필자는 단군신화 또한 정착주의의 승리를 상징한다고 해석한다. 굴속에서 마늘과 쑥을 먹으며 인간으로 변모한 곰이 특정 공간에서 일정한 문화를 습득하고 유지함으로써 야생의 야만성을 탈피하고 문명을 갖춘 정주적 인간의 탄생과 승리를 의미한다면, 그 삶의 조건에 길들여지지 않는 호랑이는 부유하는 삶(유목)-야만성의 상징이라 할 수 있다.

의 승리에 대해 마페졸리(Maffesoli)는 "부모의 영토는 비할 데 없는 낙원일 수 있다. 하지만 그 영토는 20세기가 너무도 폭넓게 우리에게 주입한 그 모든 병리를 낳은 퇴행과 다를 바 없다"(86)라고 피력하면서 정착주의가 양산한 부조리한 현실을 지적하는 한편 유목주의를 긍정하고 그 필요성을 역설한다. 정착주의의 고정된 영토, 그것이 감시와 통제, 안정과 보호라는 이중의 틀로 구성된다면 그 틀을 깨고 경계를 넘어 미지의 것을 찾아가는 유목은 새로운 삶의 영토를 생성하는 또 다른 삶의 방식이다. 이와 마찬가지로 문학에서 작가가 기성세대의 문학영토에서 탈주하려는 시도는 새로운 문학영토의 가능성을 품는 것이며, 그런 점에서 볼라뇨는 라틴아메리카 '부모' 세대의 영토의 경계 밖으로 탈주를 감행한 작가이다.

볼라뇨의 문학권력과의 거리두기는 1975년 멕시코 문학의 거장인 옥타비오 파스(Octavio Paz)를 "적"[4]으로 규정하고 밑바닥사실주의(Infrarrealismo)[5]

4) 볼라뇨는 멕시코 문학을 대표하는 작가인 옥타비오 파스를 "차르(Zar)"에 카를로스 푸엔테스(Carlos Fuentes)를 "차레비치(Zarevich)"에 빗대며 1970년대 멕시코 작가들은 파스의 "클론처럼 글을 썼다"고 회고하며 자신은 어디에도 속하지 않는다고 잘라 말한다(Braithwaite 2006 40, 64).

5) 볼라뇨는 살바도르 아옌데(Salvador Allende) 정권을 지지하기 위해 1973년 칠레로 돌아갔다가 피노체트의 쿠데타를 목격하고 멕시코로 돌아와 이듬해 마리오 산티아고 파파스키아로(Mario Santiago Papasquiaro, 1953-1988)와 밑바닥사실주의 문학운동을 주창했다. 볼라뇨가 "멕시코식 다다"로 표현한 이 예술운동에는 볼라뇨와 그의 친구인 부르주아 문화를 증오하고 기성세대의 가치를 거부하는 일군의 청년들이 있었다. 그들은 멕시코 문학권력의 상징이던 옥타비오 파스를 아작 내고" "공식문화의 대갈통을 깨야" 하며 어둠에 갇혀 보이지 않는 주변부의 일상적 현실에 눈을 돌려야 한다고 주장한다. 그리하여 1977년 『밑바닥의 대응 Correspondencia Infra』이라는 표제의 문학잡지를 출간하는데, 여기에 '월간'이라는 말을 비꼬며 "밑바닥사실주의 월경 잡지"라는 말을 덧붙인다. 이 잡지에서 볼라뇨는 「모든 걸 털어내고 새로이. 첫 번째 밑바닥사실주의 선언」이라는 글을 통해 밑바닥사실주의 작가를 "빛나지도 보이지도 않는 검은 별"로 정의하고 더 이상 세계에 대한 새로운 비전을 제시하지 못하는 부르주아 문화의 "축제"를 반

라는 아방가르드 시문학운동에 참여하면서 시작된다. 이후로 그는 기성 세대의 문화적 헤게모니는 물론 거기에 기댄 동시대 작가의 세속적 행태에 비난을 서슴지 않는다. 그는 "아빠, 엄마가 자기네들의 명성만 드높이려고 다음 세대를 못나고 멍청하고 몹쓸 자식들로" 만들었고, 그런 현실로 인해 다음 세대 작가들은 "성공과 돈과 존경"을 좇아 글을 써야 하는 처지가 됐다고 한탄한다(Bolaño 2003, 176). 특히 붐 세대와 그들의 문학에 대한 우상파괴적 적의는 "굶어 죽는 한이 있어도 붐에게선 땡전 한 푼 받지 않을 것"(Braithwaite 2006, 99)이라는 발언에도 명백히 드러난다. 볼라뇨에게 라틴아메리카 문학의 대명사가 된 붐 세대와 그들의 유산은 '괴물'이었다. 그의 관점에서 붐 세대 이후의 작가가 지녀야할 책무는 그 '괴물'과의 결투의 장에서 차별적인 문학적 비전을 제시하는 것이었다.

문제는 상업주의 메커니즘이 가속화되는 출판계의 현실에서 작가가 미학적 자율성을 누리며 기성세대 문학의 틀을 뛰어넘어 새로운 패러다임을 제시할 수 있는가이다. 현대사회에서 문학텍스트의 생산과 전파가 작품에 대한 미학적 가치평가 이상으로 대중의 소비를 위한 출판시장의 판매전략에 의존하고 있음은 주지의 사실이다. 라틴아메리카의 경우, 1970년대 후반에 '상업주의 출판사'가 출현하면서 1930년대부터 이어지던 '문화적 출판사'의 자율권이 경제적, 정치적 원인으로 위축되었다(Rama 1982, 66-73).[6] 더욱이 붐 세대와 그들의 문학권력으로 인해 라틴

역적 상상력으로 뒤집어야 한다고 역설한다.

6) 앙헬 라마는 기업의 경제적 이익보다는 문학 발전을 고려하며 문화적 책임을 다하려는 지식인 그룹이 이끄는 '문화적 출판사(editoriales culturales)'와 70년대 후반부터 성장하기 시작한 '상업주의 출판사'를 구분한다. 그는 "알파과라화(Alfaguarización)"라는 용어를 인용하며 거대시장과 다국적 출판사의 출현, 텍스트 생산 증가, 새로운 유포 전략,

아메리카의 문학적 영토가 마치 그들에게만 한정된 것처럼 여겨지는 반면, 그 외의 작가는 외부로 밀려났다(Rama 1982, 54). 그런데 근래 들어 붐 세대의 그림자에 가려졌던 작가들이 출판계에 등장하고 있다.[7] 이런 현상은 붐 세대 문학의 고갈을 역설적으로 드러냄과 동시에 라틴아메리카의 '숨겨진' 작가를 발굴하려는 출판전략일 수도 있다.

어쨌거나 붐 세대 유산에 대한 거부는 크랙과 맥콘도 그룹 작가들의 떠들썩한 '푸닥거리'만 보더라도 충분하다. 붐 세대를 거부하면서도 집단적 움직임에 동참하지 않았던 볼라뇨는 "내 세대는 단절의 세대"이자 "아주 상업적인 작가세대"(Braithwaite 2006, 98)라고 규정한다. 다시 말해, 작가가 시대적, 개인적 현실을 타개하기 위해서는 어떤 방식으로든 기성세대와의 차별성을 드러내야 하며 동시에 대중성을 확보하기 위해서는 가독성이 보장된, 즉 "읽히는"(Bolaño 2003, 160)[8] 글을 써야한다는 것이다. 여기에 볼라뇨의 비판적 냉소가 있다. 현재의 문학계 현실에서 기성세대의 문학권력과의 단절은 상업적 성공에 있어 하등의 도움이 되지

문학작품의 시장화, 그리고 작가의 전문화를 상업주의가 낳은 현상으로 설명한다. 이와 관련하여 네스토르 가르시아 칸클리니(Nestor García Canclini)는 지난 세기 80~90년대 라틴아메리카에서 출판사, 잡지사, 신문사 등의 급격한 파산과 위축이 종이 값 상승, 화폐가치 하락, 중산층의 소비위축, 도서의 상품화 등에 원인이 있다고 분석한다(García Canclini, 151).

7) 예컨대, 2012년 4월 멕시코작가 호르헤 이바르구엔고이티아(Jorge Ibargüengoitia)를 소개하는 글이 El país지(誌)에 실렸는데, 그 제목이 "붐의 그림자에 가려진 남(여) 작가들, 빛을 보다"(Calderón 2012)였다. 이 점만 보더라도 붐의 영향력과 그 역기능을 짐작할 수 있다.

8) 볼라뇨는 페레스 레베르테(Pérez-Reverte)의 『남부의 여왕 La Reina del Sur』(2002)에 대해 스페인 비평가 라파엘 콘테(Rafael Conte)가 그를 스페인이 낳은 "완벽한 소설가"(El país, 2002.06.08)라고 언급한 사실을 상기하며 작품의 "가독성"이 상업적 성공의 열쇠라고 지적한다. 그러나 그는 "독자"에 "소비자"라는 말을 병기하고 "소비자가 이해하는" 작품이 성공한다며 문학생산과 소비 풍토를 비꼰다(Bolaño 2003, 159-162).

않기 때문이다. 따라서 기성세대와의 단절의 표명은 새로운 문학영토 생성을 위한 미학적 단절보다는 오히려 대중의 이목을 사로잡아 상업적으로 성공하려는 제의적 혹은 전략적 퍼포먼스에 지나지 않을 수 있다.[9] 그런 문학계의 현실에 대해 볼라뇨는 "그 어느 곳보다 라틴아메리카에서, 스페인도 그럴지 모르지만, 문학은 성공, 사회적 성공을 위한 것"(Bolaño 2003, 171)이라고 단언하고 "유명해지는 건 멍청한 짓이며, 그것이 문학의 경우라면 더더욱 그렇다"(Braithwaite 2006, 96)라고 하면서 상업주의적 문학생산을 비판한다.

그런 점에서 『칠레의 밤』, 『아메리카의 나치문학』, 『먼 별』, 『야만스러운 탐정들』은 출판계를 포함한 문학권력에 대한 신랄한 비판임과 동시에 현대사회에서 문학의 가치에 대한 고뇌어린 반성이다. 특히, 『야만스러운 탐정들』은 붐 소설을 비롯한 기성세대 문학(권력)과 결별하고 독자적인 글쓰기를 시도하려는 문학적 여정에서 생산된 작품이라고 하겠다. 흥미로운 점은 이 작품이 그러한 작가의 의지를 자전소설 방식으로 반영하고 있다는 것이다. 먼저, 볼라뇨는 『야만스러운 탐정들』에서

9) 이와 관련하여, 볼라뇨의 냉소를 인지한 스페인 비평가 이그나시오 에체바리아(Ignacio Echevarría)는 2003년 세비야 라틴아메리카 작가대회에 참여한 작가들의 글을 모은 『아메리카의 말 Palabra de América』(2004)이 출판되자 그런 종류의 행사참여를 약속하고 불참하기 일쑤이던 볼라뇨가 왜 죽음을 목전에 두고 그 대회에 참석했는지 자문하면서 볼라뇨가 「세비야가 날 죽인다 Sevilla me mata」는 글에서 "젊은 작가들은 몸과 마음을 다해 책을 파는데 전념한다"는 말로 작가대회에 모인 작가를 비롯해 명성과 성공만을 추구하는 모든 작가를 비난하고 있다는 사실을 간과하고 상업적으로 책을 출판했다고 지적한다. 이에 그 책을 묶은 멕시코 작가 호르헤 볼피(Jorge Volpi)가 에체바리아를 비평가로서 "비열"하다며 비난하고 나선다. 볼라뇨를 둘러싼 두 사람의 설전은 2004년 4월부터 7월까지 La Nación지(誌)에서 계속됐다. 크랙과 맥콘도 그룹의 작가들이 볼라뇨를 그들의 "토템"이라 말하지만, 세비야 작가대회에서 볼라뇨가 보여준 냉소적 태도는 작가정신을 환기하는 마지막 작별인사가 되고 말았다.

작가가 처한 문학계 현실을 명쾌하게 보여준다. 그는 문단을 "정글"(Bolaño 1998, 490)[10]에 빗대면서 작가들이 "회사원이나 갱스터처럼" "계급 피라미드에서 상승하기 위한 글쓰기를, 즉 아무것도 위반하지 않으려고 엄청 조심하면서 자리를 굳히는 글쓰기"(485)를 하고 있다고 지적한다. 볼라뇨는 작중인물 마르코 안토니오 팔라시오스(Marco Antonio Palacios)의 증언을 통해 90년대 출판 산업 사회에서 직업 작가가 어떤 방식으로 생산되는지 다음과 같이 기술한다.

> 나는 열일곱 살이었고 작가가 되고 싶은 주체할 수 없는 열망에 사로잡혀 있었다. [⋯] 규율, 그리고 붙임성이 원하는 곳에 이르는 열쇠이다. 규율. 매일 오전 최소한 여섯 시간 글을 쓰기. 매일 오전 글을 쓰고, 오후에 고치고, 밤에는 뭐에 홀린 사람처럼 읽기. 붙임성 혹은 사근사근한 붙임성. 문인들 집에 인사 가거나 출판 기념회에서 접근하거나 듣고 싶어 하는 이야기를 콕 집어서 말하기. [⋯] 어쨌든 불가피하게 작가들에게 접근해야 한다. 그들의 원한과 분노의 그늘 아래서 불가피하게 밭을 갈아야 하는 것이다. [⋯] 작가의 길을 걷고 싶은 청년들은 나를 본받을 만한 사례로 생각한다. 어떤 이들은 내가 아우렐리오 바카의 업그레이드 버전이라고 말한다.(490-491)[11]

10) 앞으로 『야만스러운 탐정들』이 인용될 경우, 쪽 번호만 표시한다.

11) 우렐리오 바카(Aurelio Baca)는 스페인 작가 안토니오 무뇨스 몰리나(Antonio Muñoz Molina)로 추정되며 여기서 볼라뇨는 그의 문학권력을 조롱하고 있다. 『야만스러운 탐정들』에 이냐키 에차바르네(Iñaki Ehcavarne)로 등장하는 스페인 비평가 이그나시오 에체바리아와 무뇨스 몰라나의 설전은 문학계에서 개인적 친분이 얼마나 중요한지 보여준 사건으로, 1996년 에체바리아가 라파엘 치르베스(Rafael Chirbes)의 『기나긴 행진 La larga marcha』을 혹평하자 치르베스와 친분이 있던 무뇨스 몰리나가 그의 문학성을 두둔하며 에체바리아를 강도 높게 공격한 바 있다(El País 1996.10.09; Ignacio Echevarría, 290).

볼라뇨가 지적하는 것은 산업화된 출판계의 현실에서 예술작품을 생산하는 작가의 태도 변화이다.[12)] 다시 말해, 자치적 예술 공간으로서의 문학에 대한 작가의 인식과는 상관없이 현대사회의 축소판과 다름없이 서열화, 권력화 된 문학계에서 작가가 생존하는 사회적 방식을 문제 삼는 것이다. 여기서 작가는 불가피하게 떠밀린 현실에서 생존해야 하는 개인에 불과하며 상업적 성공을 위해서는 모범적 '아버지' 작가를 둔 '클론'이 되어야 한다.

『야만스러운 탐정들』은 바로 이 '아버지'와 '클론'의 관계를 파괴하고 재설정하려는 것에서 출발한다. 이 작품에서 그 상징적 아버지는 옥타비오 파스로 설정되며 그의 문학권력을 타도하려는 일군의 시인 "패거리"(13)는 내장사실주의(Realismo visceral) 시문학운동[13)]을 벌인다. 보헤미안적 삶을 따르는 그들은 자신들의 처지를 "목에 칼을 들이댄"(30) 상황으로 판단하고 파스를 적으로 규정하면서 라틴아메리카 시에 혁명을 일으켜야 한다고 강변한다. 이를 위해 이 우상파괴주의자들은 파스의 제도적, 공식적, 정주적 문학권력에 대한 저항의 표시로 파스가 참여하는 행사에 쳐들어가 난동을 부린다. 심지어는 그를 납치하려 한다는 소문까지 나돈다. 동시에 그들은 1920년대에 소노라(Sonora)로 사라진 내장

12) 발터 벤야민(Walter Benjamin)이 「기술복제 시대의 예술작품」에서 재생산 기술의 발전에 따른 예술작품의 아우라 상실을 지적할 때(Cf. Benjamin, 89-91), 그것은 아우라의 상실이 재생산 기술의 발전에만 기인한 것이라기보다 예술작품을 대하는 생산자(작가)의 태도 변화에도 그 원인이 있다는 점을 간과할 수 없다.

13) 내장사실주의자들의 문학운동은 볼라뇨와 마리오 산티아고가 이끈 시문학운동인 밑바닥사실주의를 형상화한 것으로, 1950년대부터 70년대까지 이어진 멕시코 반문화운동(Contracultura)의 단면을 여과 없이 보여준다. 당대 멕시코에서 유행하던 히피, 비트닉, 로큰롤, 펑크, 보헤미안, 마약 등의 반문화 운동의 성격에 대해서는 José Agustín (1996)을 참조하라.

사실주의의 창시자 세사레아 티나헤로(Cesárea Tinajero)의 흔적을 추적하기 시작하고 마침내 편안하고 안정적인 정착주의의 경계를 넘어 미지의 외부를 향해 탈주를 감행한다.

작품에서 탈주 욕망을 드러내는 대표적 인물은 볼라뇨의 분신인 아르투로 벨라노(Arturo Belano), 마리오 산티아고의 분신인 울리세스 리마(Ulises Lima), 창녀 루페(Lupe), 그리고 문학에 심취한 법대생 가르시아 마데로(García Madero)이다. 이들 모두는 근대화의 상징적 공간인 멕시코시티를 떠나 "문화적 황무지"(460)인 소노라로 향한다. 물론 이들의 탈주 층위는 서로 다르지만 정착주의의 사회적 통념과 인습화된 가치, 통제와 규율, 질서와 위계를 벗어난다는 점에서 동일하다. 벨라노와 리마가 대안적 문학의 원형을 찾아 고착화된 문학계에서 벗어나려 한다면 창녀 루페는 포주 알베르토(Alberto)의 "남근"과 "칼"(49)로 형상화된 남성권력에서, 마데로는 강압적인 제도권 교육과 가정의 틀을 깨고 탈주를 꿈꾼다. 그들의 탈주 욕망이 정주성이 포섭하고 있는 경계를 넘어 현실로 구현됐을 때, 그것은 도망이며 그 자체로 정착주의가 지닌 견고한 가치와 질서를 무력화하는 능동적 행위가 된다. 그러나 문화의 중심인 멕시코시티를 벗어나는 순간 그들은 공허한 땅에 들어선 길 잃은 "고아"(177)로 전락하며 미지의 어떤 것을 찾아 스스로의 길을 모색해야 하는 '탐정'이 된다. 볼라뇨는 이런 방식으로 제도권을 벗어난 '작가-고아-탐정-여행자'를 동일선상에서 하나의 이미지로 작품에 투사한다. 그 작가-탐정들은 내장사실주의의 근원인 티나헤로와 그의 텍스트를 찾아 탈주와 자유의 공간인 소노라로 향한다. 여기서 주목할 점은 티나헤로의 공간이 문화적, 사회정치적, 지리적으로 파스의 영토와 대립적 영토성을 띤다는 것이다.

옥타비오 파스의 영토성	세사레아 티나헤로의 영토성
정주성과 질서	유목성과 무질서
메트로폴리스-중심부-아버지	사막-주변부-어머니
문명과 빛	야만성과 그림자
수직적 서열성	수평적 개방성

반역 작가들이 파스의 세계를 벗어나 티나헤로의 세계로 향하는 과정을 담은 작품의 첫 장, 마데로의 일기에서 소노라는 탈주가 실현될 수 있는 꿈의 공간으로 제시된다. 벨라노와 리마에게 티나헤로의 존재를 듣게 된 마데로는 "멕시코의 끝없는 지평선과 버려진 성당과 국경으로 가는 길의 신기루에 대해"(22) 시를 쓰고 무의식적으로 자신을 "소노라의 기수(騎手)"(23)라 칭하면서 사막의 땅 소노라를 유토피아적 공간으로 상정하기 시작한다. 그러나 여행이 계속되면서 그곳엔 "신기루 같은 사막과 마을, 그리고 민둥산밖에"(574) 없다. 소노라는 마침내 "유령마을," "멕시코 북부에 있는 갈 곳 없는 살인자들의 마을, 아스틀란(Aztlán)[14]의 가장 충실한 반영"(601)과 같은 이미지가 중첩되면서 죽음과 폐허의 공간으로 전락한다. 이상적 인물로 상정된 티나헤로도 마찬가지다. 멕시코시티를 떠나 소노라로 향하는 순간 "유령", "보이지 않는 여인"(460)

14) 아스틀란은 아스테카의 전설적인 섬에 있는 도시인데, 그 위치에 대해서는 미국 남서부에 있었다고도 하고 현재의 멕시코시티에 있었다고도 하는 등 논란이 있다.

으로 그려지다가 소노라에선 살해된 고대 이집트 알렉산드리아의 철학자 "히파티아(Hipatia)"(594)의 이미지와 겹쳐지고 결국엔 기괴한 몰골로 묘사된다. 벨라노 일행이 만난 티나헤로는 "시적인 모습이라고는 찾을 수 없으며" 그의 이름(Tijajero-Tinaja, 항아리)에서 유추할 수 있듯이 "바위 혹은 코끼리" 같은 몸집에 "엉덩이는 거대했고, 떡갈나무 통나무 같은 두 팔"에 "거의 허리까지 늘어진 긴 머리에 맨발"(602)을 하고 있다. 마데로가 상상한 소노라에 대한 유토피아적 이미지는 결국 환영과 폐허의 이미지로 채워지면서 디스토피아로 추락한다(Cf. Zozaya, 11-13). 볼라뇨가 『야만스러운 탐정들』에서 소노라를 유토피아적 공간으로 설정하고도 그것을 폐허와 죽음의 공간으로 추락시키는 것은 『2666』에서 끊임없는 연쇄살인과 범죄의 도시로 산타테레사(Santa Teresa)를 그려낸다는 점과 맥을 같이한다. 다시 말해, 소노라는 경계-주변부 영토임과 동시에 이 시대의 악에 대한 상징적 공간인 셈이다. 또한 이런 소노라의 이미지는 라틴아메리카 문학에서 오네티(Juan Carlos Onetti)의 작품에 등장하는 가상의 도시 산타마리아(Santa María)나 룰포(Juan Rulfo)의 대표작 『페드로 파라모 Pedro Páramo』의 배경 마을인 코말라(Comala)의 폐허와 환영, 죽음의 공간성과 직접적으로 접속한다.

그렇다면 볼라뇨가 유토피아적 비전을 파괴하고 집요하게 근대세계의 악에 천착하는 이유는 무엇인가. 이에 대해선 『참을 수 없는 가우초 El gaucho insufrible』(2003)에 실린 「문학+병=병 Literatura + Enfermedad = Enfermedad」에서 그 실마리를 찾을 수 있다. 그는 보들레르의 『악의 꽃』에 실린 「여행」의 "권태의 사막 한가운데에 있는 공포의 오아시스"를 인용하며 "현대인의 병을 표현하는 데 이 보다 더 명확한 진단이 있겠는가"(Bolaño 2003, 151)라고 반문한다. 그리고 뒤이어 다음과 같이 말한다.

> 그 권태를 벗어나는 데, 그 죽음의 상태를 탈출하는 데 우리 손에 주어진 유일한 것, 그렇다고 그다지 우리가 손에 쥐고 있지도 않은 그것은 바로 공포입니다. 다시 말해 악이란 말입니다. 우리는 좀비처럼, 밀가루 빵으로 연명하는 노예처럼 살고 있습니다. [⋯] 오아시스는 언제나 오아시스죠. 특히나 권태의 사막에서 벗어난 자에겐 더욱 그렇다. 오아시스에서는 마시고 먹고 상처를 치유하고 휴식을 취할 수 있지만, 만약 그 오아시스가 공포의 오아시스라면, 공포의 오아시스만 존재한다면, [⋯] 오늘날의 모든 것이 세상에는 공포의 오아시스만 존재한다고, 혹은 모든 오아시스가 공포를 향하고 있다고 하는 것 같습니다.
>
> (Bolaño 2003, 151)

볼라뇨에게 현대인은 탈출구 없는 절망적인 세상을 살고 있으며 그것이 현대인의 병이다. 근대세계는 권태와 죽음의 사막이며, 그 사막에서 오아시스를 찾아 떠난다 한들 얻을 수 있는 것은 공포와 악의 오아시스밖에 없다. 그런 세계에서 미래에 대한 낙관적 전망은 찾아보기 어렵다. 문학세계가 인간세계의 축소판으로 그려지는 볼라뇨의 작품에서 탈주의 꿈은 절망의 나락으로 떨어지며 "절망했을 때를 위한 문학," 그것이 "울리세스 리마와 벨라노가 하고자 했던 문학"(201)이다. 현실에서 벗어날 수 없다는 것을 받아들이듯 볼라뇨는 자조적인 목소리로 "세상은 살아 있는데, 살아있는 어떤 것도 구제책이 없다. 그게 우리의 운명이다"(Braithwaite 2006, 71)라고 피력하며, 문학에 있어서도 "행여 작가가 산문을 쓴다면, 글쓰기 중 가장 지루한 짓이지만, 그건 돈 때문에 쓰는 것이다"(Herralde 2005, 56)라고 단언한다. 그러나 볼라뇨는 부모의 영토, 그 권태와 공포의 오아시스에서 탈주를 모색한다. 그런 연유로 볼라뇨는 기성세대 문학과 자신을 아버지와 아들의 관계에 빗대어 언급하면서 "당신이 자식을 이 세상에 낳았으니, 최소한 당신 자식이 당신한테 하고자 하는 악담은 참아내야 한다"(Braithwaite 2006, 35)고 강변한다. 그가 끊임없이 작가-탐정-여행자의 이미지를 자신의 문학세계에 심으며 문학계의 부조리한 메커니즘을 비판하고 기성세대를 배척하는 것은 모종의 탈출구를 찾기 위한 볼라뇨의 절망적 의지 표출이자 문학에 대한 개인적 애착을 보여주기에 충분하다.

3. 근원성의 죽음과 생명으로서의 문학

볼라뇨의 문학은 장르, 문체, 구성 등에 있어 하나의 원형적 형식에 구속되지 않으며 픽션과 역사적 사실, 실존 인물과 가상인물, 일기형식, 증언서사, 문학 사료, 인터뷰, 자전소설, 탐정소설 등의 다양한 요소를 치밀하게 교직함으로써 독자로 하여금 해독자의 역할을 수행하도록 유도하며 텍스트 내·외부를 여행하게 만든다. 여기에 『야만스러운 탐정들』, 『2666』, 『먼 별』, 『팽 선생 Mosieur Pain』(1999), 『칠레의 밤』, 『아이스링크 La pista de hielo』(2003)를 비롯해 대부분의 작품에서 탐정소설의 서사적 코드가 활용되면서 그 효과가 배가된다. 볼라뇨에게 고정된 것, 영토화된 것, 다시 말해 정체가 확고하게 드러나고 고정된 것은 죽은 것과 다름없으며, 따라서 살아 있을 수 있는 유일한 가능성은 탈주자 혹은 추적자가 되는 것이다. 그런 이유로 볼라뇨의 텍스트는 찾아지지도 않는 걸 찾게 만든다(Cf. Espinosa 2006, 24). 이동 혹은 탈주가 유목적 삶(글쓰기)의 본질이라고 할 때, 경계 너머로의 지속적인 접속과 이탈은 다양성, 혼종성, 다성성, 비완결성, 지도 그리기, 부유하는 정체성 등의 가치를 생산한다.[15] 그러나 이동-유목주의가 의미를 가지려면 역설적으로 정지-정착주의를 반드시 전제해야 하며, 경계를 넘기 위해서는 바로 그 경계가 존재해야 한다(Maffesoli, 81).

볼라뇨의 작품에는 탈주하는 인물이 빈번하게 등장하는데, 특히 모험문학이자 문학모험이라 할 수 있는 『야만스러운 탐정들』은 벨라노와 리마의 탈주를 통해 파스와 티나헤로라는 원형적 토대-경계를 벗어나는 인물을 그려낸다. 이는 볼라뇨가 기성세대의 문학적 모형을 살해해야 한다는 점을 내장사실주의자들을 통해 상징적으로 보여주는 대목이다. 작중 인물로 등장하는 마플레스 아르세(Maples Arce)가 말하듯 "모든 시인은, 심지어 가장 전위적인 시인들도 아버지를 필요로 하는 법이다. 그런데 그 녀석들은 타고난 고아들"(177)이다. 그들은 현존하는 멕시코 문학의 상징적 아버지 파스의 영토(프로메테우스의 세계)를 부정하고 "한 곳을 주시하며 똑바로 뒷걸음질"(17) 치면서 과거를 거슬러 상상적 어머니의 영토(디오니소스의 세계)를 찾아간다. 부성을 증오하고 모성에 대한 무의식적 애착을 보여준다는 점에서 이러한 전개과정은 어느 정도 오이디푸스 콤플렉스를 구현하고 있다. 그러나 볼라뇨는 그것이 지닌 정립된 서사의 틀을 뒤틀어버린다. 내장사실주의자들이 자신들의 존재적 근

15) 이러한 가치는 들뢰즈가 말하는 리좀구조의 원칙인 접속(conexióon), 이종혼종성(heterogeneidad), 다양성(multiplicidad), 의미단절(ruptura del significante), 전사(calcomanía), 지도제작(cartografía)과 상통하는 면이 있다(Deleuze & Guattari, 13-17).

원이자 이상적 문학의 모델인 티나헤로를 죽음으로 몰고 가는 것이다. 벨라노는 티나헤로의 죽음이라는 비극적 상황을 예견이라도 한 듯 혹은 그들의 운명이 그녀를 죽이는 것이라는 듯 다음과 같은 마데로의 그림 문제에 "고인의 곁을 지키는 네 명의 멕시코인"(577)이라고 답한다.

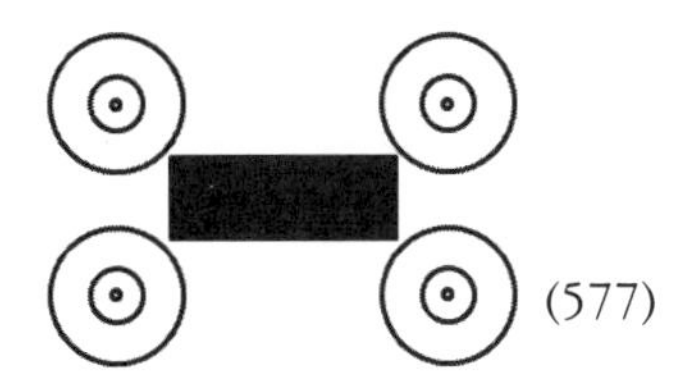

(577)

결국 티나헤로는 루페를 추적해 온 알베르토와 경찰과 몸싸움을 벌이던 리마를 향해 "뜀박질이 거의 불가능한 몸으로 뛰어가" "육중한 몸으로 두 사람[리마와 경찰]을 덮쳐"(604) 총을 맞고 죽는다. 그런데 티나헤로가 죽는 장면은 그 방식이 매우 독특하다. 티나헤로의 "자살"인지 누군가에 의한 "살해"인지 알 수 없기 때문이다. 그런 모호성에도 불구하고 결과적으로 그녀의 죽음은 문학적 근원성의 죽음으로 해석될 수 있다. 또한 문학권력을 쥔 부모세대가 후속세대를 위해 어떤 방식으로든 죽어야 한다는 것을 상징적으로 암시하고 있다. 더욱이 내장사실주의자들이 티나헤로의 존재와 그녀의 텍스트를 이상적인 것으로 상정하는 것은 스스로 문학의 경계를 확정하는 행위라는 점에서, 그리고 행여 그것이 파스의 세계를 대체할 수 있다 하더라도 기존의 위계구조에는 아무런 변화를 가져올 수 없다는 점에서 무의미하다. 볼라뇨는 여기서 소노라의 폐허 이미지와 티나헤로의 죽음을 통해 모험문학이 지니는 일반적 코드를 해체한다. 그들의 모험에는 승리도, 영광도, 어떠한 성취도 무훈도 없다. "죽음만 안겨주려고 세사레아를 찾은 형국"(605)이다. 티나헤로 죽음 이후, 그들은 하나의 중심으로 수렴되는 원형적 세계의 질서를 벗어나 수렴 불가능한 '경계 너머'의 또 다른 미지의 공간에 내던져진다. 그런 점에서 3부 마지막 쪽에 나오는 마데로의 마지막 창문에 대한 질문은 공간-경계의 문제와 직접적으로 연결된다.

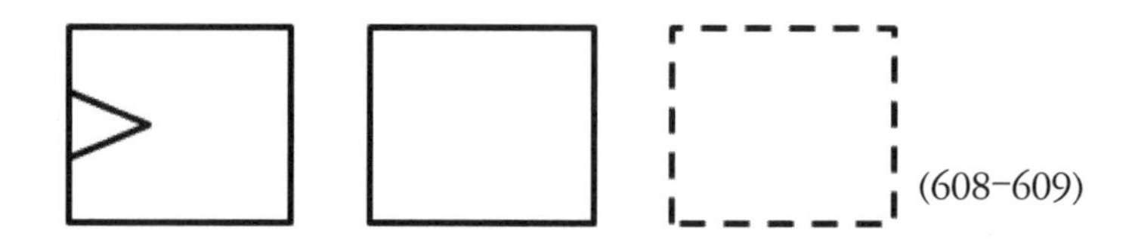
(608-609)

이 세 개의 그림에 대해 마데로는 "창문 뒤에 뭐가 있지?"라고 자문하며 첫 두 그림에 대해 각각 "별 하나"와 "펼쳐진 침대 시트"(608-609)라는 답을 제시하지만 마지막 점선 창문에 대해선 답을 주지 않는다. 이 마지막 그림은 창문 밖 풍경과 캔버스에 그려진 풍경이 하나로 이어지는 르네 마그리트(René Magritte)의 작품 <인간의 조건 I>이나 이질적 공간의 경계가 사라지고 내·외부가 서로 형태를 부여하며 사물의 양가성·복합성을 구현하는 에셔(M. C. Escher)의 작품세계, 혹은 말레비치(Kazimir Malevich)의 <흰색 위의 흰색>이라는 작품과 밀접한 상관성을 보인다. 다시 말해, 특정 공간이 지닌 경계를 제거하는(혹은 상이한 공간들의 경계를 모호하게 하는) 것이다. 더욱이 2부의 마지막에 나오는 아마데오 살바티에라(Amadeo Salvatierra)의 증언은 이 점을 명확하게 입증한다. 벨라노와 리마에게 티나헤로의 과거 행적을 들려주던 그는 벨라노와 리마의 모습을 이렇게 증언한다.

> 잡지를 읽던 청년이 시선을 들어, 내가 창문 뒤에 있다는 듯, 아니면 그가 창문 반대편에 있다는 듯 나를 바라보며 말했소. […] 그 때 나는 거실 벽, 내 책, 내 사진, 천장의 얼룩을 바라보다 그들을 봤소. 그들은 마치 창문 반대편에서 한 명은 눈을 뜨고, 또 한 명은 눈을 감고 있는 것 같았소. 하지만 두 사람은 바라보고 있었소. 바깥을 바라본 걸까? 안을 바라본 걸까? 잘 모르겠소.(553-554)

살바티에라는 같은 방 안에 있는 그들이 창문 너머에 있는지 안에 있는지 분간하지 못한다. 실재하는 사물에서 눈을 돌려 그들을 찾지만, 그들은 물리적 현실 경계가 없는 공간에서 발견된다. 안과 밖의 경계가 무너진 혹은 소통하는 영역에 있는 것이다. 이로써 마데로의 점선으로 된 마지막 창문은 사각의 틀이 창문이라는 명제 자체를 부정함과 동시에 창문 내·외부의 시공간적 경계를 깨뜨리는 것으로 해석된다. 이로써 2부의 다성적이고 유목적인 소설구조가 설명된다. 시간적으로 1부와 3부 이후의 증언들로 구성된 2부는 무작위적이고 무질서하게 열린 시공간으로 진입하면서 다층적 시선과 목소리만 남는 것이다. 2에에 등장하는 52명의 서술자-인물의 수평적이고 등가적인 증언 속에서 벨라노와 리마는 결포 포섭되지 않는다. "뭔가를 잃어버린"(545) 그들은 뭔가를 찾아 지속적으로 이동함으로써 독백으로 서술된 증언 뒤로 사라진다. 더욱이 애초부터 벨라노와 리마의 목소리는 텍스트에서 완전히 배제되어 있다.

티나헤로의 죽음은 또한 볼라뇨의 글쓰기를 이해하는 데 중요한 단초를 제공한다. 그것은 발견, 정지 상태 혹은 정체성이 밝혀지는 순간이 죽음과 파괴를 의미하기 때문이다. 『야만스러운 탐정들』과 『부적』에는 잠적-탈주가 생명으로, 발견이 죽음으로 이어지는 대표적인 두 장면이 있는데, 티나헤로의 죽음과 아욱실리오 라쿠투레(Auxilio Lacouture)의 생존이 그것이다.16) 작품에서 이 두 여성은 유목적 삶의 표본이면서 동시에 "어머니"로 그려진다. 티나헤로가 내장사실주의의 창시자로서 "고아"들의 어머니라면 라쿠투레는 "역사를 잉태한"(Bolaño 1999, 128) 여자이기에 "멕시코 시인의 어머니"(197)라고 자칭한다. 그러나 그들의 운명은 대조적이다. 티나헤로가 주변부로 탈주한 인물인 반면, 우루과이의 몬테비데오에서 건너온 라쿠투레는 멕시코시티라는 중심부 부르주아 세계의 하층에서 유랑하듯 살아가는 여성이다. 폐허의 땅을 떠돌며 살던 티나헤로는 내장사실주의자들에 의해 발견되자마자 죽음을 맞는다. 벨라노와 리마가 그녀의 텍스트를 취하지 않는 것은 그녀의 정체(생명-텍스트)가 드러났기 때문이다. 그러나 학생시위를 진압하는 군인의 눈을 피해 멕시코국립대학교의 화장실에 몸을 숨김으로써 결코 발견되지 않는 라쿠투레는 살아남는다. 라쿠투레는 이렇게 기록한다.

> 나는 생각했다. 글을 썼기 때문에 견딜 수 있었어. 나는 생각했다. 쓴 글을 파괴했으니 나를 발견하고 때리고 겁탈하고 죽일 거야. 나는 생각했다. 글쓰기와 파괴, 은신과 발각 이 두 가지는 서로 관련이 있어.(198)

라쿠투레에게 글-문학은 은신이자 생명의 동의어다. 반대로 글-문학

16) 『야만스러운 탐정들』에 나온 라쿠투레의 독백은 『부적』으로 확장되는데, 1968년 멕시코에서 발생한 틀라텔롤코(Tlaltelolco) 광장 학살 사건이 벌어지던 때 군대와 경찰에 점령된 멕시코국립자치대학교(UNAM)의 화장실에 숨어 12일을 버틴 우루과이인 알시라(Alcira)의 실제 경험에 기초하고 있다.

을 파괴하는 건 발각이며 죽음이다. 볼라뇨는 이런 방식으로 문학과 삶을 동일시한다. 다시 말해, 멈춰 있는 혹은 정체가 밝혀진 문학은 죽은 것이며 포착되지 않는 문학만이 살아 있을 수 있다. 이는 티나헤로가 남긴 유일한 잡지명과 그녀가 소노라에서 지니고 다닌 칼에 새겨진 이름이 모두 "카보르카(Caborca)"라는 점과 맥을 같이 한다. 문자텍스트와 생명을 지키는 무기가 동의어로 쓰이는 것이다.[17] 이로써 벨라노가 "죽임을 당하려고"(529) 아프리카에 간 것은 단순히 생명의 끝을 기다리는 것이 아니라 자신의 삶-문학이, 자신이 티나헤로를 발견했듯이, 누군가에 의해 발각되기를 기다리는 것으로 이해될 수 있는 것이다. 이는 독자에 의한 추적과 서사 코드의 풀이가 완성됐을 때 볼라뇨의 작품이 죽을 것임을 암시하는 것과 같다. 그의 작품세계에 작가-탐정-여행자의 이미지가 부각되는 이유가 바로 이것이다. 볼라뇨에게 정착-머무름은 발각-죽음이며 여행-움직임은 호흡이자 생명이다. 그에게 문학은 여행 그 자체다.

> 여행하지 않는 게, 움직이지 않는 게, 집 밖을 아예 나가지 않는 게, 겨울엔 옷을 따뜻이 입고, 여름엔 목도리만 내려놓고 사는 게 훨씬 건

17) 이것은 『야만스러운 탐정들』에서 포주 알베르토가 자신의 성기의 길이를 칼로 재보는 행위와 대조되는데, 텍스트와 칼, 성기와 칼이 연결되며 여성과 남성의 세계를 상징적으로 보여준다. 흥미로운 점은 벨라노와 리마가 어느 편에도 해당하지 않는 "무성(asexual)"(179)의 인간으로 그려지는데, 작품에서 보르헤스(83)가 그에 해당하는 유일한 작가로 분류된다. 볼라뇨가 보르헤스를 정전문학으로 인정하고 그의 작품을 다시쓰기의 대상으로 삼고 있다는 점에서 보르헤스에 대한 동경을 짐작할 만하다. 더불어 "카보르카"가 새겨진 이 칼은 단편 「굼벵이 아저씨 El Gusano」에서 소노라 산타테레사 인근 비야비시오사(Villaviciosa)출신의 "굼벵이 아저씨"에서 벨라노로 추측되는 서술자에게 건네진다(Bolaño 1997, 83).

> 강에 좋다. 입을 열지도 눈을 깜빡이지도 않는 게 더 낫다. 숨 쉬지 않는 게 더 낫다. 하지만 누구나 숨을 쉬고 여행을 한다. 나만 하더라도 아주 어렸을 적부터 여행을 했다. [...] 그 때부터 여행은 멈추지 않았다.(Bolaño 2003, 147-48)

볼라뇨에게 작가는 탐정(탐색자)이자 여행자로서 글을 쓸 때 살아있을 수 있다. 그런 이유로 살바티에라는 "수십만의 멕시코인들처럼 어느 순간에 이르러 더 이상 시를 쓰고 읽지 않게 되자" 자신의 "인생이 상상하기 힘든 잿빛 물길을 따라 흘렀다"(552)고 고백한다. 문학이 생명을 가지려면 여행이 되어야 한다. 그리고 그 여행이 유목의 본질이다. 마페졸리는 여행자를 "어느 한 장소에 귀속되지만 온전하게 그 공간에 속하지 않으며, 언제나 잠재적 떠돌이로서 자신과 연결된 끈을 절단하고 언제라도 떠날 수 있는 사람"(Maffesoli, 151)이라고 정의한다. 볼라뇨는 그 유목적 삶의 조건을 문학의 조건으로 구현한다. 움직이는 문학, 붙들리지 않으며 정체성이 드러나지 않는 문학 혹은 혼종적 정체성의 문학. 그것이 볼라뇨가 추구한 문학이며 기성세대에 도전하기 위한 글쓰기 전략이다. 그런 전략으로 인해 볼라뇨의 문학은 하나의 레퍼런스가 자신의 작품들 안에서 뿐만 아니라 기성세대 작품들과 다양한 층위에서 접속하고 분절하며 의미영역을 확장, 축소, 변형한다. 각각의 작품이 독자성을 지니면서도 인물, 공간, 사건, 맥락 등이 자신의 다른 작품들과 얼기설기 얽히며 독서의 긴장과 오류를 유발한다. 볼라뇨가 자신의 작품 세계를 "메타문학적 유희"(Braithwaite 2006, 118)라고 밝히면서, "하나의 이야기가 다른 이야기를 분사하며, 이 이야기는 또 다른 이야기의 열쇠가 된다"(Braithwaite 2006, 100)고 말하듯이, 그의 작품은 상호접속과 반영을 통해 작가-탐정의 이미지를 독자(추적자)에게 강제한다. 볼라뇨의 문학에서 이동이 생명의 동의어라면, 이제 독자는 수동적 텍스트 '소비자'에서 텍스트의 여행자-추적자-탐정으로, 즉 살아있는 독자로 변모하는 것이다.

4. 접속과 변형적 다시쓰기

앞서 언급했듯이 볼라뇨는 무언가를 찾아 떠나는 작가-탐정-여행자의 이미지를 투사하며 자연스럽게 기성세대 문학의 코드를 끌어들이고 그것을 변형하는 다시쓰기를 시도한다. 이 이동하는 주체-글쓰기는 필연적으로 복합적이고 깨지기 쉬우며 때로는 모순적인 정체성을 획득한다. 이와 관련하여, 호르헤 에드와르즈(Jorge Edwards)는 『야만스러운 탐정들』을 증식의 텍스트이자 "반소설(Antinovela)로 평가하면서 『파라다이스 Paradiso』, 『팔방놀이 Rayuela』 등과 같은 작품과 문학적 계보를 형성하고 있으며 조이스나 라블레의 글쓰기에 가깝다고 지적한다. 또한 그는 "모든 소설은 기존 텍스트와 소설에 대한 번역이자 바꾸어 쓰기"이며 "글쓰기란 필연적으로 다른 글쓰기에서 유래한다"(1999)고 피력한다. 메타텍스트성과 상호텍스트성을 문학의 본질로 이해하는 그의 견해는 볼라뇨의 문학세계를 이해하는 단초이다. 볼라뇨는 현실세계와 픽션, 삶과 문학을 리좀적 접속으로 한데 아우르는 "무법행위"(Vila-Matas 2002, 98)를 통해 개별적이면서도 혼종적인 텍스트를 생성함과 동시에 기성세대의 텍스트에 대한 향수를 불러일으키는 볼라뇨만의 새로운 버전을 생산한다.

그런 특성은 볼라뇨 작품에서 충분히 찾을 수 있다. 인물의 경우, 『야만스러운 탐정들』에서 아르투로 벨라노가 『먼 별』의 서술자로, 『야만스러운 탐정들』에 나오는 라쿠투레의 증언이 확장된 『부적』의 인물로, 『2666』의 서술자로,[18] 『살인창녀들 Putas asesinas』(2001)의 단편 「지상 최후의 황혼 Últimos atardeceres en la tierra」과 「사진 Fotos」의 인물로, 『전화 Llamadas telefónicas』(1997)의 단편 「굼벵이 아저씨 El Gusano」, 「엔리케 마르틴 Enrique Martiín」, 자전적 단편 「탐정들 Detectives」의 서술자로 등장하는 등 산발적으로 흩어져있다. 더욱이 『야만스러운 탐정들』의 내용적 기본 틀을 비롯해 벨라노-작가-탐정-범죄자로 연결되는 일련의 이미지는 이미 그의 시에서 형성되어 있다.[19] 심지어 『2666』에 등장하는 랄로 쿠라(Lalo Cura)는 『살인창녀들』의 「랄로 쿠라의 원형 Prefiguración de Lalo Cura」에서 이미 형상화된 인물이다. 공간에 있어서는 여러 작품에 분산적으로 등장하는 소노라와 『2666』에서 시우다드후아레스(Ciudad Juárez)를 형상화한 산타테레사가 대표적이다. 마콘도, 코말라, 산타마리아에 비견될 수 있는 이 공간들은 라틴아메리카와 주변부에 대한 상징적 공간으로서 가장 청명한 땅-근원성-유토피아의 이미지에서 폐허-악의 땅-디스토피아로 추락하는 극단적 이중성을 보여주며 『야만스러운 탐정들』, 『2666』을 비롯해 여러 단편의 공간적 배경이 된다. 사건의 예를 보자면, 『아메리카의 나치문학』의 마지막 에피소드인 라미레스 호프

18) 이그나시오 에체바리아에 따르면 『2666』 원고에 "2666의 서술자는 아르투로 벨라노다"라는 문구가 있다고 한다(Bolaño 2005, 1125).

19) 『낭만적인 개들 Los perros románticos』(2006)에 포함된 「스무 살 시절의 자화상 Autorretrato a los veinte años」, 「탐정들 Los detectives」, 「길 잃은 탐정들 Los detectives perdidos」, 「얼어버린 탐정들 Los detectives helados」, 「루페 Lupe」 등을 참조하라.

만(Carlos Ramírez Hoffman)에 대한 일대기는 『먼 별』로 확장되며, 주인공의 이름은 카를로스 비더(Carlos Wieder)로 바뀐다. 이 인물의 엽기적 살인행각과 사라진 그에 대한 추적은 『먼 별』에 그치지 않는다. 『먼 별』에서 이미 잉글리시(R. P. English)로 탈바꿈한 비더에 대한 추적은 포르노 배우 실베스트리의 증언을 다룬 『전화』의 단편 「조안나 실베스트리 Joanna Silvestri」로 이어진다. 더욱이 『먼 별』에는 비더의 글을 비평하는 이바카체(Ibacache)와 『아메리카 나치문학 선집』을 준비하는 비비아노(Bibiano)가 등장함으로써 『칠레의 밤』과 『아메리카의 나치문학』까지 접속된다.

그런 볼라뇨의 접속과 뒤틀기는 또한 기성세대의 작품과 긴밀한 상관성을 유지하며 일종의 문학계보를 형성하기도 한다. 대표적으로 여행을 모티브로 한 『야만스러운 탐정』만 하더라도 호메로스의 『일리아드』, 호머의 『오디세이』, 세르반테스의 『돈키호테』, 멜빌의 『모비 딕』, 조이스의 『율리시즈』, 마크 트웨인의 『허클베리핀의 모험』을 비롯해 룰포의 『페드로 파라모』, 레이날도 아레나스(Reinaldo Arenas)의 『현란한 세계 El mundo alucinante』, 구성적 면에서 코르타사르의 『팔방놀이』 등의 작품과 접속하는 문학적 코드를 품고 있다. 그 외에도 『부적』은 엘레나 포니아토프스카(Elena Poniatowska)의 『틀라텔롤코의 밤 La noche de Tlatelolco』을, 『아메리카의 나치문학』은 마르셀 슈보브(Marcel Schwob)의 『상상의 삶들 Vidas imaginarias』(1896), 알폰소 레예스(Alfonso Reyes)의 『실제이야기와 상상이야기 Relatos reales e imaginarios』(1920), 보르헤스의 『불한당들의 세계사 Historia universal de la infamia』(1935), 후안 로돌포 윌콕(Juan Rodolfo Wilcock)의 『우상파괴자들의 밀회 La sinagoga de los iconoclastas』(1981) 등은 물론이고, 고대 그리스 역사가 플루타르코스의 『대비열전』까지 거슬러 올라가며 전기문학의 계보를 이룬다. 여기에 볼라뇨 글쓰기 전략이 있다. 기성세대 문학이 지닌 성스러움을 파괴할 방법으로 뒤틀린 유희로서의 다시쓰기를 시도하는 것이다. 볼라뇨는 『먼 별』에서 <야만적인 작가들>이라는 그룹을 만들려는 들로르메(Delorme)의 글쓰기 방식을 통해 창작이 정전문학을 희화화하고 파괴함으로써 가능함을 보여준다.

> 훈련은 간단해 보이는 두 단계로 이뤄졌다. 은둔과 독서. 첫 단계를 위해서는 일주일 동안 먹을 식량을 사재기하거나 단식해야 했다. […] 두 번째 단계는 좀 더 복잡했다. 들로르메에 의하면 걸작들과 하나가 돼야 했다. 이것은 정말이지 신기한 방법으로 이뤄졌다. 스탕달의 책에 똥을 사고, 빅토르 위고의 책으로 코를 풀고, 자위를 해서 고티에나 방빌의 책에 정액을 쏟고, 도데의 책에 토하고, 라마르틴의 책에 오줌을 싸고, 면도날로 상처를 내고 발자크나 모파상의 책에 피를 뿌리고, 들로르메가 인간화라고 부르는 타락의 과정을 거쳐 책들을 굴복시켜야 했다(Bolaño 1996, 139).

이것은 단순한 사본이나 정치한 반영이 아니라 팔림세스트를 활용하듯 상이한 코드들을 변형하고 "탈신화화"함으로써(Cf. Manzoni 2002, 22) 원형 혹은 근원적 모형을 파괴하는 행위가 된다. 그 대표적인 예로 『야만스러운 탐정들』은 노골적으로 『팔방놀이』를 지시하고 있다. 이는 두 작품의 제목만으로도 확인 가능하다. 『팔방놀이』의 1부는 파리에 사는 아르헨티나인 올리베이라(Horacio Oliveira)의 삶을 다룬 "저쪽 편에서(Del lado de allá)," 2부는 부에노스아이레스에 돌아온 그의 삶을 그린 "이쪽

편에서(Del lado de acá)," 3부는 혼종적인 재료들로 구성된 "다른 쪽에서(De otros lados)"로 되어있는데, 이는 각 장의 공간성을 고려했을 때 각각 『야만스러운 탐정들』의 1부인 "멕시코에서 길을 잃은 멕시코인들(Mexicanos perdidos en México (1975))," 3부 "소노라의 사막(Los desiertos de Sonora (1976))," 그리고 서로 다른 층위의 다양한 증언의 결합체인 2부 "야만스러운 탐정들(1976- 1996)"에 상응한다. 다시 말해, 파리/멕시코시티(중심)-부에노스아이레스/소노라(변방)-혼돈/야만이라는 일련의 고리가 형성된다. 더욱이 『야만스러운 탐정들』의 주인공인 벨라노(Arturo Belano)와 울리세스 리마(Ulises Lima)는 그 이름부터 각각 랭보(Arthur Rimbaud)-소설(Novela), 『율리시즈 Ulises』와 오디세우스-라틴아메리카(페루의 수도)와 연계되며, 작품에서도 라틴아메리카의 시인-여행자로 랭보의 삶의 궤적을 따르듯 세계를 떠돌며 죽음을 향해 나아간다. 그들은 또한 『율리시즈』에서 조이스의 분신으로 등장하는 블룸(Leopoldo Bloom, 노인 조이스)과 디달루스(Stephen Dedalus, 청년 조이스)와 접점을 형성한다.[20] 『율리시즈』가 호메로스의 『오디세이아』를 모방한 작품임을 고려하면 오디세우스(블룸)와 텔레마코스(디달루스)까지 거슬러 올라간다. 더불어 백경을 쓰러뜨리려는 『모비 딕』의 광기의 인간 에이헵(Ahab), 폭력적인 술주정뱅이 아버지를 벗어나 여행을 떠나는 『허클베리핀의 모험』의 허클베리핀과 짐은 물론이거니와 정신적 조국을 찾아 여행을 떠나는 『돈키호테』의 돈키호

20) 『야만스러운 탐정들』의 주인공은 『율리시즈』에서 마텔로타워(Martello Tower)에 사는 블룸과 에클스(Eccles) 가(街)에 사는 디달루스에 비견된다. 작품에서 그 타워를 "델피의 신탁," 다시 말해 "세상의 중심(Omphalos)"을 의미하며 에클스는 칼립소(Calipso)가 사는 오귀기아(Ogygia)로 호메로스는 이곳을 "바다의 배꼽"으로 부른다. 따라서 그들이 각자의 공간을 벗어나는 것은 중심을 떠나는 것이다. 이는 벨라노와 리마가 파스(중심의 중심)와 티나헤로의 세계(주변부의 중심)를 떠나는 것에 대비될 수 있다.

테와 산초에 비견될 만하다. 특히, 『야만스러운 탐정들』은 『돈끼호테』를 직접적으로 암시하는데, "세사레아 티나헤로인지 티나하인지"(17), "나는 돈키호테의 여성 버전이다"(193) 등의 표현 외에도 인물 구성에 있어 티나헤로-둘시네아, 루페-마리토르네스, 로시난테-포드 임팔라의 대칭적 관계를 엿볼 수 있다. 더불어, 앞서 라쿠투레와 <카보르카>의 경우로 살펴봤듯이, 볼라뇨는 텍스트 세계를 현실에서 재현하려는 삶이라는 『돈키호테』의 서사적 모티브를 삶 자체가 텍스트이며 텍스트가 생명을 지키는 무기라는 명제로 변형된다.

이렇듯 『야만스러운 탐정들』은 볼라뇨 작품들의 내・외부와 접속하며 단일하고 고정적인 의미생성을 차단하고 "의미를 상실할 때까지"(189) 경계를 확장하며 포화시킨다.[21] 벨라노와 리마가 이동하는 주체이며, 그 이동하는 주체가 필연적으로 복합적이고 때로는 모순적인 정체성을 획득하듯이(Cf. Maffesoli, 125) 『야만스러운 탐정들』은 반전형적인 탐정소설의 코드를 생산함으로써 기존 작품들과 대화를 이끌어내면서 독립적이면서도 부유하는 텍스트가 된다. 이러한 접속의 원리와 변형적 다시쓰기는 『야만스러운 탐정들』에 그치지 않는다. 『부적』은 『야만스러운 탐정들』에 나오는 라쿠투레의 증언에 대한 다시쓰기이며, 『먼 별』은 『아메리카의 나치문학』 마지막 에피소드를 확장한 것으로, 비더에 대한 모든 텍스트는 끊임없는 다시쓰기로 볼 수 있다. 그로 인해 볼라뇨의 작품에서 원본, 행위의 의미, 사건들은 언제까지나 탈주의 상태에

21) 볼라뇨는 접속과 변형을 통한 의미 포화가 아닌 다른 포화의 방식도 보여준다. 그는 『2666』에서 여성연쇄살인을 나열하면서 300여 쪽에 이르는 방대한 분량을 할애하는데, 이는 공포와 섬뜩함을 극한으로 포화시켜 독자의 지루함과 무감각을 야기하려는 의도가 다분하다. 볼라뇨는 이런 방식을 통해 현대인이 얼마나 폭력적 현실과 악에 무감각해지고 있는지 역설적으로 보여준다.

있다(Cf. De Rosso, 59). 그 외에도 단편 「참을 수 없는 가우초」는 보르헤스의 「남부」는 물론이고 다보베(Santiago Dabove)의 「먼지되기 Ser polvo」, 코르타사르의 「파리 여인에게 보내는 편지 Cartas a una sñorita en París」, 디 베네데토(Antonio di Benedetto)의 「아바야이 Aballay」 등의 작품을 관통하며 아르헨티나의 문학성에도 침범한다.[22] 또한 「경찰쥐 El policía de las ratas」는 카프카의 「조세핀, 여가수 혹은 쥐 족속 Josefine, die Sängerin oder Das Volk der Mäuse」에 대한 다시쓰기라 할 수 있다.

볼라뇨의 문학이 보여주는 접속과 다시쓰기는 기성세대 작품에 대한 비판과 경의를 포괄한 패러디적 성격이 강하다.[23] 그러나 시간성을 문제 삼지 않는다면 일정한 계보를 형성한 작품들은 차이의 반복 혹은 수평적 재생산으로 볼 수 있다. 모든 작품은 모든 작품의 일그러진 거울로서 상호 증식할 따름이며, 따라서 원형이라는 말은 그 의미를 상실한다. 혹은 그 모든 작품이 각자 스스로의 원형이다. 이것이 볼라뇨가 기성세대 문학의 원형을 파괴하는 방식이다. 볼라뇨는 『부적』에서 라쿠투

22) 「참을 수 없는 가우초」의 아르헨티나 문학과의 상관성은 Gustavo Faverón Patriau (2008)를 참조하라.

23) 볼라뇨는 당대 문인에 대해 쓴 소리를 서슴지 않았다. 예컨대, 알베르토 푸게트(Alberto Fuguet)는 역사적 주제로 가장 범죄적인 방식으로 글을 쓰는 작가로 취급했고 파오로 코엘료(Paulo Coelho)는 브라질 일일연속극의 마법사 모습으로 나타난 바르뷔스와 아나톨 프랑스의 잡종으로 치부했으며 호세 도노소(José Donoso)의 작품에 대해서는 "역겨운 책"이라며 비난한 바 있다(Jorge Coaguila, 211). 또한 호세 도노소의 『세 부르주아 소설가 Tres novelistas burguesas』를 조롱하며 자신의 소설에 『하나의 작은 룸펜 소설 Una novelita lumpen』(2002)이라는 제목을 붙였다. 특히, 그는 마술적 사실주의를 철저히 외면했다. 라틴아메리카의 추악한 현실을 마술이라는 말을 통해 이해하는 것은 현실을 호도하고 회피하는 것에 다름 아니며 마술을 깨려면 마술을 불러내야 하는 모순에 빠지기 때문이다. 그런 이유로 볼라뇨는 이사벨 아옌데를 작가 취급도 하지 않았으며 라우라 에스키벨(Laura Esquivel)을 마술적 사실주의의 불량 모방자라고 혹평한 바 있다.

레의 입을 통해 문학에 있어 원형은 사라지고 마침내는 모든 글쓰기가 변형적 다시쓰기로 재생산되리라는 전망을 내놓는다.

> 미래가 보여, 20세기 책들의 미래를 볼 수 있어. […] 블라디미르 마야코프스키는 2150년경에 다시 유행할 거야. 제임스 조이스는 2124년에 중국인 아이로 환생해. 토마스 만은 2101년에 에콰드르인 약사가 될 거야. […] 세사르 바예호는 2045년에 지하에서 읽힐 거야. 호르헤 루이스 보르헤스는 2045년에 지하에서 읽히게 돼. 비센테 우이도브로는 2045년에 대중적인 시인이 될 거야. 윤회. 시는 사라지지 않아. 그 무력함은 다른 형태로 드러날 거야.(Bolaño 1999, 133-134)

문학은 사라지지 않을 것이다. 다만 그 형태를 달리하며 다시 나타날 것이다. 서로가 서로를 파괴하는 방식이 생성의 방식이 될 것이다. 이것이 문학에 대한 볼라뇨의 미래전망이다. 그런 이유로 볼라뇨는 카프카가 "이미 주사위는 던져졌다"는 걸 알고 있었다고 하면서 작가는 뭔가를 찾아 나서야 하고 "그 뭔가가 책이든 몸짓이든 잃어버린 무엇이든 그것이 어떤 방법이든 그 어떤 것이 됐든 그걸 찾아야 하며 운이 따르면 늘 거기에 있었던 것, 바로 '새로운' 것을 찾을지도 모른다"(Bolaño 2003, 158)는 말로 작가의 숙명을 고백한다.

5. 나가며

히랄도가 지적하듯, 20세기 후반부터 최근까지의 라틴아메리카 문학의 경향은 파편화된 문체가 뒤섞여 이야기의 단편성과 순간성이 증식되고 현 세계의 복합성을 암시하듯 주체의 정체성이 분쇄되며 인습적 장르가 파괴되면서 픽션과 에세이, 역사와 사료, 자서전과 앵티미즘의 경계에 있다. 또한 우리 주변의 일상적 이야기를 풀어내며 추락하는 사회, 추잡한 것, 탐정적 요소를 서사의 자료로 활용한다(Giraldo 2007, 38-39).[24] 앞서 살펴본 볼라뇨의 글쓰기는 그런 글쓰기에 상응하며, 기법적인 면에서 기본적으로 장르, 담론, 테마, 문체, 구성의 콜라주에 토대한 지도생성기법이라 할 수 있다. 이렇게 볼라뇨는 문학의 원형은 존재하지 않는다는 전제 하에 기성세대 문학을 극복하는 방식으로 그들의 문학적 모티브와 코드를 자유롭게 변형하고 재생산함으로써 작가와 작가, 작품과 작품 간에 존재하는 서열적 권력구조를 파기하고자 한다. 그러나 이는 역설적이고 필연적으로 기성세대의 문학이 볼라뇨 문학세계의 토대가 되었음을 입증하는 것이기도 하다. 따라서 볼라뇨의 문학은 바로 그 정착된 문학 영토와 탈주하려는 글쓰기의 긴장에서 발생한다고 볼 수 있다. 그런 이유에서인지 플로레스는 볼라뇨의 문학이 미학적, 테마적으로 "모더니티와 포스트모더니티," "경이로운 현실과 포스트붐"의 서사 사이에 위치하며 "단절하기보다는 잇고 있다"(Flores, 94)고 평가한다.

늘 작가이기보다 독자이기를 원했던 볼라뇨는 스스로 탐정이고 싶었으며, 만약 탐정이 됐다면 서른을 넘기지 못하고 죽었을 것이라고 한다. 볼라뇨는 스스로 문학을 탐험하는 작가-여행자가 됨으로써 독자를 그

24) 이런 특징을 보이는 라틴아메리카 작가로 후안 가르시아 폰세(Juan García Ponce), 페르난도 델 파소(Fernando del Paso), 리카르도 피글리아(Ricardo Piglia), 로베르토 볼라뇨, 세르히오 피톨(Sergio Pitol), 모레노 두란(R. H. Moreno-Durán), 로드리고 파라 산도발(Rodrigo Parra Sandoval)을, 유럽의 클라우디오 마그리스(Claudio Magris, 이탈리아), 제발트(W.G. Sebald, 독일), 엔리케 빌라-마타스(스페인)를 포함한다.

여행에 끌어들인다. 『율리시즈』에 아주 많은 수수께끼를 숨겨 두었기에 앞으로 수세기 동안 대학교수들은 자신이 뜻하는 바를 거론하기에 분주할 것이라고 한 조이스처럼 문학과 생명을 동일시한 볼라뇨는 포섭되지 않는 혹은 포섭하기 어려운 텍스트를 생산함으로써 그 숨은 고리들이 풀어질 때까지 자신의 삶-문학이 지속되기를 갈구한 것인지도 모른다. 무엇보다 주목할 점은 볼라뇨의 글쓰기가 독자로 하여금 텍스트 소비자가 아니라 텍스트 추적자, 다시 말해 움직이는 독자가 되도록 유도함으로써 우리를 살아있게 만든다는 것이다. 이것은 권력과 공포, 폐허와 추락, 범죄와 살인, 광기와 고통, 절망과 죽음 등 현대사회의 부조리한 병리를 기억과 거울보기를 통해 그려내고 있는 볼라뇨가 우리에게 궁극적으로 그 "악의 비밀"[25]을 찾아 암흑을 직시하라고 부추기는 절망적 몸짓일 것이다.

25) 『악의 비밀 El secreto del mal』은 2007년에 출판된 볼라뇨의 유고작이다.

참고 문헌

Benjamin, Walter(2003), *La obra de arte en la época de su reproductibilidad técnica*, 1ª. ed. alemana(1936), Trad. Andrés E. Weikert, México D.F.: Itaca.

Bolaño, Roberto(1996), *Estrella distante*, Barcelona: Anagrama.

_____(1996), *Literatura nazi en América*, Barcelona: Anagrama

_____(1997), *Llamadas telefónicas*, Barcelona: Anagrama.

_____(1998), *Los detectives salvajes*, Barcelona: Anagrama.

_____(1999), *Amuleto*, Barcelona: Anagrama.

_____(2000), *Nocturno de Chile*, Barcelona: Anagrama.

_____(2002), *Amberes*, Barcelona: Anagrama.

_____(2003), *El gaucho insufrible*, Barcelona: Anagrama.

_____(2004), *Entre paréntesis*, Barcelona: Anagrama.

_____(2005), *2666*, Barcelona: Anagrama.

_____(2006), *Los perros románticos*, Barcelona: Acantilado.

_____(2008), "Discurso de caracas," Edmundo Paz Soldán y Gustavo Faverón Patriau (eds.), *Bolaño salvaje*, Barcelona: Editorial Candaya, 33-42.

Braithwaite, Andrés(ed.)(2006), *Bolaño por sí mismo: Entrevistas escogidas*, Santiago: Universidad Diego Portales.

Canclini, Néstor García(1989), *Culturas híbridas. Estrategias para entrar y salir de la modernidad*, México D.F.: Mondadori.

Coaguila, Jorge(2003), "La voz ausente de Roberto Bolaño," *Umbral* 5, 211-12.

Conte, Rafael(2002), "Pérez-Reverte al desnudo," *El país*(2002. 06. 08).

Deleuze, Gilles & Felix Guattari(2006), *Mil mesetas. Capitalismo y esquizofrenia*, 1ª. ed. francesa(1980), Trad. José Vázquez Pérez, Valencia: Pre-textos.

De Rosso, Ezequiel(2002), "Tres tentativas en torno a un texto de Roberto Bolaño," Celina Manzoni(ed.), *Roberto Bolaño: La escritura como tauromaquia*, Buenos Aires: Corregidor, 55-61.

Echevarría, Ignacio(2005), *Trayecto*, Madrid: Debate Editorial.

Edwards, Jorge(1999), "Roberto Bolaño y *Los detectives salvajes*," *Revista Lateral* 52, http:// www.memoriachilenaparaciegos.cl/archivos2/pdfs/MC0025809.pdf.

Espinosa, Patricia(2006), "Roberto Bolaño, un umbral," *Revista universitaria* 89, 19-24.

Faverón Patriau, Gustavo(2008), "El rehacedor "El gaucho insufrible" y el ingreso de Bolaño en la tradición argentina," Edmundo Paz Soldán y Gustavo Faverón Patriau(eds.), *Bolaño salvaje*, Barcelona: Candaya, 371-415.

Flores, María Antonieta(2002), "Notas sobre *Los detectives salvajes*," Celina Manzoni (ed.), *Roberto Bolaño: La escritura como tauromaquia*, Buenos Aires: Corregidor, 91-96.

García Canclini, Nestor(1999), *La globalización imaginada*, Buenos Aires: Paidós.

Giraldo, Luz Mary(2007), "Utopía y distopías. Del boom al postboom," *Fractal* 45-46, 35-52.

Herralde, Jorge(2005), *Para Roberto Bolaño*, Buenos Aires: Adriana Hidalgo.

Muñoz Molina, Antonio(1996), "En folio y medio," *El país*(1996. 10.09).

Kokaly Tapia, María Eugenia(2005), "Roberto Bolaño, la construcción desde la periferia," Alejandra Bottinelli, Carolina Gainza y Juan Pablo Iglesias(eds.), *Dinámicas de exclusión e inclusión en América Latina. Hegemonía, resistencia e identidades*, Santiago: Universidad de Chile, 253-267

Rama, Ángel(ed.)(1982), *Más allá del Boom: Literatura y mercado*, Buenos Aires: Folios Ediciones, 51-110.

Calderón, Verónica(2012), "Los eclipsados (y eclipsadas) del 'boom' salen a la luz," *El país*(2012.04.24.). http://cultura.elpais.com/cultura/2012/04/24/actualidad/133529 1089_345992.html

Maffesoli, Michel(2004), *El Nomadismo. Vagabundeos iniciáticos*, 1ª. ed. francesa (1997), Trad. Daniel Gutiérez Martíez, México, D.F.: Fondo de Cultura Econóica.

Manzoni, Celina(ed.)(2002), "Biografías mínimas/ínfimas y el equívoco del mal," *Roberto Bolaño: La escritura como tauromaquia*, Buenos Aires: Corregidor, 17-32.

Ramírez Gómez, José Agustín(1996), *La contracultura en México*, México D.F.: Debolsillo.

Vila-Matas, Enrique(2002), "Bolaño en la distancia," Celina Manzoni(ed.), *Roberto Bolaño: La escritura como tauromaquia*, Buenos Aires: Corregidor, 97-104.

Zozaya Becerra, Florencia G.(2009), "El desierto como utopía en *Los detectives salvajes* de Roberto Bolaño," *Revista Casa del tiempo* 16, 11-15.

『야만스러운 탐정들』, 주변부 재현을 통한 서구 근대성 비판*

이경민

1. 들어가며

로베르토 볼라뇨의 『야만스러운 탐정들』[1]은 프랙탈, 메타텍스트성, 리좀성, 다성성, 다중접속성, 탈중심성 등의 용어가 적용될 만큼 독특하게 구성된 작품이다. 그러한 그의 문학적 도전은 라틴아메리카의 기성 작가들의 거대서사(Macronarrativa)와 그들이 구축한 라틴아메리카 문학성에서 탈주하려는 의지의 표현일 것이다. 그러나 그의 탈주 방식은 기

* 이 글은 『이베로아메리카연구』 25권 2호(2014년)에 실린 「주변부 그리기를 통한 서구 근대성 비판으로서의 『야만스러운 탐정들』」이라는 제하의 논문을 수정 · 보완한 것이다.

1) 『야만스러운 탐정들』은 탐정소설의 요소가 절묘하게 결합된 모험소설로 총 3부로 구성되어 있다. 1부와 3부는 1975년 11월부터 이듬해 2월까지 이어지는 가르시아 마데로의 일기로, 내장사실주의 시인인 아르투로 벨라노와 울리세스 리마와의 조우와 1920년대에 활동하고 사라진 내장사실주의 창시자 세사레아 티나헤로를 찾는 모험, 그리고 그의 죽음을 다루고 있다. 2부는 1976년부터 1996년까지 52명에 이르는 다양한 서술자-인물들의 산발적인 증언으로 이뤄져 있으며 라틴아메리카, 유럽, 아프리카에서 방랑하듯 살아가는 벨라노와 리마의 비밀스러운 행적을 이야기한다.

성 작가들에 의해 고착된 라틴아메리카성을 탈피하며 탈(脫)라틴아메리카성 혹은 서구적 세계주의를 표방한 크랙이나 맥콘도 세대의 작가들과 차별화된다. 볼라뇨가 국가와 대륙의 경계를 넘나들며 지역적 영토성에 구속되지 않는 탈라틴아메리카적 글쓰기를 선보이는 것은 사실이지만, 그와 동시에 철저하고 집요하게 라틴아메리카에 천착하며 기성 작가들에 의해 '발명된' 신화적 라틴아메리카가 아니라 벌거벗은 라틴아메리카를 그려내기 때문이다. 볼라뇨의 문학은 붐 세대에 의해 점유되고 '마술', '환상', '경이' 등의 용어로 영토화된 라틴아메리카 문학의 장막을 걷어내고 날것 그대로의 라틴아메리카의 '내장(visceral)'을 파고드는 문학으로 라틴아메리카 문학의 지평을 탈・재영토화한다.

그 도전적 노정에서 볼라뇨는 라틴아메리카의 주변부 현실을 그려냄으로써 (문학)세계 질서의 중심부로 고착된 서구가 야기하고 은폐한 추악한 악의 세계를 파헤친다. 따라서 볼라뇨 작품의 세계주의적 성격은 그의 서사적 발화 위치가 언제나 주변부에 있었으며 주변부(인)에 대한 글쓰기에 몰두했다는 점을 고려할 때 하위・이주주체의 '밑바닥' 현실을 관통하는 세계주의라고 할 수 있다. 세계질서의 중심부적 위치에서 획일적인 척도로 조망한 '정주(定住)적' 세계주의가 아니라 (비)물리적 경계를 넘나들 수밖에 없는 주변부(인)의 세계주의인 것이다. 주지할 점은 그런 볼라뇨의 세계주의가 서구 근대성과 라틴아메리카의 관계를 이해하고 설정하는 방식에서 출발한다는 것이다. 그는 유럽과 라틴아메리카의 관계에 대해 다음과 같이 언급한다.

> 라틴아메리카는 유럽의 정신병원이다. 아마도 처음엔 라틴아메리카가 유럽의 병원이나 곡식창고였을 것이다. 하지만 지금은 정신병원이 됐다. 빈곤하고 폭력적이며 야만적인 정신병원 말이다. 혼돈과 부패가 난무하는 그곳을 눈을 똑바로 뜨고 살펴보면 루브르박물관의 그림자가 보일 것이다.(Braithwaite 2006, 111)

볼라뇨는 식민시대에서 현재까지의 라틴아메리카와 유럽의 역사적 관계를 간명하게 정리하면서 루브르박물관으로 상징, 수렴되는 서구 근대성의 본질적 조건으로서의 식민성, 다시 말해 근대성이 "식민성을 필요로 하고 생산하는 것"(미뇰로 2010, 50)임을 인식하고 있다. 여기에서 유럽의 곡식창고에서 정신병원으로의 전이과정은 유럽의 신대륙 진출과 정복으로 실현된 서구 식민주의의 물적 기반으로서의 라틴아메리카와 자본주의 안착과 계몽주의를 거치며 지식의 식민화가 진행된 식민 메커니즘의 역사적 과정을 함축하고 있다. 따라서 볼라뇨의 문학이 라틴아메리카의 악(빈곤, 폭력, 혼돈, 부패 등)을 추적한다면, 그것은 루브르박물관과 그 이면의 그림자, 즉 근대성/식민성의 문제를 제기하는 것이라 할 수 있다.

『야만스러운 탐정들』은 몇 가지 지점에서 근대성/식민성과 관련한 볼라뇨의 문제의식이 투영된 작품이다. 먼저, 볼라뇨는 1920년대 멕시코 전위주의인 반골주의(Estridentismo)를 문학적으로 재현하면서 멕시코 지식인 사회에 침투한 유럽중심주의적 사유와 그러한 지식의 종속성이 형성한 현대 멕시코 사회의 중심-주변 구조의 초상을 명확히 그려내고 있다. 더불어 그는 자신이 이끌던 밑바닥사실주의를 허구화한 내장사실주의라는 전위주의 예술운동을 통해 멕시코 사회에 내재한 또 다른 가능성으로서의 주변부를 제시한다. 이 지점을 중심으로 이 글은 볼라뇨가 『야만스러운 탐정들』에서 라틴아메리카와 근대성/식민성에 대한 문제의식을 어떻게 문학적으로 재현하고 있는지 살펴볼 것이다.

2. 유럽중심주의와 지식의 종속화

볼라뇨의 문학을 관통하고 있는 문제의식은 현대 사회 내의 작가(지식인), 문학(지식), 권력(폭력)의 위치와 이들의 관계, 즉 이들의 사회 · 정치적 배치와 그 안에서 작동하는 권력 메커니즘에 대한 비판으로 함축될 수 있다. 작가와 문학을 통해 문화적 파시즘을 조명한 『아메리카의 나치문학』, 문학과 권력의 상호기생적 관계를 파헤친 『칠레의 밤』, 권력의 폭력성과 문학의 생명성이 대조적으로 드러나는 『부적』, 문학에 대한 정치권력의 폭력성을 그려낸 『팽선생』, 그리고 문학-권력-글로벌 자본주의 세계의 악의 문제를 총체적으로 조망한 메가소설 『2666』에 이르기까지 볼라뇨는 문학적 아우라가 상실된 시대 혹은 모든 것이 자본주의의 속물화에 함몰된 시대의 문학-권력을 비판함으로써 (문학)세계를 재조명한다. 『야만스러운 탐정들』 또한 문학(문화)권력의 상징적 중심으로 옥타비오 파스를 상정하고 이를 제거하려는 일군의 반문화 운동을 그려낸다는 점에서 문학-권력에 대한 문제의식이 반영된 작품이다. 하지만 그에 앞서 살펴야 할 것은 볼라뇨가 멕시코혁명 이후 1920년대 전위주의 문학운동을 이끌던 작가-지식인의 사회 · 문화적 맥락 속에서 문학이 어떤 방식으로 정치권력에 접근, 결탁하여 권력과 상보적 관계를 획득하는지, 그리고 헤게모니 집단 혹은 정치권력이 절대적 권력을 정당화하고 유지하기 위해 어떤 식으로 문학(문화)을 정치적 도구로 전유하는지를 드러낸다는 점이다.[2)]

문학과 권력이 일종의 정치적 연대를 형성하는 과정을 구현하기 위해 볼라뇨는 1920년대 멕시코 전위주의 문학운동인 반골주의[3)]를 끌어들인다. 멕시코 역사에 있어 이 시기를 1910년 멕시코혁명 이후 권력투쟁의 장에서 1917년 헌법 제정을 기점으로 대중적 요구를 수용하는 장으로 전환되는 시기로 고려한다면,[4)] 반골주의는 혁명과 국가 재건이라는 시대적 요구와 명분, 지식인으로서의 사회적 참여의 임무를 반영한 움직임으로 파악할 수 있을 것이다. 실제로 마플레스 아르세가 볼라뇨와의 인터뷰에서 당시 반골주의의 목적을 "혁명 이데올로기, 문학, 조형예술, 문화와 관련한 모든 종류의 표명을 끌어안을 수 있는 완전한 혁명"(Bolaño 1976, 55)을 위한 것이라고 밝힌 것은 혁명의 조류에서 문화의 위치를 구체화하고자 하는 노력이라 할 것이다. 『야만스러운 탐정들』에서

2) 그런 점에서 『야만스러운 탐정들』은 식민시대에서 20세기에 이르기까지 문자(지식)와 권력의 협력관계에 대한 앙헬 라마(1984)의 비판적 관점과 문제의식을 공유한다. 이와 관련하여 우석균(2010)은 볼라뇨가 문학권력으로서의 '문자도시'를 파괴함으로써 문학을 수호하려는 태도를 보인다고 지적한다.

3) 전위주의 문학운동으로서 반골주의는 1921년 12월 마플레스 아르세(Manuel Maples Arce 1900-1981)가 「현재 제1호 Actual No. 1」라는 잡지에 선언문을 실음으로써 시작된다. 볼라뇨는 1975년 칠레에서 멕시코로 돌아온 후 1920년대 전위주의 문학에 심취하여 아르켈레스 벨라(Arqueles Vela), 마플레스 아르세, 리스트 아르수비데(Litz Arzubide) 등의 작가와 인터뷰를 했으며 1976년 *Plural* 62호에 "Tres estridentistas en 1976"라는 글을 실은 바 있다.

4) 멕시코 혁명을 1910년에서 1940년에 이르는 장기간의 사건으로 파악한다면, 1910년에서 1920년을 각 지방 실력자들이 대중동원과 무장투쟁을 통해 세력을 확대하는 상쟁의 단계로, 1920년대 이후를 혁명세력이 아래로부터의 대중적 요구를 선택적으로 포섭하면서 이른바 '혁명가족'의 권력기반을 다지는 안정 국면으로 구분할 수 있다(박구병 2005, 77).

볼라뇨가 멕시코혁명과 반골주의를 기점으로 삼은 이유가 여기에 있다. 그는 지배 헤게모니를 전복한 혁명과 반역적 전위주의 예술이 (마플레스 아르세의 언급처럼) "완전한 혁명"을 기획하고 완성한 것이 아니라 지배 헤게모니를 재생산하는 것으로 변질되었음을 보여줌으로써 혁명의 허구성을 드러내고자 하는 것이다.

볼라뇨는 미학적, 예술적 범주 내에서의 문학이 아니라 혁명 권력에 결합한 지식인의 인식론적 관점과 태도, 그리고 양자의 영합이 지향하는 정치적, 문화적 기획과 방향에 대해 비판적 접근을 시도한다. 먼저, 『야만스러운 탐정들』에서 마플레스 아르세는 멕시코 최초의 전위주의 주창자라는 문학사적 의의에도 불구하고 개인적인 성공을 위해 문학을 도구로 활용한 인물로 그려진다. 그는 반골주의 선언문에서 지식인과 예술인이 제도권 문화와 국가권력에서 자유로워짐으로써 자치적 문화 생성의 가능성을 열어야 한다고 주장한다. 즉, 문화 생성의 출발점은 예술의 혁명적 독립에 있다. 다음은 볼라뇨가 마플레스 아르세가 「현재 제1호 Actual 1」에 발표한 실제 선언문을 『야만스러운 탐정들』에 그대로 인용한 부분이다.

> 성공하라(Exito[sic]). 멕시코의 모든 청년 시인, 화가, 조각가에게, 미관말직의 하잘 것 없는 녹에 아직 현혹되지 않은 이에게, 제도권 비평의 저열한 예찬과 천박하고 욕정에 사로잡힌 대중의 박수갈채에 아직 썩지 않은 이에게, 엔리케 곤살레스 마르티네스의 연회 음식을 핥아먹지 않은 이에게, 지적 생리의 핏방울로 예술을 할 것을.(Bolaño 1998, 217)[5)]

이 선언문에서 마플레스 아르세는 당대 공식문화를 대변하는 인물인 곤살레스 마르티네스를(Enrique González Martínez)[6]를 적대시하며 자치적 문화의 성공을 옹호하고 있다. 그런데 여기서 "나는 요구한다(Exijo)"(217)의 잘못된 표기인 "성공하라(Exito)"는 개인의 사회적 성공으로 해석될 빌미를 제공하며 선언문의 오류와 모순을 보여준다. 볼라뇨는 이 모순을 마플레스 아르세의 세속적 출세주의에 대비하며 그를 신랄하게 조롱하는데 활용한다. 그는 마플레스 아르세를 "그 시절 멕시코 혁명의 장군들을 사로잡는"(217) 글을 씀으로써 디에고 카르바할(Diego Carvajal) 장군의 후원을 받게 되고[7] 마침내 제도권 인사로 변모하여 유럽으로 떠나는 인물로 그려낸다. 그런 이유로 정작 마플레스 아르세가 유럽으로 떠날 때, 신문에는 "반골주의의 아버지가 유럽에 간다든지 멕시코 최초의 전위주의 시인이 구대륙에 간다든지 하는 게 아니라 그저 시인 마누엘 마플레스 아르세라고만 되어 있다. 아마도 시인이라는 말은커녕 마플레스 아르세 학사가 [...] 로마 주재 멕시코대사관의 영사 혹은 부영사 혹은 문화담당관 직을 수행"(356)할 것이라고 발표된다. 이는 혁명으로 야기된 권력투쟁의 시기가 종결되자 수많은 젊은 지식인이 혁명정부에 협력하면서 무지한 군부나 농민 지도자 혹은 권력층 카우디요의 공식적 혹은 비밀스러운 조언자가 됐던 당대의 현실을 정치하게 반영하고 있다. 이와 관련하여 옥타비오 파스는 "멕시코의 인텔리겐차는 전체적으

5) 앞으로 『야만스러운 탐정들』이 인용될 경우, 쪽 번호만 표시한다.

6) 엔리케 곤살레스 마르티네스(Enrique González Martínez, 1871-1952)는 멕시코의 대표적 시인으로 20세기 초 멕시코 지성계를 이끈 청년학당(Ateneo de la Juventud, 1909)의 구성원이었다.

7) 디에고 카르바할의 실제 모델은 마플레스 아르세의 예술운동을 후원했던 군부 출신의 혁명가인 에리베르토 하라(Heriberto Jara, 1879-1968)이다.

로 비평, 실험, 판단이라는 지성의 고유한 무기를 사용하지도 않았고 사용할 수도 없었다. […] 그들[유럽과 미국의 지식인]의 기본적 임무가 비판이었다면, 멕시코 지식인은 정치활동을 했다. […] 멕시코의 인텔리겐차는 국가에 봉헌한 것도 모자라 국가를 변호"(Paz 2009, 303)했다고 지적한 바 있다. 같은 맥락에서 볼라뇨는 『2666』에서 국가와 지식인의 공생관계를 다음과 같이 말한다.

> 아르헨티나를 제외한 라틴아메리카 전역이 그렇듯이, 멕시코의 지식인은 국가를 위해 일한다. 제도혁명당(PRI) 시절에도 국민행동당(PAN) 시절에도 마찬가지였다. 지식인은 국가를 열렬히 변호할 수도 비판할 수도 있다. 국가는 개의치 않는다. 국가는 지식인을 먹여 살리며 비밀리에 그들을 감시한다.(Bolaño 2004, 161)

볼라뇨는 지식인이 혁명권력의 수호자이자 권력의 명령에 대한 수행자로 변모하고, 권력은 지식인의 비호자이자 감시자가 되는 역사적 현실을 지적하며 권력에 굴종한 무기력한 지식인과 그들의 사회적 출세주의를 비판한다. 그런 연유로 마플레스 아르세의 일화를 증언하는 아마데오 살바티에라(Amadeo Salvatierra)는 "시인과 정치인은, 특히 그게 멕시코라면, 똑같은 한 부류"(355)라로 단언한다. 볼라뇨는 이런 방식으로 20세기 초 멕시코의 인텔리겐차(文)와 혁명권력(武)의 정략적 연합을 비판적으로 그려낸다.[8] 그렇다면 동일한 것으로 간주되는 지식-권력이 혁

8) 반면에 볼라뇨는 『야만스러운 탐정들』에서 마플레스 아르세와는 상반된 작가로 레이날도 아레나스를 제시하는데, "혁명당국은 동성애자들에게 관용을 베풀 용의가 없었다. […] 혁명가들의 목적은 분명 두 가지였다. 그 쿠바 작가가 동성애에서 치유되는 것과 치유 후에 조국을 위해 일하는 것이었다"(499)라고 함으로써 쿠바의 반제국주의 혁명의

명이라는 격변 속에서 지향하는 바는 무엇인가? 이에 대한 답의 실마리는 양자의 공모관계를 대변하는 마플레스 아르세와 디에고 카르바할 장군의 만남에서 찾을 수 있다.

> 마누엘과 우리의 장군이신 디에고 카르바할은 파리에 대해, 파리에서 먹는 치즈를 곁들인 빵에 대해, 파리에서 마시는 테킬라에 대해, 거짓말로 들릴 정도로 엄청난 주량에 대해, 벼룩시장 근처 파리 사람들의 엄청난 주량에 대해 얘기를 나눴다. 당시에 나는 두 사람이 그 모든 일들을 구체적인 거리나 구역이 아니라 대충 그 일대에서 일어나는 일인 듯 말한다고 느껴졌다. 나중에 알게 됐지만, 마누엘도 우리 장군님도 그때까지 "빛의 도시"에 가본 적이 없었다. 이유는 모르지만, 두 사람은 그 머나먼 도시, 예의 그 술 취한 도시를 사랑하거나, 아니면 그 보다 더 훌륭한 대의에나 어울릴 열정을 품고 있었다.(356)

두 인물의 대화는 문명의 시공간으로서의 유럽, 특히 "빛"(계몽)으로 상징되는 프랑스를 문화의 중심으로 설정하고 가장 근대적이고 문화적인 영토의 유토피아적 모델로 '상상'하고 있음을 보여준다. 마플레스 아르세에게 파리의 유행과 스타일은 멕시코라는 국민국가 내에서 지식인 집단의 문화적 우월성과 차별성을 담보하며 권력에 접근하고 결합하는 수단이 되며, 카르바할 장군에게 파리 문화 수용은 "문맹"(355)이라는 지적 조건을 감추고 자신을 '(고급)문화의 수호자'로 표방할 수 있는 조건이 된다. 두 인물은 서구의 표준에 따라야 한다는 유럽중심주의적 사유의 틀, 그리고 자신을 서구인과 동일시함으로써 세계체제의 중심부에

이면에 숨겨진 혁명 권력의 배타적 경직성을 비판한다.

(재)배치하려는 욕망을 벗어나지 못하고 있는 것이다.[9] 다시 말해, 두 인물의 자아 인식에 대한 인식론적 한계는 멕시코(라틴아메리카)의 전근대적 열등함 혹은 미성숙함을 인정하는 것이고 스스로 멕시코를 유럽(중심)의 주변부로 배치하는 것, 즉 유럽의 척도 안에 자신을 위치시키는 것임과 동시에 멕시코의 현실을 은폐하는 기저로 작동한다. 이와 관련하여 사무엘 라모스는 멕시코의 근대성이 서구(특히, 스페인과 프랑스)에 대한 모방과 동화에 있었음을 지적하며 멕시코 혁명 시기에 지식인 사회의 유럽중심주의가 낳은 병폐를 다음과 같이 지적한 바 있다.[10]

> 멕시코인은 유럽문명의 원리에 기댄 채 창조적 작품은커녕 멕시코 정신을 진실로 신실하게 보여줄 자생적 작품을 일궈내지 못하고 있다. 우리 역사에서 개탄스러운 게 있다면, 그건 우리 선조들이—아마도 '자발적 퇴화'의 결과로 인해—장단점을 지닌 진솔한 자신이 되지 못하고 외국에서 들어온 수사로 현실을 감춰버렸다는 것이다.
>
> (Ramos 1951, 27-28)

19세기 아메리카인의 삶에 앵글로색슨의 영향이 있었음에도 불구하고 멕시코인이 과학, 예술, 철학, 문학을 통해 문화를 성취하려는 노력은 프랑스의 영향 하에 있었다고 단언할 수 있다. 그 정신적 영향이

9) 라틴아메리카의 근대 엘리트의 한계와 관련하여 로사다는 그들이 외적으로는 국가의 사회구조를 재편하지 못한 채 시장과 국제적 자본에 의존적이었으며 내적으로는 식민의 봉건적 규범을 따른 견고한 사회구조를 강화했다고 지적한다(Losada 1997, 358).

10) 라모스는 제1차 세계대전을 기점으로 유럽문화의 절대 우위가 무너졌으며 '유색인종'(혼혈)에 대한 재평가의 필요성을 인지함으로써 유럽중심주의적 사유에서 진일보한 관점을 보이기도 하지만 "멕시코에서 프랑스 사상이 즉각적으로 수용된 이유가 프랑스가 라틴 정신을 공유하고 있다"(Ramos 1951, 44)고 판단함으로써 프랑스의 제국주의적 구상으로 탄생한 라틴성의 개념에서 벗어나지 못하고 있다.

포르피리오 집권기에 최고조에 달하면서 교양인 층은 파리의 유행과 관습을 분별없이 따라했다. '과학자들'과 부유층에 속한 자들은 집을 지을 때 망사르 지붕을 올렸는데 눈이 오지 않는 멕시코에선 쓸모없는 것이었다. 교양인으로 인정받으려면 프랑스어 구사력이 필수였다.

(Ramos 1951, 48-49)

따라서 마플레스 아르세와 카르바할 장군의 인식 지평은 "근대 세계체제의 포괄적 상상계일뿐만 아니라 이와 동시에(르네상스 초기 선교사들에서 계몽주의 철학자들까지) 지식을 종속시키기(subalternizing) 위한 강력한 기계이자 글로벌한 인식론적 기준의 설정"(미뇰로 2013, 109-110)이기도 한 옥시덴탈리즘에 포섭되어 있다. 따라서 마플레스 아르세가 카르바할 장군의 후원을 받아 멕시코 서부에 있는 베라크루스(Veracruz)주의 할라파(Jalapa)에 건설하고자 기획한 유토피아적 도시 "에스트리덴토폴리스(Estridentopolis, 반골주의 도시)"(355)[11]는 서구의 주변부인 멕시코 내에 서구 근대성을 이식하고자 하는 시도라는 혐의를 피할 수 없다. 문제는 지식의 종속화로 인한 서구 근대성 수용과 이식의 과정이 지적 식민(성)을 자기 내부로 함께 이식하는 결과를 초래한다는데 있다. 라틴아메리카가 식민지 본국에서 독립하여 새로운 정부를 수립한 유럽 혈통의 크리오요가 남북 아메리카에서 원주민과 흑인을 대상으로 식민성의 논리를 재생산(미뇰로 2010, 100)했다면, 볼라뇨가 『야만스러운 탐정들』에서 멕시코혁명기의 지식인을 포착한 것은 '혁명이 있었음에도 불구하고',

11) 실제로 이 용어는 반골주의 작가들이 1925년에서 1927년까지 할라파에 머물던 시기에 사용한 용어이다. 에스트리덴토폴리스라는 용어는 바스콘셀로스가 『보편인종 La raza cósmica』(1925)에서 제시한 우니베르소폴리스(Universopolis, 보편도시)에서 가져온 것으로 보인다.

즉 멕시코 혁명이 "서구로부터 수입된 텍스트에 의해 억압되었던 컨텍스트의 저항"(김은중 2009, 8)이었음에도 불구하고, 저항의 컨텍스트를 통해 텍스트를 생산의 주체가 되지 못하고 또 다시 수입된 텍스트로 돌아감으로써 식민성 논리의 내면화가 지속되었음을 암시하는 것으로 볼 수 있다.[12] 그런 점에서 마플레스 아르세가 "모든 시인들은, 제 아무리 전위적이라 할지라도, 아버지가 있어야 한다"(177)고 주장할 때, 그 아버지는 텍스트 생산의 모형으로서 서구-중심을 지탱하고 있는 거대서사, 즉 광의의 의미에서 서구 근대성을 지시하는 것으로 해석될 수 있다. 따라서 볼라뇨는 『야만스러운 탐정들』에서 지식-권력의 문제를 제기함으로써 멕시코가 19세기에서 20세기 초까지 독립, 국가형성기, 혁명을 거치면서 외적식민주의에서는 벗어났지만 유럽중심적 사유를 지속적으로 이식함으로 인해 지식의 종속성/식민성을 극복하지 못하고 있음을 직시하고 있다.

3. 내면화된 중심-주변부 구조

볼라뇨는 문학계와 국가는 물론이고 문학에서도 삶에서도 특정한 경계 내 위치 점유를 거부한 작가로, 거대서사, 정전 문학, 중심 담론에

12) 키하노는 라틴아메리카의 실질적인 민주주의혁명을 멕시코와 볼리비아의 혁명으로 보고 그 혁명이 민중적, 민족주의적, 반제국주의적, 반식민주의적이었으며 권력의 식민성과 과두제에 반하는 것이었고, 제국 부르주아의 보호 하에 있던 영주적 부르주아에 의한 국가 통제에 반하는 것이었다고 판단한다(Quijano 2003, 240). 반면에 볼라뇨는 멕시코혁명 이후 지식인이 민중과 자신을 차별화하며 지배엘리트에 결합하는 과정을 형상화함으로써 새로운 권력 메커니즘의 생산을 비판적 시각으로 접근한다.

저항하며 탈중심적 전복 문학을 시도했던 주변부 작가였다. 그의 전복적 서사는 (문학)세계의 중심부를 비판하기 위해 주변부를 전면에 드러내는 것으로 실현됐다. "공식 역사의 보이지 않는 이면에서 역사를 만들어가는 이름 없는 주변부적 존재들과 사회적 열패자들, 즉 "역사 없는 사람들(las gentes sin Historia)을 새로운 세계 건설의 주체로 복권시키는"(김현균 2010, 44) 그의 작업은 『부적』, 『야만스러운 탐정들』, 『2666』 등의 작품을 비롯해 그의 문학 전반에 흩뿌려져 있다. 특히, 볼라뇨의 자전적 경험이 바탕이 된 『야만스러운 탐정들』은 포스트식민 엘리트 집단의 유럽중심주의적 사유가 20세기 멕시코 사회에 중심-주변이라는 사회문화적 계서구조를 이식하고 내면화했음을 폭로하면서 '야만적인', 즉 '훈육되지 않은' 혹은 '훈육을 거부하는' 사람들의 시각에서 주변부 세계를 조망한 작품이다. 라틴아메리카에서 독립이 외적 식민주의의 종식이었지만, 크리오요 엘레트가 유럽의 식민 지배자들의 자리를 대체함으로 인해 외적 식민주의가 내적 식민주의로, 다시 말해 '종속'이 재배치되었다면(미뇰로 2010, 129), 볼라뇨는 문명, 진보, 발전이라는 서구 근대성의 수사가 국민국가로서의 멕시코에 내면화되면서 야기한 서열적이고 차별적인 사회구조를 문제 삼으며 주변부 혹은 내적 외부성(타자성)을 파고드는 것이다.

『야만스러운 탐정들』은 1970년대 멕시코를 배경으로 반문화운동의 흐름 속에서 내장사실주의라는 반역적 시문학 운동을 전개한 일군의 우상파괴주의적 청년 시인에 관한 이야기이다. 작품에서 내장사실주의 문학운동의 중심인물인 벨라노와 리마는 멕시코의 지식-문화 영토를 옥타비오 파스로 상징되는 공식적, 제도적 영토와 세사레아 티나헤로로 대변되는 반문화 영토로 분리하고 서열적 문학(권력)을 전복하기 위한 문학 혁명을 주장한다.[13] 옥타비오 파스가 멕시코의 문화영토를 중심에 위치한 이유는 그가 "펜타포디아(pentapodia)", "니카르케오(nicárqueo)", "테트라스티코(tetrástico)" 등의 시작법(詩作法)을 "알고 있는 유일한 시인"(14)이며 멕시코의 "유일한 노벨상 수장자"(605)이기 때문이다. 즉, 옥타비오 파스가 지닌 문학(문화)적 권위는 서구의 고전적 문학 전통에 정통하다는 사실과 유럽의 문화적 척도에 부합한다는 것에 기인한다. 그런 문학계 현실 속에서 내장사실주의자들은 자신들이 "옥타비오 파스의 제국과 네루다의 제국 사이"에 위치하며 "목에 칼을 들이댄"(30) 상황으로 파악하고 파스를 적으로 규정한다.[14] 나아가 그들은 내장사실주의의 창시자를 대항적 혹은 대안적 인물로 상정한다. 옥타비오 파스의 영토에 맞서기 위해 반골주의가 출현한 1920년대의 또 다른 전위주의인 내장사실주의를 주창하고 주변부—소노라로 자취를 감춘 티나헤로를 이상향으로 설정하는 것이다. 이로써 이경민(2012, 35)이 밝히듯, 옥타비오 파스(정주성, 질서, 중심부, 아버지, 문명, 빛, 수직적 서열성)와 티나헤로(유목성, 무질서, 주변부, 어머니, 야만, 그림자, 수평적 개방성)의 문화적, 사회적, 지정학적 위치와 영토성의 대립적 관계가 설정된다.

양자의 대립적 배치는 멕시코 내에서 작동하는 중심-주변의 모델에

13) 『야만스러운 탐정들』은 1970년대 중반 볼라뇨가 전개한 밑바닥사실주의 문학운동을 투영하고 있다. 반문화로서 밑바닥사실주의가 문학적으로 형상화된 과정은 이경민(2013)을 참조하라.

14) 이와 관련하여 우석균(2010, 116)은 볼라뇨가 네루다의 참여시와 상아탑에 갇힌 듯한 파스의 형이상학적 시를 비판함과 동시에 대가들을 모방할 뿐 독창성을 추구하는 시인이 사라지고 절대적인 문학권력 때문에 새로운 실험정신이 문단에 발을 들여놓기 힘든 현실을 비판하고 있다고 지적한다.

대한 정치한 반영이다. 따라서 벨라노와 리마가 내장사실주의의 원류인 티나헤로의 영토인 소노라를 향해 떠나는 것은 파스의 중심부 영토에 대한 대안적 기획의 모색으로 볼 수 있다. 그러나 이는 문화적 헤게모니에 대한 저항과 대안적 문화를 추구하는 것 이상의 의미를 지닌다. 볼라뇨 문학에서 문학계가 근대세계의 축소판으로 제시된다는 사실과 볼라뇨가 『야만스러운 탐정들』에서 1968년 멕시코국립자치대학교가 군경에 짓밟힐 때 화장실에 숨어 문학을 통해 목숨을 부지하는 아욱실리오 라쿠투레라는 인물로 문학과 생명을 동일시한다는 점(이경민 2012, 41)을 고려하면, 그들의 기획은 대안적 삶 혹은 서구 근대성/식민성 외부의 삶을 추구하는 것으로 확대되기 때문이다.

여기서 제기되는 문제는 그 대안적 삶의 가능성 여부이다. 그에 대한 볼라뇨의 전망이 낙관적이라고 하기는 어렵다. 그것은 티나헤로가 벨라노와 리마에 의해 발견되자마자 죽음을 맞음으로써 이상적 대안이 사라지기 때문이기도 하지만, 무엇보다 중심-주변의 모델이 멕시코라는 국민국가 경계 내에선 어디에서든지 작동하기 때문이다. 즉, 중심부-메트로폴리스이든 주변부-소노라 사막이든 시공간적 차이를 불문하고 중심부의 헤게모니가 지배하고 있는 것이다. 먼저, 작품의 1장과 3장의 서술자인 가르시아 마데로는 멕시코시티라는 근대 도시의 공간 배치를 다음과 같이 그려낸다.

> 사실 나는 우리가 막 지나온 거리가 특별하다는 징후를 처음에는 알아채지 못했다. [⋯] 하지만 이내 [⋯] 몇 가지 차이점을 알아차렸다. 먼저 조명이다. 부카렐리가(街)의 조명은 백색이지만 게레로가(街)는 호박색에 가까웠다. 부카렐리가에는 길가에 주차한 차를 보기 어려웠지

> 만 게레로가에는 많았다. 부카렐리가의 바와 카페들은 문이 열려 있고 밝았지만 게레로가에는 바와 카페가 많은데도 길 쪽으로 난 창이 없어서 비밀스럽게 혹은 조심스럽게 자신을 숨기는 것 같았다. 끝으로 음악이 달랐다. 부카렐리가에는 음악 소리는 없고 차량과 사람 소리뿐이었지만, 게레로가는 [···] 음악이 거리의 주인이었다.(44)

식민시대의 잔재를 명시적으로 보여주듯 누에바 에스파냐(Nueva España)의 부왕 안토니오 부카렐리(Antonio María de Bucareli y Ursúa, 1717-1779)의 이름을 딴 부카렐리가는 근대화를 통해 백색(빛)-질서-개방-안정성이 갖춰진 문명의 공간으로 제시되는 반면, 전사(戰士)를 의미하는 게레로(Guerrero)가는 황색(어둠)-무질서-폐쇄-불안정성을 띄는 공간으로 근대사회에 공시적으로 존재하는 주변부-야만성을 암시한다. 여기에서 발생하는 중요한 문제는 두 공간의 차이나 그 두 공간이 하나의 공간에 있다는 사실이 아니라 양자가 맺고 있는 관계, 다시 말해 질서의 세계가 무질서의 세계를 통제하고 지배하는 권력 메커니즘이다. 게레로가는 근대화된 도시 안에 위치한 주변부로서 창녀 루페의 공간이다. 이 공간은 "칼로 자신의 성기를 재는"(49), 즉 폭력의 남성성을 통해 여성성을 착취하는 포주 알베르토가 군림하고 있는 공간이다. 그는 "멕시코시티와 전 멕시코의 매춘망과 매춘조직을 통제"(97)하는 경찰과 결탁한 인물로 주변에 대한 중심 권력의 실효성을 보장하는 매개적 존재이다. 이렇듯 볼라뇨는 남근을 통제 권력의 상징으로 제시함으로써 식민시대에서 근대국가에 이르기까지 멕시코가 남근중심주의 권력의 지배를 통해 유지되었음을 분명히 한다.

주목할 점은 이 남근중심주의가 현실에서 구체적으로 집행되는 방식이다. 『야만스러운 탐정들』에서 볼라뇨는 그 키워드를 폭력, 감시, 통제로 제시한다. 먼저, "성기의 크기"와 "칼의 크기가 똑같은"(49), 즉 남근과 권력(폭력)을 동일시하는 알베르토가 자신의 성기를 여성의 입에 넣어 숨이 막히도록 하는 일화(50)가 있는데, 이는 남성=권력=폭력으로 성립된 권력 메커니즘이 멕시코 사회를 지배하고 있음을 보여주는 대표적인 예이다. 다음으로 킴(Quim)이 증언하는 프락치 사건과 아욱실리오가 증언하는 틀라텔롤코 사건은 국가 시스템 작동이 감시와 통제를 통해 가능함을 보여주는 대표적인 사례이다. 킴의 일화는 대학생들이 자주 찾는 카페에 드나들면서 학생들의 마스코트가 된 어느 농아에 대한 이야기다. 어느 날 킴은 낯선 바에서 그 농아를 목격하는데, 그곳에서 킴은 그가 농아가 아니라 완벽하게 말을 할 줄 아는 프락치라는 사실을 알고 경악한다. 진실을 알게 된 킴은 그 농아를 "악마"(95)에 비유한다. 킴의 일화가 국가의 비밀스러운 통제 시스템에 대한 폭로라면 아욱실리오의 입을 통해 전해지는 군경의 대학 진압은 국가폭력을 수단으로 한 공포의 정치학을 구체적으로 제시한다.

> 무장군인들과 몇몇 사복 차림의 경찰들이 체포된 학생과 교수들을 트럭에 밀어 넣고 있었다. 2차 세계대전 영화처럼 [⋯] 어두운 화면 속에 점점이 번득이는 사람들이 있었다. 미친놈들이나 잔뜩 공포에 질린 사람들 눈에나 보이는 장면 말이다. 그 때 난 나에게 말했다. 여기 있어, 아욱실리오. [⋯] 네 발로 저 영화에 들어가지마, 아욱실리오.(193)

교수와 학생이 트럭에 밀려들어가는 장면은 『부적』에서 아욱실리오가 "시커먼 꽃병 주둥이"에 손을 밀어 넣으려는 장면과 중첩되는데, 여기에서 꽃병 주둥이는 "지옥의 입구", "악몽"으로 간주된다(Bolaño 1999, 16). 볼라뇨는 이런 방식으로 국가의 폭력적 권력을 "악마"가 만든 "지옥-악몽"과 동일시한다. 결과적으로 킴과 아욱실리오의 일화는 권력이 원칙적으로 그늘진 구역을 허용치 않으며 지속적이고 비밀스럽게 어디서든지 통제하고 있음(Foucault 2009, 207)을 입증한다. 마찬가지로 루페의 포주인 알베르토와 경찰이 멕시코시티를 버리고 소노라를 향해 탈주하는 자들(벨라노, 리마, 루페, 마데로)을 추적하는 것도 동일한 맥락에서 이해될 수 있다.

멕시코시티와 마찬가지로 탈주의 공간인 소노라 또한 중심-주변이라는 계서구조에서 예외일 수 없다. 벨라노와 리마가 메트로폴리스을 떠나 티나헤로의 흔적을 추적하며 들어선 소노라의 도시 산타테레사는[15] 사막, 환영, 망각의 이미지가 중첩된 주변부 공간으로 제시된다. 그러나 그곳에는 옥타비오 파스의 도플갱어가 존재한다.

> 이곳 대학의 인문학부 수장이 보자고 했다는데, 오라시오 게라라는 이름의 얼간이로, 놀랍게도 그는 옥타비오 파스와 똑 같았다. 물론 축소판으로 말이다. […] 두 사람[벨라노와 리마]에 따르면 소노라 주의 이 외진 곳에 있는 오라시오 게라의 추종자들은 옥타비오 파스 추종자들을 그대로 빼닮은 복사판이라고 한다.(569-571).

위 인용문은 중심이라는 수렴점이 '평화(Paz)'의 시대를 구가하는 옥타

15) 산타테레사의 실제 모델이 되는 도시는 멕시코 북부의 시우다드후아레스이다. 실제로 이 도시에서는 여성 연쇄살인 사건이 끊임없이 발생하고 있다. 볼라뇨는 이 도시를 "지옥"(Braithwaite, 69)에 비유한 바 있다. 볼라뇨의 『2666』의 4부 「범죄에 관하여」는 이 여성 연쇄살인을 다루고 있다.

비오의 전방위적 권력이 "문화적 황무지"(460)인 주변부 소노라에서도 작동함을 지시한다. 여기서 볼라뇨는 오라시오 게라(Horacio Guerra)-호라티우스(Horatius)와 옥타비오(Octavio)-옥타비아누스(Octavianus)를 통해 고대 서구에서 현대 멕시코에 이르기까지 지구적 역사가 권력 투쟁의 장이었음을 표출한다. 다시 말해, 브루투스(Brutus) 진영에서 옥타비아누스에 대적해 전쟁(Guerra)을 벌였다가 패배한 뒤 옥타비아누스 휘하에 들어간 오라시오(호라티우스)를 암시함으로써 서구 역사가 폭력을 통한 정복과 패권주의의 연속이며, 이러한 권력-중심의 생성 메커니즘이 현재까지 동일하게 이어지고 있음을 보여주는 것이다.

따라서 옥타비오 파스의 영토에 대항하고자 하는 내장사실주의는 서구 근대성이 멕시코(라틴아메리카)에 이식됨으로써 형성된 문화적, 지정학적, 사회적 중심에서 탈주하려는 시도로 이해할 수 있다. 내장사실주의자들이 아버지가 없는 "숙명적인 고아"(177)로 그려지면서 남성성을 거부하고 어머니를 찾는 이유가 그것이다.[16] 그들에게 내장사실주의의 창시자인 티나헤로라는 인물은 근대성의 서사와 논리, 중심과 주변, 발전과 저발전, 문명과 야만의 구도를 역전할 수 있는 기획의 근거가 된다. 그런 점에서 티나헤로와 70년대에 내장사실주의의 부활을 꿈꾸는 그녀의 후계자들의 전위주의 운동은, 가르시아 칸클리니가 지적하듯, 서구 근대성을 거부하고 모종의 대안을 찾아 근대성 외부를 향해 자발적으로 탈주를 감행한 하나의 움직임에 해당한다고 할 수 있다.

16) 벨라노와 리마가 남성성(부성)을 부정하고 티나헤로-여성성(모성)을 찾지만, 이들은 성(聖)을 거부하고 성(性)이 제거된 "무성(asexual)"(179)의 존재, 즉 특정 이데올로기나 헤게모니가 작동하지 않는 영역의 인간으로 그려진다.

> 전위주의는 예술의 자율성을 극한까지 추구하고, 때로는 근대성의 다른 움직임들–특히 혁신과 민주화–과 결합하고자 했다. […] 전위예술의 집단적, 개인적 좌절은 근대 기획들 사이에 존재하는 모순에 대한 절망적인 표현일 것이다. […] 몇몇 전위예술들은 고급문화적이거나 근대적이기를 거부하는 시도로 나타났다. 19세기와 20세기의 다양한 예술가와 작가들은 서구의 예술 유산을 거부하고, 근대성과 유산의 결합물도 거부했다. 그들은 부르주아적 안락함과 합리성의 발전에는 거의 관심을 두지 않았고, 산업과 도시의 발달 역시 그들에게는 비인간적인 것으로 보였다. 가장 극단적인 예술은 그 거부를 망명으로 표출했다. "범죄" 사회, "황금에 의해 지배되는" 사회에서 벗어나기 위해 랭보는 아프리카로, 고갱은 타이티로 떠났다. 놀데는 남태평양과 일본으로, 샤갈은 브라질로 갔다. 보들레르처럼 남아 있는 사람들은 도시 생활의 "기계적인 타락"을 비난했다.(가르시아 칸클리니 1989, 42)

살바티에라가 "절망했을 때를 위한 문학이 있는데, 이것이 리마와 벨라노가 하려고 했던 문학이다"(201)라고 밝히듯, 이들의 전위주의는 절망적 현실에 기인한다. 그 절망은 쿠바혁명(1959)이 1968년 에베르토 파디야(Heberto Padilla) 사건으로 치명상을 입었고 프랑스 68운동의 혁명적 아우라가 멕시코에선 틀라텔롤코광장 학살(1968)로 추락했으며, 1973년 칠레의 살바도르 아옌데 정부가 피노체트의 쿠데타로 막을 내렸던 역사적 맥락과 무관하지 않다. 1973년 아옌데의 몰락을 목격하고 우여곡절 끝에 멕시코로 돌아온 볼라뇨와 마찬가지로 그의 작품 속 분신인 벨라노가 "더 이상 예전의 그"가 아닌 "지옥에서 돌아온 단테"(196)로 그려지는 것은 지옥이 된 현실을 암시하기에 충분하다.[17] 혁명이 공명(空名)으로 전락한 역사의 조류와 세속적 자본주의가 팽창하고 폭력과 감시를 통한 통제적 국가체제가 강화되는 현실에서 그들에게 남은 유일한 대안은 탈주이다. 따라서 내장사실주의자들의 주변부로의 '망명'은 이식된 근대 기획에 대한 반역적 거부의 표현이다.

4. 내장사실주의, 근대성 너머의 기획

『야만스러운 탐정들』에는 '근대성(modernidad)'이라는 용어가 고작 세 번밖에 쓰이지 않지만 이 용어는 작품을 관통하는 핵심적 개념으로 작동한다. 티나헤로가 주창한 내장사실주의, 그리고 그녀의 텍스트와 삶을 추종하는 70년대 후기 내장사실주의자의 탈주의 지점이 서구 근대성이기 때문이다. 1920년대 살바티에라가 반골주의와 디에고 카르바할 장군을 떠나기로 결정한 티나헤로와 나눈 대화는 티나헤로의 소노라 행이 반골주의가 지향하는 근대성을 벗어나려는 것임을 보여준다.

> 장군[디에고 카르바할]은 당신 없이는 아무것도 하지 못할 거야. 당신은 몸도 영혼도 반골주의자야. 우리를 도와 에스트리덴토폴리스[반골주의 도시]를 만들어야지. 그러자 세사레아는 아주 재미는 있지만 자신도 이미 아는 농담이라는 듯이 미소를 지었다. 그리고 일주일 전에 직장을 그만뒀으며 자신은 내장사실주의자이지 한 번도 반골주의자였던 적이 없었다고 말했다. […] 나도 마찬가지야. 모든 멕시코 시인은

17) 볼라뇨는 칠레에서 멕시코로 이주한 1968년 틀라텔롤코 학살을 경험했으며 1973년에는 아옌데의 사회주의 정부를 지지하기 위해 칠레로 돌아가지만 아옌데의 몰락을 목격해야 했다.

> 반골주의자라기보다는 내장사실주의자야. 하지만 뭐가 중요하겠어. 반골주의와 내장사실주의는 우리가 정말로 이르고자 하는 곳으로 가기 위한 두 개의 가면일 뿐인데. 세사레아가 물었다. 우리가 어디에 이르고 싶어 하는 거죠? 내가 말했다. 근대성, 그 빌어먹을 근대성에 이르고 싶은 거잖아.(460)

근대성 기획을 에스트리덴토폴리스라는 상징으로 투사하는 살바티에라는 티나헤로를 반골주의자로 간주하며 그 기획에 함께할 것을 청한다. 그러나 티나헤로의 인식과 기획은 살바티에라의 반골주의 기획과 다르다. 살바티에라는 양자가 공히 "근대성"을 향하고 있다고 하면서도 모든 멕시코 시인이 내장사실주의자에 가깝다는 것으로 티나헤로의 기획이 서구중심적 근대성을 지향하지도 중심을 재구축하지도 않으며, 오히려 주변부(인)를 향하고 있음을 암시한다. 즉, 티나헤로의 기획은 근대화=서구화라는 등식을 파괴하는 인식론적 차이에서 출발하며, 따라서 엘리트층이 전유하는 권력과 지식의 식민성 외부에서 실행될 기획이다. 그러므로 티나헤로가 중심-메트로폴리스를 벗어나 (생명의 가능성이 없기에 태어나는 생명이 모두 최초일 수 있는 공간의 메타포로서의) 사막지대인 소노라로 향하는 것은 새로운 생명 잉태의 가능성을 실험하는 장이 된다. 반면에 근대세계는 제 경계 외부로 탈주하는 티나헤로를 포착할 수 없다. 살바티에라가 멕시코시티를 떠나기로 결정한 티나헤로를 보고 "세사레아는 환영(fantasma)처럼, 보이지 않는 여자처럼 웃었다"(460)거나 "그녀는 더 이상 내가 알고 있던 예의 그 세사레아가 아니라 다른 여자, 소노라 사막의 태양 아래 검은 옷을 입은 뚱뚱한 인디오였다"(461)라고 하는 이유는 티나헤로가 살바티에라의 인식론적 경계의 외부로 탈주했기 때문이다. 살바티에라에게 소노라는 “문화적 황무지”(460)에 지나지 않는다. 이로써 티나헤로는 근대세계에 포섭된 멕시코시티의 티나헤로가 아니라 ‘환영-투명인간-사막-인디오’, 즉 ‘역사 없는 사람’의 이미지로 재구성된다. 티나헤로의 영토에 들어선 후기 내장사실주의자 “벨라노와 리마가 두 명의 환영”(113)으로 그려지는 이유도 거기에 있다.[18)]

그렇다면 근대성을 벗어나려는 티나헤로의 또 다른 ‘근대성 기획’은 무엇인가. 사실 작품은 이에 대해 명확한 답을 제시하지 않는다. 다만, 티나헤로의 기획이 몇 가지 중첩된 이미지와 연결되어 있음을 발견할 수 있는데, 티나헤로의 연인이던 아베야네다의 일화에 나오는 ‘아스틀란’과 벨라노와 리마가 티나헤로를 추적하는 과정에서 만난 티나헤로의 옛 동료교사가 들려주는 ‘히파티아(Hipatia)’ 이야기가 그것이다.

> 아베야네다는 아스틀란 얘기를 꺼냈다. […] 오르티스 파체코는 아스틀란이 무엇을 의미하는지 전혀 몰랐다. 살면서 처음 들어본 말이었다. 그래서 아베야네다가 처음부터 다 설명해줘야 했다. 최초 멕시코인의 신성한 도시, 신화적 도시, 알려지지 않은 도시, 플라톤이 말하는 진정한 아틀란티스인 아스틀란에 대해서. […] 오르티스 파체코는 그 정신 나간 생각들이 틀림없이 세사레아 탓이라고 생각했다.(580)

> 언젠가 교사가 무엇을 쓰냐고 물었더니, 세사레아가 대답하기를 어느 그리스 여자에 대해 쓴다는 것이었다. 그리스 여자의 이름은 히파

18) 주변부인의 환영적 이미지는 『부적』에서도 동일하게 나타난다. 근대화된 대도시인 멕시코시티의 그림자 속에서 살아가는 아욱실리오는 스스로를 “보이지 않는 여자(mujer invisible)”(190)라고 말한다.

> 티아였다. 얼마 후 교사는 백과사전에서 그 이름을 찾았고, 알렉산드리아의 철학자로 서기 415년 기독교도들에게 죽었다는 사실을 알게 됐다. [⋯] 교사는 세사레아가 자신을 히파티아와 동일시한다고 여겼다. (594)

아스틀란이 멕시코의 신화적 원류이면서도 망각 속에 침잠한 도시라면 히파티아는 서구 역사를 지배한 기독교 세계관에 의해 희생된 인물로서, 양자는 상실된 기억으로서의 존재 근원이 되는 '과거'와 지배 이데올로기에 의해 제거된 '여성'이라는 중첩된 이미지를 생산한다. 즉, 주변부에서 꿈꾼 티나헤로의 기획은 유럽에 의해 인식-명명되기 이전의 멕시코로서의 존재 근원과 가치를 복원하고 서구의 남근중심주의가 잉태한 식민주의 이전의 '비식민, 비폭력, 여성적' 인문주의를 출발점으로 삼고 있다. 그러나 티나헤로의 '또 다른' 근대성 기획은 실현 불가한 미완의 조잡한 그라피티에 지나지 않는다. 그녀가 남긴 노트-텍스트는 그녀가 에스트리덴토폴리스와는 차별적인 모종의 이상적 '폴리스(polis)'를 기획하고 있으나 그 기획이 미완성임을 보여준다. 티나헤로의 옛 동료 교사는 다음과 같이 티나헤로의 노트를 기억한다.

> 교사의 눈은 통조림 공장 지도를 훑어보고 있었다. 그건 세사레아가 그린 지도였는데, 어떤 구역은 미세한 점까지 아주 신경을 썼고 어떤 데는 의미하거나 모호했으며, 가장자리에는 글자가 적혀있었다. [⋯] 도대체 무슨 이유로 공장 지도를 그렸는지 물었다. 세사레아는 다가올 시대에 대해 말했다. [⋯] 세사레아는 연도를 콕 찍어서 2600년경이라고 말했다. [⋯] 기본적으로 멕시코 교육체계에 대한 논평이었어요. 대

단히 양식 있는 부분도 있고 완전히 상식 밖인 것도 있었죠. 세사레아는 바스콘셀로스를 증오했지만, 어찌 보면 애증이었죠. 노트에는 대규모 문맹 퇴치 계획이 들어 있었는데, 원고가 엉망이라서 교사는 거의 이해하지 못했다. 아동, 청소년, 청년들이 순차적으로 읽을 도서 목록들도 있었는데, 앞뒤가 아예 맞지 않는다고는 할 수 없으나 서로 모순적이긴 했다.(596-597)

티나헤로가 바스콘셀로스를 증오하는 것은 반골주의가 주창한 에스트리덴토폴리스의 개념이 그러하듯, 다윈의 진화론을 근거로 인종주의 우생학을 전개하면서 백인과 원주민의 혼혈인 메스티소(Mestizo)를 보편인종으로 규정하고 그 문화적, 혈통적 중심을 유럽(그리스, 스페인 등)에서 찾고 있는 바스콘셀로스의 인식 또한 유럽중심적 사유의 한계를 벗어나지 못하고 있기 때문이다. 다시 말해, 바스콘셀로스의 메스티소 민족주의 이데올로기는 유럽중심적 근대성에 근거하여 멕시코를 세계주의적 보편성에 기입하고자하는 열망의 표현이다. 따라서 티나헤로의 기획은 바스콘셀로스의 기획과는 차별적이지만 그 실현 방법과 시기를 제시할 수 없는 미지의 기획이다.

그런 점에서 티나헤로의 죽음은 의미심장하다. 사실 옥타비오 파스로 상징되는 (근대적) 영토성을 티나헤로의 (주변부적) 영토성으로 대체하는 행위는 서구 근대성의 식민주의 논리가 동일하게 재생산된 주변부 내의 권력 메커니즘에 근본적인 변화를 가져오지 못한다. 다시 말해, 후기 내장사실주의자들이 세사레아 티나헤로를 부활, 복원하는 것으로 옥타비오 파스의 (공식)문화 영토를 대체하는 것은 권력 메커니즘 내에서의 위치 전환만 있을 뿐 그 구조를 폐기하거나 작동을 중단할 수 없기에 또 다른 (문학)권력 메트릭스를 재생산하는 모순적 자가당착에 지나지 않는다. 세계체제 내에서 "식민주의 논리"가 늘 동일했고, "다만 권력의 주체가 바뀌었을 뿐"(미뇰로 2010, 43-44)이듯, 주변부 국가 내에 형성된 내적 식민주의 논리 또한 동일하게 작동하는 결과를 초래할 따름인 것이다. 따라서 티나헤로가 스스로 죽음에 뛰어드는 행위는 권력 헤게모니 생성의 가능성을 자발적으로 제거함으로써 식민주의 논리에서 이탈하는 행위로 간주할 수 있다. 그러나 그녀의 죽음이 생명-텍스트를 구원하는 것임은 분명하다. 리마가 경찰의 손에 붙들려 뒤엉키자 티나헤로는 "뜀박질이 거의 불가능한 몸으로 뛰어가" 자신의 "육중한 몸으로 두 사람을 덮쳐"(604) 리마를 구하고 죽음을 맞는다.[19] 이로서 띠나헤라의 주변부 삶-텍스트와 그녀가 구상한 모종의 기획은 후기 내장사실주의자에게 전이된다. 작품 전체에서 벨라노와 리마가 중심인물이면서도 그들이 목소리가 완전히 배제된 것은 티나헤로가 그러했듯이 그들이 텍스트로서의 세계 속에 침잠해있는 '역사 없는 사람들'이기 때문이다.[20] 그럼에도 불구하고 그들의 역사는 포착되지 않는 시공간에서 계속될 것이다. 볼라뇨는 중심부가 지시하는 방식이 아니라 주변부가 자신들이 스스로를 지시하는 방식으로 주변부 역사를 이어가고 있음을 넌지시 제

19) 티나헤로의 죽음과 관련하여 이경민은 "문학권력을 쥔 부모세대가 후속세대를 위해 어떤 방식으로든 죽어야 한다는 것을 상징적으로 암시"(2013, 39)하는 것으로 해석한다.

20) 시간적으로 티나헤로의 죽음 이후는 『야만스러운 탐정들』의 2장 〈야만스러운 탐정들(1976-1996)〉에 해당하는데, 이 장은 무한히 전개 가능한 다층적 크로노토프의 접속으로 구성되어 있다. 1장의 직선적, 규칙적, 시간성-서사성은 3장를 거치면서 점진적으로 상실되고 2장에서는 다양한 시공간이 중층적으로 겹치며 혼돈의 서사를 생성한다. 이는 독자로 하여금 질서의 텍스트에서 경계 없는 무질서의 텍스트로 진입하도록 유도하는 볼라뇨의 서사 전략이다.

시한다. 티나헤로의 옛 동료 교사는 주변부의 생명력을 다음과 같이 말한다.

> 파파고족은 애리조나와 소노라에 산다. 우리는 교사에게 파파고족인지 물었다. 교사가 말한다. 아니요, 아니에요. 저는 과이마스족입니다. 할아버지는 마요 인디오였죠. 우리는 왜 파파고어를 가르치냐고 묻는다. 교사가 말한다. 이 언어가 사라지지 않게 하려고요. 멕시코에는 파파고족이 2백 명밖에 남지 않았어요. 우리는 인정한다. 아주 적죠. 애리조나에는 1만 6천 명가량 있는데, 멕시코에는 2백 명뿐이라니. 그러면 엘 쿠보에는 파파고족이 얼마나 남아 있죠? 교사가 말한다. 20명가량이요. 하지만 그건 상관없어요. 나는 계속 가르칠 거예요. 덧붙여 교사는 파파고족은 자신을 그렇게 부르지 않고 오오탐이라고 부르고, 피마족은 스스로를 오옵, 세리족은 콘카악이라고 부른다고 설명했다.
>
> (588-589)

위 인용문은 서구의 근대 국가 모델과 권력 헤게모니에 의해 라틴아메리카의 지정학적 경계가 설정됨으로써 라틴아메리카의 고유한 지리문화적, 인종적, 역사적 정체성이 제단, 분할, 파괴됐다는 사실, 즉 서구의 근대성/식민성이 "자신의 이해의 한계를 벗어나는 것들을 규정하는"(59)방식으로 구성되었음을 보여준다. 그러나 그러한 서구의 글로벌 디자인에도 불구하고 주변부가 서구의 인식론적 척도의 대상되기를 거부하고 자기 자신의 정체성을 "계속"해서 유지하고 있음 또한 입증하고 있다. 그들에게 삶에 대한 지정학적 경계 설정은 폐쇄이고 부패이며 죽음이다. 소노라의 사막에 사는 이들은 가축과 함께 살아도 "냄새가 거의 나지 않는다. 유리창 없는 창으로 들어오는 사막의 바람이 냄새를 쓸고 가기 때문이다"(589). 사막에는 길(삶)의 원형이 없다. 끊임없이 길(삶)들이 생성되고 사라지기를 반복하는 곳이 사막이기 때문이다. 티나헤로가 죽음을 맞고 2장에서 벨라노와 리마가 각자의 길을 찾으며 죽음을 향해가는 것도 동일한 맥락이다. 그들이 "야만스러운 탐정들"인 이유 또한 근대성의 서사가 제시하는 질서와 규율, 진보와 발전의 길을 벗어나 새로운 길을 모색하기 때문이다. 또한 그들이 "한 지점을 바라보며 미지의 곳을 향해 똑바로 뒷걸음질 치며 그 지점에서 멀어져간다"(17)는 것은 세계를 지배하는 중심적 가치에서 멀어져 주변부 혹은 또 다른 미지의 시공간으로 향하는 것을 의미한다.

따라서 그들의 역사, 즉 서구 근대성이 양산한 주변부의 상실된 이야기를 회복하는 것은 근대성 이면의 텍스트를 쓰는 것이며 '또 다른' 근대성의 가능성을 확인하는 일이자 서구 근대성의 필연적 그림자인 식민성의 관점에서 역사를 재인식하는 행위이다. 내장사실주의자들에 대한 자료를 수집하여 그들에 대한 텍스트를 출판하게 된 파추카대학의 에르네스토(Ernesto)는 자신의 책이 "최소한 파추카에 근대성을 도입하게 될 것"(551)이라고 말한다. 그는 버려진 서사를 회복하는 것으로 다른 방식의 삶-텍스트를 회복할 수 있을 것으로 상정한다. 그러나 티나헤로의 기획처럼 그의 텍스트가 주변부의 삶-텍스트를 포착할 수 없는 미완성임은 자명하다. 근대적 삶-텍스트로는 그들을 포착할 수 없으며 그들이 포착된다는 것은 특정한 인식론적, 지정학적 경계 내에서 규정된다는 것을 의미하기 때문이다. 벨라노와 리마의 목소리가 완전히 제거되고 산발적인 이동과 무수한 레퍼런스 속에 침잠함으로써 『야만스러운 탐정들』이 그들의 삶을 포착하지 않는 이유도 동일한 맥락이다. 볼라뇨는 이 작품을 통해 또 다른 삶의 실현 가능성을 탐험할 뿐 어떠한 답도 제시하지는 않는다. 중요한 것은 서구 근대성으로 획일화된 세계에 포착되지 않는 (불확정적) 가능성으로서의 주변부 삶-텍스트가 존재할 수 있는지에 대한 문제의식이기 때문이다.

5. 나가며

볼라뇨가 라틴아메리카의 주변부에 천착하는 이유는 서구의 서사가 라틴아메리카의 문화적, 정치사회적 지형도를 재단하는 척도이자 모방의 모델로 작용했다는 인식, 다시 말해 근대성에 대한 비판의식에서 출발한다. 이와 관련하여 『야만스러운 탐정들』에는 그러한 전제를 명쾌하게 보여주는 예가 있으니, 멕시코가 처한 현실을 적나라하게 담고 있는 아마누엔세 아스테카(Amanuense Azteca) 목욕탕에 그려진 벽화가 그것이다. 여기서 볼라뇨는 세계체제 내에서 멕시코가 언제나 외부에 의한 식민성에 노출되어 있음을 함축적으로 제시한다.

> 무명의 예술가가, 생각에 잠겨 종이엔가 양피지엔가 글을 쓰는 인디오를 그려놓았다. 두말할 나위 없이 그 인디오가 아스테카의 필사자였다. 필사자 뒤에는 온천이 몇 개 있었는데, [⋯] 인디오와 정복자들, 식민시대 멕시코인들, 이달고 신부와 모렐로스, 막시밀리아노 황제와 카를로타 황비, 우군과 적군에 둘러싸인 베니토 후아레스, 마데로 대통령, 카란사, 사파타, 오브레곤, 각양각색의 군복 혹은 그냥 옷을 입은

> 병사들, 농민, 멕시코시티 노동자들, [...] 영화배우들이 목욕을 하고 있었다. [...] 나는 벽화 양 가장자리에 온천탕을 둘러싸고 있는 돌담이 그려져 있는 것도 발견했다. 그리고 담장 너머의 평원 혹은 잔잔한 바다 같은 곳에 동물들이 흐릿하게 보였다. 동물들의 환영(아니면 식물들의 환영) 같았는데, 부글부글 끓어오르면서도 정적이 감도는 곳에서 숫자를 늘려가며 담장 안을 호시탐탐 노리고 있었다.(119)

디에고 리베라(Diego Rivera)의 벽화 <멕시코의 역사: 정복에서 미래까지 La historia de México: de la conquista al futuro>를 연상시키는 위 인용문은 식민 이전부터 현재에 이르기까지의 멕시코 역사를 파노라마로 펼쳐 보인다. 여기서 돌담이 멕시코의 영토 경계를 의미한다면, 돌담 밖의 존재들은 멕시코 영토 침범을 노리는 외세를 포괄적으로 지시할 것이다. 그런데 그 외부의 존재는 '인간'이 아니라 동물이나 식물의 환영, 즉 야만적/비인간적 이미지로 그려진다. 다시 말해, 볼라뇨는 역사적으로 문명의 첨병이자 척도로 제시되었던 서구를 라틴아메리카를 탐하는 야만적 존재로 규정함으로써 문명-야만, 발전-저발전의 코드를 전복하고 서구의 근대성 논리를 해체한다. 주목할 점은 그 모든 역사를 기록하고 있는 인물이 "인디오" 혈통의 "아스테카의 필사자"라는 것인데, 이는 멕시코(와 라틴아메리카)의 기원을 아스테카로 끌어올림으로써 식민 이전의 역사를 복원함과 동시에 인디오-원주민을 그 역사의 주인공으로 상정하는 것이다. 또한 그를 텍스트-지식 생산의 주체에 위치시킨다는 것, 다시 말해 인식적 위치를 멕시코-원주민으로 수정한다는 것은 주변부의 지식 생산 가능성을 부정하는 서구중심주의 논리에 대한 반박으로 해석할 수 있다. 따라서 이러한 일련의 역전은 서구(와 서구가 생산한 거대서사)가 라틴아메리카 사회의 병폐를 조장한 식민적 야만임을 주장하는 것에 다름 아니다.

이렇듯 서구의 근대성에 대한 비판적 관점에서 출발한 『야만스러운 탐정들』은 1920년대에 사라진 시학을 찾는 후기 내장사실주의자 벨라노와 리마의 방랑을 그린 모험소설에 머물지 않고 문화적 주변부에 위치한 그들을 매개로 멕시코에 이식된 근대성의 제 문제에 접근하고 있다. 그 과정에서 볼라뇨는 멕시코에서 작동하는 지식과 권력의 사회사적 메커니즘을 파헤치며 서구의 근대성 논리를 모방하고 이식함으로써 구축된 멕시코 사회의 내적 주변부(인)의 존재와 역사를 수면 위로 드러낸다. 즉, 지식-권력의 중심이 포착할 수 없는(또한 포착할 필요가 없는) 주변부(인)의 삶과 역사를 조망하면서 주변부에도 모종의 기획, 그 기획이 "2600년경"(596)에나 가능할 미완성의 불확실한 기획 혹은 '혁명'이라 할지라도, 지속적으로 구상되고 있음을 혹은 그렇게 되어야 함을 역설한다. 따라서 볼라뇨의 『야만스러운 탐정들』은 『2666』, 『부적』을 비롯해 여러 작품에서 확인되듯, 주변부의 환영적 존재를 현실의 주체적 존재로 소환함으로써 근대성의 야만적 본성을 폭로하고 주변부의 가능성을 타진하는 작품이라 하겠다. 그런 점에서 볼라뇨의 문제의식은 자본주의의 외부 혹은 근대성의 외부가 존재하는가에 초점이 맞춰져 있다기보다는 혹여 그 외부가 존재하지 않는다면 외부를 생성하기 위해 끊임없이 탈주를 시도해야 한다는 점에 있을 것이다. 물론 볼라뇨의 문학세계는 인간과 세계에 대한 염세적이고 묵시록적인 비전을 담고 있다. 그러나 볼라뇨의 문학은 인간세계의 현재와 미래에 대한 비관적 경고에 머물지 않는다. 그가 소설의 죽음과 문학 고갈의 시대에 문학을 삶과 동일시하며 죽음의 순간까지 문학을 손에서 놓지 않았다는 것은 현실에 대한 절망의 허망함을 인식하고 있었음을 의미하며, 그러한 인식이 "권태의 사막"(Bolaño 2003, 152)을 탈주하여 대안적 텍스트-삶을 찾는 여행자, "진정한 여행을 위하여 아무 것도 잃을 것이 없는 여행자"(Bolaño 2003, 150)가 되는 출발점이기 때문이다.

참고 문헌

김은중(2009), 「유럽중심적 근대성을 넘어서: 권력의 식민성과 경계 사유」, 『이베로아메리 카』 11(1), 1-38.

김현균(2010), 「『부적』: 광기의 시대와 구원으로서의 문학」, 『비교문화연구』 21, 32-52.

박구병(2005), 「멕시코혁명 및 혁명 후 체제에 대한 연구동향 변화-1980년대 말 이래 영·미학계의 연구를 중심으로」, 『인문논총』 54, 73-102.

우석균(2010), 「문자도시의 몰락: 로베르토 볼라뇨의 『칠레의 밤』을 중심으로」, 『스페인어문학』 54, 107-125.

월터 미뇰로(2010), 『라틴아메리카, 만들어진 대륙: 식민적 상처와 탈식민적 전환』, 김은중 옮김, 서울: 그린비.

____(2013), 『로컬 히스토리/글로벌 디자인』, 이성훈 옮김, 서울: 에코리브르.

이경민(2012), 「유목적 글쓰기로서의 볼라뇨 문학」, 『이베로아메리카연구』 23(3), 27-55.

____(2013), 「Del infrarrealismo al realismo visceral dentro del marco de la contracultura en *Los detectives salvajes* de Roberto Bolaño」, 『국제문화연구』 6(1), 25-51.

Bolaño, Roberto(1976), "Tres estridentistas en 1976", *Plural* 62, 49-60.

____(1998), *Los detectives salvajes*, Barcelona: Anagrama.

____(1999), *Amuleto*, Barecelona: Anagrama.

____(2003), *El gaucho insufrible*, Barcelona: Anagrama.

Braithwaite, Andrés(ed.)(2006), *Bolaño por sí mismo. Entrevistas escogidas*, Santiago: Univ. Diego Portales.

Edwards, Jorge(1999), "Roberto Bolaño y *Los detectives salvajes*", *Revista Lateral* 52. http://www.memoriachilenaparaciegos.cl/archivos2/pdfs/MC0025809.pdf.

Foucault, Michel(2009), *Vigilar y castigar: Nacimiento de la prisión*, 1ª. ed. francesa, 1975, Trad. Aurelio Garzóndel Camino, México D.F.: Siglo XXI.

García Canclini, Nestor(2009), *Culturas híbridas: Estrategias para entrar y salir de la modernidad*, 1989, México D.F.: Debolsillo.

Kokaly Tapia, María Eugenia(2005), "Roberto Bolaño, la construcción desde la periferia", Alejandra Bottinelli, Carolina Gainza y Juan Pablo Iglesias(Eds.), *Dinámicas de exclusión e inclusión en América Latina, Hegemonía, resistencia e identidades*, Santiago: Universidad de Chile, 253-267.

Losada, Alejandro(1997), "La literatura urbana como praxis social en América latina", David William Foster & Daniel Altamiranda(eds.), *Theoretical debates in spanish american literature*, NY & London: Garland Publishing, 353-382.

Paz, Octavio(2009), *El laberinto de la soledad*, Madrid: Cátedra.

Quijano, Aníbal(2003), "Colonialidad del poder, eurocentrismo y América Latina", Edgardo Lander(Comp.), *La colonialidad del saber: eurocentrismo y ciencias sociales*, Buenos Aires: CLACSO, 210-246.

Rama, Ángel(1984), *La ciudad letrada*, Hanover: Ediciones del Norte.

Zozaya Becerra, Florencia G.(2009), ""El desierto como utopía en *Los detectives salvajes* de Roberto Bolaño," *Revista Casa del tiempo* 16, 11-15.

『팔방놀이』와 『야만스러운 탐정들』, 새로운 인식론적 지평을 향한 문학

이경민

1. 들어가며

보르헤스(Jorge Luis Borges)는 "책들은 서로 다르다. 픽션은 상상 가능한 모든 변형을 보여주지만 거기엔 단 하나의 구상만 있을 뿐이다"(1989 I, 439)라며 문학의 본질적 속성이 변형적 재생산으로서의 상호・메타텍스트성 혹은 언어 구축물의 상호인용체계에 있음을 밝힌 바 있다. 그런 보르헤스 문학관의 영향에서 자유로울 수 없었던 로베르토 볼라뇨는 「알바로 루셀로트의 여행 El viaje de Álvaro Rousselot」이라는 단편을 통해 문학 작품의 독창성은 물론이고 문학 창작자와 작품의 사적 소유관계를 문학의 "포악성"(Bolaño 2003, 110)으로 간주한다. 이로써 볼라뇨는 자신의 문학이 본질적으로 독서에 기초한 재생산 문학이며 문학적 독창성이 이질적 서사코드의 상이한 콘텍스트 상의 변주 혹은 다시쓰기에 있음을 정당화한다. 그로 인해 그의 문학은 기성 작품의 문학적 레퍼런스와 서사코드와 상호교차하면서 문학적 계보를 형성하는 경우가 빈번하게 발견되는데 대표적으로 보르헤스, 카프카, 스턴, 세르반테스, 조이스, 룰포, 오네티, 포크너, 슈보브를 비롯해 다양한 작가들의 문학 세계를 가로지르며 교차점을 형성하고 있다. 그 교차점에서 라틴아메리카 붐 소설을 대표하는 작가인 코르타사르(Julio Cortázar)도 예외일 수 없었다. 볼라뇨는 1999년 로물로 가예고스 문학상을 수상하는 자리에서 「『야만스러운 탐정들』에 대해 Acerca de Los detectives salvajes」라는 제하의 수상소감을 발표하며 "내가 보르헤스와 코르타사르의 작품에 무한히 빚지고 있음은 당연하다"(Bolaño 2004, 327)라고 밝힘으로써 코르타사르가 존경과 동시에 극복의 대상이었음을 인정한 바 있다.

엄밀하게 말하자면 볼라뇨의 문학적 특성이 코르타사르 문학세계의 핵심 인자라 할 수 있는 환상성과 거리가 멀다는 점에서 양자가 전반적이고 직접적인 친연성이 있다고 판단하기는 어렵다. 하지만 볼라뇨가 코르타사르의 작품에서 영향을 받았음을 짐작할만한 몇 가지 사례가 있으니, 대표적으로 『살인 창녀들』에 실린 「오호 실바 Ojo Silva」, 『참을 수 없는 가우초』의 단편 「참을 수 없는 가우초」, 그리고 『2666』에 삽입된 일본 공포영화에 대한 일화가 그것이다. 「오호 실바」는 인간세계의 폭력에 떠밀려 유폐되듯 세계를 떠도는 인물을 다룬 이야기로 미지의 존재에 의해 점진적으로 생존의 공간을 빼앗긴다는 내용의 단편인 「점거당한 집 Casa tomada」을 연상시키기에 충분하다. 실제로 볼라뇨는 「점거당한 집」과 「오호 실바」의 직접적 상관성을 부인하면서도 혹여 「오호 실바」가 "코르타사르의 작품을 닮았다면 더 이상 바랄 게 없겠지요"(Bolaño 2004, 341)라는 아리송한 말로 여운을 남긴 바 있다. 다음으로 보르헤스의 단편인 「남부 El sur」에 대한 패러디이자 다수의 아르헨티나 문학과 교차하는 작품인 「참을 수 없는 가우초」에 등장하는 토끼는 「파리의 여인에게 보내는 편지」를 연상시키지만 볼라뇨는 토끼로 구현되는 환상성을 완전히 제거하고 토끼의 세계를 약육강식의 인간세계를 빗대어 그려낸다.[1)] 마지막으로 『2666』에 삽입된 공포영화에 대한 일화는 영상텍스트와 현실의 경계가 사라지는 이야기로서 문자텍스트와 현실의 경계가 무너지는 「맞물린 공원 Continuidad de los parques」의 변형적 다시쓰기라고 할 수 있다.[2)]

하지만 볼라뇨의 작품 중에서 코르타사르의 영향이 가장 농밀하게 배어 있는 작품은 『야만스러운 탐정들』이다. 이 작품은 형식적 구성은 물론이고 인물 설정과 스토리 전개에서도 『팔방놀이』(1963)와 상당한 유사성을 보인다. 사실 『야만스러운 탐정들』은 호메로스에서 세르반테

1) 참고로 해당 부분의 내용은 다음과 같다. "황무지 위로 토끼가 기차와 경주하듯 달리고 있었다. 선두 토끼 뒤로 다섯 마리가 뒤따랐다. 선두 토끼는 눈을 부릅뜨고 차창 옆에 붙어 달리고 있었는데 기차와의 경주에 초인간적인(변호사는 초토끼적이라 생각했다) 힘을 쏟는 것 같았다. 반면 뒤따르던 토끼들은 투르 드 프랑스 사이클 선수들의 추격전처럼 탠덤 페이스를 벌이는 것 같았다. […] 다시 차창에 이마를 기대었을 땐 추적 토끼들이 벌써 외톨이 토끼를 따라잡아 광포하게 녀석을 덮치더니 음식을 갉아먹는 그 긴 이빨과 발톱을 꽂아 넣었다(Bolaño 2003, 22-24)."

2) 이해를 돕기 위해 『2666』의 해당 내용을 싣는다. "그 이야기는 고베에서 방학을 보내고 있는 소년에 대한 것이다. 소년이 친구들과 놀려고 밖에 나가려는데, 하필 텔레비전에서 좋아하는 프로그램을 방영할 시간이다. 그래서 소년은 비디오테이프를 집어넣어 녹화를 해두고 밖으로 나갔다. 문제는 소년이 도쿄출신이었다는 것이다. 도쿄에선 그 프로그램이 34번 채널이었지만 고베에는 그 채널이 없었다. 고베에서 이 채널은 지직거릴 뿐 아무것도 보이지 않았다. 소년이 밖에서 돌아와 텔레비전 앞에 앉아 비디오를 재생하자 자기가 좋아하는 프로그램이 아니라 소년이 죽을 것이라고 말하는 창백한 얼굴의 여자가 나온다. 그게 다였다. 그리고 그 순간 전화가 걸려왔고 소년이 전화를 받았다. 그런데 바로 그 여자가 자신이 한 말이 농담일 것 같으냐고 묻는 게 아닌가. 한 주 후에 소년은 정원에서 죽은 채 발견됐다(Bolaño 2004, 48-49)."

스, 멜빌, 마크 트웨인 등의 작품을 포함하여 모험(여행)문학의 계보에 해당한다고 할 수 있으나,[3] 작품의 형식과 인물설정 등 여러 면에서 『팔방놀이』를 모형으로 삼고 있음은 부정할 수 없다. 이에 필자는 이 글에서 두 작품을 비교분석함으로써 볼라뇨가 어떤 방식으로 『팔방놀이』의 서사코드를 『야만스러운 탐정들』에서 변형, 재생산하고 있으며 그러한 문학적 변형이 귀결되는 지점이 어디인지 살펴보고자 한다.

2. 탈중심적이고 파편화된 서사구조

로드리게스 모네갈(Emir Rodríguez Monegal)이 코르타사르의 『팔방놀이』를 아르헨티나와 프랑스의 풍요로운 문화적 토대를 뿌리째 뽑아내며 "더하기(summa)"로서가 아니라 "빼기(resta)"로서의 소설, 즉 소설이 아니라 "반소설(antinovela)"로 규정(1972, 159)한 것과 마찬가지로, 호르헤 에드와르즈(Jorge Edwards 1999)는 『야만스러운 탐정들』을 반소설로 평가하면서 레사마 리마(José Lezama Lima)의 『파라다이스』(1966), 『팔방놀이』 등과 계보를 이룬다고 피력한 바 있다. 이런 평가는 무엇보다 두 작품의 형식과 내용이 비유기적이고 반(反)수렴적 혹은 탈중심적인 서사의 미로로 구성되어 있기 때문일 것이다. 따라서 『팔방놀이』에 대해 "형식과 내용을 구분할 수 없다"라고 한 모네갈(Monegal 1972, 159)의 지적은 『야만스

3) 볼라뇨는 아메리카의 문학이 두 개의 작품으로 수렴될 수 있다고 피력하는데, 허먼 멜빌의 『모비 딕』과 마크 트웨인의 『허클베리 핀』이 그것이다. 그는 양자를 각각 "악의 영토"와 "모험 혹은 즐거움"에 대한 핵심적 작품으로 고려하면서(Bolaño 2004, 269) 『야만스러운 탐정들』을 『허클베리 핀』에 비유한다(Bolaño 2001, 203).

러운 탐정들』에도 어느 정도 적용 가능한데, 이는 『팔방놀이』가 가정적 반소설론과 소설을 결합하고자 하는 문학적 시도라는 점에서, 『야만스러운 탐정들』이 부유하는 주체의 삶-텍스트를 부유하는 형식과 결합하려는 시도라는 점에서 그러하다.

먼저, 두 작품은 형식적 구조에서 상당한 유사성을 보인다. 코르타사르가 작품의 첫머리에서 밝히고 있듯이, 3부로 구성된 『팔방놀이』의 독서방법은 "첫 번째 책은 처음부터 순서대로 읽어나가다가 56장에서 끝내면 된다. 이 장 말미에 조그마한 별표 세 개가 있는데, 이는 '끝'이라는 말이다. 그러므로 독자는 56장의 뒤에 오는 장에 개의치 않아도 된다. 두 번째 책은 73장부터 읽기 시작해서 각 장의 말미에 표시된 순서에 따라 독서를 하는 것이다"(Cortázar 2006, 11). 이로써 코르타사르는 최소한 두 가지 방식의 독서를 제안한다. 하나는 순차적 독서이며 다른 하나는 비순차적 독서, 다시 말해 가정적 소설론을 펼치는 작중인물 모렐리(Morelli)가 "내 책은 마음이 내키는 대로 읽어도 된다"(Cortázar 2006, 760)라고 말하듯이, 임의적이고 비유기적 방식의 독서이다. 그런 점에서 『팔방놀이』는 작가의 의도적 작품 구성보다는 독서의 재구성을 유도하는 독서놀이라고 할 수 있다. 물론 여기서 "놀이의 주체는 독자이고, 놀이의 대상은 작품이며, 놀이의 목적은 허구 만들기"(박병규 2001, 290)가 될 것이다.

볼라뇨의 『야만스러운 탐정들』도 『팔방놀이』처럼 3부로 구성되어 있다. 볼라뇨가 "서술된 이야기가 무용하거나 죽었거나 케케묵은 것이라도 구조만 잘 짠다면 이야기를 살려낼 수 있다"(Baithwaite 2006, 98)라고 할 만큼 작품의 서사 구조와 형식을 중요시했음을 고려할 때, 전통적이고 인습적인 서사 구조를 파괴하고자 한 『팔방놀이』를 패러디의 대상으로 삼았다는 사실은 오히려 자연스러워 보인다. 먼저 『야만스러운 탐정들』의 1부와 3부는 가르시아 마데로의 일기로서 직선적 시간성에 준하여 서술된 만큼 순차적 독서가 가능하다. 물론 3장에 진입하면 사건의 시간과 기록의 시점이 뒤틀리지만[4] 2부의 시공간 배치에 비할 바는 아니다. 1976년부터 1996년까지 52명의 증언자-서술자의 개별적 서술로 이뤄진 2부는 그 서사의 시공간이 일관성 없이 파편적으로 흩어져 있다. 흥미롭게도 『팔방놀이』에 모렐리의 이야기가 산발적으로 삽입되어 있듯이 『야만스러운 탐정들』에는 아마데오 살바티에라의 증언이 2부의 시작과 끝을 비롯해 13번에 걸쳐 삽입되어 있다. 그런데 그의 증언 내용, 즉 그가 벨라노와 리마를 만나게 되는 일화는 1975년 하반기인 1부에 해당하기 때문에 순차적 독서를 진행했을 경우, 2부에 대한 독서를 진행하면서 반복적으로 1부를 반추해야 한다. 더욱이 2부의 내용은 시간적으로 3부가 끝난 뒤의 이야기이기 때문에 3부를 마치면 2부로 돌아와야 하는 순환적 독서를 강요한다. 따라서 『야만스러운 탐정들』은 1부와 3부만으로도 독서를 마칠 수도 있고 3부 이후에 다시 2부로 돌아갈 수도 있으며 책에 제시된 목차의 년도에 맞춰가며 직선적 시간성에 따라 독서를 진행해도 무방하다.

결과적으로 『팔방놀이』가 1부에서 56장까지의 텍스트와 73장부터 시작하는 두 개의 텍스트로 구성된다면 『야만스러운 탐정들』 또한 1부

4) 3부에서 마데로의 일기는 다음과 같이 시작한다. "1월 1일. 오늘 나는 어제 쓴 것이 사실은 오늘 쓴 것임을 깨달았다. 12월 31일 자에 쓴 모든 것은 1월 1일, 즉 오늘 썼다. 그리고 12월 30일 자에 쓴 모든 것은 31일인 어제 썼다. 오늘 쓰는 것은 사실 내일 쓰고 있다. 내일은 내게는 오늘과 어제이다"(Bolaño 1998, 557).

와 3부가 하나의 텍스트로, 2부가 또 다른 텍스트로 구성된다고 할 수 있지만, 양자 모두 독서 방법에 있어서는 사실상 제한이 없다. 독립적인 서사재료들이 혼합된 『팔방놀이』의 3부가 『야만스러운 탐정들』의 2부에 상응한다는 점에 차이가 있을 뿐, 두 작품이 공히 완결된 결말이 아닌 독서를 통한 재조직의 과정만을 제시하기 때문에 선형적 독서방식은 물론이고 독자의 무작위적 선택에 따른 독서방식이 모두 가능해진다. 재현과 시간예술로서의 전통적 문학의 틀을 벗어나고자 시도하는 두 작품에 콜라주, 리좀, 지도 생성, 해체 등의 수식어가 빈번하게 거론되는 이유도 거기에 있다.

이렇듯 『팔방놀이』와 『야만스러운 탐정들』은 서사형식에서 상당한 관련성을 보이고 있으나, 양자의 차이를 극명히 보여주는 것이 있으니 바로 서사가 이뤄지는 공간 배치의 차이가 그것이다. 전자의 1부는 파리에 사는 아르헨티나인 오라시오 올리베이라의 삶을 다룬 "저 편에 대하여," 2부는 그가 부에노스아이레스로 돌아온 이후의 삶을 그린 "이 편에 대하여," 3부는 모렐리의 반소설 이론과 더불어 신문기사 발췌본, 작품인용, 시작품, 앞 장에 대한 보충 설명 등, 혼종적인 재료들로 구성된 "다른 편에 대하여"인데, 이는 각 장의 공간성을 고려했을 때 『야만스러운 탐정들』의 1부인 "멕시코에서 길을 잃은 멕시코인들(1975)," 3부 "소노라의 사막(1976)," 그리고 상이한 층위의 증언들이 나열된 2부, "야만스러운 탐정들(1976-1996)"에 상응한다. 다시 말해, 이경민(2012)이 지적하듯, 파리/멕시코시티(중심)-부에노스아이레스/소노라(변방)-혼돈/야만이라는 일련의 대응관계가 형성되면서 두 작품의 공간 배치의 차이, 즉 중심과 변방을 설정하는 방식에 있어 차이를 나타내는 것이다.

코르타사르가 파리와 부에노스아이레스로 유럽-라틴아메리카의 관계를 설정한다면 볼라뇨는 라틴아메리카를 상징하는 공간으로서의 멕시코 내에 존재하는 중심-주변부를 설정하고 2부의 시공간과 발화지점을 아메리카(미국, 멕시코, 니카라과 등), 유럽(프랑스, 영국, 스페인, 오스트리아 등), 아시아(이스라엘), 아프리카(탄자니아, 앙골라, 라이베리아 등) 등 전방위적으로 산개한다. 여기서 주지할 점은 각 공간에 상응하는 상징적 의미이다. 먼저, 『팔방놀이』에서 "파리는 중심이자 비변증법적으로 주유해야하는 만다라이자 실제적 형식들이 길을 잃게 만드는 미로"(Cortázar 2006, 563)임과 동시에 사라진 마가(Maga)와 세계의 중심 혹은 "가정적 단일체(supuesta unidad)"(Cortázar 2006, 115)를 찾는 공간이라면, 변방으로서 부에노스아에레스는 '또 다른' 파리에 다름 아니다. "그 빵은 여기 빵과 달랐어, 부에노스아이레스의 프랑스빵 같았어. 너도 알잖아, 전혀 프랑스적이지 않지만 프랑스빵이라고 하잖아"(Cortázar 2006, 598)라는 올리베이라의 발언은 그가 부에노스아이레스를 파리와 차별적이고 독립적인 공간이 아니라 지역적, 문화적으로 서구와 유사한 혹은 서구의 '사본' 같은 공간으로 인식하고 있음을 보여준다.[5] 따라서 "그[올리베이라]에게 파리에서의 모든 것은 부에노스아이레스와 다르지 않았으며 그 반대의 상황도 마찬가지이다(Cortázar 2006, 34)" 혹은 "탈리타(Talita)는 올리베이라에게 있어 부에노스아이레스에 있다는 것은 부쿠레슈티에 있다는 것과 똑 같다는 것을 알게 됐다(Cortázar 2006, 304)"라는 등의 단언은 부에노스아이레스가 서구의 외부가 아니라 서구에 편입된 서구 내의 변

5) 파리와 부에노스아이레스의 공간성과 관련하여 페르난도 아인사는 팔방놀이에 빗대어 부에노스아이레스가 지도의 '하부', 즉 지옥에 해당하며 파리는 하늘(Cielo)을 가리킨다고 해석한 바 있다(Ainsa 1981, 34).

방이라는 코르타사르의 인식을 반영하고 있다. 따라서 파리의 올리베이라와 마가라는 인물 설정이 부에노스아이레스에서 그들의 도플갱어인 트레블러(Traveler)와 탈리타로 되풀이되는 것도 그와 동일한 맥락에서 이해될 수 있다.[6]

반면에 볼라뇨는 멕시코시티-옥타비오 파스(Octavio Paz)로 대변되는 (문화)권력의 중심부와 소노라(Sonora)-세사레아 티나헤로(Cesárea Tinajero)로 상징되는 지정학적이고 사회문화적인 주변부를 그려내며 서구 근대성이 생산한 중심-주변부 모델이 라틴아메리카에 이식, 작동하고 있음을 명시적으로 드러낸다. 이는 코르타사르와 볼라뇨의 서구와 라틴아메리카의 관계에 대한 인식론적 차이를 드러내는 것으로, 코르타사르가 '프랑스식 작가'라거나 '프랑스-아르헨티나 작가'라는 비판 속에서 유럽 문화를 수용하고자 함과 동시에 그 문학적 전통을 전복하려 한 태도, 즉 아르헨티나를 서구의 지정학적 범주에 포함시키는 범서구주의적 인식에서[7] 출발한다면, 볼라뇨는 『야만스러운 탐정들』의 1부와 3부의 시공간을 멕시코의 중심-주변부로 설정함으로써 근대세계에 대한 이해의 출발점을 라틴아메리카로 옮겨온다. 즉, 볼라뇨에게 이런 공간 설정은 서구의 근대성/식민성의 파생적 산물인 내부식민주의에 대한 문화적, 사회적 성찰을 위한 본질적 조건이다. 또한 볼라뇨가 2부의 증언들을

---

6) 코르타사르는 애초에는 올리베이라/트레블러, 마가/탈리타를 도플갱어로 설정하지 않았다고 밝히면서도 작품 후반부에 올리베이라의 시각에서 그러한 설정이 실현되고 있음을 인정한다(Cortázar 1978, 33-34).

7) 코르타사르는 룰포와 오네티를 예로 들며 라틴아메리카를 떠나지 않은 존경할만한 작가가 있다고 해서 지역성이 작품을 평가하는 조건이 될 수는 없다는 점을 분명히 한다(Cortázar 1978, 15). 코르타사르의 유럽지향성에 관해서는 코르타사르와 아르게다스와의 논쟁을 다룬 이성훈(2010)을 참조하라.

입체적이고 등가적으로 배열함과 동시에 그 증언들 속에 침잠한 주동 인물들이 특정한 지역적 혹은 국가적 정체성도 추구하지 않는다는 사실은 근대세계의 모든 발화 지점을 등거리에 둠으로써 서구와 라틴아메리카의 관계를 중심-변방으로 설정하는 인식론적 계서구조를 파괴하고 수평적 관계를 설정하려는 탈식민주의적이고 무정부주의적인 인식 태도를 내비친다.

3. 텍스트-삶에 대한 탐색

『팔방놀이』와 『야만스러운 탐정들』은 공히 이상적 대상을 상정하고 그것에 대한 '탐색' 혹은 '추적'을 서사의 중심축으로 하고 있다. 먼저, 『팔방놀이』는 "마가를 찾을 수 있을까?"(Cortázar 2006, 15)라는 문장으로 마가(또는 루시아(Lucía))[8]에 대한 추적을 개시한다. 마가를 찾는 사람은 『팔방놀이』의 주인공인 올리베이라이다. 그는 파리로 이주한 아르헨티나인으로 "녹슬어버리는 사물들"(Cortázar 2006, 254), 예컨대 빗물받이나 철망 등 길거리에서 주은 물건으로 조형물을 만드는 예술가로 그려지는데, 이에 비춰 유추할 수 있듯이 그는 이질적 요소를 결속함으로써 하나의 "단일체"를 추구하는 인물이다. 이 단일체는 작품에서 '중심', '욕망의 키부츠', '만다라', 팔방놀이의 '하늘' 등, 다양하게 표현되는데, 정작 그 단일체-중심을 찾는다는 것은 올리베이라가 "나는 늘 중심을 언급하지만

8) 마가(Maga)는 초자연적인 힘을 지닌 자를 의미하는 마고(Mago)의 여성형이며 루시아(Lucía)의 어원적 의미는 빛이다.

내가 무슨 말을 하는지 나도 모르는 바, 축, 중심, 존재의 이유, 옴파로스, 인도유럽어의 향수 어린 단어들 같이 우리 서구인의 삶을 질서정연하게 하는 기하학의 함정에 쉽게 빠지고 만다"(Cortázar 2006, 30)라고 고백하듯이 서구의 인식론적 범주 내에서는 포착 불가한 어떤 것이다. 여기에 마가라는 인물의 중요성이 부각된다. 마가의 존재가 올리베이라가 인식론적 한계를 벗어날 수 있는 계기가 되어주기 때문이다. 올리베이라의 인식과 세계가 언어, 이성, 질서, 지식, 로고스로 구성된 문화의 지배를 받는다면 무지렁이에 천박한 이미지로 형상화된 마가의 존재와 삶은 직관, 자연, 자유, 무질서, 정념 혹은 파토스로 대변된다.[9] 따라서 두 인물은 대립적임과 동시에 필연적으로 상보적일 수밖에 없는 조건에 있다. 그런 연유로 올리베이라는 조금씩 연인인 "마가의 무질서를 매 순간 자연스러운 조건으로 수용하기"(Cortázar 2006, 26)에 이르며, 그녀의 직관적인 세계와의 접촉과 결합은 미지의 단일체를 찾을 수 있는 가능성을 열어준다. 따라서 작가의 분신으로 등장하는 모렐리가 "칸트의 범주를 쫓다보면 우리는 수렁에서 헤어나지 못한다"(Cortázar 2006, 591)라고 했을 때, 마가와의 결합은 서구의 사유의 본질을 구성하고 있는 합리성과 논리성을 뛰어넘어 일종의 초월적 앎을 통해 이상적 단일체를 생성할 수 있는 선제 조건으로 작동한다. 올리베이라가 아들의 죽음과

9) 이와 관련하여 올리베이라는 마가에 대해 다음과 같이 언급한다. "형이상학적인 강들이 있어. 그녀는 허공을 나는 제비처럼 강들을 유영하지. [···] 나는 그 강들을 묘사하고 정의하고 욕망하지만 그녀는 그 강들을 유영하지. 내가 다리에서 강들을 찾고 만나고 바라본다면 그녀는 강들을 유영하지. 하지만 제비가 그렇듯이 그녀는 그걸 몰라. 내가 그러하듯이 알 필요도 없어. 그녀는 그녀를 붙잡아둘 어떠한 질서의식 없이도 무실서 속에서 살 줄 알아. 그 무질서가 바로 그녀의 신비로운 질서야. 보헤미안 같은 육체와 영혼이 때로는 그녀에게 진실의 문을 열어주지. 그녀의 삶은 무질서하지 않은데 내 눈엔 그렇게 보여"(Cortázar 2006, 135-136).

더불어 파리에서 사라져버린 마가를 찾는 이유도 그것이다. 주지할 점은 올리베이라가 다시 마가를 만나는 곳이 '또 다른' 파리인 부에노스아이레스이며 그곳에서 탈리타를 마가로 착각함으로써 재회가 성사된다는 것이다. 다시 말해, 올리베이라-트레블러, 마가-탈리타는 아날로지적 관계로 이해할 수 있으며, 이는 파리와 부에노스아이레스라는 두 세계가 유사한 반복 혹은 부에노스아이레스가 파리의 사본 혹은 반영물에 다름 아님을 시사한다.

한편, 『야만스러운 탐정들』에서 올리베이라와 마가는 가르시아 마데로와 루페의 관계에 상응한다. 올리베이라가 룸펜이나 사이비 지식인의 모임인 "뱀클럽(Club de la Serpiente)"에서 별의별 학문 영역을 논하듯이, 마데로 또한 옥타비오 파스의 문학권력을 파괴하기 위한 뜨내기들의 모임인 내장사실주의에 가입한다. 작품의 첫 페이지가 바로 거기에서 시작한다("내장사실주의에 동참해 달라는 살가운 청을 받았다. 물론 수락했다. 통과의례는 없었다. 그 편이 낫다"(Bolaño 1998, 13)). 17세에 고아인 마데로는 문학을 전공하고자 했으나 삼촌의 권유로 어쩔 수 없이 법학을 전공하게 된 멕시코국립대학교 학생으로 귀가가 늦어지면 지체 없이 집에 전화를 하는 등 기성세대가 구축한 인습적 질서에 따라 기능적 인간이 되기를 강요받는 인물이다. 그러나 그의 관심은 온통 "문학적 배움"과 "섹스에 대한 배움"(Bolaño 1998, 23)에 있다. 그리고 이 두 가지는 각각 내장사실주의와 창녀 루페를 통해 실현된다. 내장사실주의자들과의 조우와 소노라로 사라진 내장사실주의의 창시자 세사레아 티나헤로의 존재는 그에게 질서정연한 삶에 대한 저항과 일탈을 꿈꾸게 하고("나는 부지불식간에 돌연 내가 소노라의 기수라고 말했다"(23)), 멕시코시티 게레로가(街)의 집창

촌에서 일하는 창녀 루페와의 만남은 마데로로 하여금 사랑을 꿈꾸게 한다. 흥미롭게도 루페도 마가처럼 아이를 병으로 잃는데, 그녀는 그 이유를 과달루페 성모 앞에서 집창촌 일을 그만두겠다는 맹세를 하고도 지키지 못했기 때문이라고 여긴다. 즉, 루페는 전통적인 종교적 믿음 체계에 속박되어 있는 인물로 "칼로 자신의 성기를 재는"(Bolaño 1998, 49) 포주 알베르토로 대변되는 남근중심주의의 감시와 폐쇄성에 갇힌 "현실의 희생자"(Bolaño 1998, 53)로 그려진다. 볼라뇨는 양자의 삶의 방식을 공간적 대비를 통해 여실히 보여준다.

> 부카렐리가의 조명은 백색이지만 게레로가는 호박색에 가까웠다. 부카렐리가에는 길가에 주차한 차를 찾아보기 어려웠지만 게레로가에는 많았다. 부카렐리가의 카페들은 문이 열려 있고 밝았지만 게레로가에는 바와 카페가 많은데도 길 쪽으로 난 창이 없어서 비밀스럽게 혹은 조심스럽게 자신을 숨기는 것 같았다. 끝으로 음악이 달랐다. 부카렐리가에는 음악 소리는 없고 차량과 사람 소리뿐이었지만, 게레로가는 [···] 음악이 거리의 주인이었다.(Bolaño 1998, 44)

앞선 글에서 봤듯이, 마데로의 공간인 부카렐리가는 백색(빛)-질서-개방성-안정성이 갖춰진 문명의 공간인 반면, 루페의 공간인 게레로가는 황색(어둠)-무질서-폐쇄-불안정성을 띠는 공간으로 남성-폭력이 군림하는 곳이다(이경민 2014, 144). 따라서 마데로와 루페의 만남은 질서-무질서, 텍스트성-육체성, 양(빛)-음(어둠)의 결합으로 읽힐 수 있다. 주목할 점은 이들이 벨라노와 리마가 옥타비오 파스의 영토에 대한 대안적 시학으로 추종하는 티나헤로를 찾아 소노라로 떠나는 길에 동참함으로써 모든 사회적 속박의 기제들에서 탈주를 시도한다는 것이다. 따라서 소노라로 향하는 마데로의 여행은 대안적 시학에 대한 탐색임과 동시에 (자신과 루페의) 삶을 구원하려는 구체적 행위가 된다. 또한 멕시코시티라는 중심 밖으로의 탈주는 포착할 수 없는 변방의 시공간으로의 진입을 의미한다. 소노라에 들어선 루페와 마데로는 "멕시코시티에는 얘기할 사람이 없다"(Bolaño 1998, 587)라고 말하며 중심부와의 모든 관계를 끊는다. 심지어 루페는 점차 "보이지 않는"(580) 사람 혹은 "완전히 검은 영혼"(Bolaño 1998, 584)으로 변해가고 마데로는 "그곳에서 태어난"(Bolaño 1998, 591) 것처럼 느낀다. 마침내 마데로는 티나헤로의 텍스트를 손에 넣게 되고 루페와의 사랑을 이룸으로써 문학과 섹스를 완성하는 듯 보인다. 그런 점에서 마데로와 루페의 관계는 올리베이라와 마가처럼 상보적이다. 그러나 마데로는 티나헤로의 텍스트가 더 이상 "아무런 의미도 없다" Bolaño 1998, 607)라고 판단하고 벨라노와 리마에게 텍스트를 보내지 않으며, "루페, 정말로 널 사랑해, 하지만 넌 착각하고 있어"(Bolaño 1998, 608)라는 말로 대안적 시학과 루페와의 결합이 지닌 이상성에 의문을 제기한다.

『팔방놀이』의 1, 2부와 『야만스러운 탐정들』의 1, 3부에 나타난 인물 설정의 유사성에 비해 전자의 3부와 후자의 2부는 그 성격이 판이하게 다르다. "다른 편에 대하여"라는 제목이 붙은 『팔방놀이』의 3부는 앞선 장에 추가될 내용과 모렐리의 반소설론을 포함해 이질적인 서사 재료들이 인용된 일종의 문학적 콜라주로서 "제외할 수 있는 장들"이라는 단서가 있을 만큼 탈중심적이고 비유기적으로 구성되어 있다. 앞서 밝혔듯이, 『야만스러운 탐정들』의 2부도 수많은 서술자의 증언으로 구성되어 있다는 점에서 구성적 유사성은 인정할 수 있으나, 대부분의 증언들이 벨라노와 리마의 숨겨진 자취를 추적하는 내용이라는 점에서 상이하다. 그러나 양자의 차이를 살펴봄에 있어 주지할 점은, “음악이 멜로디를 상실하고, 회화가 그림을 상실하고, 소설이 묘사를 상실”(Cortázar 2006 641)한 예술로서의 모렐리의 반소설론의 가능성이 3부를 통해서 구체화되고 있다는 점이다. 이는 소설론과 소설(창작), 즉 소설에 대한 이데아와 현실을 하나의 단일체로 통합하려는 시도라 할 것이다. 물론 그의 반소설론은 이데아와 현실의 괴리가 그러하듯이 실제 창작에서는 적용 불가능한 이상적 소설론이기에 그의 반소설론은 소설에 대한 일반적이고 추상적 성찰로서 소설의 문학적 관례와 전통적 독서 태도에 대한 반성적 고찰이자 새로운 가능성에 대한 탐색으로 보는 것이 타당할 것이다(박병규 2000, 126).

반면에 『야만스러운 탐정들』의 2부는 『팔방놀이』의 3부처럼 소설론과 소설의 관계로 접근하기 어렵다. 전자의 파편적 구성이 『팔방놀이』와 유사하지만 소설론과는 무관하며 주요 내용 또한 사라진 벨라노와 리마에 대한 추적에 초점이 맞춰져 있기 때문이다. 그러나 문학에 대한 볼라뇨의 인식론적 관점을 수용한다면 전자는 후자처럼 “제외할 수 있는 장들”이 아니라 절대 제외될 수 없는 핵심적 메시지를 담아내고 있다. 문학에 대한 볼라뇨의 태도는 티나헤로와 아욱실리오 라쿠투레를 통해 구체화된다. 전자는 내장사실주의자에 의해 실체가 드러남으로써 죽음을 맞으며 후자는 군부의 대학 침탈이 자행될 때 화장실에 숨어 국가폭력을 피해 목숨을 구한다. 이경민(2012, 42)이 지적하듯, 라쿠투레에게 문학은 생명과 동의어이며 문학 파괴는 발각이자 죽음을 의미한다.

즉, 볼라뇨에게 문학과 삶은 각자 개별적 현실에 귀속되는 것이 아니라 단일한 현실의 범주 내에 위치한다. 문학과 삶이 동일한 차원에 있다는 것이다. 소노라로 사라진 티나헤로의 삶의 궤적이 발견되자 죽음에 이르는 것도, 벨라노와 리마가 그녀의 텍스트를 취하지 않은 이유도 이 때문이다.[10] 또한 살바티에라가 "수십만의 멕시코인처럼 어느 순간 더 이상 시를 쓰고 읽지 않게 되었지. 그때부터 내 인생은 상상하기 힘든 잿빛 물길을 따라 흘렀어"(552)라고 회고하듯, 그에게도 문학은 생명의 힘과 동일시된다. 문학에 대한 이러한 관점은 『2666』에서도 발견되는데 2부의 서술자인 아말피타노(Amalfitano)가 라파엘 디에스테(Rafael Dieste)의 『기하학 유언 Testamento geométrico』을 빨랫줄에 걸어두고 그 책의 생명력을 실험하는 사건이 그러하다. 아말피타노는 자신의 행위에 대한 이유를 다음과 같이 술회하는데, 이는 『야만스러운 탐정들』에서 리마가 "샤워를 하며 책을 읽는"(Bolaño 1998, 237) 부조리한 행위를 이해하는 길잡이가 된다.

> 그[아말피타노]는 딸에게 디에스테의 책을 빨랫줄에 걸어 놓았다고 말했다. 로사는 아무 것도 못 들었다는 둥 물끄러미 그를 쳐다봤다. 아말피타노가 말했다. 내 말은 호스로 책에 물을 뿌려서 책이 젖어서 그런 게 아니라 책이 노천에서 견딜 수 있는지, 이 사막성 기후에 견딜 수 있는지 보려는 거야.(『2666』, 246)

10) 『아메리카의 나치문학』을 필두로 『부적』, 『칠레의 밤』, 『먼 별』, 『2666』에 이르기까지 볼라뇨의 작품세계는 유독 자전적, 전기적 요소가 짙게 배어있고 실재 인물과 사건들이 교묘하게 허구화되며 뒤섞이는 경향이 있는데, 이 또한 삶과 문학의 경계를 구분 짓지 않는 볼라뇨 문학의 특성이다.

또한 티나헤로의 시가 출판된 유일한 잡지의 이름인 카보르카가 그녀가 소노라에 머물며 "죽음의 위협"(Bolaño 1998, 596)에서 자신을 지키기 위해 지니고 다닌 칼에 새겨진 글귀와 동일하다는 사실은 문학과 생명이 직결됨을 엿보기에 충분하다. 이렇듯 볼라뇨는 문학 텍스트에 물리적 '육체성'을 부여하며 문학과 삶을 동일시한다. 볼라뇨에게 "도서관이 인류의 메타포"(Braithwaite 2006, 52)라고 했을 때, 인간과 인간의 삶은 그 도서관을 구성하는 무수한 텍스트인 것이다. 따라서 파편화된 『야만스러운 탐정들』 2장의 증언에 대한 독서는 증인들의 삶은 물론이고 벨라노와 리마의 숨겨진 삶-텍스트에 대한 추적과 재구성에 다름 아니다. 따라서 마침내 벨라노와 리마가 발견되어 그 실체가 드러난다면 그들의 삶-텍스트는 종결될 것이다. 벨라노가 "죽임을 당하기 위해"(Bolaño 1998, 544) 아프리카로 떠난 이유, 그것은 티나헤로의 삶-텍스트가 발견됨으로써 죽음을 맞게 되듯이 독자에 의한 발견-살해를 기다리고 있기 때문이다. 그리고 그러한 연쇄성은 독자가 작중인물들의 삶을 해독-살해한다면 독자 또한 추적의 대상이 될 것임을 상정하고 있다.

그런 점에서 『팔방놀이』와 『야만스러운 탐정들』의 차이는 분명하다. 양자는 파편화된 서사구조 속에서 이상향을 탐색하는 인물들을 형상화함으로써 독자를 공모자-탐색자로 변모시키며 중층적 탐색-독서의 효과를 보인다는 점에서 유사하지만, 전자가 문학론(모렐리의 반소설론)을 문학에 투영함으로써 문학 내에서 자기반영적 구성체가 되는 메타문학성에 기초한다면, 후자는 삶-텍스트의 가치가 끊임없는 탐색에 있음을 환기하면서 허구로서의 문학과 현실로서의 삶의 경계를 지우려는 문학적 시도의 결과물이라는 점에서 차별적이다.

4. 인식론적 틀로서의 창, 그 경계 너머로

코르타사르가 놀이로서의 문학을 통해 전통적이고 규범화된 창작-독서의 방법론적 틀을 깨고자 했다면 볼라뇨는 "세상은 살아 있는데 살아 있는 그 어떤 것에도 구제책은 없다"(Braithwaite, 71)라고 할 만큼 인간의 손에 의해 창조되었으나 헤어날 길 없는 현대인으로서의 삶의 폐쇄적 경계를 넘어서고자 한다. 이렇듯 특정 범주의 경계 너머로의 탈주는 『팔방놀이』와 『야만스러운 탐정들』에서 공통적으로 드러나는 문제의식이다. 두 작품에는 공통적으로 이 문제와 결부된 구체적이고 상징적인 사물이 있는데, '창(ventana)'이 바로 그것이다. 두 작품에서 창은 근대세계를 살아가는 인간의 고착화된 사유의 틀이자 경계를 지시하는 메타포로 작동한다.

『팔방놀이』에 제시된 독서방법에 따르면 이 작품의 대단원은 2부의 마지막 56장에서 종결되는데, 거기에 그 '창'이 등장한다. 여기서 정신착란 증세를 보이던 올리베이라는 탈리타를 마가로 착각함으로써 마침내 마가와 재회하게 된다. 하지만 마가가 탈리타라는 사실을 깨닫게 된 올리베이라는 정신병원 창문에 매달려 팔방놀이 그림 위에 각각 3과 6에 멈춰 서있는 탈리타와 트레블러를 내려다보다가 창문 밖으로 뛰어내리고, "쿵, 끝났다"(Cortázar 2006, 457)로 종결된다. 물론 이후의 정황이 올리베이라가 침상에 있는 것으로 확인되는 3부의 135장으로 이어지기 때문에 그의 행위가 자살로 이어지지는 않는다. 더욱이 그가 추락하기 전에 트래블러에게 "잘 봐, 내가 뛰어내리면, 정확히 하늘에 떨어질 거니까"(Cortázar 2006, 450)라고 말하는데, 이는 마가와의 재회가 환영적 이미지에 지나지 않았음을 인식한 올리베이라가 하늘에 이르고자 (상승이 아닌) 추락을 통해 또 다른 시도를 한 것으로 해석할 수 있다. 코르타사르는 올리베이라가 창문 밖으로 뛰어내리는 사건에 대해 "올리베이라는 다른 조건의 인간이 될 것입니다. 그날 밤 경계를 무너뜨렸으니까요. 어디를 향해서, 무엇을 위해? 저로선 알 수 없습니다. 그건 제가 상관할 바 아닙니다"(Cortázar 1978, 77)라고 말함으로써 올리베이라의 추락에 대한 해석의 몫을 독자에게 떠넘긴다.

그러나 올리베이라가 '하늘로의 추락'을 통해 모종의 경계 넘기를 시도하고 있으며 그 무모한 시도가 현실이 비현실적이고 부조리하다는 인식에서 출발한다는 점은 분명하다. 그에게는 규칙적이고 반복적이며 예외의 가능성이 제거된 폐쇄적 일상은 부조리하다. 일상적 현실을 부조리로 간주하는 올리베이라의 인식은 다음에서 잘 나타난다.

> ―부조리는 부조리로 보이지 않아―올리베이라가 비밀스럽게 말했다. 부조리는 네가 아침에 문을 나서며 문턱에 있는 우유병을 잡아들고 고요히 머물러 있는 거야. 어제도 그랬고 내일도 그러겠지. 그 답보 상태가 부조리야. 그 상태에는 예외가 없지.(Cortázar 2006, 226)

따라서 의심 없이 자연스럽게 고착화된 사유와 삶은 부조리하다. 물론 현실적 관점에서는 그의 인식이 비현실적이고 부조리하다. 즉, 그가 추구하는 현실은 현실의 범주로 포착되지 않는 또 다른 현실이며 마가를 찾는 이유나 창밖으로 뛰어내리며 하늘로 추락하는 행위 또한 현실 외부의 현실을 탐구하고 생성하기 위한 것이라 할 수 있다. 그런 이유로 올리베이라는 "부조리하게 살아야만 이 끝없는 부조리를 언제고 깰 수 있을 거야"(Cortázar 2006, 142)라고 주장한다.

그리고 그러한 인식은 내적 폐쇄성을 파괴하고 탈주할 수 있는 가능성으로서의 '창'을 통해 구체화된다. 특히, 코르타사르가 가장 많은 지면을 할애한 41장에서 올리베이라가 자신의 집과 맞은편에 사는 트레블러에게 못과 마테차가 필요하다며 두 집의 창문을 통해 다리를 놓고 그 다리를 통해 탈리타가 건너오던 도중에 오도 가도 못하는 상황에 처하는 장면이 나오는데, 이는 일반적 사고로는 이해할 수 없는 극단적 부조리를 보여준다.[11] 앞서 밝혔듯, 이는 부조리를 깨려는 올리베이라의 부조리한 행위이다. 문제는 탈리타가 다리를 건너오다가 뒷걸음질로 집으로 돌아감으로써 올리베이라의 행위가 어떠한 성과도 얻지 못한 채 종결된다는 점이다. 결과적으로 창문을 통해 상이한 두 공간의 비합리적이고 무모한 소통로를 만들고자 한 올리베리아의 시도는 실패로 끝난다. 따라서 56장에서 올리베이라가 창문 밖으로 뛰어내리는 행위는 부조리한 현실로부터의 탈주이자 또 다른 현실을 탐색하는 시도할 할 수 있다. 그런데 '창 밖'을 향한 올리베이라의 시도는 서구가 창안한 질서와 사유의 폐쇄적 한계가 생산한 현상태(Status quo)를 벗어나는 데 머물지 않고 그 틀을 완전히 해체하고 새로움을 창조하는 것으로 확장된다.

> 우리가 자유라는 엄청난 거짓 속에서, 유대교에 근거한 기독교적 변증법 속에서 질식할 판인데 대체 무슨 '에피파니'를 기대할 수 있겠어. 우리는 진정 새로운 오르가눔(Novum Organum)이 필요해, 창문을 활

11) 올리베이라가 파리에서 마가를 찾아 헤매는 곳도 다리이다. 즉, 다리는 마가와 만날 가능성을 열어주는 교두보와 같다. 따라서 부에노스아이레스로 돌아온 올리베이라가 창과 창 사이에 다리를 잇는 행위도 그와 동일한 맥락에서 이해될 수 있다.

짝 열어서 모든 걸 길바닥에 내던져야 해, 그런데 무엇보다 창문을 내던져야 해. 그리고 그 창문과 함께 우리도 내던져야 해. 죽든 날아가든 말이야.(Cortázar 2006, 741)

『팔방놀이』의 2부가 인습적인 인식의 틀과 경계를 깨고자 하는 올리베이라가 창에서 뛰어내리는 장면으로 끝난다면, 그 2부에 상응하는 『야만스러운 탐정들』의 3부 또한 창에 대한 문제로 끝난다. 흥미롭게도 『야만스러운 탐정들』의 2부와 3부는 공통적으로 창에 대한 이야기로 종결된다. 2부의 창 뒤에는 3부의 소노라의 시공간이 배치되며 3부의 창 뒤에는 2부의 분산적 시공간이 배치된다. 따라서 창은 경계 밖의 또 다른 시공간으로의 진입을 상징한다고 할 수 있다. 어쨌든 3부의 창에 대한 문제는 상기 인용문이 그림으로 재현된 듯 상당한 유사성을 보인다. 서술자인 마데로는 "창문 뒤에 무엇이 있는가?"라는 질문을 던지며 다음과 같은 세 가지 유형의 그림을 남긴다.

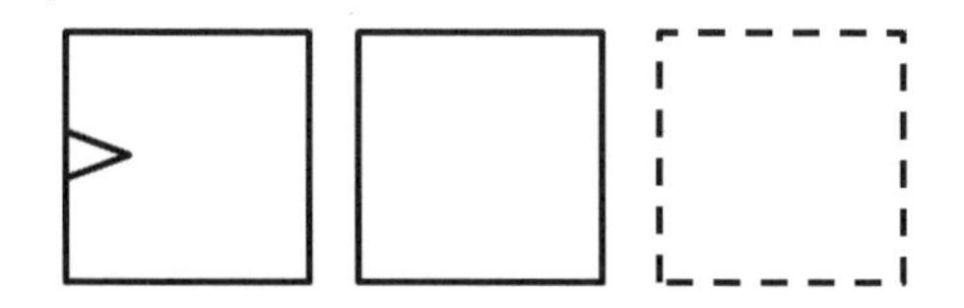

마데로는 첫 번째 그림에 대해 "별 하나", 두 번째 그림에 대해 "펼쳐진 침대 시트"(Bolaño 1998, 608-609)라는 답을 제시하지만 마지막 점선으로 된 창문에 대해서는 답을 주지 않는다. 이와 관련하여 이경민(2012, 140-141)은 점선 창문에 대해 특정 공간의 경계가 지워진 상태, 즉 창문을 내던지듯이 그것이 창이라는 질문의 조건 자체를 파괴한 것으로 해

석하면서 2부의 마지막 장에 나오는 살바티에라의 증언을 그 근거로 제시하는데, 벨라노와 리마와 얘기를 나누던 살바티에라가 그들을 돌아보는 순간 그들이 공간의 안과 밖을 가르는 창의 경계가 무너진 영역에 있는 것으로 그려짐을 확인할 수 있다.

> 잡지를 읽던 청년이 시선을 들어, 내가 창문 뒤에 있다는 듯, 혹은 그가 창문 반대편에 있다는 듯 나를 쳐다보며 말했지. […] 그 때 나는 거실 벽, 내 책, 내 사진, 천장의 얼룩을 바라보다 그들을 쳐다봤지. 그들은 마치 창문 반대편에서 한 명은 눈을 뜨고, 또 한 명은 눈을 감고 있는 것 같았어. 하지만 두 사람은 바라보고 있었어, 바깥을 바라본 것일까, 안쪽을 바라본 것일까? 잘 모르겠어.(Bolaño 1998, 553-554)

『팔방놀이』의 2부가 소설의 끝이 아니듯 『야만스러운 탐정들』의 3부도 마찬가지이다. 사건의 전개가 2부로 되돌아가기 때문이다. 또한 2부의 마지막 증언은 우노보로스처럼 벨라노와 리마가 소노라로 떠나는 3부로 이어짐으로써 순환적 텍스트를 생성한다. 주지할 점은 산발적이고 무작위적인 텍스트의 조합인 『팔방놀이』의 3부에 상응하는 『야만스러운 탐정들』의 2부가 무한히 전개 가능한 다층적 크로노토프의 접속으로 구성되어 있다는 것이다. 1부의 직선적, 규칙적, 시간성-서사성은 3부를 거치면서 점진적으로 상실되고 2부에서는 다양한 시공간이 중층적으로 겹치며 혼돈의 서사를 생성한다. 이는 독자로 하여금 질서의 텍스트에서 경계 없는 무질서의 텍스트로 진입하도록 유도하는 볼라뇨의 서사 전략이다(이경민 2014, 152).

어쨌거나 올리베이라가 창밖으로 뛰어내리는 사건과 마데로의 창문의 문제는 공히 새로운 의미 생성을 제한하는 고정된 시공간과 사유의 경계를 넘어서려는 것으로 파악할 수 있다. 올리베이라의 추락과 창문의 문제를 통해 두 작가가 넘어서고자 하는 경계는 어느 정도 분명하다. 먼저, "처음부터 끝까지 읽어가는 소설", 그 "따분한 소설을 보면 복장이 터진다"(Cortázar 2006, 588)라며 한탄하는 모렐리의 관점에서 엿볼 수 있듯이, 코르타사르가 『팔방놀이』에서 지향하는 바는 "독자의 정신적 관습을 파괴"(Cortázar 2006, 588)하고 "관습의 이면을 찾음"(Cortázar 2006, 503)으로써 서구의 인습적 문학의 경계를 넘어서는 것이다. 그리고 문학적 인습을 파괴하려는 문학적 시도는 서구적 사유의 틀을 벗어나고자 하는 것으로 이해될 수 있다. 하지만 올리베이라가 언급하듯, 모렐리의 반소설론은 실현 불가한 이상적 소설론이며 서구를 지탱하고 있는 서구의 사유 또한 극복할 수 없음을 보여준다.[12]

—그건[모렐리가 시도하는 단절] 아무짝에도 쓸모가 없을 거야—올리베이라가 말했다—. 하지만 서구의 거대한—자부심—이상주의—사실주의—정신주의—물질주의 유한회사에 묶여 막다른 골목에 있는 외로움을 조금은 덜어주겠지.(Cortázar 2006, 594)

반면에 볼라뇨는 『팔방놀이』의 구성적 틀을 가져오긴 하지만 지향점은 다소 차이가 있다. 그가 넘고자 하는 것은 라틴아메리카에 이식된 근대사회의 지정학적, 사회적 구조와 그 구조가 고착화한 인습적이고

12) 물론 코르타사르가 서구적 사유의 틀에 대한 가능한 대안으로 동양적 사유를 고려하긴 하지만, 서구적 사유가 단숨에 대체되거나 제거될 수 없는 견고한 전통의 산물이기에 동양적 사유가 서구인에게 유용할 것이라고 판단하지는 않는다(Alazraki 1989, 27).

폐쇄적인 삶의 방식이다. 볼라뇨가 『야만스러운 탐정들』에서 옥타비오 파스로 상징되는 중심과 티나헤로로 대변되는 주변부를 설정하고 파스의 영토를 거부하고 주변부인의 부유하는 삶을 형상화하는 것은 서구의 서사가 라틴아메리카의 문화적, 정치사회적 지형도를 재단하는 척도이자 모방의 모델로 작용했다는 인식, 즉 근대성에 대한 비판의식에서 출발한다(이경민 2014). 따라서 티나헤로의 죽음은 대안적 모델의 불가능성을 의미하기도 하지만 벨라노와 리마의 탈주적 삶은 무작위적으로 경계를 넘나들며 떠돌 수밖에 없는 라틴아메리카인의 삶에 대한 반영임과 동시에 또 다른 삶의 가능성에 대한 탐색의 여정이라고 할 수 있다. 이런 맥락에서 "우리 멕시코인 모두가 내장사실주의자에 가깝다"(Bolaño 1998, 460)라는 살바티에라의 발언은 라틴아메리카인의 주변부적 삶의 초상을 함축적으로 보여준다.

이렇듯 볼라뇨는 근대성/식민성이 이식한 삶을 벗어나는 방식으로 망명과 탈주를 감행하는 자들을 형상화함으로써 근대성 외부를 지향한다. 그러나 볼라뇨가 대안적 사유-삶을 제시하는 것은 아니다. 오히려 그는 근대성이 생산한 인간의 삶의 경계를 탈주하려는 시도가 가능한 것인지의 여부를 독자의 몫으로 남겨둔다. 볼라뇨는 티나헤로의 죽음으로 새로운 삶을 탐색해야하는 그녀의 운명이 벨라노와 리마에게 전이되듯, 벨라노와 리마의 죽음, 즉 그들에 대한 텍스트 해독이 끝나는 순간 그 운명이 독자에게 전이될 것임을 암시하기 때문이다. 더욱이 흥미롭게도 볼라뇨는 벨라노를 증인의 대화자로 등장시킴으로써 추적의 대상과 주체를 동일시하기도 하는데("내 삶은 실패할 운명이었네, 벨라노, 그대가 들은 바대로 말이네"(Bolaño 1998, 383)), 이는 각자가 자기 삶의 탐색자임을 표명하는 것이라 하겠다. 따라서 볼라뇨가 『야만스러운 탐정들』의 독자로 하여금 주동인물들의 삶을 추적하게 하는 것은 또 다른 삶-텍스트를 탐색하라는 주문에 다름 아니다. 결과적으로 볼라뇨의 『야만스러운 탐정들』과 『팔방놀이』는 탈중심적이고 순환적인 구조를 통해 독자를 텍스트 해석의 공모자로 끌어들이면서 해석과 재구성 행위 자체가 새로운 사유-텍스트-삶-현실에 대한 탐색이 되도록 추동하는 작품이라 하겠다.

5. 나가며

코르타사르의 『팔방놀이』는 서구 문학은 물론 서구가 생산한 사유에 의문을 제기하고, 이질적이고 모순적인 요소들을 한꺼번에 포용할 수 있는 만화경적 비전[13]을 추구하는 서사전략을 통해 기존의 문학적 관례와 독자의 위치를 재고하고 새로운 가능성의 영역을 탐색하는 과정이라 할 것이다(박병규 2000). 그런 점에서 『팔방놀이』는 서구의 전통적 문화에 대한 문학적 엑소시즘이라 할 수 있다. 그러나 『팔방놀이』에서 코르타사르는 "논리적 일관성이라는 명목으로 이질적인 타자를 배제하거나 억압하는 서구 사유의 폭력성을 비판하면서도 비서구적인 사유를 대안으로 여기지 않고 서구의 사유의 틀 내에서 서구 사유를 문제 삼는다"(박병규 2000, 124)는 점에서 자기모순적 한계를 지닌다.

13) 『팔방놀이』에서 올리베이라와 마가의 대화는 코르타사르가 추구하는 만화경적 비전을 반영하고 있는 바, 단일체가 무엇인지 아느냐고 묻는 올리베이라의 질문에 마가는 다음과 같이 대답한다. "단일체가 뭔지 당연히 알고 있지. 네 말은 모든 게 네 삶에 결합하여 그 모든 걸 한꺼번에 볼 수 있다는 거 아냐?"(Cortázar 2006 111-112)

한편, 볼라뇨는 언어적 재현예술로서의 문학의 한계를 거부하고 문학이 삶과 현실에서 실질적으로 작동할 수 있기를 욕망하는 태도를 보인다. 코르타사르가 현실세계와 텍스트 구성물인 허구의 세계를 분리하는 것에 반해 볼라뇨는 양자를 구분하여 이해하지 않는다. 볼라뇨의 문학세계 전반에 드러난 문제의식을 살펴보면 그런 볼라뇨의 인식이 현실의 가공할 허구성에서 출발하고 있음을 알 수 있다. 즉, 그의 문학세계는 권력의 폭력이 난무하는 세상(『야만스러운 탐정들』, 『2666』, 『칠레의 밤』, 『팽 선생』, 『부적』, 『먼 별』), 지하실에서 자행되는 전기고문을 모른 채 하는 현실(『칠레의 밤』), 전쟁으로 점철된 20세기의 역사와 신자유주의 논리가 생산한 라틴아메리카의 비극적 현실(『2666』), 예술이 전체주의에 봉사하는 현실(『먼 별』, 『칠레의 밤』, 『아메리카의 나치문학』) 등, 허구보다 허구적이라 할 만큼 잔혹한 현실을 폭로하며 독자에게 그 현실에 대한 탐색자가 되기를 요구한다.

결론적으로 『야만스러운 탐정들』이 『팔방놀이』의 서사구조를 핵심적인 자양분으로 삼고 모험문학과 탐정소설의 서사코드를 변형, 재구성한 작품임은 분명하다. 다만 코르타사르의 『팔방놀이』가 라틴아메리카 문학에서 "언어 구성물로서 문학과 문학적 현실의 문제를 본격적으로 천착한 작품"(박병규 2001, 289)으로서 독자를 '독서놀이'로 끌어들이는 텍스트이자 텍스트를 이해하는 서구의 틀을 벗어나려는 몸짓이라면 볼라뇨의 『야만스러운 탐정들』은 출판지상주의에 함몰된 문학계에 대한 엑소시즘으로서 (문학)세계가 처한 현실에 대한 문학임과 동시에 문학의 사회적 기능을 환기함으로써 독자를 삶에 대한 탐색으로 끌어들이는 텍스트라는 점에서 다소 차이가 있을 것이다. 하지만 그런 차이에도 불구하고 양자는 공히 텍스트-삶에 대한 동일한 심리적 상태, 즉 권태를 벗어나 새로운 것을 추구하고자 하는 열망을 드러내는 작품이다. 다시 말해, 코르타사르의 『팔방놀이』와 볼라뇨의 『야만스러운 탐정들』은 서구의 사유가 잉태한 견고한 문화적 유산의 권태로부터 탈주하려는 시도임과 동시에 폐쇄적이고 부조리한 현실을 살아갈 수밖에 없는 근대인의 권태로운 삶을 벗어나 새로운 텍스트-삶을 모색해야 한다는 인식에서 출발한 작품이라 할 것이다.

참고 문헌

박병규(2001), 「훌리오 코르타사르: 문학혁명과 혁명문학」, 『라틴 아메리카의 문학과 사회』, 서울: 까치글방, 283-297.

____(2000), 「훌리오 코르타사르의 『팔방놀이』와 메타픽션」, 『외국문학연구』 7, 115-131.

이경민(2012), 「유목적 글쓰기로서의 볼라뇨 문학」, 『이베로아메리카연구』 23(3), 27-55.

____(2014), 「주변부 그리기를 통한 서구근대성 비판으로서의 『야만스러운 탐정들』」, 『이베로아메리카연구』 25(1), 131-158.

이성훈(2010), 「아르게다스와 코르타사르 논쟁에 나타난 보편성과 지역성」, 『이베로아메리카』 12(1), 267-288.

Alazraki, Jaime(1989), "Introducción: Hacia la última casilla de la rayuela," *Julio Cortázar: la isla final*, Barcelona: Ultramar, 9-45.

Ainsa, Fernando(1981), "Los dos orillas de Julio Cortázar," Pedro Lastra(ed.), *Julio Cortázar*, Madrid: Taurus, 34-63.

Bolaño, Roberto(1996), *Estrella distante*, Barcelona: Anagrama.

____(1998), *Los detectives salvajes*, Barcelona: Anagrama.

____(2001), "Roberto Bolañno: Acerca de *Los detectives salvajes*," Celina Manzoni(ed.), *Roberto Bolaño: La escritura como tauromaquia*, Buenos Aires: Corregidor, 203-204.

____(2003), *El gaucho insufrible*, Barcelona: Anagrama.

____(2004), *Entre paréntesis*, Barcelona: Anagrama.

____(2004), *2666*, Barcelona: Anagrama.

Borges, Jorge Luis(1989), *Obras completas I*, Barcelona: María Kodama y Emecé.

Braithwaite, Andrés(ed.)(2006), *Bolaño por sí mismo: entrevistas escogidas*, Santiago: Universidad Diego Portales.

Cortázar, Julio(2006), *Rayuela*, 1ª ed. 1963, México: Santillana.

____(1978), *Conversaciones con Cortázar*, Barcelona: Edhasa.

Edwards, Jorge(1999), "Roberto Bolaño y *Los detectives salvajes*," *Revista, Lateral* 52, http:// www.memoriachilenaparaciegos.cl/archivos2/pdfs/MC0025809.pdf.

Rodríguez Monegal, Emir(1972), "Tradición y renovación," César Fernández Moreno

(coord.), *América latina en su literatura*, México: Siglo XXI, 139-166.
Verdevoye, Paul(1991), "Orígenes y trayectoria de la literatura fantástica en el Río de la Plata hasta principios del siglo XX," Enriqueta Morillos(ed.), *El relato fantástico en España e Hispanoamérica*, Madrid: Quinto centenario, 118-122
Yurkievich, Saúl(2004), *Julio Cortázar: mundos y modos*, Barcelona; BB.AA: Edhasa.

공포의 시뮬라크르를 넘어 경계의 윤리학으로 : 『2666』에 나타난 세계화 시대의 상징으로서 미국-멕시코 국경*

박정원

1. 세계화의 교차점인 멕시코 국경도시, 산타테레사

로베르토 볼라뇨의 유작소설 『2666』(2005)은 작가의 출신지인 칠레나, 작품의 주요한 배경이 되는 멕시코라는 민족문학의 경계를 넘어서는 초국가적이고 국제적인 파노라마를 보여준다. 총 다섯 부분의 이야기로 구성된 이 소설은 행방이 묘연해진 독일인 은둔 작가 아르킴볼디(Archimboldi)를 찾기 위해 영국, 프랑스, 스페인, 이탈리아의 문학비평가들이 멕시코 국경도시 산타테레사 —시우다드후아레스를 암시하는 소설 속 도시 명칭— 에 도착하는 이야기로 시작된다. 이곳에 모여든 유럽의 비평가들은 아르킴볼디의 행적을 발견하는 대신, 이 도시가 1993

* 이 글은 『이베로아메리카연구』 23권 3호(2012년)에 실린 동일 제목의 논문을 수정 · 보완한 것이다.

년 이후 2003년까지 300건이 넘게 발생한 의문의 여성 납치와 연쇄살인사건의 현장이라는 사실에 전율한다. 1부 "비평가들에 관하여"(La parte de los críticos)에서 그려지는 유럽비평가들의 모습은 세계 문화의 중심을 자처하나 산타테레사의 비극적 상황을 재현할 언어를 찾지 못한 채 자기 모순에 빠지고만 유럽 문단의 폐쇄성과 무기력함을 상징한다. 2부 "아말피타노에 관하여"(La parte de Amalfitano)에서는 이 유럽비평가들이 피노체트 정권을 피해 멕시코로 망명하여 산타테레사에 정착한 한 칠레인 교수를 만나는 이야기로 전개된다. 이 교수는 자신의 딸이 범죄조직에 휘말려 위험에 처하자 산타테레사에서 떠나버렸다는 이야기를 들려준다. 그리고 교수 자신 역시 공포의 장소로 전락한 이 도시에서 탈출하기를 원한다고 말한다. 3부 "페이트에 관하여"(La parte de Fate)은 국경의 반대편 미국에서 흑인 신문기자 페이트를 추적한다. 그는 프로권투시합 취재차 산타테레사에 방문 중이었는데, 이 도시에서 실제로 벌어진 이 비극적 사건에 지대한 관심을 보이며 그에 관한 기사를 써서 미국에 송고하기로 계획을 세운다. 4부 "범죄에 관하여"(La parte de los crímenes)에서는 연쇄살인이 발생하는 과정과 그 결과를 집중 조명한다. 하지만 시간이 경과할수록 사건은 점점 더 미궁에 빠지고, 소설은 공포와 침묵이 지배하는 도시의 상황을 형상화한다. 5부 "아르킴볼디에 관하여"(La parte de Archimboldi)에 이르러서는 독일작가 아르킴볼디의 정체가 밝혀지는데, 제 2차 세계대전 당시 나치즘과 스탈린주의를 경험한 과거의 인생역정이 회상의 방식을 통해 기술된다. 마지막에 다시 현재 시점으로 돌아온 소설은 산타테레사의 현실을 전해 듣게 된 아르킴볼디가 멕시코를 향해 떠나는 것으로 끝을 맺는다.

서구세계의 복합적 시공간을 가로지르는 이 소설은 처음과 마지막이 산타테레사에서 다시 만나는 형식을 취한다. 다시 말해, 다양한 인물과 그들의 경험이 멕시코 국경도시를 통해 하나로 연결되는 '뫼비우스의 띠' 구조를 보여준다.[1] 이러한 소설의 독특한 구조적 형식은 결코 우연이 아니다. 소설의 편집자인 이그나시오 에체바리아는 후기에서 볼라뇨가 죽기 전에 출판사의 경제적 사정과 홀로 남겨질 자녀들을 위해 책을 다섯 권으로 나누어 출판해줄 것을 부탁했었다고 언급한다. 그러나 소설을 구성하는 다섯 장이 부분적으로 독립된 이야기임에도 불구하고 디스토피아와 탈주를 암시하는 제목에서 알 수 있듯이 큰 틀에서 내용적, 형식적으로 연결된다는 점과, 볼라뇨가 『야만스러운 탐정들』의 연장선상에서 애초에 이 작품을 장편소설로 기획했었다는 사실에 근거해 한권의 책으로 출간하기로 결정했음을 밝힌다(Bolaño 2005, 1122-23). 즉, 에체바리아도 인정하는 것처럼 이 소설에는 방대하고 이질적인 이야기들을 관통하는 통일성이 존재하며, 볼라뇨는 이를 위해 미국-멕시코 국경이라는 장소를 선택한다. 따라서 『2666』에 나타나는 '뫼비우스의 띠' 구조는 작가 볼라뇨의 세계관과 현실인식을 드러내는 전략적 서사장치라 볼 수 있다. 소설은 유럽과 아메리카 대륙을 시공간적으로 횡단하면서 중심부 지식인의 자기안주와 무능력을 묘사하는 한편, 폭력으로 폐허화된

1) 에셔(Escher)의 작품 〈뫼비우스의 띠 II〉는 안과 밖, 겉과 속이 구분되지 않는 구조를 보여준다. 이 안에서 이질적 장소로부터 다른 방향으로 움직이는 각각의 개미들은 결국 동일한 궤도에서 운동하는 동일한 운명에 놓인다. 이 역설은 얼핏 독립되고 분리된 것으로 보이는 사회적 구성원들과 관계와 실제로는 밀접하게 연관되어 있음을 암시해 준다.

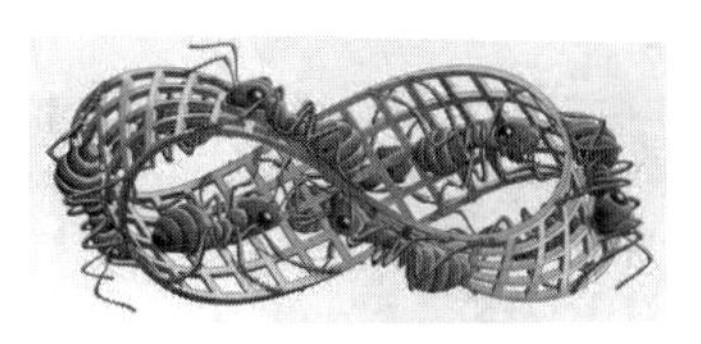

〈그림〉 "뫼비우스의 띠 II"
(M.C. 에셔, 1963)

멕시코라는 주변국의 최변방 국경도시에 모든 등장인물의 여정과 이야기를 수렴시킨다. 이러한 방식으로 '죽음의 도시'로 명명되는 산타테레사는 지정학적 위치를 뛰어넘어 정치, 경제, 사회적으로 세계화 시대의 폭력을 설명하고 구조화된 공포를 상징하는 역할을 한다.

이 글은 『2666』이 최근 20년간 멕시코 국경도시의 연쇄살인을 둘러싼 다양한 주체와 사회적 행위자들의 대응 방식과 트라우마를 재현함으로써, 사건의 사회심리학적 파장이 신자유주의적 세계화가 초래한 위기의식과 맞물려 있음을 드러내고자 한다. 다수의 평론가들이 볼라뇨의 작품을 관통하는 세계관으로서 디스토피아적 이미지를 언급한 바 있다.[2) 묵시론적 제목이 암시하듯, 이 소설에는 "괴물"(monstruo), "짐승"(bestia), "악마"(demonio), "유령"(fantasma) 등의 단어가 자주 등장한다. 끊임없이 발생하는 여성 살해사건의 현장을 지루할 정도로 반복하여 묘사함으로써 폭력이 시뮬라크르의 연속, 즉 무한계열의 구조로 자리 잡고 있음을 암시한다. 그 결과로 사건을 해결하려는 시도는 '무의미'(sinsentido)로 돌아가고, 모든 언어는 재현 능력을 상실한다. 마찬가지로, 볼라뇨에게 폭력의 무한순환구조는 현대 서구역사에 대위법과 같은 방식으로 적용된다. 죽음의 도시가 된 산타테레사는 진보와 번영의 21세기에 예외적으로 발생한 돌연변이가 아니라 세계화가 야기한 야만적 폭력과 공포의 계열

2) 볼라뇨 작품 세계에 대한 분석은 최근 십여 년 동안 라틴아메리카 문학 비평에서 중요한 위치를 차지한다. 이 시기에 많은 논문이 주요 학술지에 발표되었는데 상당수가 작품에서 이야기와 언어를 통해 드러나는 비관적, 회의적 현실 인식을 다룬다. 일례로, 이그나시오 로페스-비쿠냐(Ignacio López-Vicuña)가 독재를 다룬 소설들에서 '문명'의 '야만적' 성격을 분석함으로써 작가의 비관적 세계관을 보여준다면, 앙헬레스 도노소 마카야(Ángeles Donoso Macaya)는 『2666』의 언어 사용에서 보이는 디스토피아적 미학을 강조한다.

속에 위치한 동일한 현상 중의 하나의 예로서 인식된다. 이를 통해 멕시코 변방의 국경도시는 역사의 진보 개념을 의심하고, 경제적 번영이라는 환상을 재고하는 장소로서의 정치적, 윤리적 가치를 획득한다. 이 과정에서, 악순환적 구조에서 반복적으로 발생하는 폭력과 이에 대한 무기력함을 가감 없이 재현하려는 현실주의적 태도, 그리고 이러한 동일성의 역사에 파열을 가져올 차이를 생성하고자 하는 유토피아를 향한 잠재된 무의식과 윤리적 요구 사이의 서사적 긴장감이 『2666』의 중심축을 이룬다.

2. 대위와 반복 : 연쇄살인 사건의 재현을 위한 서사전략

수백 명의 여성이 실종되었다가 도시와 그 주변의 사막에서 주검으로 발견된다. 범인을 알 수 없는 이 의문의 사건에 관심을 가진 유럽과 미국, 그리고 멕시코의 수도에서 기자, 저널리스트, 수사관, 평론가, 지식인들이 이 국경도시로 모여든다. 극 중에서 이들은 범죄의 진실을 밝히는 탐정의 역할을 맡게 되며, 따라서 소설은 노벨라 네그라(Novela negra)와 유사한 형식으로 전개된다. 에드 크리스찬(Ed Christian)은 탈식민 국가에서 생산되는 탐정소설의 경우 결말에 이르러 진실이 밝혀지고 사건이 해결됨으로써 기존 질서가 복구되는 장르적 틀을 따르는 대신 탐정의 작업이 실패로 돌아가는 경우가 많다고 지적한다. 그럼에도 불구하고, 이 실패의 경험을 통해 범죄 현상 뒤에 숨겨진 사회의 구조적 문제들을 조명할 수 있는 기회를 제공하게 된다. 여기서 탐정은 사건

해결의 영웅이 되는 대신에, 중심과 주변, 안과 밖, 시스템과 희생자들 사이에 위치하여 사회 전체를 조망하고 문제적 상황을 암시적으로 드러내는 역할을 한다(Christian 2001, 7-12).

『2666』에서 다양한 등장인물의 눈과 입을 통해 산타테레사 사건의 본질을 재현하려는 혹은 진실을 밝히려는 시도와 노력들은 번번이 수포로 돌아간다. 일반적 탐정소설의 경향과 달리 사건을 둘러싼 사회의 구조적 문제가 드러나거나 범인이 암시되는 대신에 사건은 점점 더 의문 속으로 빠져든다. 많은 등장인물들이 사건의 폭력성과 반복성에 경악하며, 공포에 떨고, 자신에게 닥쳐올지도 모르는 위험이 두려워 침묵하며, 결국에는 진실에 다가가려는 대신 원래 자신의 위치로 돌아가고 만다. 이들의 반응과 실패를 통해 볼라뇨는 지식인의 무기력함이 결과적으로 연쇄살인 사건을 지속, 증폭시킨다고 진단한다. 『먼 별』(1996), 『칠레의 밤』(2000) 등 이전 소설에서 독재 치하의 칠레에서 자기보신에 급급한 지식인과 문단에 비판의 화살을 겨눈 것처럼, 세기말의 야만적 상황에 대한 인식과 더불어 행동으로 나아가지 못하는 코스모폴리탄 지식인의 한계를 비판하는 것이다. 등장인물들이 보여주는 무력감, 공포심, 도피의식 등은 단지 이 사건이 얼마나 잔인하고 폭력적인가를 묘사하기 위함이 아니다. 오히려 끝나지 않는 이 비극에 대해 지식인 계급 역시 그 책임을 면할 수 없음을 넌지시 암시하고 있다.[3]

1, 2, 3부에서 유럽과 중심부의 지식인들을 집중적으로 다루면서 이들의 한계를 비판한다면, 4부 "범죄에 관하여"는 연쇄살인의 현장과 그

3) 여기서 지식인은 넓은 의미에서 앙헬 라마가 지칭한 라틴아메리카의 '문자도시'(la ciudad letrada)로 이해될 수 있다.

주변을 집중적으로 묘사한다. 주목할 만 한 점은 볼라뇨가 살인 사건과 주검을 재현하는 방식이다. 거의 동일하게 반복되는 사건의 발생과 그 처리 과정을 지루할 만큼 자세하게 묘사하는데, 다음의 인용 부분이 한 예다.

> 거의 동시에 대략 열여섯 살로 추정되는 다른 여성의 주검이 지난 삼월 세 명의 첫 번째 희생자들이 발견된 장소에서 상당히 떨어진 도시 북동쪽에 위치한 에스트레야 언덕 기슭에서 발견되었다. 치마 속 부위가 칼에 찔리고, 몸은 절단을 당했는데 이 부분은 아마도 그 동네 개들의 작품일 가능성이 크다. 경찰에 따르면, 마른 체구에 길고 검은 머리카락을 소유한 희생자는 카나네아 고속도로에서 발견되었고 히치하이커로 추정된 여자의 쌍둥이 자매처럼 보였다. 먼저 발견된 희생자처럼, 그녀 역시 신원을 확인할 수 있는 어떤 증명서도 소지하고 있지 않았다. 산타테레사 언론은 이들을 저주받은 자매라고 명명했는데, 경찰들의 증거자료를 입수한 이후에는 불운한 쌍둥이로 바꾸어 언급했다. 사건은 카를로스 마린 형사에게로 넘겨졌으며, 미해결 사건으로 분류되는데 얼마 걸리지 않았다.(Bolaño 2005, 630)[4]

시신의 발견, 시체에 대한 묘사, 주변 정황 소개, 실마리를 찾지 못하는(혹은 찾지 않는) 수사, 결국 미해결 사건으로 분류되고 종결되는 과정이 나열된다. 그러나 이를 일회적으로 보여주는 대신에, 소설은 상당한 지면을 할애해 이와 유사하게 발생한 사건들을 반복적으로 묘사함으로써 이 모든 상황이 복제의 연속체인 일종의 시뮬라크르임을 강조한다.

4) 이후 소설에서 인용된 부분의 번역은 필자번역임을 밝힌다.

즉, 볼라뇨의 서사 전략은 처참한 시신과 미궁에 빠진 수사과정을 되풀이해 나열함으로써 각각이 개별 사건임에도 불구하고 하나의 계열 안에서 벌어지는 동일한 경우의 연속으로 읽히는 효과를 노린다. 극단적 폭력의 시뮬라크르는 실종, 납치, 죽음이라는 비극이 더 이상 특별한 의미와 사회적 반향을 지니는 사건이 아니며 이미 산타테레사를 구성하는 메커니즘의 일부가 되어 시민들은 이 사건에 대해 무감각해지고 급기야는 일상으로 받아들이게 된다. 이것은 이 사건의 질적인 전환을 의미하는데, 반복되는 패턴을 넘어 이제는 독립된 구조를 가진 하나의 유기적인 체제로서 존재하게 됨을 의미한다.

들뢰즈에게 '반복'은 기존의 같은 사건이 계속해서 일어나는 단순 복제를 지칭하지 않는다. 오히려 차이가 만들어 내는 역학들이 하나의 계열을 형성한다는 것을 의미한다. 따라서 반복은 고정된 틀이라기보다는 유사함 속에서의 운동이고, 그 무한한 계열 속에서 또 다른 차이를 생산하고 재생산하는 시뮬라크르의 세계라 할 수 있다. 들뢰즈는 이 체계가 새로운 의미를 생성할 가능성을 지닌 되기(becoming)의 과정이라고 설명한다(Deleuze 1991, 136). 더글라스 호프스태터는 『괴델, 에셔, 바흐: 영원한 황금노끈』(1999)에서 대위법을 통해 들뢰즈와 유사한 논리를 전개한다. 대위법의 중요 기법 중 하나인 '모방'과 '변주'는 한 성부의 멜로디를 다른 성부에서 반복하거나 약간의 변화를 주는 형태로 화성진행을 맞추어 나가면서 하나의 곡을 완성하는 형태이다. 그에 따르면, 에셔의 "뫼비우스의 띠 II" 역시 대위가 적용되는 한 예라고 볼 수 있는데, 다른 위치의 개미들이 동일한 경로를 따르는 반복적인 움직임을 통해서 뫼비우스의 띠라는 하나의 무한운동 구조가 형성된다. 즉, 반복과 변주의 조합은 그 연결 행위를 통해 하나의 계열을 형성하면서 동일자 모방 자체이라는 그 논리를 넘어 새로운 존재로서 의미화의 기능을 갖게 된다는 것이다.

『2666』에서의 반복과 대위는 역설적으로 무의미라는 의미를 생산한다.[5] 로베르토 폰세-코르데로(Roberto Ponce-Cordero)는 이 소설이 "기표의 과잉과, 기의의 부재"를 그 특징으로 한다고 지적한다(2008, 76). 장편소설에 펼쳐진 다양한 인물 군상과 그들의 목소리는 대부분 실패와 무력감에 관한 것이다. 폭력과 죽음 앞에 정부는 침묵하며 지식인들은 이를 재현할 언어를 찾지 못한 채 '괴물', '환영', '악마' 등의 단어로써만 그들의 공포를 표현할 뿐이다. 따라서 기존의 틀로 자리 잡은 모든 언어와 제도는 의미를 상실한다. 소설에는 헛되고 의미 없음(sinsentido)을 암시하는 단어 "무"(nada)가 자주 등장한다. 예컨대, "문학의 미래에 대한 에세이는 '무'로 시작하고 마지막도 '무'로 끝난다"(Bolaño 2005, 896). "전체적으로 아무 것도 아니다"(Bolaño 2005, 1098) 등으로 표현된다. 즉, 폭력과 이를 해결하지 못하는 무능력의 반복으로 형성되는 시뮬라크르의 운동은 결국 어떤 의미와 가치도 획득하지 못한 채 무의미의 시스템이라는 무한순환구조를 구축한다. 이를 통해 소설은 벗어날 수 없는 암울한 현실에 대한 비관적인 세계 인식과 더불어, 기존 제도와 공권력에 대한 불신과 회의를 드러낸다. 이렇게 볼라뇨의 서사전략은 연쇄살인사건을 통해 순환적 묵시론을 형상화하는 소설의 독특한 장치로 이해될 수 있다.

---

5) '반복'의 서사전략은 볼라뇨의 다른 소설에서도 나타난다. 『아메리카의 나치문학』은 이 방식을 극단적으로 밀어붙인 경우라 할 수 있는데, 텍스트 처음부터 마지막까지 나치체제에 부역, 혹은 침묵했던 이들의 이름과 그 행적이 백과사전과도 같이 반복적으로 나열되는 형식을 취한다.

3. 세계화의 위기와 근대의 파국

반복되는 사건을 통해 무의미의 순환구조를 보여주는 4부 "범죄에 관하여"는 멕시코시티에서 사건을 취재하러 온 실존인물 세르히오 곤살레스 로드리게스(Sergio González Rodríguez)의 이야기로 막을 내린다. 죽어간 희생자들이 원래 도덕적으로 문란한 여성이거나 창녀들이라며 사건의 심각성을 외면하는 정부 당국을 믿던 그는 어느 날 한 여성접대부와의 대화를 통해 사건의 핵심에 다가가게 된다.

> 여기 산타테레사에서 창녀들이 죽어가고 있는데, 적어도 직업적 관점에서 연대감을 보여주는 것이 좋지 않겠냐고 말을 하자 이 접대부는 죽어가는 이들은 창녀가 아니라, 공장 노동자들이라고 대답한다. 여공들, 여공들이라고요. 세르히오는 미안하다고 사과하면서 순간 이제까지 간과하고 있던 상황이 섬광처럼 스쳐가는 것을 느꼈다.
>
> (Bolaño 2005, 583)

살해된 여성의 대부분이 멕시코의 다른 지방에서 올라온 이민자 출신으로 열악한 노동환경 속에서 일하며 살아가는 마킬라도라의 공장 노동자들이라는 사실에 대한 인식은 이 범죄 사건을 경제적이고 사회적인 국면으로 확장시킨다.[6] 세르히오는 헬리콥터에서 사막 한가운데에 펼

6) 영어로는 "Sweat Shop"으로 번역되는 이 노동집약형 산업형태는 값싼 노동력을 바탕으로 하여 원자재를 조립하고 완성된 상품을 수출하는 다국적 생산방식을 의미한다. 멕시코에는 1960년대에 처음 시작되었으나, 1994년 관세장벽을 제거하는 북미자유협정(NAFTA) 도입 이후 미국과 접한 멕시코의 국경도시들을 중심으로 이 산업은 붐을 이루며 세계화 시대 주변부 국가의 경제적 발전을 상징하는 모델이 되었다. 이 소설이 암시하는 도시 시우다드후아레스는 티후아나와 함께 가장 큰 마킬라도라 지대를 형성하

쳐진 공장지대를 바라보면서 이 국경도시의 팽창과 '상대적인 경제적 활력'의 동력이 되는 마킬라도라 산업에 의문을 제기하기 시작한다. 적어도 노동자들에게 일자리를 제공할 수 있다고 말하는 신자유주의 경제의 '축복' 뒤에 도사리고 있는 공적, 제도적 무관심으로 인해 대부분이 여성인 마킬라도라 노동자들은 저임금, 권리의 박탈, 공공서비스와 복지의 결여 및 치안의 부재라는 열악한 상황에 처하게 된다. 따라서 이들은 폭력과 범죄에 쉽게 노출되며, 죽음의 위협에까지 직면하게 된다. 볼라뇨는 이렇게 연쇄살인의 비극을 세계화라는 경제 체제의 변화와 연결하여 추론함으로써 이 사건이 단순히 멕시코라는 한 국가의 어느 변방에서 일어난 엽기적이고 돌연변이와 같은 예외적 사건이 아님을 분명히 한다. 반대로, 산타테레사에 나타난 이 폭력은 성장과 축적의 패러다임인 신자유주의로의 회귀가 전지구적으로 초래한 결과의 하나로 이해해야 한다는 것이다. 여기에서, 볼라뇨의 작품들을 관통하는 '악'(el mal)의 이미지가 모습을 드러낸다. 알렉시스 칸디아 카세레스(Alexis Candia Cáceres)는 『2666』이 모든 인간적 가치를 파괴하면서 사회 전체를 집어삼키는 "악의 미학"을 형상화한다고 분석한다(2010, 49-50). 연쇄살인과 더불어 마약, 매춘, 불법 이민, 밀수업자, 조직범죄 등 '더럽고', '위험하고', '추악한' 요소들이 초국가적 현상을 통해 이 국경도시에 모여 들면서 현재의 글로벌 위기를 증명하는 장소가 된다. 즉, 역사를 통해 반복적으로 나타나는 "악"의 시뮬라크르가 이제 산타테레사에 그 모습을 드러낸 것이다.

이와 같이 여성 연쇄살인사건을 미국-멕시코 국경의 경제적 변화와

고 있다.

연결 지어 바라보는 시각은 다른 소설에서도 존재한다.[7] 치카나 소설가이자 비평가인 알리시아 가스파르 데 알바(Alicia Gaspar de Alba)는 『사막의 피 Desert Blood』에서 이 둘의 관계를 페미니즘의 관점에서 조명한다. 로스앤젤레스에서 여성학 박사과정을 밟고 있는 레즈비언 이본은 시우다드 후아레스에서 아기를 입양하기 위해 자신의 가족이 살고 있는 후아레스와 국경이 맞닿은 미국의 도시 엘파소에 도착한다. 그러나 그녀는 곧 비극적 사건들을 접하게 된다. 아기의 엄마, 즉 마킬라도라 공장의 노동자였던 세실리아가 연쇄살인사건의 또 다른 희생자가 되어 유명을 달리한 것이다. 또한, 자신의 여동생마저 친구들과 함께 후아레스로 놀러갔다 행방불명되고 만다. 미국 경찰의 미온적 대처에 상심한 이본은 동생을 찾아 직접 국경을 넘는다. 다행히 동생은 국경수비대와 멕시코 경찰과 연루된 불법포르노 사업 조직을 탈출하여 돌아오지만, 그녀는 어떤 사회적 보호장치도 마련되지 않는 이 국경지대에서 여성의 몸이 얼마나 위험한 위치에 놓여있는가를 깨닫게 되며 이 연쇄살인사건을 여성 전체의 문제로 인식한다. 그리고 여성에 대한 폭력은 다음과 같이 신자유주의의 새로운 정치적, 경제적 구조를 통해 이해되어야 한다고 설명한다.

7) 시우다드후아레스의 비극을 처음 세상에 알린 이들은 주로 치카노 운동가와 작가들이었다. 루르데스 포르티요(Lourdes Portillo)의 다큐멘터리 『사라진 여성 Señorita extraviada』(2001)은 최초로 이 주제를 깊이 있게 다룬 작품으로 평가받는다. 이후, 마고리에 아고신(Magorie Agosin)의 『모래 속의 비밀 Secrets in the Sand』(2006), 그레고리 나바(Gregory Nava)의 영화 〈보더타운 Bordertown〉(2006), 테레사 로드리게스(Teresa Rodríguez)의 『후아레스의 딸 The Daughter of Juárez』(2007), 스텔라 포페 두아르테(Stella Pope Duarte)의 소설 『내가 후아레스에서 죽는다면 If I die in Juárez』(2008) 등은 연쇄살인에 초점을 맞춰 감춰진 구조적 문제들을 드러내고 형상화한 소설이다.

> 신에게서는 너무 멀리 떨어져 있고, 지옥에는 너무 가까운 불쌍한 후아레스! 태드와 리치의 일기는 그 순간 그녀가 따를 수밖에 없는 유일한 선택이었다. 그녀는 컴퓨터 파일의 빈 화면에 '여성에 대한 폭력'이라고 썼다. 그리고 '국경에 대한 착취', '종교'라고 적어 내려갔다. 이렇게 페이지를 세 개의 칼럼으로 나누었다. 그녀는 이들 사이에서 어떤 패턴을 찾을 때까지 몇 가지 연관성을 떠올리면서 브레인 스토밍을 했다. 착취−북미자유협정(NAFTA)−마킬라도라−노동자−희생자들−국경 수비대?(Gaspar de Alba 2003, 114-15)

가스파르 데 알바는 북미자유협정(NAFTA)이 자유무역이라는 이름 아래 국제범죄조직의 활동을 용인하면서, 사회적 약자인 여성을 더욱 위험한 상황으로 내몰고 결국 후아레스의 폭력을 초래하였다고 분석한다. 더 이상의 비극을 막기 위해서는 신자유주의 경제에 대한 근본적인 재고가 필요하며, 이는 여성의 연대에 기초한 미국-멕시코 양국가의 노력에서 시작된다. 『사막의 피』는 이렇게 비극적 사건에 대한 경제적 분석에 따른 정치, 경제적 측면에서의 해결방법을 제안한다. 알바의 결론과는 달리, 볼라뇨는 경제적 세계화의 이해를 바탕으로 하면서도 앞서 언급한 대로 '악'의 근원에 대한 보다 총체적인 이해에 다가서려 한다. 경제적 측면과 마찬가지로 혼란에 빠진 사회질서의 회복을 강조하는 것 또한 한계를 지니며 본질적인 대안은 되지 못하기 때문이다. 세르히오 곤살레스 로드리게스는 르포집 『사막에 버려진 유골 Huesos en el desierto』(2005)에서 젊은 여성들의 죽음과 범죄 조직의 연관성을 추적하는 과정에서, 멕시코 중앙정부 및 지방 관료들의 무능력을 비판하면서 공권력이 범죄조직과 연루된 공생관계임을 폭로한다. 이렇게 사건에 대한 저널리즘적 접근은 책임자를 처벌하고 부패와의 고리를 끊음으로써 법치와 정의를 회복하려는 요구로 귀결된다.

『2666』은 이 사건에 대한 정치, 경제적 분석이 가지는 한계를 지적하는 한편, 질서 회복과 정의를 요구하는 방식에도 거리를 둔다. 대신에 산타테레사와 국경지대를 지배하게 된 공포의 시스템에 사회심리학적으로 접근한다. 연속된 주검의 발견으로 시민들은 자신들 역시 죽음과 가까이 있다는 것을 의식하면서도 한편으로는 거대한 범죄조직과 공범관계에 있는 정부 및 관료 체계에 대한 불신으로 침묵을 선택한다. 강요가 아닌 이 자발적 침묵이야말로 거대한 폭력의 순환구조를 재생산하는 보다 근본적인 문제임을 볼라뇨는 지적하고 있다.

이를 구체화하기 위해 소설은 사건을 수사하는 경찰 수사관과 산타테레사 정신병원 원장 사이에 나눈 화를 통해 현실에 존재하는 일련의 병리학적 포비아를 소개한다. 원장은 "판토포비아"(pantofobia)와 "포보포비아"(fobofobia)라는 두개의 주요한 공포를 소개하면서 이 둘 중 어떤 것이 더 심각한 것 같으냐고 수사관에게 묻는다.

> 하지만 내 생각에 더 심각한 포비아는 자신의 두려움에 대해 두려움을 갖는 포보포비아보다는, 모든 것에 두려움을 느끼는 판토포비아 같습니다. 만약에 둘 중 하나를 갖게 된다면요? 포보포비아요, 후안 데 디오스 마르티네스는 대답한다. 모든 것에 대한 공포와 자신의 두려움에 대한 공포 중 저라면 후자를 택하겠어요, 제가 경찰이라는 사실을 잊지 마세요, 모든 것에 두려움이 생긴다면 이 일을 할 수가 없는 처지가 될 테니까요. 원장은 말한다. 하지만 자기 자신에 대한 공포에 공포를 느낀다면 당신의 삶은 공포를 끊임없이 관찰해야 하는 것으로 변

해버릴 텐데요? 그리고 이 공포가 활동을 시작하면 자기 자신을 증식하는 체제를 구축하게 되고 결과적으로 빠져나가기 힘든 순환구조가 될 텐데요?(Bolaño 2005, 479)

"판토포비아"의 경우 최소한 자신에 대한 확신을 가지고 있다면 공포로 다가오는 외부의 대상에 직면할 수 있다. 반면에, "포보포비아"는 두려움이 주체의 내부와 연결되어 모든 위협적 상황에서 벗어나기 위하여 주체 자신에 감시 시스템을 구축한다. 이 대화를 통해 볼라뇨는 산타테레사가 '자기 자신에 대한 공포'를 갖는 포보포비아라는 덫에 걸려, 도시 스스로가 두려움의 체계를 증식하는 하나의 거대한 유기체이자 괴물이 되어가고 있음을 암시하고 있다. 서로간의 두려움 속에서 소통은 단절되고 침묵은 커져가면서 이 도시는 폐허의 현장이 된다. 국경지대를 떠도는 하나의 전염병이 된 '자기 자신에 대한 공포'는 클라우스 하스라는 독일계 미국인을 통해 구체적으로 형상화된다. 산타테레사에서 사업을 하던 그는 자신의 사무실에 유기된 채 주검으로 발견된 여성을 살해한 혐의로 기소되고, 지금까지 자행된 연쇄살인의 유력한 용의자로 지목되어 교도소에 수감된다. 그러나 하스는 감옥에서 권력과 자유를 마음껏 누리며 오히려 이 격리기관을 자신의 왕국으로 만든다. 이 소식은 뉴스를 통해 산타테레사 전역에 전달되었고, 시민들이 치외법권적이며 통제할 수 없는 그의 존재에 두려움을 느끼고 공포에 사로잡히는 결과를 가져온다. 이런 방식으로 오히려 도시가 감옥과 같은 상황으로 변한다. 소설은 감옥과 시민사회의 위치가 서로 뒤바뀌는 아이러니를 통해 산타테레사 전체가 하나의 창살 없는 감옥이 되는 과정을 보여준다. 그러나 보다 더 큰 진실은 도시 전체를 두려움에 몰아넣은 악명 높은 하스 역시 '자기 자신에 대한 공포'에 사로잡혀 자신을 쫓는 '악'을 두려워하는 처지에 불과하다는 것이다. 어느 날 그는 자신의 감방에서 환상을 보면서 고함을 지른다.

> 거인. 거대한, 매우 거대한 사람이 당신을 죽이고 모두를 죽일 것이요. 당신 미쳤군, 미친 양키야, 간수가 말했다. 잠깐 동안 아무도 아무 말도 하지 않았다. 그러나 잠시 후, 하스는 거인의 발자국이 들린다고 말했다. 거인이 이미 이쪽으로 걸어오고 있소. 머리부터 발끝까지 피를 뒤집어 쓴 거인이 저기서 이쪽으로 걸어오고 있다고.(Bolaño 2005, 603)

여기서 하스는 산타테레사에서 벌어지는 폭력의 최종 집행자가 아니라, 공포의 시스템에 의해 조종되는 한명의 꼭두각시와 같은 역할을 한다. 즉, '악'은 하스 혹은 다른 주체를 통해서 스스로를 구현하는 거대한 구조로서 작동한다. 이런 방식으로 이 유기체를 구성하고, 공포의 증식과 재생산에 참여하는 산타테레사의 시민들은 결과적으로 피해자인 동시에 가해자가 된다. 즉, 볼라뇨가 바라보는 연쇄살인사건의 본질은 살인자와 범죄조직을 밝혀내는 것에 국한되지 않으며, 자신의 내부에 공포의 시스템을 만들게 된 시민들과 도시 전체가 이 폭력의 구조에 동참한다는 데 있다.

살인이 반복되고 공포가 커지면서 도시 전체를 지배하는 것은 순응과 침묵이다. 이 디스토피아적 세계관은 반복과 대위를 통해서 21세기의 산타테레사와 근대 서구세계 전체를 연결시키는 한편, 볼라뇨가 말하는 핵심적인 '악'의 실체로 접근하게 한다. 마지막 장은, 서두에서 제시된 은둔 작가 아르킴볼디의 이야기를 전하기 위해 시간을 거슬러 20

세기 유럽으로 돌아간다. 아르킴볼디는 제 2차 세계대전 시기 독일군에 징집되어 소련으로 파병된다. 모스크바로 향하던 중 그는 어느 버려진 마을에서 러시아 혁명을 사수하기 위해 붉은 군대에 자원하여 떠났다는 작가 안스키의 일기를 우연히 발견한다. 일기에는 스탈린 철권통치 시대에 안스키 자신의 친구이자 공상과학소설 작가였던 이바노프가 문학적 상상력을 위한 최소한의 공간조차 박탈당한 채 반혁명분자로 몰려 목숨을 잃었다는 이야기가 적혀 있었다. 이를 통해 볼라뇨는 "혁명은 꿈이 아니라 이상이라는 눈꺼풀 뒤에 숨겨진 악몽에 다름이 아니었음"(Bolaño 2005, 911)을 증명한다. 전쟁에서 송환되어 수용소에 수감된 아르킴볼디는 그곳에서 나치에 노동자를 제공하던 조직의 부소장을 만나 그가 상부의 명령을 받고 유대인 학살을 지시했다는 고백을 듣게 된다. 그러면서도 그는 자신은 해야만 일을 했을 뿐이라고 항변하며 양심의 가책 따위는 전혀 느끼지 않는 모습을 보인다.

이러한 아르킴볼디의 경험담은 20세기 전반부의 나치체제와 스탈린주의에 관한 한나 아렌트의 논의를 떠올리게 한다. 아렌트는 나치즘과 스탈린주의가 정반대의 이데올로기임에도 불구하고, 그 둘 모두 독재정치와는 근본적으로 다른 "전체주의" 범주에 속한다고 주장한다. 즉, 독재정권이 독재자 한사람의 강제적이고 임의적인 권력에 의해 다수를 지배한다면, 전체주의 시스템은 체제와 주체 사이의 상호관계에 의해 성립된 두려움의 정치학으로 이해되기 있기 때문이다. 공포의 첫 번째 단계가 사회에 대한 외부로부터의 억압이라는 형태로 나타난다면, 유기체가 지닌 기관의 일부로서 주체가 자발적으로 위협에 공조하고 참여하기 시작할 때 곧바로 다른 국면, 즉 독재와는 전혀 다른 동의에 기반을 둔 새로운 통제체제가 성립된다. 아렌트는 "사막"의 이미지를 통해 침묵으로 황폐해진 공적 공간과 그 침묵을 채우는 두려움이라는 전체주의의 본질을 설명한다(Arendt 1966, 478).

마찬가지로, 『2666』에는 산타테레사를 둘러싼 소노라 사막이 외부와 고립된 채 고통스럽게 죽어가는 여성들의 상황을 암시하는 상징으로 기능한다.[8] 볼라뇨에게 근대의 시간은 직선적 궤적을 통해 발전의 이상이 구현되는 것이 아니다. 진보라는 이름 뒤에 숨어있는 "야만"이 자신의 얼굴을 반복적으로 드러내며 폭력을 분출하고 인간관계를 절멸시키는 것이 바로 근대의 핵심이다. "아주 단순하게도 역사는 어떤 결정적인 순간을 갖지 않고, 오히려 순간의 증식인데 그 짧은 순간들 속에서 괴물같은 측면들이 서로 경쟁한다"(Bolaño 2005, 993). 여기서 볼라뇨는 악의 시뮬라크르로서의 서구 근대의 역사를 그려낸다. 따라서 강간과 살인이라는 이 사건의 '비정치적' 특수성에도 불구하고 멕시코 국경이 가져오는 공포는 21세기 세계화 시대에 나타난 전체주의적 망령(亡靈)인 셈이다. 이런 관점에서, 여성 학살은 범죄 세력을 일소하고, 그들과 결탁한 정부와 부패의 고리를 끊고, 법적 정의를 회복하는 것으로는 끝나지 않는다. 볼라뇨는 산타테레사와 국경을 지배하는 공포와 침묵의 시스템을 드러내고 침묵으로 황폐화된 생활세계와 인간관계에 대해 발언하는 것이야말로 근본적인 해결을 향한 출발점임을 암시하고 있다.

또한, 『2666』은 이 사건을 보편적으로 확장시켜 연쇄살인이 다른 폭

8) 소설의 표지는 사막이 한 가운데 한 여성이 얼굴을 숨기고 등을 보인 채 홀로 앉아있는 그림을 포함하고 있다. 또한 비문에는 "지루함의 사막 한가운데에 놓인 공포의 오아시스"라는 보들레르의 구절을 인용함으로써 사막을 고립과 공포의 이미지와 연결시키고 있다.

력과 공포로 전이되고 확산되는 양상을 보여준다. 죽음에 대한 공포와 타자에 대한 두려움, 그리고 이들을 포괄하는 자신의 두려움에 대한 두려움인 포보포비아는 타 민족과 타 인종에 대한 증오, 편견, 차별이라는 세계화 시대와 함께 제기되는 핵심적 문제들과 밀접한 관계를 맺는다. 이를 위해 일자리를 찾아 미국으로 가기 위해 중앙아메리카의 작은 나라 엘살바도르를 떠나 산타테레사에 도착하게 된 한 이민자의 이야기를 전개한다.

> 엘살바도르에서 도착한 한 이민자는 알라모스 동네 근처의 마데로에 위치한 프란시스코 학교 뒤쪽에서 시체를 발견한다. 시체는 찢긴 흔적이 없고 여러 개의 버튼이 없어진 블라우스를 제외하고는 옷을 입은 채 버려져 있었다. 이 엘살바도르인은 살인혐의로 기소되었으며 이 주일 동안 세 번이나 경찰서의 유치장에 갇혔다가 풀려났다. 얼마 후, 그는 국경의 월경 브로커를 통해 드디어 미국에 도착했다. 애리조나의 사막에서 길을 잃어 삼 일간 걸어서 완전히 탈진한 채로 파타고니아 마을에 도착했는데, 거기서 한 농장주인은 이 이민자가 자신의 땅에 토했다는 이유로 몽둥이로 후려갈겼다. 그는 하룻밤을 보안관의 감방에서 보내고 이튿날 병원으로 이송되었는데, 거기에서야 비로소 평안하게 죽음을 맞이할 수 있었고, 그것이 그가 할 수 있는 전부였다.
>
> (Bolaño 2005, 583)

여기서 미국-멕시코 국경은 포비아가 생산되는 하나의 경계선을 의미한다. 일자리를 위해, 생계를 위해 수천 킬로를 횡단한 이 이주자는 이곳에서 범죄자 취급을 받는다. 그는 살인죄로 기소되고, 경찰서 유치장에 수감되며, 미국과 멕시코 양쪽 국가에서 외국인이라는 이유로 의심과 증오의 대상이 된다. 공포의 기반 위에 세워진 사회는 필연적으로 위험한 대상을 만들어 내면서, 이들에게 자신의 불안, 분노, 증오 등의 감정을 투사한다.[9] 엘살바도르 이민자는 연쇄살인범을 대신해 그 대상이 되고 결국 희생된다. 한편, 진정한 책임자들(범죄조직, 경찰, 공권력)은 이 이민자의 뒤로 숨고 비극은 계속된다. 이렇게 산타테레사의 사건이 만들어내는 타자에 대한 일반적 공포는 외국인 혐오증, 차별, 인종주의라는 또 다른 사회적 폭력과 연결된다. 노동의 탈국가적, 탈민족적 이동을 촉진한 세계화로 인해 더 가깝고 친밀한 세계를 만들 수 있다는 기대와 이상은 오히려 사람들 사이에 보이지 않는 국경과 경계가 증식되고 강화되는 역설적 결과에 직면한다. 이렇게 볼라뇨가 형상화하는 산타테레사는 세계화가 심화됨에 따라 지구 각지에서 일어나고 있는 공통된 문제들을 상징적으로 보여주는 역할을 한다.

4. 야만에 대응하는 경계의 지식과 윤리학

베를린 장벽이 무너지고 세계화가 본격적으로 시작된 1990년대를 기점으로 미국-멕시코 국경은 새로운 지구화 시대를 상징하는 공간이자, 포스트모더니즘 이론을 증명할 장소로 각광받았다. 물적, 인적 교류가

9) 공포와 두려움에 대해 이 소설이 보여주는 양상은 슬라보예 지젝이 『환상의 돌림병』에서 외국인과 타민족에 대한 차별의 문제를 인식론적, 사회심리학적으로 분석한 것과 유사하다. 지젝은 주체를 형성하는 과정에서 타자는 알 수 없는, 따라서 두려움을 유발하는 존재로 받아들여진다. 이 과정에서 '환상'이 개입하며 타자는 그 자체로서가 아닌 주체의 감정이 투사되는 장소가 된다.

활발해지면서 민족주의 아래 묶여있던 국가 간의 경계가 무너지고, 이와 더불어 과거 민족국가의 틀로는 설명하기 힘든 다인종, 다민족, 다문화적 현상을 이 경계지대를 통해 이해하고자 하였다. 대표적인 예로, 네스토르 가르시아 칸클리니(Néstor García Canclini)는 『혼종문화: 근대성 넘나들기 전략』에서 미국-멕시코 국경을 영어/스페인어, 앵글로/라틴, 전통/현대, 고급/대중, 공식/민중문화가 끊임없이 자유롭게 침범하고 교류하면서 새로운 제3의 문화, 제3의 국가로 재영토화되는 실험실로 정의하면서, 이 탈민족적, 탈국가적 공간이 라틴아메리카의 복합적 현실과 정체성을 대표할 것이라고 전망하였다(2011, 386-95).

앞서 분석했듯이 볼라뇨 역시 미국-멕시코 국경을 세계화의 관점에서 조망한다. 하지만, 그에게 가르시아 칸클리니가 주장한 '혼종이론'이라는 낙관적이고 조화로운 전망은 극복해야할 대상이다. 소설에서 형상화한 여성 연쇄살인사건이 보여주듯이, 현실은 폭력과 불평등이 빚어내는 공포로 인해 새로운 형태의 통제, 금지, 증오의 논리가 지배하는 공간이다. 『2666』은 다음과 같이 시적이고 암시적인 방식으로 미국-멕시코 국경을 정의한다.

> 소노라와 애리조나 국경은 환상과 매력으로 이루어진 섬들의 집합이다. 도시와 마을은 배와 같고, 사막은 끝나지 않는 바다다. 사막은 물고기들에게는 좋은 장소다. 깊은 심해에 사는 물고기들에게는 그렇지만 사실 사람에게는 그렇지 못하다.(Bolaño 2005, 698)

즉, 신자유주의 세계화라는 불평등한 경제논리와 '타자'에 대한 공포가 지배하는 시스템 안에서 힘과 권력을 가진 자들은 살아남지만, 사회적 보호장치 없이 살아가는 약자들은 그 구조적 폭력에 쉽게 노출되고 희생되는 위치에 놓인다. 미국-멕시코 국경이 최초로 등장하는 전작 장편 『야만스러운 탐정들』에서 주인공들은 내장사실주의[10]의 원류인 세사레아 티나헤로를 찾아 북쪽 국경 소노라로 떠난다. 하지만 세사레아는 예전의 모습을 전혀 알 수 없는(괴물과도 같은) 거대한 몸집의 추한 중년여성의 모습으로 변해있었고, 결국 주인공들은 아무 소득도 얻지 못한 채 발걸음을 돌린다. 이렇게 볼라뇨에게 국경지대는 일차적인 의미에서 낙관적 전망이 사라지고 기대가 무너지는 공간으로 이해된다.[11]

그러나 소설의 마지막 순간 추적자들이 주인공들을 습격하여 그들을 향해 총을 난사할 때, 자신의 몸을 던져 주인공들의 목숨을 구하며 대신 죽은 이는 바로 세사레아 티나헤로였다. 그녀가 상징하는 국경지대는 단순히 폐허의 장소가 아니라 또한 생명력을 의미하는 셈이다. 볼라뇨의 디스토피아적 세계관을 강조하는 비평가들은 종종 이 행위가 암시하는 복선과 다중적 독해의 가능성을 간과한다. 세사레아가 가지는 삶과 죽음의 양가성은 묵시론적인 현실에 대응하는 윤리의 필요성을 암시하고 있다. 『2666』 역시 새로운 지식과 다른 시각, 국경지대에 구조화된 '악'에 대항할 존재를 드러낸다. 흥미롭게도 사건의 핵심을 간파하는 인물은 교수, 평론가, 기자, 저널리스트 등의 전통적 지식인이 아니라

10) 『야만스러운 탐정들』에 나오는 내장사실주의는 세계의 폐부를 찌르는 정신을 지닌 사실주의를 의미한다. 이 문학운동은 1970년대 멕시코에서 시운동을 통해 시작되었으며 과거의 제도지향적 문학과 단절하고 새로운 문학을 지향하였다. 볼라뇨도 실제로 이 그룹에 참여했으며 소설은 그들의 모험과 좌절을 통해 68년 이후의 멕시코 사회를 형상화하고 있다.

11) 이에 대해서는 『야만스러운 탐정들』을 분석한 이경민의 박사학위논문 3장을 참조하라.

작품의 주변부에 위치한 에피소드적 인물들이다. 예컨대 현상 뒤에 감추어진 보이지 않는 진실을 볼 수 있는 '신비한 눈'을 가졌다는 플로리타 알마다는 산타테레사 근처의 작은 마을에서 약초를 캐는 노파로 세르히오 곤살레스 로드리게스와의 인터뷰에서 연쇄살인에 관한 질문에 대해 불가사의한 대답을 하여 오히려 기자를 당황케 한다.

> 세르히오가 얼마나 큰데요라고 묻자 플로리타는 그의 눈을 쳐다보고 문을 열었다. 그녀는 유령과도 같이 그녀의 등을 두드리는 소노라의 밤을 느낄 수 있었다. 엄청나게 거대하죠, 라고 플로리타는 말한다. 그것들은 죄짓고 벌받지 않은 것들 같은 건가요? 아니, 아니, 아니요라고 플로리타는 대답한다. 지금 나는 단지 정의의 문제를 말하고 있는 게 아니에요.(Bolaño 2005, 715)

전통적 지식인의 한 사람인 세르히오는 그녀가 좋은 사람이기는하지만 이치에 닿는 설명이 부족하다며 플로리타의 경고에 주의를 기울이지 않는다. 하지만 그녀의 직감과 사건을 보는 새로운 시각은 볼라뇨의 목소리를 대변하고 있다. 범죄자를 처벌하고 사법적 질서를 회복하는 법적, 제도적 해결방식에 매몰되지 않고, 비록 눈에는 보이지 않지만 삶의 존재론적 기반을 잠식하는 두려움과 공포의 현실을 분명히 언급한다. 볼라뇨에게 그녀의 진단과 경고는 근대적 지식과 기존 제도에 물들지 않은 대안적 형태의 지혜를 의미한다. 또 다른 자리에서 그녀가 말한 "친구들이여, 우리가 침묵을 깨야합니다"(Bolaño 2005, 547)라는 외침은 이 비극의 근본적인 원인이 구조화된 침묵과 순응임을 정확히 짚어내고 있다. 또한, 마약조직 두목의 가족을 경호하는 보디가드였다가 경찰서 조사국에서 일하게 된 신참내기 경사 랄로 쿠라는 권력에서 벗어나 있는 주변적, 경계적 인물이다. 여기서 그는 이전에 알지 못했던 자신의 보스와 경찰, 마약조직과 정부의 거대한 밀착관계를 감지한다. 그가 보여주는 아래로부터의 경험과 시각은 실종되어 죽음으로 발견되는 여성들이 공권력과 범죄조직이라는 두 세력 간의 구조적인 커넥션과 관계있음을 보여줌으로써 소설을 관통하는 무력감과 침묵에 균열을 일으키는 역할을 한다. 이렇게 기존의 지식과 권력의 대척점에 위치한 인물을 부각시키면서 볼라뇨는 중심지 지식인의 한계를 지적하고 비판하는 것을 넘어서 인식론적, 사회적으로 경계에 놓인 새로운 지식과 인물을 형상화한다.

플로리타와 쿠라가 전통적 지식인상의 외부에 위치하여 새로운 시각과 지혜를 보여주는 경계적 인물들이라면, 마지막 장에서 마침내 정체가 밝혀지는 은둔 작가 아르킴볼디는 볼라뇨에게 있어 기존의 지식인을 대체하는 윤리학적 모델로 읽힌다. 야만이 지배했던 제 2차 세계대전을 전후로 한 유럽에서 아르킴볼디는 거대한 폭력의 구조 앞에 침묵하고 순응하는 것은 결국 체제에 동조하여 그것과 하나가 되는 것임을 깨닫는다. 이 경험은 작가인 아르킴볼디에게 야만과 '악'에 굴복해서는 안 된다는 당위의식과 행동양식을 제공한다. 소설의 현재 시점으로 돌아온 아르킴볼디는 산타테레사에서 벌어지는 비극을 전해 듣고 사건의 용의자 중 하나인 하스가 자신의 조카라는 사실을 알게 된다. 바로 그 다음 날 그는 멕시코 행 비행기에 몸을 싣는다. 왜 이 독일작가가 멕시코로 향하는지, 그 이후에 어떤 일이 일어나는지에 대한 자세한 설명 없이 소설은 끝을 맺는다. 유일하게 남겨진 행적으로 추정할 수 있는 것은 아르킴볼디가 자신의 위치와 지위에 안주하지 않고 위험을 무릅쓰면서 괴물과도 같은 야만의 현장 속으로 다시 걸어 들어간다는 것이다. 이는 앞서 언급한 세사레아 티나헤로의 희생행위의 연장선상에서 이해할 수 있다. 대부분의 비평가, 교수, 조사관, 정치가, 기자들이 산타테레사에 도착해 사건을 접한 후 공포와 두려움으로 이 도시와 국경에서 한시바삐 떠나려는 탈주와 도피의 욕망을 보여주는 것과는 반대되는 행위로 근대세계의 '절대 악'에 대항해 정의와 생명력을 되살리려는 노력으로 읽힌다. 이런 맥락에서 폭력과 부패, 무기력과 침묵이 반복되는 4부는 완전한 '절망'과 '죽음'이 아닌 '삶'과 '기대'로 끝을 맺는다.

> 크리스마스는 산타테레사에도 어김없이 찾아왔다. 포사다를 만들고, 피냐타를 부수고, 테킬라와 맥주를 마셨다. 아주 가난한 집들에서조차 사람들의 웃음소리가 들려왔다. 이들 중 몇몇 거리는 블랙홀처럼 칠흑같이 어두웠는데, 어딘지 모를 곳에서 새어나오는 미소와 웃음은 이웃들과 낯선 이들이 길을 잃지 않도록 도와주는 유일한 표식이자 정보였다.(Bolaño 2005, 791)

어둠으로 뒤덮인 거리는 미래도, 희망도 보이지 않는 산타테레사의 현실을 대변한다. 그러나 이런 처참하고 비극적인 상황에서도 삶은 계속된다. 위에서가 아닌 아래에서, 즉 가난하고 초라한 이들의 삶이 만들어내는 생명력은 비록 어둠을 완전히 거두기에는 미약하지만 빛을 만들어낸다. 그리고 이 활기는 현실을 변화시킬 수 있는 불씨와 같은 역할을 한다. 소설을 전반적으로 지배하는 묵시론적 현실인식과 마지막에 나타나는 생명력이 이루어내는 대비는 이렇게 완전한 냉소와 절망에 빠지는 것을 지연시키면서 텍스트에 긴장감과 역동성을 부여하고 있다.

『2666』의 마지막 두 장에서 보여주는 암시적 결말과 징후는 근대의 반복되는 폭력과 세계화 시대의 위기에 대항하는 일종의 대안적 윤리학으로 읽을 수 있다. 소설의 말미에 이르러 사건의 용의자인 하스와 아르킴볼디의 친척관계가 드러나는데 이들은 서구 근대역사가 낳은 도플갱어로, 볼라뇨는 이를 통해 '악'의 구조에 주체가 어떠한 방식으로 대응하고 결단을 내릴 것인가를 묻고 있다. 하스가 거대한 폭력의 구조에 항복하면서 스스로가 괴물로 변하는 야만의 역사를 반복하고 있다면, 아르킴볼디는 반대로 이 시스템을 거부하는 주체의 의지와 그것이 만들어내는 대안적 가능성을 상징한다. 야만의 현장에서 침묵하고 도피하고자 한다면 '악'이 반복되는 뫼비우스의 띠와 같은 근대역사의 구조에서 결코 빠져나올 수가 없다. 볼라뇨에게는 폭력과 야만의 역사를 직시하며 이를 회피하지 않고 적극적으로 대응하는 것이 반복의 굴레에서 벗어나 진정한 차이를 만드는 작업의 시작인 것이다. 이는 세계화의 위기와 파국을 염세론적 시각에서 조망하는 소설가의 또 다른 측면, 즉 볼라뇨의 무의식에 감춰져있는 유토피아에 대한 욕망이 윤리적 결단의 형태를 통해 드러난 것이라 볼 수 있다.

한편, 이미 권력화 된 집단이나 화석화된 지식으로는 반복의 굴레에서 벗어나 차이에 도달할 수 없다. 볼라뇨는 보편적인 이론이나 추상적인 논리라는 또 다른 이데올로기를 제시하지 않는다. 대신에 국경지대에 존재하는 에피소드적 인물과 그들의 지식, 다른 접근 방식, 삶의 형태를 형상화하면서 잠재적인 희망의 가능성을 타진한다. 볼라뇨에게 미국-멕시코 국경은 세계화 시대의 폭력과 공포가 집약적으로 드러나는 장소지만 그 해결책은 권력의 중심이나 외부에서 주입되지 않는다. 이에 대응하고 극복하려는 시도들은 기존의 틀과 방식에서 소외되고 주변화 된 '경계'적 지식과 인물을 통해 나타난다. 이렇게, 이 두 나라 사이의 경계는 지정학적 의미를 넘어 야만에 대항하는 삶의 형식이 생성되는 문화적이고 담론적인 공간으로 그 의미가 확장되고 있다.

5. 결론

조지 오웰의 소설 『1984』를 연상시키는 제목에서 알 수 있듯이 1,100쪽이 넘는 장편 『2666』은 멕시코 국경도시에서 자행된 연쇄살인사건에 관한 다큐멘터리적 보고서를 넘어, 이를 신자유주의 세계화라는 급격한 변동과정에서 나타난 결과로 추론하고자 하는 일종의 묵시록과도 같다. 염세적이고 비관적인 세계인식과 더불어 볼라뇨는 준법과 도덕성을 강제하지만 실제로는 스스로가 범죄와 부패에 연루된 정부와 관료, 그리고 동시에 자신들만의 폐쇄된 회로 속에서 현실을 외면하고 위기에 대응하는 능력을 상실한 무기력한 지식인들을 냉소적 태도로 바라본다. 소설에 나타나는 반복과 대위의 서사전략은 미궁에 빠진 사건으로 인해 공포의 시뮬라크르가 형성되면서 도시 전체가 침묵에 사로잡히고 모든 언어가 의미를 상실하는 상황을 형상화한다. 한편, 뫼비우스의 띠와 같은 형태로 의미상 시작과 끝이 산타테레사에서 만나는 소설의 구조는 멕시코 국경을 세계 전체와 연결시킨다. 볼라뇨에게 여성 연쇄살인은 단순히 멕시코의 한 변방도시, 혹은 멕시코와 미국이라는 두 나라의 문제에만 국한되지 않는다. 오히려 전세계적으로 나타나는 자유시장경제의 신화화가 가져온 정치적, 사회적, 심리학적인 징후가 극단적이고 폭력적인 방식으로 분출되는 상징적 사건이다. 이렇게 미국-멕시코 국경은 세계화의 위기가 우선적으로 나타나는 공간인 동시에, 두려움과 공포가 야기하는 체제의 종착지점을 의미한다.

볼라뇨는 『2666』을 통해 다시 한 번 서구 근대에 관한 자신의 역사인식을 확인한다. 진보의 이상과 발전에의 기대는 환상에 불과하다고 폭로하고 발전론적 역사인식을 기각하면서, 근대는 반대로 '악'이 반복적으로 자신을 전개하는 과정으로 파악한다. 미국-멕시코 국경은 세계화라는 새로운 근대의 물결이 초래한 '악'이 나타난 장소로서, 비록 20세기의 폭력과는 사뭇 다른 형태와 방식으로 드러나지만 본질적으로 공포와 침묵이 지배하는 전체주의적 체제와 다르지 않다. 그의 묵시론적 근대 인식은 모든 낙관론을 의심하고 타협을 경계하면서 법적, 제도적 질서의 복구를 넘어서는 근본적인 대응을 요구한다. 따라서 그의 이러한 요구는 비록 가시적 희망의 부재에도 불구하고, 뫼비우스의 띠와 같이 무한 반복하는 절망적인 묵시론적 역사에 진정한 차이와 변화를 가져오기 위한 유토피아적 열망을 표현하고 있다. 근대세계를 지탱하고 이에 봉사하던 기존의 주류권력, 관료, 기관, 지식만으로는 차이와 변화를 생산하는 것이 불가능하다. 볼라뇨는 주변화된 인물, 그리고 다른 형태의 지식에서 나타나는 새로운 시각과 생명력을 통해 현실 변화의 가능성을 암시적인 방식으로 조심스럽게 열어놓는다. 또한, 아르킴볼디의 삶이 보여주듯이 두려움과 침묵으로 도피하지 않고 정면으로 맞서는 것이야말로 지식인의 과제이자, 세계화 시대의 윤리학임을 역설한다. 이렇게 볼라뇨는 『2666』을 통해 묵시론적 재현을 넘어 현실주의적이고 비판적인 태도와 폐허로부터 유토피아를 꿈꾸는 변증법이 빚어낸 세계화 시대의 대서사시를 완성한다.

참고 문헌

네스토르 가르시아 칸클리니(2011), 『혼종문화: 근대성 넘나들기 전략』, 이성훈 옮김, 그린비.

더글라스 호프스태터(1999), 『괴델, 에셔, 바흐: 영원한 황금 노끈 상, 하』, 박여성 옮김, 까치글방.

로베르토 볼라뇨(2009), 『아메리카의 나치문학』, 김현균 옮김, 을유문화사.

____(2010), 『먼별』, 권미선 옮김, 열린책들.

____(2010), 『칠레의 밤』, 우석균 옮김, 열린책들.

____(2012), 『야만스러운 탐정들』, 우석균 옮김, 열린책들.

슬라보예 지젝(2002),『환상의 돌림병』, 김종주 옮김, 인간사랑.

Arednt, Hannah(1966), *The Origin of Totalitarianism*, London: Harcourt.

Bolaño, Roberto(2005), 2666, Barcelona: Editorial Anagrama.

Candia Cáceres, Alexis(2010), "Todos los males el mal: La "estética de la aniquilación" en la narrativa de Roberto Bolaño," *Revista Chilena de Literatura* 76, 43-70.

Christian, Ed(ed.)(2001), *The Post-Colonial Detective*, New York: Palgrave.

Deleuze, Gilles(1994), *Difference and Repetition*, New York: Columbia University Press.

Donoso Macaya, Ángeles(2009), "Estética, política y el posible territorio de la ficción en *2666* de Roberto Bolaño," *Revista Hispánica Moderna* 62, 125-142.

Gaspar de Alba, Alicia(2003), *Desert Blood: The Juárez Murders*, Houston: The Arte Público Press.

González Rodríguez, Sergio(2002), *Huesos en el desierto*, Barcelona: Editorial Anagrama, 2002.

Lee, Kyeongmin(2012), "La escritura nómada de *Los detectives salvajes* de Roberto Bolaño," Doctoral dissertation.

Ponce-Cordero, Roberto(2008), "2666=0: Sobre el exceso de significantes y la ausencia de significación en *2666*," *Osamayor* 19, 75-87.

López-Vicuña, Ignacio(2009), "Malestar en la literatura: escritura y barbarie en *Estrella distante y Nocturno de Chile* de Roberto Bolaño," *Revista chilena de literatura* 75, 199-215.

『2666』에서 「범죄에 관하여」의 기능과 의미*

송 병 선

1. 들어가는 말

로베르토 볼라뇨의 미완성 유고작품인 『2666』은 현대 라틴아메리카 문학에서 가장 중요한 작품 중의 하나로 평가받는다. 볼라뇨가 세상을 떠나고 1년이 지난 2004년에 출간된 이 소설은 스페인어 판으로 1125쪽에 달하는 방대한 작품으로, 복잡한 구조를 지닐 뿐만 아니라 '총체 소설'[1]에 대한 작가의 소망을 유감없이 보여주는 작품이다. 그래서 이 작품을 분석하고 해석하는 것은 커다란 도전일 수밖에 없다. 익히 알려져 있다시피 『2666』은 전 세계 독자의 관심을 끌었다. 그것은 볼라뇨가

* 이 글은 『스페인라틴아메리카연구』 6권 1호(2013년)에 실린 동일 제목의 논문 수정 · 보완한 것이다.

1) 볼라뇨는 '총체 소설'이라는 의미를 맬컴 라우리(Malcolm Lowry)의 『화산 아래서 Under the Volcano』를 지칭하기 위해 사용하면서, 이것은 혼돈 속으로 침잠하여 그것을 정돈하고 파악하려고 하는 작품이라고 언급한다(Lago 2005, 6). 한편, 미르나 솔로토레브스키(Myrna Solotorevsky)는 보편적이고 탈영토적인 작품이라고 지적한다(2006, 129). 여기에서는 볼라뇨가 지칭하는 의미로 사용된다.

간부전으로 세상을 떠나기 전에 혼신을 다해 쓴 마지막 소설이었고, 그런 이유로 독자들이 감정적으로 이끌렸기 때문일 수도 있다. 하지만 이런 작품의 외적 요인보다도 독자들이 『2666』에 관심을 집중한 까닭은 그가 이 작품이 1990년대와 2000년대에 세계의 이목을 끈 시우다드후아레스의 범죄와 관계있다고 여러 차례 밝혔기 때문이었다(Torres Perdigón 2012, 84).

『2666』이 출간되자마자 스페인어권의 비평계는 한 목소리로 이 작품을 대작으로 평가했다. 가령 멕시코 작가 호르헤 볼피는 "최근 수십 년 동안 스페인어로 발표된 소설 중에서 가장 강력하고 영향력 있으며 우리의 마음을 동요시키는 작품"(2008, 83)이라고 지적했다. 그리고 영어로 번역되자 곧 미국의 베스트셀러 목록에 진입했고, <타임>지는 2008년 최고의 소설로 선정했으며, 미국 비평계는 권위 있는 전미비평가협회상을 수여하면서 이 작품을 기렸다. 볼라뇨의 절친한 친구인 아르헨티나 작가 로드리고 프레산은 "이 작품에서 추구되고 이루어지는 것은 총체 소설이다. 『2666』은 이 작가를 세르반테스, 스턴, 멜빌, 프루스트, 무질이나 핀천의 반열에 위치시킨다"(Fresán 2004)라고 지적하는데, 이 말은 전세계에서 이 작품에 관해 일반적으로 생각하는 의견을 요약해주고 있다.

『2666』을 접하는 독자는 우선 엄청난 분량에 압도된다. 그러나 이 작품을 읽는 순간부터 작품에 몰입하기 때문에, 기념비적 분량은 그다지 문제가 되지 않는다. 오히려 분량보다는 현대세계의 혼돈과 공포를 추구하는 '총체 소설'을 추구하면서도 중심주제가 모호하며, 그런 모호함이 야기하는 효과에 압도된다. 의심의 여지없이 『2666』은 로베르토 볼라뇨의 모든 작품 중에서 가장 비관적이고 절망적이다(Saucedo Lastra 2012, 239). 유대인 안스키의 일기에서 서술되는 19세기 말과 20세기 초의 범죄와 제2차 세계대전의 홀로코스트는 20세기 말과 21세기 초의 미국과 멕시코의 국경으로 상징적으로 수렴되며, 백 명이 넘는 여성 살해(femicide)[2)]로 재생산된다. 이렇게 볼라뇨는 살해된 사람들과 그들의 운명적인 비가를 쓰면서, 우리 시대의 어리석음과 "우리 자신을 망가뜨리고 파괴하는 끝없는 다양한 형태들을"(Bolaño 2004a, 372)[3)] 고발하고 공격한다.

많은 비평가가 이 작품에서 특히 4부 「범죄에 관하여」에 관심을 집중시켰다. 그것은 이 부분이 『2666』에서 가장 많은 분량을 차지하고 있다는 이유도 있지만, 무엇보다도 멕시코의 시우다드후아레스에서 벌어진 100여 명이 넘는 여성 살해사건을 직접적으로 다루고 있기 때문이다. 또한 그런 일련의 살인이 1994년에 발효된 NAFTA의 결과로 경제적 붐을 경험하면서도 동시에 경제 부흥의 이면에 있는 쓰레기와 찌꺼기와 무관하지 않다는 것을 암묵적으로 서술하며 현대 자본주의를 비판하는 역할을 하기 때문이다. 그러면서 이 부분은 "영묘(靈廟)"(Muniz 2010, 38), "통계조사"(Fourez 2006, 23), "시우다드후아레스의 실제 살인 연대기"(Levinson 2009, 177)라는 평을 받았다.

하지만 이 작품은 이런 현대의 사회적, 경제적 현상 비난에 그치지 않는다. 『2666』의 작중인물 과달루페 론칼(Guadalupe Roncal)은 "아무도

---

2) 질 레드포드(Jill Radford)는 여성 살해를 "남자들이 저지른 여성 혐오성 여성 살인"이라고 정의한다. 시우다드후아레스의 여성 살해는 틀라텔롤코 학살과 더불어 멕시코에서 가장 중요한 역사적 학살이다(Ballesteros Rojos 2011, 60).

3) 앞으로 『2666』이 인용될 경우, 쪽 번호만 표시한다.

이런 살인 사건에 관심을 두지 않아요. 하지만 그 안에는 세상의 비밀이 숨겨져 있어요"(439)라고 지적한다. 여기서 말하는 살인사건은 바로 「범죄에 관하여」가 서술하는 여성 살해사건이다. 이 글에서는 『2666』을 구성하는 다섯 부분 중에서 왜 이 부분이 가장 핵심적이라고 말할 수 있는지, 작품 전체에서 어떤 기능과 무슨 의미를 갖는지 살펴보려고 한다. 그리고 "2666"이라는 수수께끼 같은 작품 제목과 보들레르의 제사와 4부의 의미를 연결시킴으로써, 여성 살해에 숨겨진 '세상의 비밀'을 엿보고자 한다.

2. 『2666』과 산타테레사에 관하여

『2666』은 다섯 부분으로 이루어져 있으며, 각 부는 모두 멕시코 북부 국경지대에서 자행된 여성 살해를 중심 주제로 삼고 있다. 얼핏 보면 다섯 부분은 서로 개별적이며 상이하게 전개되는 것 같지만, 여성 살해라는 주제를 통해 전체적으로 응집된다. 1부인 「비평가들에 관하여」는 전세계 학회를 돌아다니며 중요 작가와 작품들을 연구하고 토론하는 데 전념하는 유럽 학계와 문학비평에 대한 패러디이다. 그렇게 학술적 작업이 얼마나 공허한지를 아이러니컬한 어조로 밝히기도 하며, 라틴아메리카의 혼돈과 서양의 이성적 사고의 충돌에 관해 이야기하기도 한다. 그러면서 문학비평의 한계를 비롯해 세상을 해석하려는 인간의 어리석음과 세상의 현실에 본질적으로 내재한 혼돈을 보여준다.

2부인 「아말피타노에 관하여」는 칠레 교수 오스카르 아말피타노에 관한 이야기이다. 그는 산타테레사 대학교의 교수이며 베노 폰 아르킴볼디의 몇 안 되는 번역가 중의 하나이다. 딸 로사와 함께 바르셀로나를 떠나 멕시코 북부 국경지역인 산타테레사에 정착한다. 쇼펜하우어의 목소리를 듣는 정신착란자이고, 뒷마당의 빨랫줄에 라파엘 디에스테의 『기하학 유언』을 걸어놓으면서, 예술의 죽음에 대한 뒤샹을 암시한다. 2부는 독자를 멕시코 국경지역의 계시록과 같은 산타테레사와 그곳에서 벌어지는 여성 살해라는 주제로 안내한다. 여기서 로사가 산타테레사에서 살해된 젊은 여자들 중 하나가 될지도 모른다는 생각을 불러일으키면서 긴장감이 조성된다.

한편 3부 「페이트에 관하여」는 권투경기를 취재하기 위해 산타테레사로 가는 아프리카계 미국인 기자 오스카 페이트의 이야기이다. 하지만 그는 권투경기보다 산타테레사에서 일어나는 일련의 여성 살해 범죄 사건에 더욱 매료되고, 그 사건과 연루된 인물들을 조사하다가 아말피타노의 딸 로사를 만난다. 그리고 그녀와 함께 공포가 지배하는 그 장소를 벗어나고자 한다. 페이트는 산타테레사의 비밀을 조사하고, 유독한 일상의 가장 어두운 하수구, 다시 말하면 미국과 멕시코 국경의 어두운 일상을 파헤치면서, 제3세계 산업계의 르포르타주, 즉 멕시코의 현 상황을 보여준다.

4부는 『2666』에서 가장 많은 지면을 차지한다. 여기서는 다양한 형태의 악이 등장하면서, 멕시코의 산타테레사에서 벌어지고 있는 108명의 젊은 여성들의 살해 사건을 하나씩 기술한다. 그러나 정작 살해 장면은 나타나지 않고, 생명을 잃은 육체에 대한 법의학 보고서만 제공된다. 즉, 시체 발견 상황과 시체의 상태, 발견 장소, 법의학 의사들의 소견이 이 부분의 특징을 이룬다. 볼라뇨는 이런 보고서를 통해 악의 무대를 보여주며, 이 무대의 중심에 부정과 부패와 무관심이 자리 잡고 있으며, 진실을 외면하는 시민들 역시 이런 범죄의 공모자라는 것을 드러낸다.

5부 「아르킴볼디에 관하여」는 한스 라이터의 일생에 관한 이야기이다. 그는 제2차 세계대전에 참가했고, 유대인 작가 보리스 안스키의 일기를 발견한 후 작가가 되고자 결심하고서 자기 이름을 베노 폰 아르킴볼디로 바꾼다. 5부는 1부의 아르킴볼디 학자들이 정확하게 밝혀내지 못했던 자료들을 통해 아르킴볼디의 생애를 재구성한다. 따라서 4부까지 등장한 인물과 상황과 사건을 연결해주는 역할을 하며, 그동안 철저히 베일에 가려져 있던 작가의 존재를 확인시켜주는 구체적 자료와 사실을 제공한다. 5부이자 이 소설의 마지막 부분은 라이터/아르킴볼디가 여성 살해 범인으로 기소된 조카가 어떻게 되었는지 알아보기 위해 멕시코로 떠나는 것으로 끝난다. 이것은 산타테레사에서 비밀스러운 작가의 행선지를 뒤쫓던 1부의 유럽학자들의 노력과 연결되면서, 작품이 순환구조를 띠게 만든다.

『2666』의 다섯 부분은 각각 독립성을 띠고 있으면서도 두 개의 중심축으로 연결된다. 첫째 축은 베노 폰 아르킴볼디라는 수수께끼 같은 인물을 중심으로 구성된다. 둘째 축은 멕시코와 미국의 국경도시인 산타테레사에서 일어난 여성 살해이다. 산타테레사는 가상의 공간이자 지옥의 도시이며, 『2666』의 뒤표지에 언급된 '블랙홀'이다. 즉, 다섯 부분에 걸친 모든 이야기와 인물들이 빨려 들어가 공(空)에 도달하는 장소이다(Donoso 2005, 1). 이 블랙홀은 멕시코 역사, 보다 구체적으로 말하자면 시우다드후아레스에서 실제로 일어난 여성 살해 사건에 바탕을 두고 있다. 그리고 이 작품에 등장하는 인물들은 불가해한 연쇄살인사건을 중심으로 통합된다.

이 블랙홀은 산타테레사에서 일어나는 범죄뿐만 아니라 제2차 세계대전 이후의 묵시록적 세계관으로 표현되는 폭력이라는 축을 중심으로 돌아간다. 그렇게 볼라뇨는 유럽과 아메리카 대륙을 연결시키면서 폭력과 파괴의 역사를 구성한다. 이런 점에서 『2666』은 몰락하는 서양 문명에 대한 비판일 뿐만 아니라, 폭력의 부조리와 제도화에 관한 작품이기도 하다. 이런 폭력은 제2차 세계대전의 경험뿐만 아니라 아마도 멕시코 정부와 경찰이 연루되어 있는 까닭에 멈추지 않고 지속적으로 일어나는 여성 연쇄살인으로 가시화된다.

3. 『2666』의 시간구조와 「범죄에 관하여」

로베르토 볼라뇨는 마치 『2666』의 다섯 부분을 동심원으로 분배하는 것 같다. 그는 가장 멀리 떨어진 원인 1부 「비평가들에 관하여」로 시작하여 2부 「아말피타노에 관하여」와 3부 「페이트에 관하여」를 거쳐 『2666』의 축이자 중심이라고 할 수 있는 4부 「범죄에 관하여」로 접근한다. 5부 「아르킴볼디에 관하여」에서 볼라뇨는 소설의 중심에서 벗어나 멕시코와 산타테레사와 상관없는 새로운 원을 구성한다. 그러나 유럽과 한스 라이터의 유년시절을 통해 볼라뇨는 또 다시 멕시코로 나타나는 부동의 중심으로 접근한다(Saucedo Lastra 2012, 239). 이렇게 상상의 멕시코

도시는 소설의 모든 요소들을 끌어당기는 자력처럼 작용한다.[4] 각각의 원은 지옥의 중심으로 가까워진다. 그곳은 산타테레사/시우다드후아레스이다. 『2666』의 각 부분은 서로 겹치고 대화하면서, 범죄로 점철된 현대 멕시코의 공포를 확인하고 강조한다.

이 작품의 시간구조를 유심히 살펴보면, 1부와 2부와 3부, 그리고 5부는 모두 시간적으로 4부 이후에 일어난다는 것을 알 수 있다. 즉, 4부는 소설의 핵심 재료이며, 나머지 네 부분의 과거이며 기초를 이룬다. 아르킴볼디를 찾아 멕시코로 여행을 떠나도록 유도하는 '돼지'와 비평가들의 만남, 아말피타노와 비평가들의 만남, 산타테레사에서 칠레 교수의 삶에 관한 이야기, 페이트의 산타테레사 여행과 아말피타노의 딸 로사와의 만남, 로테와 아르킴볼디의 재회와 독일작가의 멕시코 여행, 이 모든 것은 4부 「범죄에 관하여」에서 다루는 여성 살해 범죄 이후에 일어난다. 여기서 4부는 1993년부터 1997년까지를 다루고 있고, 2부와 3부는 대략 2000년경으로 추정된다. 그리고 아르킴볼디가 멕시코로 떠나는 시기는 대략 2001년경으로 보이며, 1부에서 비평가들이 멕시코로 떠나는 시기는 2002년 정도, 혹은 아르킴볼디가 멕시코로 떠난 이후로 보인다.

그러나 볼라뇨는 시간적으로 모호하게 이 작품을 서술하기 때문에 이것은 어디까지나 하나의 가정이다. 여기서 제안하는 시간 순서는 소설에서 흔적을 살필 수 있는 얼마 안 되는 자료에 바탕을 두고 있다. 그럼 시간의 모호성에 관한 예를 들어보자. 1부에서 전문가들의 핵심적

4) 이런 동심원적 구조는 『신곡』에서 지하세계의 원들로 여행하는 베르길리우스와 단테의 여행을 떠올리게 한다.

순간은 분명하게 지적된다. "장클로드 펠티에는 1980년 파리에서 크리스마스를 보내던 시절에 베노 폰 아르킴볼디의 작품을 처음으로 읽었다"(15). "1996년 말에 모리니는 악몽을 꾸었다"(67). 그러나 멕시코 여행을 떠나기 전에, 즉 비평가들이 로돌포 알라토레와 '돼지'를 만나게 되었을 때, 볼라뇨는 시간을 구체적으로 언급하지 않고 "그 즈음에"(75) "툴루즈에서 열린 세미나에서"(134) 같은 모호한 시간을 사용한다.

2부와 3부에서도 마찬가지 현상이 일어난다. 화자가 오스카르 아말피타노와 그의 딸 로사 뿐만 아니라 페이트에 관해 언급할 때 불분명하고 모호한 시간이 사용되지만 그들이 동일한 시간에 살고 있다는 것은 확인할 수 있다. 2부와 3부는 실질적으로 시간 순서대로 배열되어 있으며, 1부는 시간적으로 2부와 3부 이후에 위치하는 것으로 보인다. 1부에는 아말피타노의 딸 로사에 대한 언급이 전혀 없는데, 이것으로 독자는 3부에서 일어나는 것처럼 그녀가 멕시코를 떠났다고 추측할 수 있다. 즉, 아말피타노는 그녀의 딸과 함께 살고 있고, 그의 딸은 페이트를 알게 된다. 그러자 아말피타노는 페이트에게 로사가 죽음의 위험에서 살지 않도록 그녀를 멕시코에서 데려가 달라고 부탁한다. 그리고 3부의 마지막에서 페이트는 교도소에서 연쇄 여성 살해의 용의자로 지목된 클라우스 하스를 만났고, 아마도 로사와 함께 멕시코를 떠났을 것으로 추측된다. 그래서 1부에서 아말피타노가 유럽 교수들을 만났을 때, 그는 그 어느 때보다 외로웠고, 그의 행동은 더욱 이상했던 것이라고 가정할 수 있다.

5부에서도 시간적 모호함은 지속된다. 여기에서도 구체적이고 역사적인 날짜와 순간들이 지적되지만, 주인공은 시간이 멈춘 것 같은 모호한 분위기로 침잠한다. 그리고 그것을 읽는 독자는 마치 꿈과 주인공의 악몽으로 들어가는 것처럼 시간 없는 공간으로 빠져든다. 라이터의 어린 시절, 안스키의 일기의 세계에 몰입하는 긴 대목, 라이터와 로테, 특히 로테가 쇠약해져서 죽어가는 동안 그들의 사랑과 열정과 광기, 그리고 마지막으로 주인공의 멕시코 여행이 서술된다. 이런 여행은 시간적으로 혼란스럽고 불확실한 분위기에서 움직인다.

이런 형식 혹은 시간구조가 우연이 아니라고 본다면, 『2666』의 독특한 시간구조는 두 가지 방법으로 해석될 수 있다. 첫째는 날짜의 의도적 혼란과 부정확성, 그리고 모호함은 유사성과 지속성의 느낌을 만든다는 것이다. 실제로 제2차 세계대전과 20세기 초의 안스키의 혼란스러운 삶, 그리고 산타테레사에서의 여성 살해사건은 유사하면서 반복적이라고 볼라뇨는 말하는 것 같다. 동일한 야만성, 동일한 범죄 경향은 19세기, 20세기, 21세기에 여러 번 반복된다. 둘째는 이런 시간구조에서 볼라뇨의 아주 심오한 사상, 즉 중요한 철학적 신념을 엿볼 수 있다는 사실이다. 그것은 인간이 전쟁과 범죄와 죽음이라는 동일한 역사를 반복하도록 선고받았으며, 이럴 경우 그의 운명은 결정되어 있다는 것이다.

볼라뇨에게 있을지도 모르는 이런 결정론은 「범죄에 관하여」에서 가장 분명하게 나타나며, 작가는 인간의 의지를 말살시키고 인간을 숙명론의 순환으로 선고하는 외부적 힘이 있다는 생각을 공유하는 것처럼 보인다. 이런 관점에서 볼라뇨의 작품을 보면, 그의 작품을 지배하는 것은 사회고발뿐만 아니라, 대부분의 등장인물의 운명을 타락시키고 파괴하며 괴멸시키는 익명의 불확정적 힘이 존재한다는 것을 알게 된다. 어쨌거나 『2666』의 역사적 시간 속에서 범죄는 반복된다. 즉, 도시와 마을과 사람들을 숙명론에서 해방시킬 진정한 변화가 없다는 사실이 시대를 막론하고 전혀 변하지 않고 있다는 느낌을 자아낸다. 이 작품에서 시간적 모호성, 즉 공포의 반복이자 구체적인 시간의 실종은 죽음의 지속성과 영속성을 강화하고 강조하는 역할을 수행하고 있음을 알 수 있다.

4. 「범죄에 관하여」의 문체와 구조, 그리고 기능

4부 「범죄에 관하여」는 앞에서 지적했다시피 『2666』의 중심축을 형성하는 이야기를 서술한다. 즉, 1993년 1월에 나이와 직업을 가리지 않고 산타테레사에서 일련의 여성 살해 범죄가 발생하는 것으로 시작한다. 그리고 108명에 달하는 여성이 살해되지만, 경찰도 정부도 전문가도 외국 수사관도 범인을 색출하지 못한다. 4부는 1997년 12월에 끝나지만, 범죄의 미스터리는 그대로 남는다.

1) 중립적 목소리의 기능과 효과

「범죄에 관하여」는 경찰 조서 형식 또는 법의학 보고서 형식으로 성폭력으로 희생된 시체들을 소개한다. 다시 말하면, 객관적이고 단조로운 어조로, 화자는 희생자들의 이름, 시체로 발견된 희생자가 착용한 옷, 희생자가 살던 주소, 살인범을 추적하거나 살인자들과 공모하는 경찰의 구체적 행위를 열거한다. 그리고 각 희생자에 관한 보고서 끝에는

'사건이 종결되었다'거나 이와 비슷한 말이 나온다. 그렇게 사건은 종결되지만, 그것이 범인을 체포하여 사건이 해결되었다는 것을 의미하지는 않는다.

4부는 13세의 에스페란사 고메스 살다냐의 시체가 발견되면서 시작한다. 화자는 "그 전에 다른 여자들이 죽었을 가능성도 충분"하지만, "1993년에 살해된 첫 번째 여자였기에 편의상 그녀가 죽은 여자들의 목록에서 맨 앞에 위치하는 것"(444)이라고 알려주면서 그 이전에도 동일한 범죄가 일어났을 수 있다는 것을 간과하지 않는다. 이후 젊은 여성부터 중년 여성에 이르기까지 108명에 이르는 여성들의 시체가 도로변이나 사막 깊숙한 곳의 빈터에서 발견되기 시작하고, 화자는 살해 장면과 관련된 것을 마치 법의학 기록처럼 차갑고 기술적으로 상세하게 서술한다. "에스페란사 고메스 살다냐는 목 졸려 살해되었다. 턱과 왼쪽 눈 주변에 멍이 들어 있었다. 그리고 양쪽 다리와 갈비뼈에 심한 타박상을 입었고, 음부와 항문 모두 강간당한 흔적을 보여주었다. 아마도 한 번 이상 강간을 당한 것이 분명했다. 두 구멍 모두 열상과 찰과상을 입었기 때문이다. 그리고 그런 이유로 과다하게 출혈한 것이다"(444-445).

이후 거의 350쪽에 걸쳐 화자는 잔인하게 구타당하고 강간당하고 교살되거나 난자되어 살해된 9세에서 35세 사이의 여자 시체들을 자세히 서술한다. 법의학 보고서는 죽은 모습과 날짜와 시간을 밝히는 것에 그치지 않고, 희생된 여자들이 여러 구멍으로 강간당했고, 발과 손도 묶인 흔적이 있다고 기록한다. 이런 유형의 서술은 반복되는데, 이것은 납치되었을 가능성이 높으며, 피해자가 온갖 종류의 고문을 받다가 죽음에 이른 후 쓰레기장에 버려졌을 것임을 추정하게 만들어준다. 이런 자료는 희생자들이 흉포하게 살해되었다는 것을 보여줄 뿐만 아니라, 그들의 죽음이 우연의 산물이 아닌 사디스트의 욕망에 의한 것임도 분명하게 드러낸다. 살인범은 여자들을 학대하며 죽이는 것에 그치지 않고, 그들의 육체를 자신의 모든 사악한 욕망을 받아줄 용기로 이용하는 것이다.

그런데 왜 화자는 이런 여인들의 시체를 자세히 묘사하면서 그토록 많은 시간을 소비하고 지면을 할애하는 것일까? 여기에서는 각 희생자의 상태(장소, 의상, 머리카락 길이, 자세 등등)가 격분을 일으킬 정도로 자세히 묘사된다. 모든 것은 무감각한 목소리로 서술되어 마치 사망자들이 발견된 상황을 기계적으로 기록하는데 모든 노력을 기울이는 것처럼 보인다. 범죄의 형태나 살인용의자에 관해서는 아무런 언급도 없다. 단지 살해와 관련된 모든 정황은 법의학 의사에 의한 부검 소견서나 사망자가 검은 페레그리노 자동차에 올라가는 것을 본 몇몇 증인의 증언으로 제공될 뿐이다. 살해 장면 역시 나타나지 않으며, 법의학 의사가 제공하는 치명적인 사인만 제공된다. 그래서 연쇄 여성 살해 범죄는 아무런 동기도 없고 살인범도 없는 것처럼 보인다. 단지 목숨을 잃은 채 발견된 각각의 여성에 대한 무의미한 측면만 자세하게 언급될 뿐이다.

이런 시체들의 특징은 모두가 여자라는 사실이다. 그들은 어느 날 집에서 나와 산타테레사 혹은 그 근교에서 죽음을 맞이했고, 그들의 시체는 대부분 빈터나 쓰레기장 혹은 멕시코 북부 도로 인근에서 발견된다. 또한 대부분의 희생자들은 마킬라도라에서 일한다는 공통점을 지니고 있다. 「범죄에 관하여」는 특히 후기 자본주의로 인해 세계화된 세상에서, 마킬라도라의 생산품이 사람들보다 더 자유롭게 통행할 수 있다는 아이러니를 보여준다.

화자는 그런 아이러니를 드러내기 위해 미국과 캐나다로 수출할 여러 종류의 상품을 생산하는 마킬라도라 공장(케이 주식회사, 파일-시스, K&T, 니프-멕스, 멀티존-웨스트 등)을 계속 언급하면서 그런 현실을 그린다. 즉, 신자유주의 시장세계에서는 생산품이 노동자보다 더욱 가치 있다는 것이다(Stajnfeld 2012, 73). 물류가 자유롭게 유통되는 것과 달리, 사람은 갈수록 자유를 덜 향유한다. 일반적으로 이런 노동자들은 노동권을 갖고 있지 못했고, 아주 어린 나이부터 노동시장에 뛰어들어 가족의 경제활동에 이바지해야 했으며, 종종 가족이나 애인에게 학대당하기도 했다. 살해된 대부분의 여자는 이런 현실을 보여준다. 그들은 마킬라도라 공장에서 일하면서 보다 나은 미래를 위해 미국으로 갈 기회를 기다린다. 그러나 '아메리카 드림'은 도달 불가능한 것처럼 보이며, 그들이 입는 유명 브랜드의 옷과 신발만이 값싼 노동력을 제공하는 이런 여자들이 손에 넣을 수 있는 유일한 제1세계의 물품이다. 그리고 그들은 자인하게 살해된다. 「범죄에 관하여」에서 미첼 레케호의 시체는 이런 현상을 잘 보여준다.

> 12월에 모렐로스 지역 어느 빈터에서 [...] 미첼 레케호의 시체가 발견되었다. 일주일 전에 실종된 여자였다. 시체를 발견한 사람은 빈터에서 종종 야구 경기를 벌이던 어린아이들이었다. 미첼 레케호는 도시 남쪽에 위치한 산다미안 지역에 살았고, 호라이즌 W&E 마킬라도라 공장에서 일했다. [...] 미첼 레케호의 시체에는 칼에 찔린 상처가 여러 개나 있었다. 상처 몇 개는 팔에, 다른 몇 개는 가슴에 있었다. 그녀는 여러 군데가 찢긴 검정 블라우스를 입었는데, 아마도 동일한 칼에 의해 찢겼을 것이라고 추정되었다. 몸에 꽉 달라붙은 합성 섬유 바지는

무릎까지 내려와 있었다. 그녀는 리복 상표가 새겨진 검은 테니스 신발을 신고 있었다. 손은 뒤로 꺾인 채 묶였다. 그런데 누군가가 손을 묶은 끈이 에스트레야 루이스 산도발을 묶은 밧줄과 똑같이 매듭지어졌다고 지적했고, 그 말을 들은 몇몇 경찰은 깔깔거리며 웃었다.

(619-620)

이렇듯 「범죄에 관하여」는 사람들이 노동과 성의 대상이 되어버렸을 뿐만 아니라 시장에서 유통되는 물건보다도 가치가 없는 세계에 대한 강력한 비판을 내포한다. 많은 희생자가 도시의 쓰레기장에서 발견되는 모습, 강간당한 후 고문을 받고 살해되고서 악취 풍기는 쓰레기 언덕에 버려진 여자의 이미지, 이런 것들은 현재의 일회용품에 대한 아날로지로 해석될 수 있다. 즉, 일회용품으로 이용되고, 효용성이 사라지면 쓰레기로 버려지는 것이다. 이것은 「범죄에 관하여」의 화자의 목소리가 법의학 보고서처럼 무미건조하고 무감각해하며 중립적인 어조를 띠고 있다는 사실과도 깊은 관련이 있다. 왜 화자는 이미 죽은 108명의 여자 시체들을 보고 가장 무의미한 것들을 일일이 세세하게 서술하는 것일까? 이것은 일부를 통해 전체를 나타내는 문학 전통에서도 벗어나 있을 뿐만 아니라[5] 아마도 공포를 서술하는 독특한 방식이며, 그래서 4부의 진정한 주인공은 그 어떤 인물도 아닌 죽음이라고 말할 수 있다. 이런

5) 스키델스키(Skidelsky)는 이렇게 지적한다. "지난 몇 년 동안 비평가들은 허구와 현실의 경계가 흐려지는 것에 관해 말했다. 그러나 나는 이 부분에서 볼라뇨가 정말로 새로운 것을 시도하고 있다고 생각한다. 그는 논픽션의 기법(법의학 보고서)을 전개하면서 상상적인 것을 묘사한다. 그러나 그것은 현재 일어나는 일련의 사건을 거의 그대로 반영한다. 이것은 허구적 역사도 [···] 아니고, 허구적 기록물도 아니다. [···] 『야만스러운 탐정들』의 구전 증언처럼 볼라뇨는 현실과 가장 사이의 제3의 공간이라는 영역을 만들려고 하는 것 같다"(2009).

점에서 3부 「페이트에 관하여」에서 수사관 캐슬러가 지적하는 말은 바로 4부의 문체가 갖는 기능과 효과를 설명해준다.

> 19세기에, 좀 더 정확히 말하자면 19세기 중엽이나 말에, 사회는 단어라는 직물을 통해 죽음을 여과하게 되었어. […] 모든 게 단어라는 여과기를 통과하면서 우리에게 두려움을 불러일으키도록 적절하게 바뀌는 거야. 아이가 무서워할 때 어떻게 하지? 눈을 감아. […] 그리고 나서 소리를 지르지만, 가장 먼저 하는 행동은 눈을 감는 거지. 말은 그런 목적에 봉사하는 거야.(337-338)

캐슬러에 의하면, 말은 두려움을 일으키는 악을 여과하기 위한 것이다. 말은 매개체이며 공포에 사로잡힌 사람을 향한다. 어떻게 직접 희생된 사람들과 동일한 강도를 경험하지 않았으면서도 희생자들을 배신하지 않고 공포를 서술할 수 있을까? 현재는 시체들이 쌓여있고 미래는 피와 가난과 죽음이 스며들어 야만이 일상화된 세계를 어떻게 효과적으로 기록할 수 있을까? 「범죄에 관하여」는 아마도 이런 질문에 대한 대답인 것 같다. 이 부분의 간결하고 무감정적인 문체는 희생자들을 물화시키고 소멸시키면서 공포와 두려움을 야기한다. 그러나 그런 과정을 통해 화자는 살해된 여성들의 이름과 육체를 회복하고, 그들의 이야기를 들려주면서 살인자들이 빼앗은 생명과 개성을 되돌려준다. 그렇게 간단하게나마 고문 아래서 살해된 육체가 겪었을 고통을 이야기한다. 이런 이야기는 언론이 게재한 수백 개의 사진보다 더 공포감을 선사하며, 그렇게 21세기의 악의 광포함을 보여주는 문화의 기록이 되면서 『2666』의 중심 주제라고 말할 수 있는 악과 공포를 그 어느 부분보다도 효과적으로 보여준다.

2) 「범죄에 관하여」의 정보 확충 기능

「범죄에 관하여」가 『2666』에서 핵심 부분인 또 다른 이유는 로베르토 볼라뇨가 숨기면서 어슴푸레 드러내고 있던 것들이 무엇인지 공개적으로 선명하게 드러내기 때문이다. 여기서 작가는 의식적으로 소설의 중심주제, 즉 멕시코 북부에서 일어나는 여성들의 대량 학살을 점진적으로 드러내면서 서로 연결성이 없어 보이는 다른 부분들과 관계를 엮는다. 즉, 이 부분에서 독자는 왜 칠레 작가가 소설의 주제를 드러내는데 많은 시간을 지체했는지 이해할 수 있다. 4부는 이렇게 시작한다. "소녀의 시체는 라스 플로레스 지역 빈터에서 발견되었다"(443). 만일 작가가 이 문장으로 『2666』을 시작했다면, 아마도 독자들은 서스펜스를 만들기 위한 장치라고 생각할 수도 있을 것이다. 그리고 틀림없이 탐정들의 이야기를 서술하기 위해 범죄를 사용하고 해결하는 탐정소설이 되었을 것이다.

그러나 앞에서 인용한 문장은 1부와 2부와 3부가 진행된 후에 비로소 나타난다. 그는 동심원 구조를 사용하여 『2666』의 4부라는 소용돌이에 이르러서야 의미가 드러나는 소설 재료들을 산발적으로 흩어놓는다. 즉, 앞의 세 부분에서 드러난 전조, 다시 말하면 지옥이나 죽음의 공간에서 이뤄지는 인간성 상실의 이미지가 멕시코 북부의 산타테레사에서 본격적으로 펼쳐지면서, 여성 살해가 거의 의식적으로 반복된다. 그 심연의 중심에는 파괴의 숫자, 2666, 즉 악의 숫자가 자리 잡고 있다. 그것은 마치 세상의 미래가 이곳에서 설립되고 있다고, 악의 장소에서 모든 것의 미래가 투영되고 있다고 말하는 것 같다(Saucedo Lastra 2012, 210).

4부에서 성폭력의 흔적을 지닌 여러 여성들의 사체에 관해서는 한 문단부터 여섯 페이지에 걸쳐 다양한 분량으로 서술되는데, 이런 범죄들 중에는 다른 이야기들도 포함된다. 우선 중요한 것으로는 젊은 경찰 랄로 쿠라의 이야기, 연쇄 살해의 주요 용의자로 기소된 클라우스 하스의 이야기, 기자 세르헤오 곤살레스의 이야기가 들어있다. 그리고 이것들보다는 덜 중요하지만 4부를 풍요롭게 만들어주는 이야기도 있다. 멕시코 제도혁명당의 '마리아 펠릭스(María Félix)'라고 불리는 아수세나 에스키벨 플라타(Azucena Esquivel Plata)의 이야기, 후안 데 디오스 마르티네스(Juan de Dios Martínez)와 엘비라 캄포스(Elvira Campos)의 사랑 이야기, 교회를 모독한 '통회자'의 이야기, 애리조나의 보안관인 해리 마가냐(Harry Magaña)가 비공식적이며 비정통적인 방식으로 루시 앤 샌더(Lucy Anne Sander)의 죽음을 수사하는 이야기, 텔레비전 프로그램에 등장해 더 많은 여성들이 죽을 것이라고 예언하는 플로리타 알마다(Florita Almada)의 이야기가 있다.

이렇게 다양한 이야기가 있고 어떤 것은 여성 살해와 그다지 관련이 없는 것처럼 보이며 주제에서 일탈하는 이야기도 있지만, 이들은 한 가지 공통점을 지닌다. 즉, 그 어떤 것도 해결되지 않는다는 것이다. 이것들은 미해결된 채 남으며, 이런 이야기들과 관련된 사람들도 불현 듯 사라진다. 수사관들, 경찰들, 기자 세르히오 곤살레스, 보안관 해리 마가냐, 이들 모두는 여성 살해 범죄의 수수께끼에 대한 해답을 찾지만 아무런 흔적도 남기지 않고 이 작품에서 사라진다. 그들은 4부의 핵심 범죄에 대해 누가, 어떻게, 왜라는 의문을 덧붙이는 역할을 하지만, 그런 질문에 대한 대답은 결코 밝혀지지 않는다.

4부가 구조적으로 중요한 것은 동심원의 중심원이며, 그곳에서 '확충' 기법을 구사하기 때문이다. 앞의 세 부분에서 우연하게 언급했던 것들이나 흩어진 조각들, 그리고 어느 정도 숨겨진 채 제대로 해결되지 않고 흩어진 파편처럼 놔두었던 것들이 「범죄에 관하여」에서 다시 고개를 내밀면서 확충된다. 즉, 앞에서 간단하게 그려진 인물이나 공간이 다시 나타나면서 4부에서 본격적으로 전개되고, 여성 살해 범죄와 연관되면서 의미를 획득한다. 이런 인물들과 공간들은 볼라뇨가 만드는 4부의 "죽음의 라운드"(681)에서 숨겨진 역할을 드러낸다. 예를 들어, 2부 「아말피타노에 관하여」에서 산타테레사 대학 총장 파블로 네그레테(Pablo Negrete)가 언급된다. 아말피타노는 총장과 총장부인이 '두려움', '그림자', '급히 판 구멍', '불안한 악취'와 관련되어 있다는 사실을 눈치 챈다(281). 그리고 「범죄에 관하여」에 들어서면서 네그레테는 부정부패로 얼룩진 산타테레사의 경찰총장의 형이며, 두 사람 모두 마약밀매와 관련되어 있다는 사실이 드러난다. 그리고 틀림없이 여성 살해 범죄와도 관련되어 있다는 분위기를 풍긴다.

마찬가지로 이전 부분에서 작중 인물들이 돌아다녔으며, 당시 불길한 분위기를 풍겼던 지역들은 살인자가 범죄를 저지른 현장임이 드러난다. 예를 들어, 4부는 '세로 에스트레야'를 이렇게 설명한다. "5월의 마지막 여자 시체는 <별의 언덕>이라는 의미를 지닌 <세로 에스트레야>의 기슭에서 발견되었다. 그런 이름이 붙은 것은 그 언덕을 에워싼 지역이 마치 어떤 것도 뾰족하지 않으면 커질 수도 없고 퍼져 나갈 수 없는 것처럼 불규칙한 형태로 이루어졌기 때문이다"(451). 그곳은 바로 2부 「아말피타노에 관하여」에서 아말피타노가 돌아다녔고, 이상하고 거의 정신착란적인 분위기를 띤 곳으로 생각한 곳이다.

한편, 앨버트 캐슬러 수사관의 경우도 볼라뇨가 사용한 확충 과정을 잘 보여주는 예이다. 『2666』의 1부에서 "또 어떤 학생은 앨버트 캐슬러라는 이름을 말하기도 했다"(182)라며 캐슬러라는 이름이 슬쩍 언급되지만, 그 인물이 누구인지, 왜 그 이름을 언급하는지 아무런 설명도 나오지 않는다. 또한 3부에서 페이트는 백발의 노인인 캐슬러가 죽음과 악, 멕시코와 멕시코 사람들, 파리 코뮌에서 죽은 사람들을 미국과 멕시코의 국경에 있는 허름한 식당에서 말하는 것을 듣는다. 그리고 마침내 「범죄에 관하여」에서 앨버트 캐슬러는 학계에서 익히 알려진 범죄학자이자 전 FBI 요원이었으며, 연쇄 살인을 조사하기 위해 산타테레사 당국이 초청한 사람이라는 것이 밝혀진다. 다시 말하면, 바로 최소한의 언급에 그쳤던 사실들이 4부에 들어서서 점차로 전개되고 커지면서 절정에 이르다가 결국 아무런 흔적도 남기지 않고 사라진다.

5. 「범죄에 관하여」와 제사의 관계 : 저주받은 자들의 여행

『2666』은 제사로 보들레르의 "권태의 사막 한가운데 있는 공포의 오아시스"(9)를 인용하면서 사막을 언급한다. 의심할 여지없이 이 공간은 이 소설의 중심무대인 산타테레사이며, 「범죄에 관하여」에서 극대화되고 있는 공포가 그곳을 지배한다는 것을 의미한다. 볼라뇨는 여러 차례 이 시구를 언급한다. 이 보들레르의 시구는 「항해」에 등장하며, 안토니오 마르티네스 사리온(Antonio Martínez Sarrión)의 번역본에서 인용한 것이다. 여기서 이 말은 미지의 세계를 의미하며, 그를 기다리고 있는 것이 천국이건 지옥이건 그가 향해서 떠날 목적지는 미지의 것이라는 말이다.

볼라뇨는 세 번째 단편집이자 첫 번째 유고작품으로 출판된 『참을 수 없는 가우초』(2003)에서 "권태 속의 사막 안에 공포의 오아시스!"(Bolaño 2003, 151)라고 언급하지만, 『2666』에서는 "권태의 사막 한가운데 있는 공포의 오아시스"라고 수정한다. 단지 '한가운데'라는 말만 덧붙이는데, 이것은 '사막'의 의미를 더욱 강조하는 기능을 수행한다. 그것은 바로 『2666』의 독자가 멕시코의 사막 한가운데서 공포의 오아시스를 만나기 때문이다. 「범죄에 관하여」에서 서술되는 여성 연쇄 살해, 빈터에 버려진 시체, 각 사건을 상세하게 기록하는 중립적인 목소리, 이런 것들은 공포 앞에서 각 사건의 과정을 적절하게 기록하는 것 이외에는 출구가 없다는 인상을 준다(Walker 2010, 102). 여기서 '한가운데'라는 공간적 언급은 소설이 전개되는 방향, 즉 「범죄에 관하여」를 예고하기도 한다. 볼라뇨는 이렇게 시작한다. "권태에서 벗어나기 위해, 분기점에서 도망치기 위해, 우리가 가지고 있지만 그다지 갖고 있지도 않은 유일한 것은 […] 공포, 즉 악이다. 우리는 좀비나 거친 밀가루로 연명하는 노예처럼 살거나, 아니면 노예 주인이나 사악한 존재가 된다"(Bolaño 2003, 151).

마치 악의 일상화라는 끔찍한 현상과 어떻게 맞서야하는지 묻는 한나 아렌트(Hanna Arendt)의 질문에 대답이라도 하듯이, 『2666』은 일상화되고 평범해지는 악과 함께 살아간다는 것이 어떤 의미를 지니는지에 관심을 보인다(García-Huidobro Mac Auliffe 2012, 227). 그러면서 볼라뇨는 권태와 공포가 세상에 거주하며, 서로 불가분의 관계로 연결되어 있다고 지적한다. 그것은 『참을 수 없는 가우초』에 수록된 「문학+병=병」이란 글에서 거의 강박적으로 나타나며, 볼라뇨는 보들레르의 이 구절이 "현대인의 질병을 표현하기 위해 이것처럼 명민한 진단은 없다"(Boalño 2003, 151)고 단언한다.

또한 이 제사는 인간을 비난하는 세상에 대한 시선임을 보여준다. 이것은 150년 전에 프랑스 시인이 인간을 규탄하면서 비난했던 것처럼 지금도 계속 그렇게 비난받고 있는 세상이다. 보들레르는 『악의 꽃』에 수록된 「돌이킬 수 없는 일」에서 이렇게 말한다. "나는 언젠가 보았다. 어느 신통치 않은 극장 안에서/ 오케스트라 우렁차게 울려 퍼질 때/ 선녀 하나 나타나 지옥처럼 캄캄한 하늘에/ 신기한 새벽의 불을 켜는 것을/ 나는 언젠가 보았다. 어느 신통치 않은 극장 안에서"(Baudelaire 2003, 131). 여기서 신통치 않은 극장은 악의나 원한, 그리고 그로 인해 탄생되는 비극적인 삶이다. 「범죄에 관하여」에서는 그것이 잔혹한 여성 살해와 "동일한 패배를 향해 거듭해서 나아가는 시간 왜곡에 사로잡힌 병사들처럼"(661) 경찰과 당국의 무능력과 무관심으로 점철된 20세기라는 연극이 바로 그런 신통치 않은 극장이 아닐까? 로베르토 볼라뇨의 시대에, 이 진부한 연극은 모든 나라에서 나타나며, 행위자들은 할리우드 스타일의 스타가 아니라, 익명의 존재들이다. 그들은 매일 그들이 사는 장소에서나 그들을 심연으로 이끄는 참을 수 없는 기나긴 여행의 길을 지배하는 폭력으로 매일 피를 흘리면서, 그런 곳에서 필사적으로 목숨을 구하려고 애쓴다(Pino Correa 2009, 277).

볼라뇨는 이 제사가 나오는 시를 평하면서 이렇게 말한다. “보들레르 시의 승무원들이 떠나는 여행은 어느 정도 저주받은 자들의 여행과 흡사하다. 무엇을 발견하는지 무슨 일이 벌어지는지 보기 위해 나는 여행할 것이고, 나는 미지의 땅에서 길을 잃을 것이다. 그러나 먼저 나는 모든 것을 포기할 것이다. 그러니까 그것은 동일하다. 진정으로 여행하려면 여행자들은 잃어버릴 것을 하나도 가지고 있지 말아야하기 때문이다”(Bolaño 2003, 150). 「범죄에 관하여」의 작중인물들은 이런 세계관 속에서, 즉 20세기의 사건들과 사람들로 각인된 거스를 수 없는 운명 속에서 움직이면서, 볼라뇨가 인용한 보들레르의 시구가 인간에 대한 비난이며 선고를 의미한다는 사실을 구체화한다.

6. 「범죄에 관하여」와 제목의 관계 : 종말론의 의미

이제 수수께끼 같은 이 소설 제목의 숫자를 눈여겨볼 필요가 있다. 제목만으로는 그 이상한 숫자가 무엇을 다루는지 그 어떤 징후도 제공하지 않는다. 그것은 단지 작가의 다른 작품에서 발견된다. 첫 번째 단서는 『2666』처럼 산타테레사라는 허구적 도시를 언급하는 『야만스러운 탐정들』의 마지막 페이지에 나타난다. 이 작품에서 1920년대 아방가르드 시 운동의 창립자인 세사레아 티나헤로는 산타테레사에 있다. 1970년대 중반에 ‘내장 사실주의’를 다시 설립한 울리세스 리마와 아르투로 벨라노는 그녀를 찾지만 아무런 소득도 거두지 못한다. 찾는 도중에 그들은 세사레아의 친구였던 어느 교수와 만나고, 그때 『2666』의 숫자와 유사한 숫자에 관해 말한다. “하지만 세사레아는 다가올 시대에 대해 말했고, 교사는 화제를 바꾸려고 그 시대가 어떤 시대이고 언제 올 것인지 물었다. 세사레아는 연도를 콕 찍어서 2600년경이라고 말했다. 2천6백 몇 년이라고”(볼라뇨 2012, 963). 그런 다음 침묵이 흐를 뿐, 이 소설의 제목이 되는 숫자로 구체적으로 접근하지는 않는다. 유일하게 분명한 것은 그게 날짜이며, 앞으로 올 해라는 것이다.

볼라뇨의 작품에서 두 번째이자 마지막 단서는 『부적』에서 발견된다. 거기서 바로 『2666』의 의미를 밝혀줄 수 있는 형태를 취한다. “나는 그들을 뒤쫓아 갔다. 그들이 경쾌한 걸음으로 부카렐리를 내려가 레포르마까지 걸어가는 것을 보았다. 또 파란불을 기다리지 않고 레포르마를 가로지르는 것을 보았다. 두 사람의 긴 머리카락이 흩날렸다. 그 시간에 레포르마에는 여분의 밤바람이 불고, 레포르마 거리는 투명한 관(管), 도시의 가상의 호흡을 발산하는 쐐기 모양의 허파로 탈바꿈하기 때문이다. 그 후 우리는 게레로 거리를 걷기 시작했다. 그들은 전보다 좀더 천천히 걸었고 나는 좀 더 힘없이 걸었다. 그 시간의 게레로 거리는 무엇보다 공동묘지와 흡사하다. [⋯] 2666년의 공동묘지처럼 보인다. 송장이나 아직 태어나지 않은 아이의 눈꺼풀 아래서 잊힌 공동묘지, 무언가를 망각하고 싶어 한 끝에 모든 것을 망각하게 된 한쪽 눈의 무심한 눈물 같다”(볼라뇨 2010, 87-88). 여기서 2666은 아무런 이유도 없이 망각에 빠진 공동묘지의 해이다. 여기서 볼라뇨가 자신의 작품들 속에서 언급하는 2600과 2666 같은 숫자는 순수한 우연이나 자의적 반복을 넘어선다는 사실을 알 수 있다.

볼라뇨의 작품에 나타나는 숫자뿐만 아니라, 666과 1666의 의미도 알아볼 필요가 있다. 성경의 「요한묵시록」은 "바로 여기에 지혜가 필요합니다. 영리한 사람은 그 짐승을 가리키는 숫자를 풀이해 보십시오. 그 숫자는 사람의 이름을 표시하는 것으로 그 수는 육백 육십육입니다"(13:18)라고 말한다. 또한 1666년은 「요한묵시록」을 해독한 일부 학자들이 재림이 이루어질 시기라고 여겼던 해였다(서동욱 2012, 423). 이 해는 샤베타이 체비(Shabbetai Tzevi)가 유럽과 중동에서 많은 추종자를 거느리고 거짓 메시아가 되어 구원이 이루어질 것이라고 종말의 날짜로 선포한 해였다.

이런 숫자의 의미로 볼 때 2666은 종말론 혹은 악이나 야만성과 관련이 있음을 알 수 있다. 종말론의 진정한 의미는 이성과 그것이 이룬 철학 바깥에서 찾아진다. 다시 말해, 종말론은 이성의 목적론적 역사론과 정반대이다. 즉, 이성적 사유와 그것 위에 구축된 체제들이 아닌 사고와 관련이 있다. 이것은 현실의 사악한 정치권력 구조가 합리적인 두뇌들이 고안한 여러 가지 변명으로 무장하고 있을 때, 그리고 문제 해결을 위한 합리적인 대화의 장 자체가 이미 주도적 권한을 가진 자들을 위해 불균등하게 조절되어 있을 때, 그리하여 진정으로 모든 것의 종말과 함께 새로운 판을 희구하는 것만이 해결책일 때, 바로 미지의 바깥을 엿보게 하는 일을 해준다(서동욱 2012, 426).

이런 종말론적 사고나 악은 『2666』, 특히 「범죄에 관하여」의 가장 중요한 주제이며 작품의 원동력, 혹은 절대적 주제라고 말할 수 있다.[6]

6) 파트리시아 포블레테(Patricia Poblete, 2010)는 종말론적 인물과 이미지와 주제가 『2666』 전반에 걸쳐 나타나며, 따라서 종말론은 이 작품의 분석에서 결정적인 요인으로 이해될 수 있다면서 네 가지를 지적한다. 첫째는 글쓰기의 종말적 특징인데, 이것은 볼라뇨가 죽음의 순간에 이 작품을 쓰고 있었기 때문이다. 둘째는 종말론적 공간의 등장으로, 무엇보다 산타테레사라는 죽음의 계곡이 이런 공간의 중심장소가 된다. 셋째는 소설이 시

다시 말해, 악에 관해 글을 쓴다는 것, 그러니까 글쓰기 자체를 악이 되게 하는 것, 그것이 바로 볼라뇨 작품의 목적이다. 그것은 침묵 속의 어두움, 불안, 살인, 절대적이고 인간적인 악의 그늘 아래서 이루어진다 (González 2004, 31). 그렇다면 「범죄에 관하여」에서 악은 어떤 기능을 수행할까? 『2666』의 등장인물 아말피타노는 이렇게 말한다. "인생은 수요와 공급, 혹은 공급과 수요라오. 모든 게 그것으로 요약될 수 있소. 하지만 그렇게는 살 수 없소. 역사는 공허의 쓰레기 구덩이로 계속해서 무너져 내리고 있소. 인간의 테이블이 역사의 쓰레기 구덩이로 무너지지 않으려면 세 번째 다리가 필요하오, 그러니 받아 적으시오. 방정식은 바로 공급+수요+마술이오. 그런데 마술이 무엇이오? 마술은 서사시이며 동시에 섹스고 디오니소스의 안개며 놀이요"(291). 즉, 볼라뇨는 마술을 현대사회의 소비주의 논리를 파괴하는 주요 요인으로 간주하면서 수요와 공급이 지배하는 자본주의 사회에서 소외 현상을 피하기 위해 또 다른 것을 도입할 필요가 있다고 여긴다. 바로 시장 논리를 넘어 인간의 경험을 확장하기 위해 필요한 것이고, 이것이 바로 이성적 사유와 그것이 구축한 체제를 파괴하는 요소이다. 여기서의 마술은 논리적 설명을 뛰어넘는 인간 내면의 악과 밀접한 관련이 있음을 알 수 있다.

『2666』에서 악은 죽음의 원칙이 아니라, 이성에 가해지는 폭력과 불화의 원칙이다. 「범죄에 관하여」는 특정 시기나 특정 문화의 악과 싸우거나 몰아내려고 하지 않고, 이런 악의 유형을 배제하지도 않으며, 악이 나타나는 여러 양상을 넓게 살펴본다. 바로 이런 이유로 병적일 정도의

우다드후아레스의 대량 여성 살해와 작가의 실제 죽음에 대한 공포를 통해 죽음의 공포를 선사한다는 것이다. 넷째는 이 소설의 종말론적 모습으로 수렴되는 심연과 무분별의 반복되는 출현이다.

규율 위반, 그리고 집단적 야만성 등이 나타난다. 이와 같은 것은 수준 있는 글쓰기가 "어두움으로 파고들 줄 알고, 허공을 향해 뛰어내릴 줄 알며, 문학이 근본적으로 위험한 직업이라는 것을 안다는 것이다. 절벽 언저리로 뛰어다니는 것, 즉 바닥이 보이지 않는 심연이 가로 놓인 절벽 옆을 뛰어다니는 것이다"(Bolaño 2004b, 36-37)라는 볼라뇨의 생각과도 관련된다. 인간의 어두운 지역으로 들어가야 한다는 것, 즉 이유도 없고 동기도 없는 여성 학살이라는 미지의 영역은 불가피하게 악의 모든 얼굴과 만날 수밖에 없는 것이다.

7. 맺는말

아르토(Artaud)는 멕시코가 지구의 신화적 심장이라고 믿었지만, 볼라뇨는 "아무도 이런 살인 사건에 관심을 두지 않아요. 하지만 그 안에는 세상의 비밀이 숨겨져 있어요"(439)라고 지적하면서, 멕시코의 여성 살해에 세상의 끔찍한 비밀이 숨어 있다고 믿는다. 볼라뇨는 세르히오 곤살레스 로드리게스(Sergio González Rodríguez)의 『사막의 유골』(2002)에 바탕을 두고서 「범죄에 관하여」를 통해 산타테레사의 거의 모든 범죄를 하나씩 서술한다. 그는 공포로 가득한 문학을 만들면서 동시에 희생자를 기리고, 기존의 문학 작품이 거의 다루지 못했던 도덕적 문제 중의 하나인 악을 겨냥한다(Domínguez Michael 2005, 68). 「범죄에 관하여」는 여성 살해 범죄에 대한 시민 사회의 반복된 요구와 언론의 거듭되는 고발에도 불구하고 마치 공포로 마비된 듯이 무기력하게 간신히 목숨만 부지하는 사회를 그리면서, 근대성의 신화가 표류하는 것 같은 21세기의 특징을 드러낸다(Manzoni 2012, 129).

그래서 마콘도가 라틴아메리카의 기원을 서술하는 신화적 도시라면, 산타테레사는 라틴아메리카의 종말을 이야기하는 도시라고 말할 수 있다. 가르시아 마르케스는 라틴아메리카 현실의 신화를 창조했으며, 그 결과는 라틴아메리카의 도시들을 마술로 가득한 곳으로, 마치 각각의 도시에 마콘도 같은 것이 있는 것처럼 보이게 만들었다. 그리고 무엇보다도 제1세계의 눈에 마술적 사실주의는 라틴아메리카 국가들의 존재 방식이자 그들의 현실이 되었다. 반대로 볼라뇨는 현실이 신화적 해석과 완전히 멀어진다. 『2666』에서 아르킴볼디는 "그저 하찮은 창녀에 불과한 역사는 결정적인 순간을 가지고 있지 않으며, 그저 순간들, 즉 극악무도함 속에서 서로 경쟁하는 짧은 막간의 번식"(993)이라고 지적한다. 만일 폭력이 역사의 원동력 중의 하나라면, 이것은 현실과 밀접하게 연결되어 있다. 그리고 불행하게도 『2666』의 폭력은 현실의 폭력이며, 볼라뇨는 이런 사실을 지나치지 않는다. 시우다드후아레스의 죽음처럼 끔찍한 사실에 대해 신화적 해석을 할 수는 없다. 마콘도가 라틴아메리카의 기원이라면, 산타테레사는 그 어떤 신화적 해석도 우습고 무용지물이고 터무니없다는 것을 보여준다.

참고 문헌

로베르토 볼라뇨(2010), 『부적』, 김현균 옮김, 서울: 열린책들.

_____(2012), 『야만스러운 탐정들 2』, 우석균 옮김, 서울: 열린책들.

샤를 보들레르(2002), 『악의 꽃』, 윤영애 옮김, 서울: 문학과지성사.

서동욱(2012), 「새 시대는 종말의 가면을 쓰고 찾아온다」, 『한 평생의 지식』, 서울: 민음사, 421-430.

Ballesteros Rojos, Iván Antonio(2011), "La Frontera que divide de Estados Unidos: territorio representativo del mal en 'la parte de los crímenes' de *2666*, novela de Roberto Bolaño," Tesis, Universidad de Sonora.

Bolaño, Roberto(2003), *El gaucho insufrible*, Barcelona: Anagrama.

_____(2004a), *2666*, Barcelona: Anagrama.

_____(2004b), *Entre paréntesis*, Barcelona: Anagrama.

Cabrera, Roberto(2005), "Literatura + enfermedad = 2666," *Taller de Letras* 36, 187-201.

Domínguez Michael, Christopher(2005), "Literatura y el mal," *Letras libres* 7(75), 66-68.

Donoso, Ángeles(2005), "Violencia y literatura en las fronteras de la realidad latinoamericana. *2666*, de Roberto Bolaño," *Bifurcaciones* 5(Verano), 1-3.

Fourez, Cathy(2006), "Entre transfiguración y transgresión: El escenario espacial de Santa Teresa en la novela de Roberto Bolaño, *2666*," *Debate feminista* 17(3), 21-45.

Fresán, Rodrigo(2004), "El´ultimo caso del detective salvaje," Página 12, https://www.pagina12 .com.ar/diario/suplementos/libros/10-1312-2004-11-19.html.

García-Huidobro Mac Auliffe, Cecilia(2012), "Humor: goles y autogoles de Roberto Bolaño," *Universum* 27(1), 223-228.

González, Daniuska(2004), "Roberto Bolaño, el silencio del mal," *Revista Quimera* 241, 28-31.

Kirsch, Adam(2008), "Slouching Towards Santa Teresa," Slate 3, http://www.slate.com/articles/arts/books/2008/11/slouching_towards_santa_teresa.html.

Lago, Eduardo(2005), "Sed de mal," *Revista de Libros* 100(abril), 1-10.

Levinson, Brett(2009), "Case Closed: Madness and Dissociation in *2666*," *Journal of Latin American Cultural Studies* 18(2-3), 177-191.

Manzoni, Celina(2012), "Metáforas del cuerpo: escritura y memoria en el nuevo siglo," *CELEHIS* 23, 123-140.

Marras, Sergio(2010), "Roberto Bolaño: bailes y disfraces," *Estudios Públicos* 119, 189-215.

Muniz, Gabriela(2010), "El discurso de la crueldad: *2666* de Roberto Bolaño," *Revista Hispánica Moderna* 63(1), 35-49.

Poblete Alday, Patricia(2008), *Bolaño: otra vuelta de tuerca*, Santiago de Chile: Universidad Academia de Humanismo Cristiano.

Rivera de la Cuadra, Patricia(2008), "Santa Teresa: ciudad-moridero en *2666*," *Revista de Filología Románica* 6, 179-186.

Saucedo Lastra, Fernando(2012), "El país enemigo: México en la obra de Roberto Bolaño, 1980-2004," Tesis doctoral, Universitat Pompeu Fabra.

Skidelsky, William(2009), "Latin America's Literary Outlaw," *The Guardian*(11. Jan.), https://www.theguardian.com/books/2009/jan/11/roberto-bolano-2666.

Solotorevsky, Myrna(2006), "Roberto Bolaño *2666*," *Aisthesis* 39, 129-134.

Stajnfeld, Sonja(2012), "Cuatro imagenes del mal en *2666* de Roberto Bolaño," *Fuentes Humanísticas* 44, 69-82.

Torres Perdigón, Andrea(2012), "*2666* de Roberto Bolaño: Una figura del escritor, una idea de literatura," *Les Ateliers du SAL* 0, 83-94.

Volpi, Jorge(2008), "Bolaño, epidemia," *Revista de la Universidad de México* 49(marzo), 77-84.

Walker, Carlos(2010), "El tono del horror: *2666* de Roberto Bolaño," *Taller de Letras* 46, 99-112.

로베르토 볼라뇨의 『2666』에 나타난 여성 폭력*

윤종은

1. 서론

칠레 출신의 소설가인 로베르토 볼라뇨의 유작인 『2666』은 총 다섯 부로 구성되어 있으며, 1천 쪽이 넘는 방대한 작품이다. 각 부는 제각기 다른 인물과 사건을 다루는데, 일반적인 장편소설과 달리 『2666』의 부분 서사들은 시간 순서나 인과관계로 연결되어 있지 않으며 하나의 결말로 수렴되지도 않는다. 그러나 작품에는 각기 독립적인 부분 서사들을 이어주는 몇 가지 연결고리들이 존재하는데, 그 중에서도 산타테레사라는 가상의 도시에서 벌어지는 여성 살해는 모든 중심인물들을 끌어들이며 전체 서사를 이끄는 구심점으로 기능한다.

산타테레사의 여성 살해는 멕시코 북부의 국경도시인 시우다드후아레스에서 벌어진 실제 사건을 재구성한 것이다. 발데스(Marcela Valdés

* 본 연구는 「로베르토 볼라뇨의 『2666』: 폭력의 탐색과 애도를 위한 기획」을 수정, 요약한 것이다.

2008)에 따르면, 볼라뇨는 사건이 언론의 주목을 받기 이전인 1995년 무렵부터 그에 관심을 가지고 있었던 것으로 보인다. 이후 나름대로 사건을 조사하고 정보를 수집하던 볼라뇨는 멕시코 출신의 기자이자 작가인 세르히오 곤살레스 로드리게스(Sergio González Rodríguez)[1]를 통해 사건의 세부사항을 접하게 된다. 곤살레스 로드리게스는 시우다드후아레스의 범죄에 관한 기사와 자료들을 모아 르포 형식의 책으로 엮어내려는 계획을 가지고 있었고,[2] 이를 알게 된 볼라뇨가 그에게 연락을 취하면서 두 사람 사이의 왕래가 시작되었다. 그의 증언에 따르면, 볼라뇨는 마치 탐정의 역할을 몸소 구현하려는 것처럼 조사에 몰두했고, 사건에 관한 온갖 종류의 자료들을 구하는 데 혈안이 되어 있었다고 한다(라고 2014, 52-54).

볼라뇨는 이처럼 수년에 걸친 조사를 바탕으로 시우다드후아레스에서 벌어진 범죄를 재구성한다. 산타테레사의 여성 살해를 본격적으로 다루는 4부에서 상세히 묘사되는 사건의 정황과 그를 둘러싼 인물들의 이야기에는 볼라뇨가 기울였던 노력의 흔적이 담겨 있다. 또한 4부는 내용뿐만 아니라 형식적인 특징으로도 많은 주목을 받아왔다. 특정 인물을 중심으로 전개되는 다른 네 부와 달리 4부에서는 백 명이 넘는 희생자들의 목록 자체가 서사의 중심이 된다. 4부의 서술자는 피해자들의 신원과 시신이 발견된 날짜, 장소, 시신의 상태, 수사가 진행된 경위 등을 시간 순서에 따라 상세히 기술함으로써 독자로 하여금 소설이 아니라 법의학자가 작성한 보고서를 읽는 듯한 인상을 갖게 만든다.

1) 4부에 등장하는 멕시코시티 출신의 기자 세르히오 곤살레스는 그를 본떠 만들어진 인물이다.
2) 2002년 『사막에 버려진 유골들』이라는 제목으로 스페인에서 출간되었다.

산타테레사의 여성 살해는 수많은 등장인물과 이질적인 이야기들을 연결하는 중심 소재인 만큼 다양한 해석이 가능한 복합적인 사건으로서 제시된다. 본 연구는 사건의 여러 배경들 가운데서도 여성을 열등한 존재로 간주하고 남성의 권력을 정당화하는 가부장제 이데올로기에 주목한다. 작중에서 묘사되는 여성 살해의 사례들은 모두 여성을 성적 대상으로 격하시키는 행위를 수반한다는 점에서 여성혐오의 극단적 표현이라 할 수 있으며, 이는 곧 여성 살해라는 개념에 내포된 페미니즘적 함의[3]와 일맥상통한다. 이 밖에도 가부장적·남성중심적 사회 규범에 대한 볼라뇨의 문제의식은 작품에 등장하는 다양한 혐오와 폭력의 사례들을 통해 드러난다. 본 글은 4부 「범죄에 대하여」에서 묘사되는 여성 살해의 내용적·형식적 측면을 비롯하여 작품 전반에서 다뤄지고 있는 여성 폭력의 양상을 분석하고자 한다.

2. 산타테레사의 여성 살해

『2666』의 3부 「페이트에 대하여」의 한 장면에서 연쇄살인의 수사에 대한 조언을 부탁 받고 산타테레사로 온 전직 FBI 요원 알버트 케슬러[4]

3) 여성 살해라는 용어는 처음에는 단순히 살인 피해자의 성별이 여자임을 가리키는 데 사용되었으나 이후 페미니즘의 관점에서 여성 폭력의 극단적인 형태로서의 살인을 명명하기 위한 용어로 공식화되었다. 이 개념을 가장 먼저 제안한 다이애나 러셀은 "남자들에 의해서 자행되는 여자들에 대한 혐오 살인"이라는 최초의 정의에서 출발하여 여성 살해라는 용어의 의미를 조금씩 수정해왔으며, 가장 최근에는 "여자라는 이유로 남자들이 여자들을 살해한 것"이라는 정의를 제안한 바 있다(황주영 2013, 195-197). 비록 이러한 정의가 완전한 합의에 이른 것은 아니지만 본 연구에서는 러셀이 제안한 최근의 정의를 기준으로 여성 살해라는 용어를 사용하고자 한다.

는 근대사회에서 폭력과 관련하여 언어가 수행해온 역할에 대해 다음과 같이 말한다.

> 19세기에, 정확히 말하면 19세기 중엽이나 말에 사회는 말이라는 여과기를 통해 죽음을 거르는 데 익숙해졌어. 백발의 남자가 말했다. 그 당시의 기사를 읽어보면 거의 범죄가 일어나지 않았거나 살인 사건 하나가 전국을 떠들썩하게 만들었다고 생각하게 될 거야. 사람들은 자신들의 집이나 꿈, 환상 속에 죽음이 존재하지 않기를 바랐지만 실상은 토막살인이나 온갖 종류의 강간, 심지어 연쇄살인 같은 끔찍한 범죄들이 저질러졌지. 물론 대부분의 연쇄살인범들은 체포되지 않았어. 당시에 벌어진 가장 유명한 사건만 봐도 그래. 아무도 누가 잭 더 리퍼인지 몰랐지. 모든 것은 말이라는 여과기를 통과하여 우리가 가진 두려움에 알맞게 걸러지지. 아이가 무서움을 느낄 땐 어떻게 하지? 눈을 감아. 누군가에게 강간당하고 살해당하리라는 것을 알았을 때 아이는 어떻게 하지? 역시 눈을 감아. 물론 소리도 지르겠지만 가장 먼저 눈을 감지. 말은 그런 목적으로 이용되어 온 거야.(Bolaño 2004, 337-338)[5]

그의 주장은 언어가 폭력을 "드러내기보다는 감추기 위한"(498) 목적으로 사용되어 왔다는 말로 요약될 수 있다. 그에 따르면 언어는 현실에서 벌어지는 각종 폭력을 사회의 필요와 요구에 따라 선택적으로 재

4) 전직 FBI 요원인 로버트 레슬러(Robert K. Ressler)라는 실존 인물을 모델로 한다. 레슬러는 연쇄 살인범(serial killer)이라는 단어를 처음 사용한 인물로도 알려져 있으며, 실제로 시우다드후아레스의 자문에 응하여 여성 살해를 조사하기 위해 그곳을 방문하기도 했다. 그러나 곤살레스 로드리게스에 따르면, 로버트 레슬러는 거액의 자문료를 받고 멕시코의 권력층에게 유리한 방향으로 수사를 진행하였다고 한다(라고 2014, 54).

5) 이후 본문 인용 시 쪽 번호만 표기한다. 번역은 원문을 직접 번역하되 필요한 경우 번역본(볼라뇨 2013)을 참고하였다.

현하는 데 활용되어 왔다. 케슬러는 자신의 주장을 뒷받침하는 근거로 다음의 사례들을 언급한다. 17세기에는 노예수송선에 실려 버지니아로 향하던 흑인들 중 상당수가 항해 도중 죽고, 1871년 파리 코뮌에서 수천 명의 민중이 살해당했지만 당시 사회는 그들의 죽음에 대한 어떠한 설명도 요구하지 않았다. 반면 같은 시기에 버지니아와 프랑스의 한 도시에서 평범한 시민이 아내와 이웃을 살해한 사건은 온 나라를 떠들썩하게 할 만큼 많은 주목을 받았다. 케슬러는 이러한 차이가 전자의 희생자들이 사회의 구성원으로 인정받지 못하는 존재였던 반면, 후자의 경우 가해자와 희생자 모두 사회의 일원이었다는 사실에서 비롯한다고 말한다. 여기서 그가 말하는 사회란 구체적인 집단이 아니라 권력이 중심과 주변부를 나누는 기준을 의미하므로 특정 지역이나 국가에 국한되지 않는다. 가령 버지니아로 향하는 노예수송선에 실려 있던 흑인들은 유럽 중심의 근대세계 전체에서 주변부적 존재로 간주되었던 이들이며, 그들의 비참한 죽음은 제국주의 열강들이 저지른 폭력을 상징한다. 하지만 당시 사회가 그 일에 관심을 가지지 않았듯 근대세계의 주변부에서 자행되어온 폭력과 수탈의 역사는 철저히 은폐되어 왔다.

케슬러의 문제의식은 권력의 중심에서 배제된 이들에 대한 폭력이 묵인되고 은폐된다는 사실에 국한되지 않는다. 그가 언어를 가리켜 폭력을 거르는 여과기(filtro)에 비유하는 것은 폭력이 언어를 통해 가시화되는 과정에서 일어나는 탈맥락화(decontextualization)를 암시하며, 이는 주변부뿐만 아니라 사회의 중심에서 벌어지는 사건에도 공히 적용된다. 후자의 사건은 전자와는 다른 역사적 중요성을 획득하며, 공식적인 기록과 애도의 대상이 된다. 하지만 동시에 사회는 그것을 정상적인 상태에서 벗어난 예외적인 문제로 간주함으로써 사건을 그 이면에 자리한 구체적인 맥락에서 떼어놓는다. 가령 케슬러가 예로 들고 있는 버지니아와 프랑스의 살인 사건이 큰 반향을 일으킬 수 있었던 것은 가해자와 희생자가 사회의 일원이었기 때문만이 아니다. 두 사건은 남편이 아내를 상대로 저지른 살인이라는 공통점을 가지며, 이 점에서 작품 전반에서 제시되고 있는 여성 폭력의 사례들과도 무관하지 않다.[6] 그러나 케슬러에 따르면, 두 사건은 광기에 사로잡힌 이들이 저지른 일탈로 간주되었고, 살인자의 이야기는 마치 전설이나 괴담처럼 여겨지게 되었다. 이는 사건이 가시화되는 과정에서 사건의 일상적 맥락, 즉 가부장제 하에 용인되는 아내에 대한 폭력이라는 맥락이 은폐된 결과라 할 수 있다. 요약하자면, 폭력의 사례들은 언어를 통해 가시화되는 과정에서 권력의 배치에 따른 위계를 부여받는다. 그 결과 사회의 중심에서 일어난 사건은 예외적이고 중요한 문제로서 가시화되는 반면, 주변부와 관련한 사건은 일상적인 문제로 치부되거나 존재 자체가 은폐된다. 여기서 각각의 사례들에 부여되는 위계는 정도와 방식의 차이는 있을지라도 폭력을 탈맥락화하고 그 의미를 왜곡한다는 점에서 동일한 기능을 수행한다.

『2666』에서 폭력의 위계에 대한 문제의식은 그 같은 위계를 해체하려는 시도를 통해 구체화된다. 작품의 중심인물인 아르킴볼디의 생애는 이러한 시도를 대변하는 사례이다. 그는 제1차 세계대전에서 다리를 잃

6) 이에 반해 케슬러는 사회에서 배제된 자들에 대한 폭력이 은폐되는 현실을 비판하면서도 자신이 예로 드는 두 사건에 함축된 여성 폭력의 맥락에 대해서는 전혀 주의를 기울이지 않는다. 이 점에서 사건에 대한 그의 설명은 언어가 폭력을 여과하는 방식을 보여주는 또 하나의 사례라 할 수 있다. 마찬가지로 그는 산타테레사의 구성원들이 멕시코 사회에서 배제되어 있으며 그것이 여성 살해와 관련되어 있다고 지적하면서도 어째서 여성이 그 같은 폭력의 희생자가 되어야 하는지에 대해서는 관심을 기울이지 않는다.

은 아버지의 뒤를 이어 제2차 세계대전에 징집된다. 전쟁의 참상과 전체주의의 광풍이 낳은 비극을 직간접적으로 경험한 그는 전쟁이 끝난 후 베노 폰 아르킴볼디라는 이름으로 작가로서의 삶을 시작한다. 그는 오랜 세월에 걸쳐 작품 활동을 하며 어느 정도 명성을 얻지만 세속적인 성공에 일체 관심을 두지 않은 채 은둔한다. 그러던 어느 날 동생인 로테로부터 조카인 클라우스 하스가 산타테레사에서 벌어진 연쇄살인의 용의자로 기소되었다는 사실을 전해 듣고는 사건의 진상을 알아내고자 산타테레사로 향한다.

근대세계의 중심이었던 유럽의 한복판에서 일어난 전쟁과 대규모의 학살은 역사적 사건으로서 현대사의 한 페이지를 장식해왔다. 반면 멕시코와 미국 간의 국경에 위치한 산타테레사는 근대 세계의 주변부이자 경계 지대이며, 그곳에서 벌어지는 여성 살해는 별다른 주목을 받지 못한 채 사람들의 기억에서 잊혀가고 있다. 또한 사건은 여성을 대상으로 저질러진 폭력이라는 점에서 이중적 주변부이다. 가부장적 사회 질서 하에서 여성은 남성에 종속된 존재로 간주되며, 여성에 대한 폭력과 착취는 다양한 방식으로 정당화되고 은폐되어 왔기 때문이다. 그러나 아르킴볼디의 이야기는 이들을 동일선상에 배치함으로써 위계와 차이보다는 끝없이 되풀이되는 폭력의 역사를 강조한다. 볼라뇨는 이 같은 문제의식을 바탕으로 산타테레사의 여성 살해라는 주변부적 사건이 갖는 의미와 맥락을 탐구하는 것이다.

4부 「범죄에 대하여」에서 본격적으로 다뤄지는 여성 살해는 수많은 원인과 문제들이 복잡하게 얽혀 있으며, 사회의 모순을 총체적으로 반영하는 사건으로서 제시된다. 4부는 크게 보아 두 개의 축으로 구성된다. 첫 번째 축은 시간 순서에 따라 나열되며 이야기의 시작과 끝을 장식하는 희생자들의 목록이다. 그리고 이 목록의 사이사이에는 사건에 얽힌 여러 인물의 일화들이 촘촘히 배치되어 있다. 이들이 모자이크처럼 짜 맞춰지며 그려내는 도시의 전경이 두 번째 축이다. 이렇듯 두 축이 차례로 교차하면서 진행되는 4부는 여성 살해라는 사건이 산타테레사라는 공간적 배경과 불가분의 관계에 있다는 사실을 암시하는 동시에 멕시코 북부의 국경 도시가 함축하는 역사적 맥락을 작품 속으로 끌어들인다.

이에 따라 4부에서는 NAFTA 체결을 전후로 한 시기에 멕시코 북부의 국경 지역에서 일어난 변화가 상세히 묘사된다. 각종 혜택과 지원을 바탕으로 생겨난 공장지대, 공장의 일자리나 미국으로의 불법 이민을 위해 몰려드는 이주자들, 늘어나는 인구를 감당하지 못한 채 슬럼화되는 도시, 막대한 부를 통해 지역을 장악하고 국가의 기반을 위협하기에 이른 마약 카르텔의 존재 등이 그 예이다. 4부에서 언급되는 여성 살해의 희생자들 대다수는 이 같은 현실 속에서 열악한 노동 환경과 범죄의 위협에 무방비로 노출된 노동자들이다. 그들은 형편없는 급여에도 불구하고 일자리가 있다는 사실에 만족할 수밖에 없으며, 살인적인 근무 시간을 소화하느라 인적이 드문 새벽에도 가로등조차 없는 거리를 걷는 위험을 감수한다.

하지만 노동자들이 계속해서 실종되거나 살해되는 가운데서도 상황을 개선할 책임이 있는 이들은 행동에 나서지 않고 사태를 방조한다. 마킬라도라의 공장들은 근무 환경을 개선하는 데 전혀 관심이 없으며, 오로지 노동자들을 착취하여 이윤을 추구하는 데에만 몰두한다. 가족이 실종되었다는 소식을 들은 직원에게도 근무 시간을 채우지 않았다는 이유로 조퇴가 허락되지 않는 장면은 공장의 비인간적인 운영 방식을 보여준다. 또한 구성원들의 안전을 책임져야 할 도시의 고위 관료들은 범죄 조직이나 외국 자본과 결탁하여 도시의 부를 독점하면서도 여성 살해에 대해서는 형식적인 대응만을 반복한다. 뿐만 아니라 작품은 알 수 없는 이유로 사라지는 범죄의 증거들, 희생자들을 납치하는 데 사용되는 고급 승용차의 존재, 부유층 자녀들이 살인을 저질렀다는 클라우스 하스의 고발 등을 통해 사건에 깊숙이 개입한 권력의 존재를 암시한다.[7]

이렇듯 『2666』은 산타테레사의 현실을 총체적으로 조망함으로써 도시가 처해 있는 각종 문제들을 함축적으로 그려내는 한편, 이를 여성 살해라는 사건의 직간접적인 배경으로서 제시한다. 그리고 극심한 빈부 격차, 노동자들을 착취하는 산업 구조, 고위층의 부패, 범죄조직의 창궐, 치안과 사법 체계의 붕괴 등으로 대변되는 산타테레사의 혼란상은 시우다드후아레스를 비롯한 멕시코 국경 도시들의 상황을 충실히 반영한다. 이에 따라 『2666』에 대한 많은 연구들은 멕시코의 현실이라는 콘텍스트를 주된 근거로 삼아 작품을 해석하는 경향을 보인다. 이 가운데서도 두드러지는 것은 NAFTA 체결 전후에 벌어진 국경 도시들의 변화와 여성 살해의 관련성에 주목하고, 신자유주의적 세계화가 야기하는 부정적 결과를 작품의 화두로서 제시하는 시각이다. 예를 들어 파드(Grant Farred)는 『2666』을 신자유주의 자본(neoliberal capital)에 대한 고발로 해석한

7) 시우다드후아레스의 여성 살해를 연구한 세가토(Rita Laura Segato)에 따르면, 그와 같은 범죄가 오랫동안 지속되기 위해서는 많은 양의 인적·물적 자원이 요구된다. 여기에는 충직한 동료들, 희생자들을 구금할 장소, 운송 수단, 치안을 책임지는 이들에게 영향력을 행사할 수 있는 권력 등이 포함된다(Fregoso and Bejarano 2010, 80).

다.[8] 그에 따르면, 신자유주의의 폐해는 마킬라도라 공장에서 일하는 제3세계 여성들이 처해있는 착취적 조건 속에서 명확히 드러나며, 산타 테레사에서 벌어지는 수많은 여성들의 죽음은 생명을 경시하는 자본의 논리를 반영한다(Farred 2010, 692). 이 같은 해석은 여성 살해를 특정 지역의 문제로 국한시키지 않고, 세계화와 자본주의의 위기라는 전세계적인 차원의 문제와 연결시킨다는 점에서 의의를 갖는다(박정원 2012, 22).

그러나 작품 속 여성 살해를 신자유주의적 세계화와의 연관성 속에서 파악하는 시각은 삶의 제반 영역을 지배하는 자본의 논리에 집중하는 대신 젠더 규범과 관련한 사회적 맥락을 간과한다는 점에서 분명 한계가 있다. 이러한 맥락에서 펠라에스는 파드(Grant Farred)의 연구에서 드러나는 경제중심적 시각이 신자유주의가 야기하는 부정적 영향을 시급히 해결해야 할 문제로 간주하는 반면, 가부장제 하에서 벌어지는 폭력을 사적이고 부차적인 문제로 치부함으로써 폭력의 위계를 답습한다고 비판한다. 파드가 산타테레사의 범죄를 '여성 살해'가 아닌 넓은 의미의 '학살(genocide)'로 간주한다는 사실은 계층 간의 격차를 젠더 문제보다 우위에 두는 그의 시각을 대변한다(Peláez 2014, 36-37).[9]

> 학살은 개념적으로나 철학적으로 볼라뇨를 아도르노와 묶어주는 용어일 뿐 아니라 산타테레사의 살인을 세계화된 남반구에서 살아가는 (마킬라도라 공장 지대, 파벨라, 판자촌 등 다양한 이름으로 불리는 곳

8) 그 밖의 구체적인 사례로는 박정원(2012), Dove(2014), McCann(2010), Raghinaru(2016) 등의 논의를 참조하라.

9) 파드와 비슷한 시각에서 작품을 해석하는 맥칸(Andrew McCann)의 경우 파드와 달리 여성 살해라는 용어를 사용하고 있지만 이를 경제적 원인에서 비롯된 여성 노동자들에 대한 폭력으로 환원한다는 점에서 마찬가지로 한계를 보인다(2010, 75).

> 에서 두려움에 떨며 살아가는) 수많은 사람들을 상대로 자행되는 폭력에 연결시키는 핵심적인 용어이기도 하다. 결국 세계화된 남반구의 '처분 가능한 사람들'이란 살인, 죽음, 그리고 극단적인 순간에는 학살의 조짐, 혹은 위협 아래서 살아가는 이들, 각자의 산타테레사에서 불안정하게 살아가는 이들이 아니겠는가?(Farred 2010, 705)

파드의 해석은 여성 살해의 희생자들을 자본주의 시스템에서 배제되어 생존을 위협받는 수많은 사람들과 연결시키지만 이는 텍스트가 제시하는 사건의 목록이 계층의 문제로 환원되지 않는 이질적인 사례들을 포함하고 있다는 사실과는 상충한다. 이는 마킬라도라 공장에서 일하는 노동자들이 희생자의 다수를 차지하지만 결코 전부는 아니라는 사실에서 단적으로 드러난다. 작중에서 언급되는 희생자들의 목록에는 가난에 시달리는 노동자들뿐만 아니라 학교에 다니는 어린 학생, 국회의원을 비롯한 상류층의 자녀, 미국에서 온 관광객 등 특정 계층으로 환원할 수 없는 다양한 인물들이 포함되어 있다.

이와 관련해서 또 하나 주목해야 할 점은 4부의 서술이 연인이나 남편에 의한 살인을 범인이 밝혀지지 않은 다른 사건들과 동일한 어조로 묘사하며, 그와 같은 사례들을 마치 연쇄살인의 일부처럼 다룬다는 사실이다. 이러한 사건들에서 남성 인물들은 여성에 대한 질투와 의심, 혹은 순간적인 분노와 모멸감 등으로 인해 살인을 저질렀다고 말한다. 그러나 작품은 그들의 범행이 단순히 충동에서 비롯된 일탈이 아니라 여성을 남성의 소유물로 간주하는 시각과 일상화된 여성 폭력의 연장선 위에 있는 것으로 묘사한다.[10] 일반적으로 범인이 밝혀지지 않은 연쇄살인과 평범한 남성이 아내나 연인을 대상으로 저지른 폭력이 갖는 무게감은 전혀 다르다. 전자는 사회를 뒤흔드는 예외적인 사건으로 취급되는 반면, 후자는 대부분 일상의 맥락을 크게 벗어나지 않는 일로 간주되어 별다른 주목을 받지 못한다. 이 같은 차이에도 불구하고, 볼라뇨가 이들을 하나의 사건처럼 다루는 것은 사건을 문학적으로 재구성하는 과정에서 덧붙여진 그의 해석과 문제의식을 반영한다.

결국 4부에서 언급되는 모든 사건을 한데 묶는 유일한 공통점은 희생자들이 처한 경제적 조건이 아니라 희생자들은 여성이며 가해자들은 남성이라는 사실, 그리고 모든 살인에 강간이나 고문처럼 여성을 성적 대상으로 격하시키는 행위나 여성을 소유물로 간주하는 시각이 수반된다는 사실이다. 이는 볼라뇨가 여성혐오의 극단적 표현으로서 여성 살해를 다루고 있다는 사실을 명확하게 보여준다. 파드가 제시하는 경제 중심적 해석에서는 그러한 공통점이 간과되며, 그가 말하는 "학살"은 여성 노동자들에 대한 폭력을 포괄하지만 희생자들이 겪어야 했던 성적인 학대와 모욕에 대해서는 적절한 설명을 제시하지 못한다는 점에서 다시 한 번 그 한계를 지적할 수 있다.[11)]

---

10) "죽은 여자의 이름은 에리카 멘도사였다. 두 아이의 엄마였고, 스물한 살이었다. 남편 아르투로 올리바레스는 질투심이 강한 남자였고, 항상 그녀를 학대하곤 했다. 그녀를 죽이기로 마음먹은 날 밤 올리바레스는 술에 취한 채 사촌과 함께 있었다. 그들은 텔레비전으로 축구 경기를 보면서 스포츠와 여자들에 관해 말했다. 에리카 멘도사는 저녁을 준비하고 있었기에 텔레비전을 보지 않았다. 아이들은 자고 있었다. 갑자기 올리바레스가 자리에서 일어나 칼을 잡고서 자기 사촌에게 함께 가자고 말했다. [···] 그들은 사막 쪽으로 갔고, 거기서 그녀를 강간하기 시작했다. [···] 강간이 끝난 후 올리바레스는 칼로 그녀를 마구 찌르기 시작했다. 그런 다음 두 사람은 손으로 아무리 봐도 충분하지 않은 크기의 구멍을 파낸 뒤, 희생자의 시체를 버렸다. 집으로 돌아오는 길에 세고비아는 올리바레스가 자신이나 아이들에게도 똑같은 짓을 저지를까 두려웠지만 그는 이제 중압감에서 해방되어 적어도 상황이 허락하는 만큼은 마음이 편해진 것 같아 보였다."(639-640)

11) 프레고소(Rosa-Linda Fregoso)와 베하라노(Cynthia Bejarano)는 여성 살해가 일반적

나아가 4부는 남성중심적이고 가부장적인 사회가 여성 살해를 대하는 모순적인 태도를 상세히 묘사함으로써 사건의 여성혐오적 맥락을 보충한다. 이는 무엇보다 희생자들의 도덕성이나 부주의를 지적하여 사건의 책임을 희생자에게 전가하려는 태도에서 명백히 드러난다. 4부에서 묘사되는 경찰의 수사 방식은 남성중심적인 잣대에 따라 존중 받아야 할 여성과 그렇지 않은 여성을 차별하는 시각에 기반을 둔다. 가령 희생자의 소지품에서 하이힐과 끈 팬티가 발견되거나 손톱에 빨간 매니큐어가 칠해진 경우 경찰은 희생자가 창녀였을 것이라 추정하고는 수사를 대강 마무리한다. 이처럼 희생자들의 도덕성을 자의적으로 재단하고, 그것이 사건의 원인을 제공한다고 보는 시각은 여론에 의해 재생산되어 희생자들 전반의 이미지를 형성한다. 사건에 진지한 관심을 갖는 인물로 그려지는 세르히오 곤살레스는 4부의 한 장면에서 자신 역시 은연중에 희생자들에 대한 왜곡된 이미지를 받아들이고 있었다는 사실을 깨닫는다.

그는 화가 나서 산타테레사에서는 창녀들이 살해당하고 있다고, 적어도 같은 직업을 가졌다면 어느 정도 유대감을 보여주어야 하지 않느

의미의 살인이나 학살과 구분되어야 하는 이유를 다음과 같이 설명한다. "여성 살해를 성을 기준으로 분류되는 살인(homicide)의 한 형태로 취급하는 것은 현실을 호도하는 일이다. 그러한 시각은 페미니스트 이론가들이 오랫동안 주장해 온 사실, 즉 권력의 격차가 여성을 폭력에 더 취약하게 만든다는 사실을 은폐하기 때문이다. 라가르데(Lagarde)가 설명하듯, '일반적인 폭력은 남성을 상대로 한 범죄 대부분의 주요 구성 요소이다. 그러나 여성의 경우 그들의 경험에서 중심이 되는 것은 남성의 폭력에 대한 복종이다'. 달리 말하자면, 여성이 살해되는 대부분의 경우와 달리 남성은 그들이 남성이라는 이유만으로, 혹은 종속된 성과 관련한 취약성 때문에 죽임을 당하지 않는다. 또한 남성은 살인에 선행되는 강간이나 성고문 같은 성적인 비하와 폭력을 겪지도 않는다."(Fregoso & Bejarano 2010, 7)

> 냐고 말했다. 그러자 그녀는 그렇지 않다고, 그가 들려준 이야기대로라면 죽어 가는 여자들은 창녀가 아니라 공장 노동자들이라고 대답했다. 노동자들, 노동자들이라고요. 그녀는 말했다. 그러자 세르히오는 미안하다고 사과했고, 마치 한 줄기 빛이 내비친 것처럼 그때까지 그가 간과했던 상황의 또 다른 면을 보게 되었다.(583)[12)]

사건의 책임을 피해자인 여성에게 전가하는 시각은 여성 살해의 희생자들을 사회가 정한 규범이나 도덕을 위반한 이들로 간주함으로써 희생자들에게 또 다른 폭력을 가한다. 여성들에게 이는 범죄의 희생자가 되지 않으려면 가부장적 도덕규범을 어기지 말고, 사회가 허락하는 영역에만 머물러 있으라는 위협이나 다름없다. 여기에는 여성들을 남성의 규제가 필요한 존재로 격하시키고, 그들의 자유와 활동 영역을 제한하는 가부장제의 논리가 반영되어 있다(Barberán Reinares 2010, 60). 치안이 불안정한 지역에서 여자가 밤에 거리를 걷는 것은 위험하고 무모한 행동이라는 케슬러의 말은 이 같은 논리를 달리 표현한 것에 불과하다. 희생당한 여성이 범죄에 노출되기 쉬운 상황에 처해 있었다면 그 또한 허락된 영역을 벗어난 여성의 잘못이 되고 마는 것이다.

이와 더불어 여성 살해의 맥락을 은폐하는 또 하나의 논리는 사건의 원인을 특정한 개인의 문제로 돌리려는 시도에서 찾아볼 수 있다. 산타

12) 그러나 이 대목에서 묘사되는 세르히오의 깨달음에도 비판의 여지는 남아 있다. 작중에서 묘사되듯 많은 여성 노동자들이 생계를 유지하기 위해 공장에서 일을 하는 동시에 매춘에도 뛰어들어야 했다는 사실을 고려한다면 창녀와 공장 노동자들을 구분하는 것 자체가 현실에 맞지 않는 일임을 알 수 있다. 나아가 이러한 구분은 창녀들이 살해된 것과 노동자들이 살해된 것을 다르게 취급하는 시각을 은연중에 내비침으로써 여성을 범주화하고 위계를 부여하는 가부장제의 지배 전략을 답습한다.

테레사의 시장은 클라우스 하스와 어느 갱단의 조직원들이 체포되어 사건의 주범으로 기소된 후 사이코패스들이 저지르는 범죄는 완전히 해결되었다고 선언하는 한편, 이후에 벌어지는 사건은 일상적이고 평범한 범죄에 지나지 않을 것이라 말한다. 이 같은 이분법 하에서는 사건에 어떤 꼬리표를 붙이든 여성에 대한 폭력은 탈맥락화되고, 서로 무관한 개별 사건들로 파편화된다. 가령 사건을 정신적으로 문제가 있는 남성의 돌발적인 행동으로 간주하는 경우 살해당한 여성은 그저 운 나쁘게 사건에 휘말린 것으로 여겨진다.[13] 그리고 이처럼 예외적인 경우를 제외한 다른 사건들은 부부나 연인관계에서 벌어지는 폭력처럼 사적인 갈등에서 비롯한 문제로 축소된다.

폭력에 위계를 부여하는 시각은 여기서도 명확히 드러나고 있으며, 이는 남성의 성욕을 자연스러운 것으로 간주하고, 여성을 욕망의 수동적 대상으로 격하하는 가부장제의 논리와 결합하여 여성에 대한 성적 폭력이 폭력으로 인식조차 되지 않는 상황을 만들어 낸다. 산타테레사의 경찰들은 연인에 의해 강간당하고 살해당한 여성의 사건을 조사하면서 어떻게 연인관계에서 강간이 성립하는지 모르겠다며 농담을 던지는가 하면, 유치장에 수감된 매춘 여성들을 강간하기도 한다.[14] 그들은 아내나 연인, 또는 매춘 여성을 성적 욕구를 해소할 수 있는 대상으로

13) 2016년 5월 17일에 발생한 '강남역 살인사건'은 이 같은 사고방식을 보여주는 가까운 사례이다. 한 여성이 생면부지의 남성에 의해 특별한 이유 없이 살해당했고, 가해자가 평소 여자들이 자신을 무시한 것이 범행의 동기라고 밝혔음에도 불구하고 경찰은 그가 조현병을 앓고 있었다는 사실을 강조하며 사건을 여성혐오에서 비롯된 살인으로 인정하지 않았다.

14) "그들 중 하나가 야노스가 남편인데 어떻게 강간이 가능하지? 하고 물었다. 나머지는 웃었지만 랄로 쿠라는 그 질문을 진지하게 받아들였다. 그녀가 하고 싶지 않은 일을 강요했으니까 강간인 거지. 안 그랬다면 강간이 아니었겠지."(548-549)

간주하기에 자신들의 행위를 폭력으로 인식하지 않는 것이다. 그리고 이 같은 여성혐오적 시각은 사실상 모든 여성을 대상으로 하는 것이며, 산타테레사에 성범죄가 만연한 이유를 설명해준다. 산타테레사에서 성범죄를 담당하는 정부 부서의 책임자이자 그 기관의 유일한 직원인 욜란다 팔라시오(Yolanda Palacio)는 그곳에서 성범죄가 얼마나 자주 발생하며, 또 그에 비해 사람들은 얼마나 현실에 무관심한지에 대해 이야기한다.

> 이 도시에서 얼마나 많은 여자가 성범죄의 희생자가 되는지 알아요? 매년 2천 명 이상이에요. 게다가 거의 절반이 미성년자예요. 그리고 대략 그 정도 숫자의 피해자가 강간당했다는 사실을 신고하지 않으니 해마다 4천여 건의 강간이 일어나는 셈이지요. 그러니까 여기서는 하루에 열 명 이상의 여자들이 강간을 당하는 거예요. 그녀는 마치 복도에서 강간이 벌어지고 있다는 듯한 몸짓을 했다. […] 물론 강간 사건의 일부는 살인으로 끝이 나지요. 그렇다고 해서 문제를 과장할 생각은 없어요. 대부분의 강간범들은 강간에 만족하고 거기서 끝을 내니까요. […] 하지만 사실대로 말하자면, 이곳에서 사람들은 아무것도, 정말 아무것도 기억하지 못하고, 뭔가 해보려는 용기도 없어요.(704)

이렇듯 의도적인 은폐와 왜곡, 그리고 무관심 속에서 여성 살해의 수많은 사례들은 개별적인 사건으로 파편화되고 망각된다.[15] 4부의 서술

15) 4부의 초반부에 등장하는 참회자(el Penitente)의 일화는 여성 살해에 대한 사회 전반의 무관심을 보여주는 사례이다. 산타테레사의 언론과 대중은 몇 달에 걸쳐 벌어진 여성 살해보다 교회에서 신성 모독적인 행위와 살인이 벌어졌다는 사실에 훨씬 더 큰 관심을 보인다. 마찬가지로 경찰은 그 사건을 해결하기 위해 총력을 기울이는 반면, 그 와중에 계속되고 있는 여성 살해에는 별다른 신경을 쓰지 않는다.

자는 수사가 아무런 성과 없이 종결되거나 중단되고, 사건이 일어난 적 조차 없었던 것처럼 사람들의 기억에서 사라지는 과정을 "후렴"(Fourez 2006, 37)처럼 반복해서 덧붙인다. 이처럼 4부는 여성에 대한 폭력을 묵인하고 정당화하는 가부장제의 논리가 여성 살해의 배경이 되고 있음을 보여줌으로써 사건의 이면에 감춰진 일상적 · 정상적 맥락을 드러낸다.

3. 사건을 재현하는 법의학적 언어의 의미와 한계

앞의 장에서는 작중에서 묘사되는 여성 살해의 내용적 측면을 다루었다면 본 절에서는 사건을 재현하는 언어의 문제에 주목하고자 한다. 여성 살해에 초점을 맞추는 4부는 다른 부와 확연히 구별되는 방식으로 서술된다. 1, 2, 3, 5부는 조금씩 어조는 다르지만 특정 인물의 이야기를 다룬다는 공통점을 가지며, 서술자의 시선은 중심인물들의 행위와 내면을 향해 있다. 이에 반해 4부의 서술자는 특정한 인물이 아니라 살해된 희생자들에게 관심을 집중하며, 이야기는 백 건이 넘는 여성 살해의 사례들과 그에 관련된 여러 인물들의 시선에 의해 파편화되어 있다. "죽은 소녀는 라스 플로레스의 작은 빈터에서 발견되었다. 그녀는 하얀 긴 소매 티셔츠와 무릎까지 내려오며 사이즈가 커 보이는 노란 치마를 입고 있었다."(443)라는 문장으로 시작하는 4부의 첫 장면은 서술의 초점이 어디에 맞춰져 있는지를 함축적으로 보여준다. 서술자의 시선은 겉으로 드러나는 사건의 외적 요소에 집중하며, 시신이 발견된 날짜, 희생자의 이름, 나이, 인상착의, 사인(死因) 등을 차례로 나열하고 이후의 수사 과정을 묘사하는 서술 구조는 4부가 끝날 때까지 반복된다.

곤살레스 로드리게스는 볼라뇨가 시우다드후아레스의 여성 살해를 조사하는 과정에서 자신에게 요청했던 자료들 가운데는 희생자들에게 남아 있던 상흔에 관한 법의학 보고서를 비롯한 전문적인 문서들이 포함되어 있었다고 말한다(라고, 54). 의학의 한 특수 분야인 법의학은 법률상의 문제, 특히 범죄와 관련된 의학적 사항을 다룬다. 따라서 법의학의 언어는 범죄의 피해자에게 가해진 행위를 체계적이고 객관적인 언어로 재구성함으로써 살인과 같은 극단적 폭력을 가시화하고, 이해 가능한 텍스트로서 재현하는 것을 목표로 한다. 볼라뇨는 법의학이라는 학문의 특성과 그 언어를 활용함으로써 4부의 서술에 희생자들에게 가해진 폭력을 있는 그대로 재현하는 듯한 사실감을 부여한다.

그러나 볼라뇨는 폭력을 가시화하기 위한 수단으로서 법의학의 언어를 빌려 오면서도 그것을 문학적으로 전용하는 과정에서 의도적으로 그 한계를 드러내는 전략을 취한다. 법의학 보고서는 법률적 판단에 활용되는 공식적이고 의학적인 기록이므로 그 언어는 일정한 객관성과 과학성을 담보한다. 이는 4부의 서술자가 희생자들의 신체 부위와 그에 가해진 다양한 폭력의 흔적들을 묘사하는 장면에서 명확히 드러난다.[16)] 하지만 4부에서 그려지는 여성 살해는 법의학과 경찰 수사로는 포착되지 않는 측면을 포괄하며, 이는 법의학의 객관적인 언어와 모순되는 불확실하고 가정적인 서술을 통해 표현된다. 가령 4부는 첫 장면에서부터

16) "11월 중순에 열세 살 난 안드레아 파체코 마르티네스가 16호 중등 기술 학교에서 나오던 도중 납치되었다. [...] 이틀 후 그녀의 시신이 발견되었고, 거기에는 설골 골절과 더불어 교살로 인해 사망했음을 알려주는 명백한 흔적들이 남아 있었다. 그녀는 항문과 음부로 강간을 당했다. 양쪽 손목의 부기는 결박의 흔적을 보여주었다. 또한 양쪽 발목에 난 열상으로 인해 발도 묶여 있었던 것으로 추정되었다."(490-491)

법의학의 언어로도 사건을 온전히 재현할 수 없는 이유를 제시한다.

> 이 사건은 1993년에 일어났다. 그 해 1월의 일이다. 그 소녀가 발견된 이후부터 여성이 살해되는 사건들의 숫자가 헤아려지기 시작했다. 그러나 그 이전에도 살해된 여성들이 있었을지 모른다. 첫 번째 희생자의 이름은 에스페란사 고메스 살다냐였고 열세 살이었다. 하지만 그 소녀가 최초의 희생자가 아니었을지도 모른다. 아마도 편의상 그녀가 1993년에 살해된 첫 번째 여성이었기에 목록의 맨 앞줄을 차지했을 것이다. 1992년에 살해된 다른 여자들이 있을 게 분명한데도 말이다. 목록에 포함되지 않았거나 시체가 결코 발견되지 않은 다른 희생자들은 사막의 공동묘지에 매장되었거나 유해가 되어 뿌리는 사람조차 어딘지 알지 못하는 어떤 곳에서 한밤중에 뿌려졌을 것이다.(444)

이처럼 서술자는 첫 여성 살해 사건을 이야기하면서도 그것이 처음 일어난 일이 아니며 공식적인 기록에서 배제된 희생자들이 얼마나 있을지는 알 수 없다고 언급함으로써 자신이 제시하는 사건의 목록이 불완전한 것일 수밖에 없다는 사실을 털어놓는다.[17] 또한 서술자는 추측과 확신을 나타내는 표현들이 뒤섞인 모호한 문장을 통해 자신의 무지와 무기력함을 드러내어 이후의 서술이 갖는 객관성을 약화시킨다.

법의학의 언어가 갖는 결정적인 한계는 그것이 희생자들에게 또 다른 방식으로 폭력을 가한다는 데 있다. 4부에 등장하는 모든 사건은 사

17) 또한 4부가 1997년까지의 사건을 다루는 데 반해 그 이후의 시기를 배경으로 하는 1부나 3부에서는 희생자들의 숫자가 2백 명에서 3백 명까지 늘어나 있으며, 정확한 숫자 또한 제시되지 않는다. 이 또한 희생자들의 목록이 불완전할 수밖에 없는 이유를 뒷받침한다.

후(事後)의 시점에서 서술되고 있으며, 이는 법의학이라는 학문이 전제하는 시점과 일치한다. 그 결과 희생자의 신체와 그에 가해진 물리적 폭력 사이의 인과관계에 초점을 맞추는 서술 속에서 희생자들은 오직 생명이 결여된 육체로서 그려진다.

> 에스페란사 고메스 살다냐의 신원은 비교적 쉽게 확인됐다. 시신은 우선 산타테레사의 세 경찰서 중 한 곳으로 옮겨졌고, 판사와 다른 경찰들이 시신을 살펴보고 사진을 찍었다. […] 이후 시신은 시립 병원의 시체 보관소로 이송되었고, 그곳에서 검시관이 부검을 실시했다. 부검에 따르면, 에스페란사 고메스 살다냐는 교살당했다. […] 검시관은 새벽 2시에 부검을 마치고 그곳을 떠났다. 베라크루스에서 오래전에 이주해 온 흑인 간호사가 시신을 냉동고에 넣었다.(444)

이처럼 희생자들이 그들의 삶과 관련한 모든 맥락에서 분리되어 더 이상 인간이라 보기 힘든 훼손된 신체로 다뤄진다는 것은 그 자체로 희생자들에게 가하는 폭력이 될 수 있다. 이와 관련하여 또 하나 고려해야 할 문제는 희생자들이 모두 여성이라는 사건의 특수한 맥락이다. 여성 살해의 희생자들 대다수는 그들이 여성이라는 이유로 가해지는 성적 폭력을 겪어야 했다. 이에 따라 4부의 서술자는 법의학의 언어를 통해 사건을 재현하는 과정에서 희생자들의 신체 부위가 어떻게 성적으로 유린되었는지를 상세히 묘사한다. 하지만 이러한 서술은 희생자들을 "이성애적인 규범에 따른 여성적인 몸"(Peláez 2014, 38)으로 가시화함으로써 여성을 성적인 대상이자 육체적 존재로 간주하는 여성혐오적 시선을 답습한다. 또한 4부의 서술은 성적 폭력의 재현이라는 점에서 포르노그래피의 구조와도 무관하지 않은데, 이는 희생자들에게 가해진 폭력이 3부에서 묘사되는 포르노 영화의 성교 장면과 형태적으로 유사하다는 사실에 의해 뒷받침된다(Lainck 2014, 122).

그러나 한편으로 이 같은 서술은 텍스트가 재현을 통해 폭력을 재생산함으로써 만들어지는 공모 관계를 드러내려는 의도를 반영한 것이기도 하다. 나아가 이는 텍스트 바깥에 위치한다고 여겨지던 독자 역시 재현된 폭력을 감상하는 과정에서 그러한 공모에 가담한다는 사실을 드러낸다. 4부의 서술에서 드러나는 한계는 폭력으로부터 안전한 외부가 존재한다는 환상을 무너뜨리려는 전략으로도 해석될 수 있는 것이다(Peláez 2014, 34). 폭력을 재현하고 감상하는 행위를 통해 만들어지는 텍스트와 독자의 공모 관계는 남성 인물들이 성적 폭력을 보며 느끼는 관음증적 욕망에 의해 강조된다. 가령 여성 살해를 수사하던 한 경찰은 어느 희생자의 모습에서 성적인 매혹을 느낀다.

> 그날의 두 번째 희생자이자 3월의 마지막 희생자는 레메디오스 마요르 지역과 불법 쓰레기장인 엘칠레의 서쪽이자 세풀베다 장군 공업단지 남쪽에 위치한 어느 공터에서 발견되었다. 사건을 담당한 호세 마르케스 형사에 따르면, 희생자는 매우 매력적인 여자였다. 다리는 길었고, 몸매는 마르지 않지만 날씬했으며, 가슴은 풍만했고, 머리카락은 어깨 아래까지 내려왔다.(631)

이와 관련한 또 다른 예로는 5부에서 아르킴볼디가 동료 병사와 함께 폰 춤페 여남작과 엔트레스쿠 장군의 섹스를 훔쳐보는 장면을 들 수 있다. 엔트레스쿠의 비정상적으로 거대한 성기와 피로 범벅된 폭력적인 섹스, 그리고 그것을 훔쳐보면서 자위를 하는 인물들의 모습은 그 자체로 그로테스크함(lo grotesco)을 자아낸다(Ríos Baeza 2010, 430). 이렇듯 성애와 결합된 폭력을 지켜보는 남성 인물들은 자신의 관음증적 욕망을 충족시키는 동시에 폭력에 연루된다는 점에서 텍스트와 독자 사이의 공모와 유비를 이룬다.

그러나 이러한 해석을 바탕으로 텍스트와 독자의 공모를 일반화하는 것은 양자의 관계를 지나치게 단순화할 위험이 있다. 여성 살해가 여성 인물들과 남성 인물들에게 불러일으키는 상반되는 반응은 그 같은 일반화가 내포하는 한계를 설명한다. 3부의 한 장면에서 사건을 취재하기 위해 산타테레사로 온 과달루페 론칼은 페이트를 만나 자신을 사로잡는 공포를 털어놓는다. 그녀는 사건을 취재하던 중 납치되어 고문당하고 살해당한 여기자들을 언급하면서 자신도 언제 같은 일을 당할지 모른다는 불안감에 시달리고 있으며, 감옥에 갇힌 용의자를 면회하는 것조차 두렵다고 말한다. 그러나 이야기를 듣는 페이트는 그녀의 이야기에 공감하지 못하며, 어째서 그녀가 감옥 안에 있는 사람을 무서워하는지도 전혀 이해하지 못한다. 이처럼 여성 살해를 둘러싸고 등장 인물들이 보이는 반응의 차이는 작품을 읽는 독자들이 느끼는 감정을 유추해 볼 근거가 된다. 즉 작중에서 묘사되는 여성 살해가 이성애자 남성 독자에게는 성적 매혹과 결합된 "성애화된 공포(un horror erotizado)"(Ríos Baeza 2010, 333)를 불러일으킨다면, 여성 인물들과 희생자들의 상황에 더욱 공감하기 쉬운 여성 독자에게는 매혹보다는 불안과 두려움을 불러일으키리라 가정할 수 있다.[18]

18) 여성 살해에 대한 묘사가 여성 독자에게 불러일으키는 공포나 불편함에 대해서는 드

나아가 여성 살해가 여성 독자들에게 야기할 수 있는 불안은 범죄에 대한 두려움을 이용해 여성의 삶을 제약하고, 남성에 의존하도록 만드는 가부장적 규범을 재생산할 위험을 내포한다. 이 같은 가능성은 작품 안에서도 예시되고 있는데, 앞에서 언급한 장면에서 과달루페 론칼은 남성에게 의지하는 것이 내키지 않지만 두려움 때문에 어쩔 수 없이 페이트에게 용의자를 면회하러 함께 가자고 부탁하는 것이라 말한다. 또한 3부의 후반부에서 범죄에 희생당할 위험에 빠진 로사는 남성인 페이트의 손에 의해 구출된다. 범죄의 위험 속에서 남성의 보호에 의지할 수밖에 없는 여성에 대한 이 같은 묘사는 가부장제 하에서 여성이 처해 있는 의존적 상황을 되풀이하는 것이다. 결국 4부의 서술은 폭력을 재현하는 텍스트와 그것을 감상하는 독자 간의 공모 관계를 폭로함으로써 폭력의 외부를 해체하려는 의도를 반영하지만 그것이 작품이 은연중에 재생산하는 공포와 불안에 대한 면죄부가 될 수는 없다는 점에서 그 의의와 한계를 동시에 지적할 수 있다.

라이버(Alice Driver)의 언급을 참고할 수 있다. "곤살레스 로드리게스에 따르면, 『2666』은 선정적인 작품이 아니며 죽은 이들의 숫자를 세는 차원을 훨씬 넘어선 작품이다. […] 이에 대해서는 논의하기가 쉽지 않은데, 왜냐하면 나는 이 작품이 선정적인 동시에 그렇지 않기도 하다고 보기 때문이다. 한편으로 볼라뇨는 시우다드후아레스에서 벌어진 실제의 폭력을 모방하기 위해 가능한 한 선정적으로 작품을 쓰려고 의식적으로 노력하고 있다. 그러나 다른 한편으로는 작품이 성폭력에 지나치게 집착한다는 점이 나를 불편하게 한다. 모나레스 프라고소, 베하라노와 가진 인터뷰에서 그들은 이 소설에서 내가 느낀 불편함에 동의를 표했다. 사실 그들은 작품에서 묘사되는 끝없는 폭력 때문에 소설을 끝까지 읽지도 못했다고 말했다."(Driver 2015, 171)

4. 여성혐오와 남성중심적 주체성

앞서 살펴보았듯 『2666』에서 그려지는 산타테레사의 여성 살해는 20세기 후반의 멕시코 국경 도시라는 시공간적 맥락과 따로 떼어놓고 생각하기 어렵다. 그러나 한편으로 문제의 원인을 멕시코 사회의 혼란이나 특수한 상황 탓으로만 돌릴 경우 사건은 제3세계의 한 지역에서 벌어진 이례적인 일로 치부될 수 있으며, 이 경우 가부장제와 여성혐오라는 사건의 또 다른 배경은 시야에서 사라질 위험이 있다. 가령 1부의 중심인물인 네 명의 비평가들 가운데서 남성인 에스피노사(Manuel Espinoza), 펠티에(Jean-Claude Pelletier), 모리니(Piero Morini)는 살해된 여성들의 이야기를 듣고 놀라지만 사건을 그다지 심각하게 여기지 않는다. 유럽 선진국 출신의 남성이자 지식인인 그들에게 멕시코의 한 도시에서 벌어지는 여성 살해는 자신들과 무관한 이야깃거리에 지나지 않는 것이다. 하지만 볼라뇨는 가부장제의 모순과 남성 인물들이 보여주는 여성혐오의 다양한 사례들을 작품 전반에 걸쳐 제시하는 한편 여성에 대한 폭력이 평범한 인물들의 일상에도 깊이 뿌리를 내리고 있다는 사실을 보여줌으로써 여성 살해의 맥락을 확장시킨다,

1부의 비평가들 중 유일한 여성인 노턴(Liz Norton)은 이와 관련하여 중요한 의미를 갖는 인물이다. 그녀는 자신의 동료들과 달리 여성 살해에 진지하고도 예민한 반응을 보이며, 사건이 누군가를 비하하고 놀리는 행위[19] 같은 일상적 폭력과도 무관하지 않다고 생각한다. 나아가 노

19) “이 나라는 정말 이상해요(노턴의 이야기는 여기서부터 옆길로 새고 있었다. 하지만 에스피노사에게 보낸 편지에서만 그랬는데, 마치 펠티에는 그 이야기를 이해하지 못할 것이라 생각했거나 두 사람이 각자의 편지를 대조할 것을 미리 알았던 것 같았다).

턴은 여성 살해를 보며 조국인 영국에서 벌어지는 일을 떠올림으로써 겉으로는 무관해 보이는 사건들을 여성 폭력이라는 맥락 아래서 연결시킨다.

> 잡지 이름은 기억나지 않는데 예전에 거기서 읽은 어느 기사에 따르면 영국에서 여자 노숙자들은 종종 학대를 감수해야 해요. 여자 노숙자들은 집단 강간을 당하거나 구타를 당하기도 하고, 그런 여자들이 병원 문 앞에서 죽은 채 발견되는 건 드문 일이 아니에요. 내가 열여덟 살 때 생각했던 것과는 달리 그런 짓을 하는 사람은 경찰이나 신나치주의자 깡패들이 아니라 남자 노숙자들이에요. 그 사실이 그러지 않아도 좋지 않은 상황을 더 씁쓸하게 만들어요.(192)

또한 여기서 여성 노숙자들이 남성 노숙자들에 의해 학대를 당한다는 사실이 강조된다는 것은 그녀가 두 사건을 경제적 문제보다는 남녀간의 위계에 기인한 것으로 이해하고 있음을 보여준다. 노턴이 여성에 대한 폭력을 예리하게 인식하는 이유는 그녀 자신이 남성의 폭력과 혐오의 대상이 되고 있다는 사실과도 깊은 관련이 있다. 노턴이 고백한 바에 따르면, 그녀의 전남편은 매우 폭력적이고 불안정한 성격의 소유자였으며, 그녀는 이혼한 뒤에도 그에 대한 두려움을 완전히 떨쳐내지 못하고 있다. 하지만 노턴의 마음을 얻는 데에만 관심이 있는 펠티에와 에스피노사는 그녀가 결혼을 한 적이 있다는 사실에 충격을 받을 뿐,

---

문화계의 거물 중 한 사람이며, 고상하다고 여겨질 법한 사람, 그리고 정권에서도 고위직에 오른 작가가 너무도 자연스럽게 돼지라는 별명으로 불리고 있어요. 그러면서 노턴은 그 별명, 그 별명의 잔인함 혹은 그런 별명을 감수하는 일을 오래전부터 산타 테레사에서 벌어지고 있는 범죄 행위들과 연결시켰다."(187)

그녀의 끔찍했던 결혼생활이나 전남편의 존재가 불러일으키는 두려움에는 관심을 기울이지 않는다. 심지어 펠티에는 노턴이 무식하고 상스러운 남자와 결혼했다는 사실을 후회해서 그의 폭력성을 과장한다고 생각한다.[20]

한편 노턴과의 삼각관계가 계속되면서 초조함을 느끼던 펠티에와 에스피노사는 프리처드(Pritchard)라는 노턴의 또 다른 애인이 나타나자 충격과 질투에 휩싸인다. 그런데 우연히 펠티에와 마주친 프리처드는 그에게 메두사를 조심하라고 충고하면서 노턴을 차지하게 되면 그녀는 당신을 이용할 것이라는 말을 남겨 두 사람을 혼란에 빠뜨린다. 노턴에게 덧씌워지는 메두사의 이미지는 그녀를 둘러싼 남성 인물들의 여성혐오를 대변한다. 그리스 신화에서 메두사는 본래 미모가 빼어난 여인이었으나 아테나 신전에서 포세이돈에게 겁탈당한 뒤 아테나의 저주를 받아 뱀 머리카락을 가진 흉측한 괴물로 변했으며, 이후 페르세우스에게 목이 잘린다(Kristeva 2012, 28). 크리스테바(Julia Kristeva)에게 이 같은 신화에서 유래한 메두사의 이미지는 여성에 대한 남성의 혐오와 공포를 반영하는 상징이다. 정신분석학적 관점에서 보자면, 구불구불한 뱀 머리카락으로 둘러싸인 메두사의 끈적끈적한 머리와 벌어진 입은 여성의 성기를 연상시키는데 어둡고 깊숙한 구멍과도 같은 여성의 성기는 남자아

20) "노턴은 때론 저속한 표현까지 써가며 전남편을 온갖 악덕과 결점을 지닌 괴물로 묘사했고, 그를 잠재적인 위험으로 여겼다. 노턴은 자신의 이야기를 통해 에스피노사나 펠티에가 한 번도 보지 못한 그 남자에게 형체를 부여했지만 그 난폭한 괴물은 한 번도 모습을 보이지 않았으며, 행동이 아닌 말로써만 드러나는 존재였다. 그리하여 노턴의 전남편은 두 사람에게 꿈 속에서만 존재하는 것 같은 인물이 되었고, 에스피노사보다 예리한 펠티에는 노턴의 무의식적인 장광설과 끝없는 비난이 아마도 그런 얼간이에게 사랑에 빠져 결혼까지 했다는 사실이 너무도 창피한 나머지 그녀 스스로에게 가하는 형벌이라고 생각하기도 했다. 물론 펠티에는 헛다리를 짚고 있었다."(60-61)

이에게 그 속에서 남근을 상실할지도 모른다는 거세 공포를 불러일으킨다. 이에 따라 크리스테바는 메두사의 형상을 남성의 거세 공포와 연결지으면서 이를 남근으로 대변되는 남성 주체의 권력을 위협하는 상징으로 해석한다(29-32).

노턴과 메두사의 상징 간의 연관성은 그녀가 남성 인물들과 맺고 있는 관계를 통해 드러난다. 노턴은 펠티에나 에스피노사와의 관계에서 어떤 선택도 하지 않고, 시종일관 모호하고 미적지근한 태도를 취한다. 반면 펠티에와 에스피노사는 경쟁 상대에 대한 질투와 분노에 휩싸여 있으면서도 겉으로는 학계의 동료이자 교양 있는 지식인으로 행동하며 노턴이 자신을 선택해주기를 기다릴 수밖에 없다. 따라서 두 사람이 불안을 느끼는 근본적인 원인은 자신이 선택 받지 못할 수도 있다는 가능성이 아니라 여성과의 관계에서 주도적인 권력을 상실한 상황에 있는 것이다.[21] 프리처드 역시 두 사람과 유사한 상황에 처해 있다는 사실을 고려한다면 그가 노턴을 메두사 같은 괴물이자 남성을 파멸시키는 여성으로 매도하는 것은 자신의 불안을 혐오로써 해소하려는 시도로 해석될 수 있다. 이는 노턴이 팜므파탈적인 여성상과는 거리가 멀다는 사실에 의해 입증된다. 노턴이 남성 인물들과의 관계에서 보여주는 모호한 태도는 그들을 이용하려는 의도가 아니라 그녀가 느끼는 권태나 관계에

21) 메두사의 형상으로 대변되는 그들의 불안이나 프리처드에게 느끼는 질투와 분노는 그들이 택시 기사를 폭행하면서 분출된 폭력과도 관련이 있는 것으로도 묘사된다. "그들은 택시 기사를 폭행하기에 이르도록 한 일련의 사건들을 점차 차분하게 되짚어보았다. 우선 프리처드는 의심의 여지가 없었다. 그리고 순진한 고르곤, 즉 불사의 존재인 두 자매와 달리 필멸하는 메두사가 있었다. 또한 은근한, 아니 그렇게 은근하지는 않은 협박도 있었다. 그리고 초조함이 있었다. 마지막으로 그 무식한 촌놈의 무례한 행동이 있었다."(105)

대한 체념에서 비롯한 것이다.[22] 그녀는 폭력적이고 소유욕이 강한 전 남편에 의해 고통을 겪은 이후 남성들과의 관계에 큰 의미를 부여하지 않고, 언제나 일정한 거리를 유지함으로써 감정적인 면에서나 육체적인 면에서 "남성중심의 재전유"(Ríos Baeza 2010, 348)에서 벗어난다. 이로 인해 그녀를 독점하려는 욕망을 가진 남성 인물들은 그녀와의 관계에서 불안을 느낄 수밖에 없는 것이다.

이렇듯 메두사의 상징과 관련한 노턴의 일화는 여성혐오가 남성중심적 주체성과 불가분의 관계를 맺고 있으며, 형이상학적이면서도 보편적인 의미를 갖는다는 사실을 보여준다. 기실 여성혐오는 "서구 전통 형이상학 전반을 지탱하는 사상적 토대"(윤지영 2016, 207)로서 작동해왔는데 그 기원은 초월적이고 불변하는 진리와 관련된 관념을 남성적인 것으로 규정하는 한편, 가변적이고 비본질적인 요소를 여성과 연결시키는 고대 그리스 철학의 전통에서부터 찾아볼 수 있다. 이와 관련하여 엘렌 식수(Hélène Cixous)는 남성중심주의와 이성중심주의의 연대에 기초한 이항대립적 철학 체계가 우리의 사고와 언어를 지배해왔으며,[23] 그 결과

22) "노턴이 처음으로 펠티에와 잠자리를 하기 전에 모리니는 이미 그런 가능성을 엿보았다. 펠티에가 노턴 앞에서 행동하는 모습 때문이 아니라 노턴의 초연함, 즉 모호한 초연함 때문이었다. 그것은 보들레르가 권태라고 부르고, 네르발이 우울이라고 부르던 것으로 그 영국 여자가 누구와도 육체관계를 시작할 수 있도록 만들기에 적합했다."(63) 모리니는 노턴이 보여주는 권태와 무심한 태도를 이해하고 있는 유일한 인물로 묘사된다. 결국 노턴이 펠티에나 에스피노사가 아닌 모리니를 택한다는 것은 그가 노턴의 감정을 이해하고 있으며, 배타적인 소유욕이나 질투와는 거리가 먼 인물이라는 사실과도 관련이 있다고 볼 수 있다.

23) 식수는 위계적 이항대립의 예로 해/달, 문화/자연, 낮/밤, 로고스/파토스, 능동성/수동성 등의 쌍을 제시한다. 여기서 여성은 언제나 오른쪽에 있는 항과 연결된 열등한 존재로 간주되어 왔다. 식수에 따르면, 그 가운데서도 능동성과 수동성이라는 대립은 남성의 특권을 유지하는 핵심 개념으로 활용되어 왔으며, 성적 차이의 문제는 전통적으로 이를 기준으로 규정되어 왔다(식수 2004, 49-51).

여성은 남성적 질서에 종속된 존재로 머물러 있을 수밖에 없었다고 주장한다(식수 2004, 53).

『2666』은 여성을 성적으로 도구화하는 시각, 남성의 우월성을 위협하는 여성에 대한 불안, 여성을 숭배의 대상과 멸시의 대상으로 위계화하는 논리 등으로 표현되는 여성혐오의 사례들을 제시하는 한편, 이를 통해 성립되는 남성의 주체성과 권력이 얼마나 위선적이고 취약한 것인지를 묘사한다. 가령 산타테레사 정신병원의 원장인 엘비라 캄포스(Elvira Campos)는 멕시코에 만연해 있는 마치스모를 단순히 남성성에 대한 숭배로 보는 것이 아니라 여성에 대한 공포와 관련된 병리적 현상으로 간주한다.

> 그리고 여성에게 두려움을 느끼는 여성 공포증이 있는데 당연히 이건 오직 남자들만 겪는 것이죠. 멕시코에서는 아주 광범위하게 나타나고, 다양한 방식으로 표출돼요. 조금 과장된 이야기가 아닐까요? 전혀 아니에요. 거의 모든 멕시코 남자가 여자를 두려워해요. […] 하지만 내 생각에 최악의 공포증은 모든 것에 두려움을 갖는 만물 공포증과 자신의 공포에 두려움을 갖는 공포 공포증이에요. […] 하지만 만약 당신이 자신의 공포를 두려워한다면 당신은 끊임없이 공포를 마주하면서 살아야 해요. 그리고 그 같은 두려움이 심화되면 공포가 자가 증식하는 체제가 만들어지고, 그것은 당신이 빠져나올 수 없는 올가미가 될 거예요.(478-479)

너스바움(Martha Nusssbaum)에 따르면, 타자에 대한 혐오라는 감정은 실제로 타자가 혐오스러운 존재이기 때문에 생기는 것이 아니다. 혐오는 인간의 원초적인 동물성이나 육체성, 그리고 유한성을 타자에게 투사함으로써 그를 배제하고 주변화하는 동시에 지배 집단의 권력을 공고히 하려는 의도에서 비롯한다. 이같이 특정 집단을 겨냥해 투영되는 혐오의 가장 대표적인 대상이 바로 여성이며, 이는 거의 대부분의 사회에서 나타나는 성교, 출산, 생리, 체액 등 여성의 육체와 관련된 것들에 대한 금기를 통해 드러난다(너스바움 2015, 207-210). 그리고 이처럼 여성을 비롯한 타자를 주변화함으로써 확대·재생산되는 혐오는 "우리를 실제 우리 자신의 모습에서 멀어지게 하는 기능을 한다"(377)는 점에서 근본적으로 자기기만적이다.

결국 여성혐오에 의해 지탱되는 남성우월주의, 혹은 마치스모는 캄포스가 설명하듯 주체의 취약성과 유한성에 대한 공포의 다른 이름에 지나지 않는다. 또한 스스로의 취약함을 받아들이지 못하는 이상, 남성 주체는 자신의 공포를 인정하거나 대면할 수도 없기에 여성 공포증(ginefobia)은 곧 자신의 공포에 대한 공포증(fobofobia)으로 이어진다. 이 점에서 캄포스가 말하는 공포가 자가 증식하는 체제란 남성 주체가 여성에 대한 끊임없는 혐오와 폭력을 통해 자신의 공포를 해소하는 악순환이 계속되는 산타테레사의 현실에 대한 은유라고 할 수 있다.[24)]

24) 시우다드후아레스의 여성 살해에 대한 세가토의 연구는 남성 주체의 공포와 그것을 감추기 위한 남성성의 숭배가 어떻게 살인이라는 폭력으로 표출되는지에 대한 설명을 제시한다. 먼저 그녀는 브라질에서 수행한 강간범들의 심리에 대한 자신의 또 다른 연구를 예로 들면서 강간에는 두 개의 축으로 구성되는 메시지가 담겨 있다고 주장한다. 먼저 수직적인 축은 가해자가 피해자에게 전하는 메시지로 구성되며, 여기에는 피해자에 대한 처벌의 의미와 가해자가 자신의 행위를 사회의 도덕을 지키기 위한 것으로 보는 시각이 담겨 있다. 반면 수평적인 축은 가해자가 남성 동료들에게 보내는 메시지로 구성된다. 그는 다른 남성들로부터 자신의 남성성을 인정받고, 남성 중심의 지배 구조에 편입되기 위해 일종의 통과 의례로서 강간을 저지르는 것이다. 세가토는 시우다드후아레스의 여성 살해에도 이러한 심리 구조가 반영되어 있다고 보며, 여성

한편 여성혐오와 그에 기반을 두는 남성 주체성의 문제가 어떻게 『2666』을 해석하는 주요한 근거가 되는 이유는 볼라뇨가 말하는 악의 개념에 의해 뒷받침된다. 볼라뇨에게 악은 절대적이고 초월적인 범주가 아니라 인간의 자유의지와 관련되어 있다는 점에서 윤리적 접근을 요구하는 문제이다(Lainck 2014, 16). 곤살레스(González González)에 따르면, 볼라뇨는 악이 어떤 행위들로 구성되는지를 묻는 질문에 "타자가 존재하지 않고, 생각하거나 느끼지도 못한다고 믿으며 그에게 해를 가하는 것. 또는 타자가 존재하며 생각하고 느낄 수 있다는 것을 알면서도 그에게 해를 가하는 것. 의식적으로든 무의식적으로든 모든 도덕적, 윤리적 구속을 자기 안에서 파괴하는 것. 모든 것이 가능하다고 믿는 것"(2004, 28)이라고 답한 바 있다. 달리 표현하자면, 볼라뇨는 타자의 주체성을 부정하고, 타자를 사물과도 같은 대상으로 간주하는 시각을 악으로 간주하는 것이다.

『2666』에서 이 같은 형태의 악을 보여주는 사례들은 인식 체계로서의 여성혐오와 밀접하게 관련되어 있다. 그 가운데서도 여성을 성적으로 객체화(objectification)하는 사고방식은 볼라뇨가 말하는 악에 부합하는 예이다.[25] 카페에 모인 경찰들이 여성을 비하하는 온갖 종류의 농담을 늘어놓는 4부의 한 장면은 여성에 대한 객체화가 노골적으로 드러나는 대목이다. 그들이 던지는 농담 속에서 여성은 "음부를 둘러싸고 조직된 세포 다발"(690)로 정의되며, 남성이 언제든 내키는 대로 때리거나 범할

을 살해하고 강간하는 남성들의 목적은 지역을 장악한 마약 카르텔과 같은 남성 집단에게 인정을 받는 것이라고 주장한다(Fregoso and Bejarano 2010, 74-77).

25) 객체화는 페미니즘 이론의 중심 개념 중 하나로서 사람을, 그 중에서도 여성을 객체로 바라보거나 대하는 것이라고 정의할 수 있다(파파다키 2016, 1).

수 있는 대상으로 그려진다. 또한 "마치 경찰들이 죽음을 헹가래 치듯 웃음으로 만들어진 커다란 담요가 길쭉한 모양의 카페 위로 솟아올랐다"(691)는 묘사는 이들이 여성혐오를 통해 자신의 유한성을 잊고자 한다는 사실을 암시한다. 하지만 파스 솔단이 지적한 대로 창문이 없고 길쭉한 관(ataúd) 모양을 한 카페는 여성혐오적·남성중심적 주체성에 매몰된 그들이 실상 죽음과 다름 없는 자폐적인 상태에 빠져 있다는 것을 보여준다(Paz Soldán, 21).

이와 더불어 작품 안에서 여성의 객체화와 관련된 중요한 소재로 다뤄지는 것은 포르노그래피이다. 포르노그래피에 반대하는 페미니스트인 맥키넌(Catharine MacKinnon)과 드워킨(Andrea Dworkin)에 따르면, 여성의 객체화와 연결된 젠더 불평등이 만들어지고 유지되는 것은 남성들의 포르노그래피 소비와 밀접한 관련이 있다(파파다키 2016, 10). 이는 포르노그래피가 여성을 남성이 소비할 수 있는 객체이자 남성의 성적 욕망에 복종하고, 심지어는 성적 도구로 사용되는 것을 즐기고 바라는 것으로 묘사한다는 사실에 기인한다(10-13). 그리하여 드워킨은 여성을 살아있는 인간이 아니라 남성의 욕망이 투영되는 사물로서 재현하는 포르노그래피를 "우리들 여성에게는 그런 남성이 없었으면 좋겠다 싶은 상태이며, 남성에게는 여성이란 이러한 것이라고 생각하게 하며, 또한 우리들을 그렇게 만들려고 하는 상태이며, 더욱이 남성이 우리들을 사용하는 방식"(드워킨 1996, 42)으로 정의한다.

작품이 포르노그래피를 묘사하는 방식은 여성의 객체화와 관련하여 크게 두 가지로 나누어 볼 수 있다. 우선 작품은 포르노그래피를 재현된 이미지로서만 다루지 않고, 그 이면에 있는 실재 여성의 존재를 환기시킴으로써 포르노그래피를 여성에 대한 폭력과 연결 짓는다. 가령 산타테레사에서 제작되는 포르노그래피와 스너프 필름(snuff film)에 대한 언급은 여성 살해가 포르노그래피로서 재현되어 상품으로 만들어지고 있음을 의미하는 한편,[26] 실제의 폭력과 재현된 이미지 사이의 경계가 허물어지는 지점을 지시한다.[27] 또한 그렇게 해서 만들어진 포르노그래피가 수출되고 소비된다는 사실은 산타테레사에서 자행되는 범죄의 공모 관계를 포르노그래피의 소비자에게까지 확장시킨다.

작품이 포르노그래피를 다루는 또 하나의 방식은 그것을 소비하는 남성 주체의 상황을 드러내는 것과 관련이 있다. 작품 안에서 포르노그래피는 밀폐된 공간이나 죽음의 이미지와 연결된다. 3부에서 페이트는

26) "1996년이 끝나갈 무렵 멕시코의 일부 언론은 북부 지역에서 실제 살인을 촬영한 영화, 즉 스너프 무비(snuff-movies)가 만들어지고 있으며, 산타테레사가 그 중심지라고 보도했다."(669)

27) 포르노그래피를 재현된 이미지가 아닌 폭력으로 다루는 시각은 볼라뇨의 다른 작품들에서도 드러난다. 가령 「랄로 쿠라의 원형 Prefiguración de Lalo Cura」이라는 단편에서 포르노그래피는 성적 쾌락이 아니라 여성의 고통과 폭력적인 현실을 형상화하는 소재로서 제시된다. 작품의 주인공인 랄로 쿠라는 『2666』에 등장하는 랄로 쿠라와 이름은 같지만 다른 인물이다. 포르노 배우였던 그의 어머니 코니 산체스(Connie Sánchez)는 랄로 쿠라를 임신한 상태에서도 포르노 영화에 출연해야 했다. 랄로 쿠라는 그녀의 어머니가 출연한 영화를 보고 자신이 태아로서 그 현장에 동참했다고 상상함으로써 그녀가 겪은 고통과 폭력의 경험을 공유하려는 태도를 보인다. "몸을 웅크린 나를 배 속에 품어 뚱뚱한 금발의 그녀가 웃으며 파하리토 고메스의 엉덩이에 바셀린을 바른다. 그녀는 이미 어머니의 신중하고 안전한 움직임을 갖췄다. 머저리 같은 아버지한테 버림받은 코니가 도리스, 모니카 파르와 함께 웃음과 시선, 미묘한 신호와 비밀을 서로 주고받는 동안 파하리토는 최면에 걸린 듯 멍하니 코니의 볼록한 배를 쳐다보고 있다. 라틴 아메리카의 삶의 신비다. 마치 뱀의 눈빛에 홀린 작은 새와도 같다. 견딜 수 있어, 열아홉 살 때 처음으로 그 영화를 보면서 나는 그렇게 혼잣말을 했다. 콧물이 질질 흐르도록 울고, 부들부들 치를 떨고, 관자놀이를 꼬집으며 말했다. 견딜 수 있어. 모든 꿈은 현실이다. 나는 그 인간들의 성기가 어머니 몸속에 최대한 깊숙이 들어왔을 때 내 눈에 닿았다고 믿고 싶었다."(볼라뇨 2014, 114-115)

찰리 크루스(Charly Cruz)의 초대를 받아 그의 집에서 포르노 영화를 보게 되는데, 그들이 영화를 보는 거실은 창문이 하나도 없는 폐쇄된 공간이다. 4부에서도 이와 유사하게 남성들이 모여 포르노그래피를 보는 장면이 등장하는데, 여기서 방 안에 모여 영화를 보는 이들은 아무런 감정이 없는 조각상처럼 묘사된다.

> 가끔씩 침실에서 손님들은 포르노 영화를 보았어요. 그 모델은 실수로 딱 한 번 그 방에 들어갔는데, 거기서 익숙한 장면을 보았어요. 포르노 비디오 화면의 광채를 받아 빛나는 무표정한 사람들의 얼굴을 본 것이지요. 항상 그래요. 그러니까 내 말은 배우들이 섹스를 하는 영화를 보는 것 자체가 그들을 석상으로 만들어 버린 것처럼 무표정했다는 말이에요.(784)

드워킨의 비판이 시사하듯, 포르노그래피는 여성을 남성의 욕망을 투영하는 사물로서 제시하기에 남성은 그 속에서 재현되는 타자에 대한 폭력에 무감각해지고 그에 반영된 자신의 욕망을 향유할 수 있다. 경찰들이 모여 여성혐오적인 농담을 던지는 장면에서 카페의 형상이 죽음과 폐쇄성을 연상시키듯 밀폐된 방이나 석상의 이미지는 포르노그래피에 매몰되어 타자의 고통에 무감각해진 인물들의 상황을 주체의 죽음과 연결시키는 것이다.

3부에서 페이트가 찰리 크루스의 집에서 포르노 영화를 본 이후 로사와 함께 그 집을 탈출하기까지의 이야기는 포르노그래피에 대한 앞의 논의들을 종합적으로 제시한다. 우선 작품은 다음과 같이 영화의 내용을 상세히 묘사한다.

그러고 나서 젊고 가무잡잡하며, 날씬하고 가슴이 큰 여자가 나와 침대에 앉아 옷을 벗었다. 어둠 속에서 남자 셋이 나타나 먼저 그녀에게 귀엣말을 했고, 그런 다음 그녀를 범했다. 처음에 여자는 저항하려 했다. 그녀는 카메라를 똑바로 쳐다보며 스페인어로 페이트가 알아듣지 못하는 이야기를 했다. 하지만 이내 그녀는 오르가슴을 느끼는 척하며 소리를 질러 대기 시작했다. 그러자 그 때까지는 번갈아 가며 그녀를 범하던 남자들이 동시에 달려들어 첫 번째 남자는 음부에, 두 번째 남자는 항문에, 그리고 세 번째 남자는 입에 자신의 물건을 삽입했다. 그들이 만들어내는 광경은 영원히 움직이는 기계처럼 보였다. 관객은 그 기계가 어느 순간 폭발할 거라 예상했지만 폭발의 형태와 시기는 예측이 불가능했다. 그때 여자가 정말로 절정에 도달했다. 전혀 예기치 않은 오르가슴이었고, 그것을 가장 기대하지 않았던 사람은 바로 그녀였다. 세 남자의 무게에 눌린 채 그녀의 움직임은 점차 빨라졌다. 카메라는 그녀의 얼굴로 다가갔고, 카메라를 쳐다보던 그녀의 눈은 정체불명의 언어로 무언가 말하고 있었다. 한 순간 그녀의 모든 게 빛나는 듯 보였다. [⋯] 그러자 살점이 뼈에서 떨어져 나와 눈도 입술도 없는 앙상한 해골만을 남긴 채 이름 모를 그 사창가의 바닥에 떨어지거나 공중으로 사라져 버리는 것처럼 보였고, 그 해골은 갑자기 모든 것을 비웃기 시작했다. 그런 다음 멕시코시티인 것이 분명해 보이는 어느 대도시의 거리가 나왔다. [⋯] 복도가 나왔다. 옷을 반쯤 걸친 여자가 바닥에 쓰러져 있었다. 그런 다음 문이 나왔다. 방은 엉망진창이었다. 두 남자가 침대에서 자고 있었다. 그리고 거울이 나왔다. 카메라가 거울로 다가갔다. 비디오테이프는 거기서 끝이 났다.(405-406)

인용한 대목에서 알 수 있듯 영화는 일반적인 포르노그래피처럼 시작하지만 곧 이질적이고 모순적인 장면들로 이어진다. 기계적이고 무감각한 성교 행위에서 여성이 느끼는(혹은 느꼈다고 가정되는) 오르가슴은 쾌락이 아니라 죽음을 상징하는 이미지들과 겹쳐진다. 그러고 나서 카메라는 포르노그래피 바깥의 현실, 즉 바닥에 쓰러져 있는 한 여성의 모습을 비춘다. 이러한 장면들은 영화를 보는 이의 욕망을 반영하는 이미지를 제시하는 대신 그 이면에 가려진 여성에 대한 폭력과 성적 착취를 환기시킴으로써 포르노그래피의 구조를 뒤집는다. 앞의 장에서 언급했듯 영화에서 세 남성이 여성을 범하는 방식이 여성 살해의 희생자들에게 가해진 성적 폭력과 유사하다는 사실 또한 이를 뒷받침한다.

그리고 영화의 마지막에는 포르노그래피와 관련하여 중요한 의미를 갖는 상징인 거울이 등장한다. 포르노그래피는 그것을 보는 주체가 그 속에서 살아있는 여성 대신 자신의 욕망을 보도록 구성되어 있다는 점에서 거울과 유사하다.[28] 이를 뒷받침하듯 영화가 상영되는 거실의 한쪽 벽에는 커다란 거울이 걸려있는데, 여기서 거울은 창문의 자리를 대체함으로써 외부에서 완전히 차단된 공간과 그 안에서 포르노 영화를 보는 인물들의 상황을 강조한다. 그러나 영화의 마지막에 나오는 거울은 그와는 전혀 다른 의미를 갖는다. 두 번째 거울은 마치 재현된 이미지 바깥의 현실, 즉 영화를 찍는 카메라, 혹은 영화를 보고 있는 관객을 비추는 것처럼 제시된다. 영화가 끝나자 페이트는 이어지는 테이프가 있다는 찰리 크루스의 말을 무시한 채 로사를 찾으러 나서는데, 이는 두 번째 거울이 페이트를 현실로 돌아오게 만들고 행동의 변화를 유발

28) "버지니아 울프가 적고 있듯이 여자는 남자의 거울이다. 남자가 여자를 사용할 때, 여자는 축소되고 그만큼 남자의 자기는 두 배로 확대된다. 문화 안에서 남자는 여자에 대한 정복—상징적인 정복이며, 명백한 정복이다—으로 확대되고 거대해진다. 한편, 여자는 계속 그의 얼굴로 남고, 그리고 버지니아 울프가 개진하고 있듯이 『……거울은, 모든 폭력적·영웅적 행동에는 필요불가결하다』."(드워킨 1996, 64)

하는 계기가 되었음을 암시한다.

한편 페이트는 로사를 데리고 나가기 위해 그녀의 손을 잡는 순간 온기를 느끼는 동시에 자신의 손이 얼음장처럼 차갑다는 사실을 깨닫고, 자신이 그 집에 온 이후 죽음에 시달렸다고 생각한다. 따라서 페이트가 찰리 크루스의 집에 도착한 뒤에 벌어지는 이야기는 그가 포르노그래피로 대변되는 죽음의 상태에서 벗어나 다시 외부의 세계, 또는 타자에게 가는 과정을 의미한다고 볼 수 있다. 이렇듯 볼라뇨는 포르노그래피라는 소재를 다양한 방식으로 활용하여 여성이라는 타자를 동등한 주체로 인정하지 않는 남성중심적 주체의 허위와 모순을 드러내는 한편, 거울 이미지의 변주를 통해 그 같은 주체가 죽음과 다름없는 고립에 빠져 있다는 것을 강조한다.

5. 결론

여성 살해라는 소재는 볼라뇨의 또 다른 작품인 『먼 별』(1996)에서도 다뤄진 바 있다. 그러나 『먼 별』과 『2666』은 여성 살해를 다루는 방식에서 큰 차이를 보인다. 전자는 여성 살해의 동기나 배경이 아니라 카를로스 비더라는 살인자를 둘러싼 미스터리에 초점을 맞추며, 이에 따라 여성 폭력과 관련된 문제는 수면 위로 떠오르지 않는다. 반면 『2666』은 사건의 배경과 구체적인 맥락에 집중하여 여성에 대한 폭력과 혐오가 일상화된 현실과 그 이면에 자리한 가부장제의 모순을 상세히 묘사한다. 이를 바탕으로 작품은 산타테레사의 여성 살해를 여성혐오의 극단적 형태이자 젠더 불평등의 문제와 떼어놓고 생각할 수 없는 사건으로서 제시한다.

한편 4부에서 활용되는 법의학의 언어는 희생자의 신체에 가해진 폭력을 체계적으로 재구성하고 언어로써 가시화하지만 동시에 희생자들에게 가해진 성적 폭력을 재현하는 과정에서 그들을 성적 대상이자 육체적 존재로 취급하는 한계를 드러낸다. 또한 작품은 남녀 인물들의 관계나 포르노그래피 등을 통해 여성을 성적 대상으로 격하시키고 남성의 욕망에 종속된 수동적 존재로 간주하는 시각이 일상 깊숙이 자리하고 있음을 보여준다. 이러한 사례들은 여성혐오가 남성중심적 주체성과 가부장제의 근간이 되는 인식 체계로서 작동하며 우리의 사고와 행동을 지배한다는 사실을 암시한다. 볼라뇨가 여성 살해라는 주변부적 사건을 작품의 중심 소재로 삼는다는 사실에서부터 단적으로 드러나듯 가부장제 이데올로기의 폭력은 결코 지엽적이고 부차적인 문제가 아니며, 그 어떤 폭력보다도 뿌리 깊은 문제인 것이다.

참고 문헌

로베르토 볼라뇨(2010), 『먼 별』, 권미선 옮김, 서울: 열린책들.

____________(2013), 『2666』, 송병선 옮김, 서울: 열린책들.

____________(2014), 『살인창녀들』, 박세형 · 이경민 옮김, 서울: 열린책들.

마사 너스바움(2015), 『혐오와 수치심: 인간다움을 파괴하는 감정들』, 조계원 옮김, 서울: 민음사.

박정원(2012), 「공포의 시뮬라크르를 넘어 경계의 윤리학으로: 『2666』에 나타난 세계화 시대의 상징으로서 미국-멕시코 국경」, 『이베로아메리카연구』 23(3), 1-26.

안드레아 드워킨(1996), 『포르노그래피: 여자를 소유하는 남자들』, 유혜련 옮김, 서울: 동문선.

에두아르도 라고 외(2014), 『볼라뇨 전염병 감염자들의 기록』, 신미경 옮김, 파주: 열린책들.

에반젤리아 파파다키(2016), 『객체화에 대한 페미니즘의 관점들』, 강은교 외 옮김, 서울: 전기가오리.

엘렌 식수(2004), 『메두사의 웃음/출구』, 박혜영 옮김, 서울: 동문선.

윤지영(2016), 「현실의 운용원리로서의 여성혐오: 남성공포에서 통감과 분노의 정치학으로」, 『철학연구』, 115, 197-243.

황주영(2013), 「페미사이드(femicide)」, 여/성이론 28, 192-214.

Barberán Reinares, Laura(2010), "Globalized Philomels: State Patriarchy, Transnational Capital, and the Fermicides on the US-Mexican Border in Roberto Bolaño's *2666*," *South Atlantic Review* 75(4), 51-72.

Bolaño, Roberto(2004), *2666*, Barcelona: Anagrama.

Dove, Patrick(2014), "Literature and the Secret of the World: *2666*, Globalization, and Global War," *The New Centennial Review* 14(3), 139-162.

Driver, Alice(2015), "Risks, Challenges and Ethics of Representing Feminicide: A comparative Analysis of Sergio González Rodríguez's *Huesos en el desierto* and Roberto Bolaño's *2666*," *FIAR* 8(2), 160-181.

Farred, Grant(2010), "The Impossible Closing: Death, Neoliberalism, and the Postcolonial in Bolaño's *2666*," *Modern Fiction Studies* 56(4), 689-708.

Fourez, Cathy(2006), "Entre transfiguración y transgresión: el escenario espacial de Santa Teresa en la novela de Roberto Bolaño, *2666*," *Debate Feminista* 33, 21-45.

Fregoso, Rosa-Linda, Bejarano, Cynthia(eds.)(2010), *Terrorizing Women: Feminicide in the Américas*, Durham: Duke University Press.

González González, Daniuska(2004), "Roberto Bolaño, El silencio del mal," *Quimera* 241, 28-31.

Kristeva, Julia(2012), *The Severed Head: Capital Visions, Translated by Jody Gladding*, New York: Columbia University Press.

Lainck, Arndt(2014), *Las figuras del mal en* 2666 *de Roberto Bolaño*, Berlin: Lit Verlag.

McCann, Andrew(2010), "The Eventfulness of Roberto Bolaño," *Overland* 199, 74-79.

Paz Soldán, Edmundo, Faverón Patriau, Gustavo(eds.)(2008), *Bolaño salvaje*, Barcelona: Editorial Candaya.

Peláez, Sol(2014), "Counting Violence: Roberto Bolaño and *2666*," *Chasqui-Revista De Literatura Latinoamericana* 43(2), 30-47.

Raghinaru, Camelia(2016), "Biopolitics in Roberto Bolaño's *2666*, "The Part About the Crimes"," *Altre Modernità* 15, 146-162.

Ríos Baeza, Felipe(ed.)(2010), *Roberto Bolaño: Ruptura y violencia en la literatura finisecular*, México D.F.: Eón.

Rodríguez Freire, Raúl(ed.)(2012), *Fuera de quicio: Bolaño en el tiempo de sus espectros*, Santiago: Ripio Ediciones.

Valdés, Marcela(2008), "Alone among the Ghosts: Roberto Bolaño's *2666*," *The Nation*, November 19.

포스트혁명 소설 『칠레의 밤』

우석균

1. 인면수심(人面獸心)

대번에 뇌리에 박히는 장면이 있는 소설이 있다. 로베르토 볼라뇨의 『칠레의 밤』(2000)이 그렇다. 마리아 카날레스와 그녀를 위로해주려고 방문한 사제의 대화 장면 때문이었다.

> [마리아 카날레스는] 미소를 지으며 말했다. 지하실을 보고 싶으신가요? 바로 그 자리에서 그녀의 뺨이라도 갈기고 싶었지만, 참고 자리에 앉아 몇 번이고 고개를 가로저었다. 나[사제]는 눈을 감았다. 몇 달 뒤면 이제 보지 못할 텐데요, 그녀가 말했다. 목소리 크기나 뜨듯한 호흡으로 미루어 내게 얼굴을 바싹 들이대었다는 것을 알 수 있었다. 나는 다시 고개를 가로저었다. [매입자들이] 집을 부술 겁니다. 지하실을 허물 거예요. 이곳에서 지미의 부하가 스페인인 유네스코 직원을 죽였죠. 이곳에서 지미가 세실리아 산체스 포블레테를 죽였어요. 가끔 아이들과 같이 텔레비전을 보고 있을 때 전기가 잠깐씩 나가곤 했어요.

> 비명 소리는 전혀 들린 적이 없고, 전기만 갑자기 나갔다가 조금 후 다시 들어오곤 했어요. 나는 자리에서 일어나서, 예전에 조국의 문인들과 예술가들과 문화인들이 모이던 응접실을 몇 발자국 걸으면서 고개를 가로저었다.(볼라뇨 2010b, 152)[1)]

특히 "가끔 아이들과 같이 텔레비전을 보고 있을 때 전기가 잠깐씩 나가곤 했어요. 비명 소리는 전혀 들린 적이 없고, 전기만 갑자기 나갔다가 조금 후 다시 들어오곤 했어요"라는 구절에 소름이 오싹 끼쳤다. 이 장면 전에 마리아 카날레스의 저택 지하실에서 정치범들을 고문했다는 이야기가 서술되어 있어서, 전기 고문이 연상될 수밖에 없었기 때문이다. 그토록 금수 같은 일이 자행되는 집에서 아이들과 함께 평화롭게 응접실에서 텔레비전을 보고 있었다니, 마리아 카날레스는 그야말로 인면수심의 소유자가 아닌가!

이 장면의 시대 배경은 철권통치로 악명 높았던 피노체트 군사독재 시대(1973~1990)이다. 『칠레의 밤』에 따르면, 그 시절 문인과 예술가들은 통금 때문에 밤 10시면 떠들고 마시면서 자연스럽게 교류를 할 만한 장소를 찾기 힘들었다. 이때 마치 구세주처럼 마리아 카날레스가 출현한다. 문학 창작 교실에 다니는 일개 작가 지망생에 불과했지만, 수많은 '미덕'을 지닌 존재였다. 젊고 아름답고 서글서글한데다가, 결정적으로 "나무가 울창한 정원에 둘러싸인 커다란 집, 쾌적한 응접실과 벽난로와 좋은 위스키와 코냑이 있는 집"(129)을 교류 장소에 목말라하던 문인과 예술가들에게 아무 때나 기꺼이 제공하는 '넉넉한' 인심의 소유자였다.

1) 앞으로 『칠레의 밤』 작품 인용은 쪽 번호만 표시한다.

더구나 제임슨 톰슨이라는 미국인 남편 역시 "교양 있는 전형적인 미국인"으로, 가끔 모임에 합류할 때면 "그날 밤 손님들 중에서 좀 떨어지는 사람들의 이야기를 무한한 인내로" 들을 줄 아는 '미덕'을 발휘했다(131). 마리아 카날레스의 저택은 문인과 예술가들의 파티가 끊이지 않는 장소가 되었고, 덕분에 그녀는 사교계의 꽃이 되었고, 그 덕분인지 "볼리비아에서조차 상 받을 자격이 없는 경악스러운 작품"(135)으로도 문학 공모전에서 1등상을 받으며 등단한다. 그런데 바로 그 집 지하실이 정치범들을 고문하고 심문하던 장소였고, 제임슨 톰슨은 칠레 국가정보국(DINA: Dirección de Inteligencia Nacional)의 핵심 인사였던 것이다. 그리고 마리아 카날레스는 그 사실을 모두 알면서도 고문 장소 위에서 천연덕스럽게 파티를 열었다.

마리아 카날레스의 인면수심 행각이 몸서리 쳐지는 이유가 또 있다. 너무도 가증스럽게 자신의 행위를 정당화시킨다는 점이다. 그녀를 방문한 1인칭 화자는 사제이고, 방문 동기에 대해 이렇게 술회한다. "마리아 카날레스는 혼자가 되었다. 모든 친구, 즐겁게 그녀의 문학 모임에 갔던 모든 이가 다 등을 돌렸다."(148) 이를테면 '길 잃은 양'의 영혼을 위로해 주고 구원의 길로 인도할 사제의 책무 때문에 방문을 결정했다는 주장이다. 사제는 '충실하게' 임무를 수행한다. 가족의 안부도 묻고 마리아 카날레스의 마음도 달래주려 한다. 하지만 그녀는 대번에 사제의 기분을 잡치게 한다. 모든 사람이 자기 소식을 알고 있는데 뭘 새삼스럽게 묻느냐며 천박하고 도전적인 웃음을 터뜨려서 말이다. 그래도 사제는 꾹 참고 '성직자답게', 그녀에게 참회하고 있는지 물어본다. 마리아 카날레스는 "다른 모든 사람들처럼요, 신부님"(151)이라고 또다시 도발적으로 답한다. 자신이 뭘 그리 잘못했느냐는 뜻이다. 사제는 그래도 일말의 측은지심에 그녀에게 권한다. 다행히 기소는 면했으니 아이들을 데리고 다른 곳으로 가서 새 출발을 하라고. 그녀의 대꾸는 가증스럽기 짝이 없다. "제 문학 경력은요?"(151) 그리고 또다시 도발한다. "지하실을 보고 싶으신가요?"(151)라는 질문이 이어졌고, 그래서 사제는 "그녀의 뺨이라도 갈기고"(151) 싶을 정도로 분노했던 것이다.

사제는 마리아 카날레스의 가증스러움을 감당하지 못하고 작별을 고한다. 마지막으로 그저 기도하라는 권유만 되풀이할 뿐이다. 그녀는 듣는 둥 마는 둥하더니 "칠레에서는 이렇게 문학을 한다"(153)라고 말한다. 다들 연줄로 문학을 하지 않느냐는 뜻이다. 물론 자신의 문학 행보를 정당화시키는 말이다. 그런데 뜻밖에도 이 말이 사제의 가슴을 파고든다. 돌아오는 길의 사제의 독백을 보면 심지어 이에 동의하고 있다.

> 하지만 어디 칠레에서만 그런가. 아르헨티나, 멕시코, 과테말라, 우루과이, 스페인, 프랑스, 독일, 푸르른 영국과 즐거운 이탈리아에서도 그런걸. 문학은 이렇게 하는 거라고. 아니 우리가, 시궁창에 처박히기 싫어서, 문학이라고 부르는 것은 이렇게들 한다고.(153)

왜 사제는 금수 같은 여인의 말에 민감한 반응을 보인 것일까? 그럴 만한 이유가 있었다. 사실 사제는 마리아 카날레스만큼이나, 아니 어쩌면 그 이상으로 인면수심의 소유자였고, "칠레에서는 이렇게 문학을 한다"라는 말은 그의 삶을 송두리째 부정하기에 충분한 말이었다.

2. 부역자 우루티아

2010년 『칠레의 밤』이 번역, 출간되었을 때, 나름대로 이 작품의 성격을 규정하는 서평이 나왔다. 소설가 장정일의 「MB의 연설 원고를 쓰는 그 작가는 누구인가?」이다. 장정일은 서평 말미에 이렇게 적고 있다.

> 브레히트 풍으로 물어보자. 이승만에게 생일 축시를 바친 사람은 누구였나? 국민교육헌장은 누가 썼나? 박정희 시절, 독재자의 영부인에게 시를 가르친 사람은 누구였던가? 그 시인은 영부인에게 시를 가르치기 전에, 질식한 민주주의에 대해 하소연도 했을까? 반란군 괴수 전두환에게 생일 축시를 바치고 그에게 '단군 이래 최고의 미소'라는 아부를 한 사람은 누구였던가? 또 전두환의 자서전을 쓴 사람은 낫 놓고 기역자도 모르는 필부였던가? (소설가였다!) 역대 대통령 가운데 최고의 무능력자로 판명될 공산이 큰 이명박 대통령의 연설 원고는, 지금 누가 쓰고 있는 걸까? 모두들 이바카체 같이 수많은 책을 읽고, 글을 갈고 닦은 자들임에 분명하다.(장정일 2011)

그렇다. 『칠레의 밤』은 "수많은 책을 읽고 글을 갈고 닦은 자"가 독재에 협력한 이야기가 전면에 대두된다. 이를테면 부역자를 다룬 소설인 것이다. 인용문의 이바카체가 그 주인공으로 마리아 카날레스를 찾아간 사제의 이름이다. 다만 '이바카체'는 문학 평론을 쓸 때 사용하는 필명이고, 사제이자 시인으로서는 본명인 '세바스티안 우루티아 라크루와'로 활동한다. 그리고 『칠레의 밤』 전체가 주인공이자 화자인 이 인물의 회고로 채워져 있다. '늙다리 청년'으로 명명되는 인물을 상대로 자신의 삶을 정당화시키는 회고로 일관하고 있는데, 그 역시 우루티아의 또 다른 자아(alter ego)로 밝혀진다. 죽음을 앞두고 의식이 혼미한 상태에서 일종의 자아 분열을 일으킨 것이다.

본격적인 회고는 1950년대 후반 사제 서품을 받기 전후 칠레 문단에서 막강한 영향력을 지닌 문학 평론가 페어웰과의 만남부터이다. 만나자마자 우루티아는 페어웰에게 그가 걸어온 길을 따르고 싶다고 말한다. 페어웰은 일견 우루티아의 흠모 대상이 될 만한 인물이다. 당대 최고의 시인 네루다를 비롯한 수많은 문학계 인사가 그의 대농장에 모여 문학의 향연을 벌이고, 저택 서가에는 저명한 문인들이 선사한 책이 빼곡하게 차 있다. 그래서 우루티아는 페어웰의 대농장을 방문했을 때 이렇게 경의의 뜻을 표한다.

> 남반구의 어둠을 헤치는 대서양 횡단 여객선처럼 불을 환하게 밝힌 그의 저택을 금방 찾을 수 있었다. […] 한쪽 벽에는 칠레 최고의 시집과 소설이 빼곡했는데, 다들 저자가 기발하고 상냥하고 다정하고 동료애 넘치는 헌사를 써서 페어웰에게 증정한 것이었다. 나의 주인장은 필시 가녀린 요트에서 대형 화물선에 이르기까지, 비릿한 낚싯배에서 어마어마한 장갑함에 이르기까지 조국의 모든 문학선(船)이 잠시 혹은 오랫동안 피신하는 강어귀라고 혼잣말을 했다. 우연히 그의 저택이 대서양 횡단 여객선처럼 느껴진 게 아니야! 진짜로 페어웰의 집은 항구야, 내가 그렇게 중얼거렸다.(21)

우루티아는 페어웰이 죽을 때까지 오랜 세월 그의 지근거리에 머문다. 그리고 페어웰처럼 점차 문단 권력으로 성장한다. 우루티아는 이 성공을 자신의 헌신과 능력 덕분이라고 주장한다. 칠레 유명 문인들의 작품을 두루 읽고, 명쾌하고 합리적이고 시민적 가치에 입각한 수많은 평론을 썼기 때문이라는 것이다(35-37). 또한 자신이 작가들을 발굴하고 예찬하고 무관심에서 구했다는 자부심까지 내비친다(70).

그러나 1960년대 말부터(혹은 1970년부터)의 우루티아의 행보를 보면, "칠레에서는 이렇게 문학을 한다"는 마리아 카날레스의 말이 어째서 그의 가슴을 뒤흔들어 놓았는지 알 수 있다. 당시 우루티아는 깊은 권태에 빠져 "욕설과 저주, 아니 그 이상의 것으로 가득한 시"(72)만 쓰다가 결국 일시적 절필을 결정하고, 대학 강의나 미사 집전도 그만 두고, 문학 평론도 스스로 만족하지 못하는 지경에 이르렀다. 그러다가 오데임과 오이도라는 낯선 사람들에게 성당 보존 연구 제안을 받고 현실도피성 유럽 외유를 떠난다. 여러 나라, 여러 도시를 돌아다니면서 우루티아는 적어도 권태의 심연에서는 벗어나 귀국한다. 그러나 정치 상황 때문에 분노는 더 커진다. 얼마 안 가 사회주의자 살바로르 아옌데가 대통령으로 당선되자, 그날부터 우루티아는 세상과 담을 쌓은 채 독서에만 열중한다. 그것도 현실에 눈을 감을 작정으로 그리스 고전들만 탐닉한다. 독서에 지칠 무렵에야 다시 칠레 문학 작품들도 읽고 시 창작도 시도한다. 그러나 여성, 성적 소수자, 청소년 등의 사회적 약자들을 향한 가학적인 시만 양산했을 뿐이다.

그러던 우루티아가 쿠데타 이후 승승장구하기 시작한다. 다작 시인이자 평론가로 변모했고, 사람들의 칭송을 한 몸에 받고, 그의 서평과 평론은 다른 문인들의 성공을 좌지우지하게 된다. 절대적인 문단 권력의 소유자가 된 것이다. 그리고 이 놀라운 성공의 비결은 바로 권력과의 유착이었다. 그 계기는 군사평의회 최고위원 4인, 즉 피노체트를 비롯한 쿠데타의 주역들이 포함된 일단의 군 집단에게 10회에 걸쳐 행한 마르크스주의 비밀 강연이다. 이 뜬금없는 강연은 작중의 피노체트에 따르면, "칠레의 적들을 이해하고, 어떻게 생각하는지 알고, 그들이 어디까지 갈 작정인지 짐작하기 위해서"(121) 마련된 것이었다.

물론 우루티아는 자신의 성공이 권력과의 유착 덕분이라는 사실을 부인한다. 강연 자체에 대해서도 자발적인 부역이 아니라 쿠데타 직후의 살벌한 분위기 속에서 불가피한 선택이었다고 말한다. 그의 회고에 따르면, 어느 날 오데임과 오이도가 갑자기 찾아와 마치 취조를 하듯이 마르크스주의 관련 서적 보유 유무와 그에 대한 지식 여부를 물어보는 바람에, "머리끝부터 발끝까지 벌벌 떨면서"(106) 자신이 마르크스주의자가 아니라고 거듭 부인해야만 했다. 그 직후 두 사람이 본론을 꺼내 강의를 요청했고, 주저하는 자신에게 위압적인 어투로 거듭 "거절할 수 있는 일이 아니"(107)라고 했다고 한다. 우루티아는 또한 10회 강연을 모두 마친 후에는 양심의 가책을 느껴 통곡까지 했다고 술회한다.

> 문인 친구들에게 이 이야기를 하면 잘했다고 해줄까? 전적인 거부감을 표시할 이들이 있으려나? 이해하고 용서해 줄 이들이 있으려나? 인간이 옳고 그른 것을 항상 구분할 수 있을까? 이런저런 생각을 하다가 한순간 나는 침대에 대자로 누워 하염없이 울면서, 내 (지적인) 불행을 나를 이 일에 끌어들인 오데임 씨와 오이도 씨 탓으로 돌렸다.(116)

후폭풍이 걱정된 우루티아는 비밀 서약을 어겨가면서까지 페어웰에게 조언을 구한다. 그런데 바로 이 장면에서 우루티아는 물론이고, 페어웰까지 원래부터 권력 지향적 속성을 지닌 인물들이었다는 사실이 드러난다. 가령, 페어웰은 우루티아의 고민은 아랑곳하지 않고 상세한 상황을 캐묻기 바쁘다. 우루티아는 대번에 페어웰이 "내가 권력의 영역에 예기치 않게 진입한 모습에 씁쓸한 질투심을 느끼기라도 한 듯했다"(117)라고 판단한다. 즉, 두 사람 모두 권력자들에 대한 강연이 지니는 의미를 너무도 잘 알고 있는 것이다. 따라서 우루티아의 오열은 마리아 카날레스의 뻔뻔스러움만큼이나 가증스럽기 짝이 없다.

두 사람의 대화를 보면 양자 관계가 우루티아가 주장하듯이 순수한 멘토-멘티 관계가 아니라는 사실도 여실히 드러난다. 가령, 강연의 적절함 여부에 대해 두 사람은 다음과 같이 너무나 쉽게 의견 일치를 본다.

> 제가 잘한 것인가요, 잘못한 것인가요?, 내가 소곤소곤 물었다. 대답이 없어서 똑같은 질문을 되풀이했다. 제가 올바른 일을 한 것인가요 아니면 지나친 일이었나요? 페어웰이 되물었다. 필요한 행동이었는가 아니면 불필요한 행동이었는가? 필요하고, 필요하고, 필요했죠. 내가 말했다. 이 대답만으로 그에게는 충분한 듯싶었다. 그 순간에는 나 역시 그랬다.(122)

마르크스주의 강연에 대한 우루티아의 양심의 가책은 그저 제스처였고, 페어웰과 우루티아는 이념적 동지 관계였던 것이다. 아옌데가 당선된 날 유사한 이상 반응을 보인 것도 그래서였다. 우루티아는 하릴없이 페어웰을 방문한다. 그는 여기저기 지인들에게 전화를 돌리고 있었는데, 그 대상이 길거리로 나가 아옌데의 승리를 경축할 만한 파블로 네루다나 니카노르 파라 같은 인물들이다. 받지도 않을 전화를 돌려대는 모습에서 페어웰의 히스테릭한 심경을 읽어낼 수 있다. 그리고 우루티아는 "될 대로 되라지"(100)라고 말하면서 세상과 담을 쌓고 그리스 고전 탐독에 빠져든 것이다. 쿠데타 이후의 반응도 유사하다. 쿠데타 직후 우루티아는 "참 평화롭군"이라는 반응을 보였고, 페어웰은 그에게 "춤이라도 추고 싶을 정도네"라고 토로한다(100).

우루티아가 문단의 절대 권력이 된 것은 분명 부역의 대가였다. 하지만 부역을 할 수 있는 위치에 있었던 것은 문학적 성과보다 페어웰이라는 이념적 동지의 힘 덕분이었으리라는 추론이 가능하다. 그래서 "칠레에서는 이렇게 문학을 한다"는 마리아 카날레스의 말은 우루티아의 삶을 송두리째 부정하는 말이라는 것이다.[2)]

2) 『칠레의 밤』의 주요 인물들은 실재 인물이었다. 마리아 카날레스는 타운리의 부인인 마리아나 카예하스(Mariana Callejas)로, 산티아고에 본부가 있는 CEPAL(유엔 산하 라틴아메리카경제위원회) 직원인 스페인인 카르멜로 소리아가 고문을 받다가 숨진 집에서 실제로 예술인들과 파티를 일삼고는 했다. 그녀의 남편 제임슨 톰슨의 모델은 CIA와 칠레 국가정보국을 위해 일하던 마이클 타운리(Michael Townley)로 아옌데 정권에서 장관을 지낸 이들을 망명지에서 암살한 사건에 깊이 관여했다. 페어웰과 우루티아의 실제 모델은 에르난 디아스 아리에타(Hernán Díaz Arrieta, 1891~1984)와 호세 미겔 이바녜스 랑글루아(José Miguel Ibáñez Langlois, 1936~)이다. 각각 알로네(Alone)와 이그나시오 발렌테(Ignacio Valente)라는 필명으로 최대 일간지 『메르쿠리오 El Mercurio』의 문학 섹션 담당자로 절대적인 문학 권력을 행사했다. 이 신문은 피노체트 시대에는 특히 정부 기관지라는 비판을 받을 정도로 체제에 협력했다. 발렌테의 경우 작중의 우루티아처럼 오푸스데이 신부이기도 했고, 군사평의회 멤버들에게 마르크스주의 강의를 해주었다는 이야기도 거의 정설로 받아들여지고 있다(우석균 2010, 111-113). 특히 발렌테는 피노체트 시대의 "유일한 문학 비평가"로 일컬어질 정도로 일세를 풍미했고, 1986년 요제프 라칭거, 즉 마르크스주의와 해방신학에 대한 공격 선봉에 섰던 훗날의 교황 베네딕토 16세가 주재한 국제신학위원회에 참석하기 위해 로마로 간 전력이 있을 정도로 이념적으로 투철한 성향의 소유자이기도 하다(Berchenko 2006, 16-17).

3. 개돼지와 매사냥

그렇다면 우루티아가 오로지 문단 권력이 되고 싶어 권력자들에게 부역을 했을까? 우루티아와 페어웰의 첫 만남을 보면 그보다 더 깊은 뿌리가 있다는 것을 알 수 있다. 우루티아는 처음 만난 자리에서 "작은 새처럼 천진난만하게 그에게, 문학 비평가가 되고 싶고, 그가 열어 놓은 길을 가고 싶고, 책을 읽은 감상을 큰 목소리로 멋들어지게 표현하는 것이 이 세상 제일가는 소망이라고"(12) 털어놓는다. 대단히 순수하고 열정적인 문학청년의 모습으로 비친다. 그런데 페어웰의 반응은 삐딱하다. "이 야만인들의 나라에서 그 길은 장미꽃 길이 아닐세, 지주의 나라인 이 나라에서 문학은 별종이고 읽을 줄 안다는 것은 별 대단한 일이 아니라고"(12-13) 대답한다. 페어웰은 엘리트 의식으로 똘똘 뭉쳐 자기 동포들을 혐오하고 있는 인물이었던 것이다. 그런데 이는 우루티아도 마찬가지였다. 우루티아는 처음 페어웰에게 받은 인상을 이렇게 회고한다.

> 그는 키가 커서 1미터 80센티미터였지만 내게는 2미터는 될 듯싶었으며, 훌륭한 영국제 옷감으로 만든 회색 양복을 빼입고, 수제 구두, 실크 넥타이, 나의 꿈처럼 티 하나 없이 새하얀 와이셔츠, 순금 커프스 단추, 굳이 애쓰지 않아도 무슨 뜻인지 알 수 있는 기호가 새겨진 넥타이핀차림이었다.(11-12)

우루티아가 페어웰에게 매료된 이유 중 하나가 서구인 같은 큰 키와 세련된 옷차림, 아니 더 적나라하게 말하자면 영국 신사의 풍모였다는 점을 알 수 있다. 페어웰의 농장 저택에 대한 회고에서도 유사한 점을 발견할 수 있다. 우루티아는 그의 서가와 그곳에 모인 문인들의 면면뿐만 아니라 “유럽과 북아프리카 여행에서 사들인 기념품들이 들어찬 많은 선반”(17)에도 부러운 눈길을 보낸다. 또, 농장 정원을 산책하다가 길을 잃었을 때, 농장 정원 너머의 들판을 “야생의 정원”이고 “축축한 습기가 견딜 수 없을 지경”의 공간으로 인식하고 있다(18). 네루다가 시를 읊는 것을 목격하고는, 그에 비해 아직은 “조국의 광활함에 파묻혀 버린 가련한 사제”(22-23)일 뿐인 자신의 처지에 눈물을 글썽이는 모습도 보인다. 그래서 훗날 문단의 절대 권력이 되었을 때, 우루티아의 자부심 중 하나가 자신이 국제적인 인사가 되었다는 점이었다.

> 마침내 내가 세계의 공항을 누비는 시절이 도래했다. 세련된 유럽인들과 진중한(게다가 피곤에 절은 듯한) 미국인들 사이를, 보기만 해도 기분이 좋은 이탈리아와 독일과 프랑스와 영국의 멋쟁이 신사들 사이를 누볐다. 그들 사이를 나는, 신의 존재를 느낀 듯 갑자기 열리는 자동문 때문에 혹은 에어컨 바람 때문에 휘날리는 사제복 차림으로 다녔다. 펄럭이는 내 소박한 사제복을 보면서 모두들 말했다. 저기 세바스티안 신부가 가네, 정열적이고 그 빛나는 칠레인 우루티아 신부 말이야.(126)

여기서 명확히 알 수 있다. 우루티아가 도밍고 F. 사르미엔토(Domingo Faustino Sarmiento, 1811~1888)의 문명/야만 담론, 이 이분법의 칠레판 담론인 칠레 예외주의[3]의 충실한 계승자라는 사실을. 라틴아메리카가 유

3) 칠레 예외주의는 실제로 문명/야만 담론의 영향을 받았다. 다만, 한 발 더 나아가 칠레

럽의 "정신병원" 혹은 "루브르 박물관의 그림자" 정도로 전락한 자신의 시대의 현실을 개탄한 볼라뇨의 시각이(Braithwaite 2006, 111) 반영된 인물이 우루티아이기는 하지만,[4] 과연 이 인물이 애당초 칠레를 조국으로 생각한 적이나 있는지 의구심이 들 정도이다. 더구나 부계로는 바스크, 모계로는 프랑스 혈통의 인물이니 의구심이 더 커진다.

아무튼 칠레를 야만의 공간으로 인식하고 있으니, 칠레인들에 대한 우루티아의 인식 수준은 뻔하다. 페어웰과 마찬가지로 그에게도 칠레인은 동포라기보다 야만인이다. 이미 문학청년 시절부터 그런 인식이 뚜렷하게 드러난다. 가령, 페어웰 농장에 소속된 인부나 농민들을 대하는 태도를 보자. 누군가가 아픈 아이 이야기를 꺼내자, 우루티아는 속으로 다음과 같이 말한다. 사제가 맞나 싶을 정도의 뜨악한 반응이다.

> 왜 나를 필요로 하는 걸까? 아이가 죽어 가고 있나? 차라리 의사나 부르지. 아이가 한참 전에 이미 죽은 건가? 그럼 성모님에게 9일 기도나 드리지. 무덤이나 정결하게 청소해 주든지. 온 데 다 자라고 있는 풀을 깎아 주고. 아이를 위해 기도나 계속 드리고. 제발 하느님, 제가 오만 데 다 있을 수는 없잖습니까. 못합니다.(19-20)

산책에 나섰다가 길을 잃고 농민들의 생활수준을 목격했을 때의 우루티아의 반응은 더 어처구니없다. 그들의 비참한 삶에 가슴 아파하기

는 독립 후 정치적·경제적 혼란을 겪은 다른 라틴아메리카 국가들과는 다르며, 라틴아메리카의 영국이 될 수 있다는 주장을 담고 있다(우석균 2012, 86-87).

4) 가령, 볼라뇨는 단편 「참을 수 없는 가우초」(2003)에서 보르헤스의 「남부」의 다시쓰기를 시도하면서 현대 아르헨티나를 "몰락한 문명과 폐허의 야만"이 지배하는 곳으로 규정하기도 한다(이경민 2013, 272-280).

는커녕 혐오의 감정으로 일관한다. 벌거벗은 채 밭일을 하던 소년이 콧물을 흘리는 장면을 보고 "격한 구역질"을 하고 "나락으로 떨어지는 느낌"을 받는다(28). 더러운 닭장 너머에 우뚝 서 있는 침엽수 아라우카리아를 보고는 "그렇게 고귀하고 아름다운 나무가 이런 곳에서 무엇을 하고 있을까?"(29) 하고 자문한다.

농민들보다 훨씬 더 나은 위치의 사람들에 대한 태도도 별반 다를 바 없다. 어느 정도 사회적 지위가 있는 관료나 직장인들이 즐겨 찾는 산티아고 도심의 카페 아이티에서조차 우루티아는 그들을 훑어보면서 이렇게 생각한다.

> 몇몇 사람의 얼굴에서는 커다란 고통 같은 것을 발견했다. 속으로 말했다. 돼지들도 고통을 겪는군. 이내 그런 생각을 한 것을 후회했다. 그래, 돼지들도 고통을 느끼지. 그 고통이 그들을 숭고하게 하고 정갈하게 하는 거니까. 표지등이 내 머릿속에, 아니 어쩌면 내 신앙심 내부에 켜졌다. 돼지들 역시 신의 영광을 찬미하는 찬송가야.(77-78)

우루티아는 그들의 대화 내용도 역겨워한다. "아무 의미 없는 말들이"어서 "그 자체만으로 내 동포들의 낮은 수준과 무한한 절망을 담고" 있다고 규정한다(78). 아옌데의 민중연합 정부에 우루티아가 분노하고 세상과 담을 쌓고 살았던 이유가 바로 이런 엘리트주의 때문이었던 것이다. 그리고 앞서 언급했듯이, 우루티아는 급기야 여성, 성적 소수자, 청소년 등의 사회적 약자들에 대한 가학적인 시까지 쏟아내는 지경에 이르렀다. 칠레인들을 야만인, 아니 아예 개돼지로 인식해 오다가 급기야는 공격 대상으로까지 여기게 된 것이다. 쿠데타 이후 "참 평화롭군"이라는 우루티아의 반응은 그래서 살벌하기 짝이 없다. 그 대목은 다음과 같다.

> 폭격이 그친 후 대통령이 자살하고, 모든 것이 끝났다. 그때 나는 읽고 있던 페이지에 손가락을 대고 평온한 상태로 생각했다. 참 평화롭군. 나는 일어나 창밖으로 몸을 내밀었다. 정말 조용하군. 하늘은 파랬다. 여기저기 구름이 표식을 해놓은 그윽하고 깨끗한 하늘이었다. 멀리 헬리콥터 한 대가 보였다. 창문을 열어 둔 채 무릎을 꿇고 기도했다. 칠레를 위해, 모든 칠레인을 위해, 죽은 자들을 위해, 산 자들을 위해.(100)

전투기를 동원한 대통령 궁 폭격과 헬리콥터를 동원한 진압, 감시, 처형 등은 쿠데타 당시 실제 벌어졌던 일이다. 전쟁이나 다름없는 현실, 숱한 민간인들이 죽어나가는 현실인데 평화로움을 느끼는 우루티아의 모습에서 그의 가학성의 끝은 '덜 떨어진' 동포들의 절멸이었다는 점을 포착할 수 있다.

그런데 그 의지는 아옌데 시대 이전에 이미 잠재해 있었다. 우루티아가 권태에 허우적댈 때 수행한 성당 보존 연구 과정에서 이를 엿볼 수 있다. 이 연구 일화는 처음에는 너무 뜬금없어 보인다. 우루티아에게 주어진 과제가 그의 문학적 명성과는 어울리지 않게 성당의 퇴락을 방지할 방안을 마련해 보라는 것이었기 때문이다. 실제 선택한 연구 주제도 뜻밖이다. 유럽에 가서 처음 방문한 성당의 피에트로 신부가 공해보다 비둘기 똥이 성당을 더 많이 훼손시키고 매사냥으로 비둘기를 없애는 것이 해결책이라고 말하자, 유럽 여러 나라 성당을 돌아보면서 실제 연구에 착수한다. 그런데 이 일화야말로 잠재된 우루티아의 학살 욕구를 보여주는 대단히 의미심장한 이야기였다.

각 도시의 매사냥 시범은 섬뜩한 광경들을 연출했다. 가령, 피스토이아의 피에트로 신부의 매가 날아올라 사냥감을 덮치자마자 "날고 있던 비둘기가 경련을 일으키는"(86) 모습이 선명하게 목격된다. 스트라스부르의 조제프 신부의 매는 너무나 살기등등한 모습이라 주인이 미사를 집전할 때 파이프 오르간 맨 위에 앉아 있으면, "목덜미에 꽂히는 매의 시선"(87) 때문에 오싹함을 느낄 정도이다. 아비뇽의 파브리스 신부의 매는 이름도 섬뜩하게 '닥쳐'라는 뜻의 '타 괼'이고, 찌르레기 떼까지 닥치는 대로 공격해서 "채 몇 분이 되기 전에 찌르레기들의 날갯짓은 피로 물들고, 산산이 부서지고, 또 피로 물들었다."(88) 다만 부르고스의 안토니오 신부만이 "비둘기 역시 신의 피조물인데 그렇게 편의적으로 없애버리는 것이 옳은가 하는 생각"(90) 때문에 로드리고라는 사냥매를 오랜 세월 놀리고 있던 중이었다. 덕분에 로드리고는 다른 사냥매들과는 달리 노쇠하고 야성도 잃은 형편없는 몰골이었다. 그런데 우루티아의 방문 중에 고령의 안토니오 신부가 갑자기 고열로 정신이 혼미해지자, 로드리고의 몰골이 오버랩되어 마음이 불편해진 우루티아가 독단적으로 매를 놓아주자마자 뜻밖의 결과가 빚어진다. 우루티아가 거센 바람에 잠시 눈을 못 뜨는 사이, 아무짝에도 쓸모없는 듯했던 그 로드리고가 사제의 반경 10미터 안에 피투성이 비둘기를 수북이 쌓아놓고 사라진 것이다(92).

교구 신부들이 비둘기 사냥을 직접 주관하는 것도 유럽식 성당 보존법의 특징이었다. 안토니오 신부만 예외였을 뿐, 누구보다도 자비로워야 할 신부들이 비둘기 살육을 아무 거리낌 없이 수행한다. 심지어 살육을 즐기는 듯한 모습도 보인다. 가령, 피에트로 신부는 무자비한 비둘기 사냥에 거세게 항의하는 이웃주민에게 미소로 대응할 뿐이다(86). 생캉탱의 폴 신부도 그의 매가 달리기 경주의 개막을 알리기 위해 하늘로 날린 비둘기를 순식간에 땅바닥에 떨어뜨리는 바람에 주민들이 불쾌해하는데도, 매의 '위용'에 호기심에 찬 질문들을 던지는 아이들을 허풍을 떨어가면서까지 즐겁게 해준다(94).

이런 일련의 일을 겪은 우루티아는 귀국 직전에 "수천 마리의 매가 무리를 이루어 대서양 창공에 높이 떠서 아메리카 대륙을 향해 날아가는 꿈"(95)을 꾼다. '덜 떨어진' 아메리카인들을 차라리 절멸시켰으면 하는 마음이 드러난 꿈이다. 그래서 귀국 후 "나는 잘 풀렸지만 조국은 [⋯] 아무도 알아보지 못할 괴물로"(97) 표변했다는 우루티아의 회고는 위선이다. 유럽에서 권태와 무기력의 치유에 애쓴 것이 아니라 증오심을 증폭시키고 있었던 우루티아야말로 괴물 그 자체이다.

4. 삶의 비행과 죽음의 비행

『칠레의 밤』은 기나긴 라틴아메리카 독재(자) 소설 전통을 창의적으로 계승한 작품으로 보인다. 아스투리아스, 카르펜티에르, 로아 바스토스, 가르시아 마르케스, 바르가스 요사 등을 필두로 라틴아메리카를 대표하는 수많은 작가가 독재자나 독재 체제 고발에 역점을 둔 반면, 볼라뇨는 부역자에 초점을 맞추었기 때문이다. 그러나 필자는 창의적 계승이 아니라 단절이라는 주장을 하고 싶다. 포스트독재 시대와 포스트독재 소설(la novela de la postdictadura)에 대한 일련의 논의 때문이다.

포스트독재 시대, 즉 독재가 현재의 일이 아니고 과거사인 시대에 독재(자) 소설을 쓰는 것은 어떤 의미를 지닐까? 언뜻 생각하기에는 독재 시대와 시간적 거리를 두고 집필된 독재(자) 소설은 과거에 대한 차분한 성찰, 그리하여 더욱 객관적이고 명증하고 폭넓은 성찰의 산물이겠거니 싶을 것이다. 그러나 그렇게 단순하게 판단할 일이 아니다. 포스트독재 시대가 독재 시대의 청산이 가능한 시대라면 모를까, 여전히 혹은 또 다른 문제적 시대라면, 그리하여 독재 시대의 숱한 희생이 치유될 수 없는 상황이라면 과거에 대한 제대로 된 성찰이 과연 가능할까?

포스트독재 소설 논의는 바로 이런 문제점을 주목하였다. '포스트독재 소설'이라 해서 독재(자) 소설만을 다룬 논의는 아니고, 군복독재 종식 이후의 라틴아메리카 소설에 관한 전반적 논의이다. 그리고 가장 중요한 족적을 남긴 브라질 학자 이데우베르 아벨라르는 『때 아닌 현재: 라틴아메리카 포스트독재 소설과 애도의 과제』(1999)에서 독재 종식 이후를 패배의 시대로 규정하고, 이 시대에 문학은 한다는 것은 "때 아닌 과업"(untimely enterprise)이라고 말한다(Avelar 1999, 21). 이는 알베르토 모레이라스의 문제 제기를 문학 비평으로 확장시킨 것이다. 모레이라스는 1993년 「포스트독재와 사유의 혁신」이라는 소고에서 포스트독재 시대에 비판적 사유가 가능할 것인가 하는 고민을 토로했다. 그에 따르면 민주화 이후 남미 원뿔지대(Cono Sur)는 사실상 독재 2단계 시대이다. 냉전체제하의 안보 독트린이 야기한 독재 1단계에 비해 외견상 온건해 보이지만, 신자유주의가 근대화와 경제를 화두로 독재 1단계와 마찬가지로 지적 담론과 예술을 비롯한 사회 각 분야를 포섭, 통제, 억압하고 있다고 본 것이다(Moreiras 2008, 74-75). 아벨라르 역시 이에 동의한다. 그는 포스트독재 시대를 국가에서 시장으로 권력이 이양된 시기로 본다. 즉 독재에서 민주 정부로가 아니라 군부독재에서 시장독재로 이행되었다는 것이다(Avelar 1999, 58-59).

포스트독재 시대에 대한 이런 논의가 『칠레의 밤』을 단순한 부역자 소설이 아닌 다른 각도에서 조망할 여지를 준다. 포스트독재 시대의 사유가 "애도의 조건"(condición de duelo)에 처해 있다는 모레이라스의 진단이 그 출발점이다(Moreiras 2008, 67). 이는 프로이트의 「애도와 우울증」에서 영감을 얻은 진단이다. 프로이트에 따르면, 애도는 사랑하는 사람이나 이상의 상실에서 비롯되는 자연스러운 현상이고, 시간의 흐름이나 어떤 계기가 있으면 치유되는 감정이다. 반면, 우울증(melancolía)은 "심각할 정도로 고통스러운 낙심, 외부 세계에 대한 관심의 중단, 사랑할 수 있는 능력의 상실, 모든 행동의 억제, 그리고 자신을 비난하고 자신에게 욕설을 퍼부을 정도로 자기 비하감"(프로이트 2007, 244) 등을 느끼게 만드는 병적인 현상이다. 사실 모레이라스의 진단은 자가당착인 면이 있다. 포스트독재 시대의 현실이 비판적 사유의 존립기반을 뒤흔들고 있다고 보면서, '우울증의 조건'이 아닌 '애도의 조건'을 모색하기 때문이다. 그래서 1990년대의 비판적 사유는 건강한 애도를 수행하는 시대적 조건(애도의 조건)에 부합할 의무가 있다는 모레이라스의 주장은 비관적 전망의 시대에서도 희망의 끈을 놓치지 않으려는 의지, 비판적 사유가 완전한 우울증에 빠지는 것만은 막아야 한다는 지식인으로서의 윤리를 천명한 정도로 이해해야 할 것 같다.

이와 관련해 아메리카로 향하는 매 떼에 대한 꿈, 폭격, 헬리콥터에 대한 우루티아의 반응을 되짚어보자. 앞서 서술하였듯이, 쿠데타 당일 대통령궁 모네다 폭격이 이루어지고 아옌데 자살 소식을 접한 우루티아는 "참 평화롭군"이라는 반응을 보인다. 또 창문을 열고 하늘을 바라보다가 헬리콥터 한 대가 보이자 무릎을 꿇고 칠레를 위한 기도를 드린다. "모든 칠레인을 위해, 죽은 자들을 위해, 산 자들을 위해" 드린 기도라고 회고하고 있지만 사실은 그가 생각하는 종류의 평화를 되찾은 데 대한 감사기도였다. 그런데 우루티아의 이런 반응은 개인적인 가증스러움의 차원을 넘어 국민적 트라우마를 다시 들쑤시는 폭거이다. 쿠데타 이후의 칠레에서 폭격기와 헬리콥터는 국가 폭력의 상징이었기 때문이다. 가령, 사회학자 토마스 물리앙은 쿠데타 당일부터 군부가 작심하고 공포 장치(dispositivo del terror)를 가동시켰고, 폭격기와 헬리콥터의 동원은 물리력의 필요성 때문보다는 압도적인 힘의 우위를 과시해 심리적 공포를 심어주기 위한 것이라고 분석한다(Moulian 1997, 181-184). 1996년 마누엘로드리게스애국전선(Frente Patriótico Manuel Rodríguez)의 탈출극도 헬리콥터의 상징성을 짐작하게 해준다. 민주화 이후에도 여전히 좌파 혁명 노선을 견지하던 이 단체는 수감된 동지들의 구출을 위해 할리우드 영화에서나 볼 수 있는 헬리콥터 탈출극을 감행했고, 이를 '정의의 비행'(Flight of Justice)이라고 규정했다. 이로써 쿠데타 당시의 헬리콥터 동원을 '불의의 비행'으로 규정한 것이다.

이 두 사례를 포스트독재 논의에 입각해 분석해 보자면, 우울증의 징후를 보이고 있는 듯한 느낌이다. 물리앙의 분석은 미셸 푸코의 『감시와 처벌: 감옥의 역사』의 전근대적인 신체형(身體刑)에서 출발한 것이다.

전근대적인 신체형의 특징은 중죄인을 최대한 잔인한 방법으로 공개 처형하여 본보기로 삼는 것인데, 폭격기와 헬리콥터의 동원(그리고 학살)을 이에 비유한 것이다(Moulian 1997, 172-173). 쿠데타의 전근대적 성격, 따라서 비이성적이고 비문명적인 성격을 부각시킴으로써 상처의 치유보다 분노의 되새김질에 가까워 보인다. 그래서 우울증의 징후를 의심하는 것이다. 물론, 이 사실만을 들어 그렇다고 강력히 주장하기는 힘들다. 하지만 적어도 물리앙 역시 모레이라스처럼 애도의 조건 창출이 쉽지 않은 현실이라는 점을 직시하고 있는 것을 감지할 수 있다. 신자유주의 시대가 낳은 '신용카드 시민'(ciudadano credit-card)의 출현을 한탄하고 있다는 점에서 그렇다(Moulian 1997, 102-110). 이 점에서는 마누엘로드리게스애국전선의 '정의의 비행'도 유사하다. 가령, 넬리 리샤르는 반체제 단체까지 헬리콥터라는 '근대성의 언어'(language of modernity)에 집착할 정도로 칠레 현실이 신자유주의에 함몰되어 있다는 문제의식을 드러낸다(Richard 1998, 151).

이 두 사례에 비해 『칠레의 밤』의 볼라뇨는 훨씬 더 확연하게 우울증의 징후를 보인다. 물론 폭격이나 헬리콥터에 대한 언급은 대단히 피상적이다. 그러나 대서양을 건너 아메리카로 향하는 매 떼에 대한 꿈은 칠레의 국민적 트라우마에 대한 볼라뇨의 우울증의 징후를 단적으로 보여준다. 이 장면이 칠레 시인 라울 수리타(Raúl Zurita, 1950~)의 비행기 퍼포먼스에 대한 응답인데다가, 그의 접근 방식과 너무 대비되기 때문이다. 수리타는 1982년 뉴욕에서 다섯 대의 비행기를 띄워 흰색 배출가스를 이용해 하늘에 스페인어로 「새로운 삶 La vida nueva」이라는 시를 썼다. "나의 하느님은 굶주림이다", "나의 하느님은 눈이다", "나의 하느님은 No이다" 등등 '나의 하느님은 ~이다'라는 15행짜리 시였다(Zurita 1991, 31). 언뜻 보면 시의 내용도 암울하고, 이 퍼포먼스의 1차적 목표도 칠레 현실에 개입하기 위해서가 아니라 미국의 라티노들에게 자부심을 심어주기 위해서였다. 그러나 수리타는 1970년대 중반, "모네다를 폭격한 비행기들이 하늘에 시를 쓸 수 있다면, 적어도 상징적으로나마 예술을 통해 세상을 바꿀 희망이 있는 것이 아닐까"(Piña 1993, 217)라는 영감이 떠올라 칠레에서 퍼포먼스를 시도했고, 심지어 칠레 공군과 협의까지 했다. 이를테면, 1973년 칠레 공군의 '죽음의 비행'을 자신의 퍼포먼스를 통해 '삶의 비행'으로 바꾸고자 했던 것이다. 또 뉴욕 퍼포먼스는 『천국의 앞 Anteparaíso』(1982) 집필 중에 이루어졌는데,[5] 이 시집은 현대판 『신곡』을 쓰겠다는 수리타의 원대한 포부를 품고 집필한 첫 시집 『연옥 Purgatorio』(1979)의 후속 작품이었고 칠레 사회가 연옥에서 탈피해 천국으로 바뀔 수 있으리라는 전망을 담고 있었다(Piña 1993, 215).

수리타의 퍼포먼스와 볼라뇨의 관계는 『아메리카의 나치 문학』(1996)과 『먼 별』(1996)에서 확연히 드러난다. 『아메리카의 나치 문학』에서는 「악명 높은 라미레스 호프만 Ramírez Hoffman, el infame」의 파시스트 주인공 카를로스 라미레스 호프만이 비행기를 동원해 퍼포먼스를 벌이면서 "죽음은 우정이다", "죽음은 칠레다", "죽음은 책임이다", "죽음은 사랑이다", "죽음은 성장이다" 등등 '죽음은 ~이다'라는 일련의 시행들을 산티아고 하늘에 아로새긴다(볼라뇨 2009, 183). 그리고, 볼라뇨 작품에서는 흔한 일이지만, 이 단편이 확대되어 『먼 별』의 주요 사건 중 하나가 된다. 주인공 이름만 카를로스 비더로 바뀔 뿐, 동일한 퍼포먼스, 동일

5) 그래서 시 「새로운 삶」은 사진 15장과 함께 『천국의 앞』에 수록되어 있다.

한 시행(볼라뇨 2010a, 114)이 산타아고 하늘을 수놓는다. 그리고 『칠레의 밤』의 매 때의 꿈이 이 연장선상에 있다. 이를테면, 볼라뇨는 수리타와 달리 죽음의 비행을 형상화하고 있다. 그래서 수리타와 볼라뇨는 각각 포스트독재 논의의 애도와 우울증의 대표적인 사례라고 볼 수 있다. 물론 수리타의 '삶의 비행'은 독재 시대의 퍼포먼스였다. 하지만 수리타는 민주화가 된 후인 1993년에도 아타카마 사막에서 삶의 비행의 퍼포먼스, 애도의 퍼포먼스를 벌였다. 이번에는 "슬픔도 두려움도 그만"(Ni pena ni miedo)이라는 길이 3킬로미터 이상, 깊이 1.8미터에 달하는 엄청난 크기의 글자를 새겨, 마치 나스카 라인처럼 비행기를 타고 하늘에서 읽을 수 있도록 했다. 포스트독재 시대에도 수리타는 볼라뇨와 달리 여전히 애도의 조건을 창출하고자 하는 의지를 고수한 것이다.

5. 라틴아메리카 전역에 뿌려진 젊은이들의 뼈

그렇다면 묻지 않을 수 없다. 볼라뇨가 어째서 죽음의 비행에 집착하는 우울증 징후를 보이고 있는지. 먼저 볼라뇨의 시대 인식이 포스트독재 이론가들의 그것과 상당히 유사하다는 점을 지적할 필요가 있다. 볼라뇨는 자기 세대의 라틴아메리카 문인들은 주로 중하층이나 프롤레타리아 출신이어서 월급쟁이나 노점상으로 전락할지도 모른다는 지독한 두려움을 안고 문학을 한다고 말한다(VV. AA. 2004, 18-19). 이 발언에는 서민 가정에서 태어나 전업 작가로 창작에 전념할 수 있을 때까지 오랜 세월 접시닦이, 웨이터, 환경미화원, 계절노동자, 야간 경비원, 노점상

등 궂은일에 종사해야 했던 자신의 삶이 다분히 투영되어 있다. 따라서 이 발언만을 놓고 볼라뇨가 포스트독재 이론가들처럼 자신과 자신의 세대가 처한 현실과 시장독재의 상관관계, 아니면 적어도 신자유주의적 노동 유연성의 상관관계를 철두철미 인식하고 있었다고 단정 짓기는 쉽지 않다. 그러나 『2666』을 보면 볼라뇨가 자신의 세대의 피폐한 삶의 조건과 신자유주의적 세계화와의 관계를 분명하게 인식하고 있다는 것이 드러난다. 주지하다시피, 『2666』의 주요 플롯 중 하나는 미국-멕시코 국경지대의 산타테레사 시에서 발생한 108명의 여성 연쇄살인이다. 그런데 이 지대는 신자유주의적 세계화의 구조적 모순과 경제적·사회적 폭력성을 상징하는 공간이다. 자본의 이동은 자유로운데 노동의 이동은 제한적이라는 구조적 모순 때문에 마킬라도라 노동자와 불법 이주자, 이를테면 현대판 유랑민들이 넘쳐나는 공간이고, 이 불안정한 디아스포라의 민낯이 바로 멕시코 국경도시 시우다드후아레스 등에서 실제로 발생한 여성 연쇄살인 사건이기 때문이다.

그러나 이러한 유사한 인식에도 불구하고 볼라뇨는 포스트독재 이론가들과는 달리 애도의 조건에 대한 성찰이나 이를 창출하려는 일에 전혀 관심이 없다. 『2666』에서 이 사건이 중점적으로 다루어지는 방식이 그의 '무관심'을 극명하게 보여준다. 전체 5부로 구성된 『2666』에서 가장 긴 제4부 「범죄에 관하여」가 여성 연쇄살인 사건만을 다루고 있는데, 전체가 다 시신 하나하나에 대한 '과학적'이고 '객관적'인 법의학 보고서들로 이루어져 있다. 이 끔찍한 연쇄살인 사건에 대한 볼라뇨 자신이나 화자의 의견 개진은 전혀 없다. 미국-멕시코 국경지대가 얼마나 끔찍한 곳인지 까발리고 있을 뿐, 이 공간의 모순에 대한 성찰이나 대안 모색은 전혀 없는 것이다. 바로 이런 점이 자신의 시대에 대한 볼라뇨의 끝없는 환멸을 읽을 수 있는 대목이다.

물론 『2666』의 또 다른 주요 플롯인 아르킴볼디를 찾는 이야기는 언뜻 보기에 볼라뇨의 다른 측면을 보여주고 있는 듯하다. 아르킴볼디는 뒤늦게 가치를 인정받는 바람에 아직 베일에 가려진 작가로 본명은 한스 라이터이다. 그런데 이 인물은 2차 세계대전의 참극, 특히 나치즘과 스탈린주의의 폐해를 뼛속까지 경험한 바 있다. 이미 『아메리카의 나치 문학』, 『먼 별』, 『칠레의 밤』 등 볼라뇨의 여러 작품이 전체주의를 다루고 있기 때문에 볼라뇨나 『2666』의 주요 관심사가 전체주의 극복으로 읽힐 여지가 있다. 실제로 종종 한나 아렌트의 전체주의 비판 맥락에서 볼라뇨 독해를 시도하기도 한다. 가령, 『칠레의 밤』에 나오는 등장인물들의 특징 역시 아렌타와 결부되어 분석된다(Benmiloud 2010, 232). 그러나 『2666』의 작품 말미에서 아르킴볼디가 조카가 여성 살해 범인으로 기소되었다는 소식을 접하고 멕시코로 가는 점은 아렌트 소환이 적절한지 의구심이 들게 만든다. 2차 세계대전의 참극 속에서 겨우 생존한 인물의 최종 종착점이 작품 속에서 유럽보다 더 끔찍하게 그려지고 있는 미국-멕시코 국경지대가 되고 있기 때문이다. 한때 인류 문명의 절정으로 여겨지던 유럽, 소위 '역사의 종말'로 최종적인 승리자로 간주되던 미국이 모두 묵시록의 세계처럼 폐허로 변했다는 사실을 환기시키는 것이 아닐까? 그렇다면 인류의 미래를 위해 전체주의를 극복할 새로운 지평을 열고자 했던 아렌트와 염세주의적 시각으로 일관하는 볼라뇨를 동일시할 수 있을까? 볼라뇨는 마치 발터 벤야민처럼 "야만의 기록이 없는 문화란 있을 수 없다"(벤야민 1983, 347)는 인식, 혹은 인간의 역사가 진보하는 것이 아니라 야만성을 반복적으로 드러내고 있다는 인식(박정원 2012, 15)에 사로잡혀 있지 않은가. 그래서 그의 작품들은 애도보다는 우울증의 표본이라 할 수 있다.

그렇다면 『칠레의 밤』을 포스트독재 소설로 규정할 수 있을까? 포스트독재 논의의 중심축의 하나인 애도/우울증의 맥락에서 보자면 가히 포스트독재 소설의 대표적인 작품으로 볼 여지가 있다. 그러나 미리 결론을 이야기하자면, 필자는 포스트독재 소설 논의가 『칠레의 밤』 독해에 대단히 유용하지만 이 작품은 '포스트혁명 소설'로 규정되어야 마땅하다고 본다. 볼라뇨의 우울증의 기원이 군부독재나 애도의 조건 창출이 불가능한 신자유주의 시대에 있지 않기 때문이다.

로물로 가예고 상 수상 연설에 볼라뇨의 우울증의 기원이 명확하게 드러나고 있다. 볼라뇨는 세르반테스의 『돈키호테』에서 문(文)과 무(武)의 미덕을 논하는 장면을 언급한다. 세르반테스는 국가를 위해 전쟁에 참여한 것을 시 창작보다 가치 있는 일로 서술하는데, 볼라뇨는 이를 두고 한때 군인이었던 세르반테스가 작가로서의 현 신분보다 "자신의 청춘, 자신의 잃어버린 청춘의 환영이 이기도록" 한 것이고, 여기서 "강렬한 멜랑콜리의 향기"를 감지할 수 있다고 말한다(Paz Soldán y Faverón Patriau 2008, 40-41). 볼라뇨가 '멜랑콜리'(melancolía)라는 단어를 사용하고 있다는 점이 눈길을 끈다. 프로이트의 이론과 포스트독재에 대한 논의를 소개하면서 '우울증'이라고 번역한 바로 그 단어이기 때문이다. 물론 볼라뇨가 프로이트의 애도/우울증을 염두에 두고 이 단어를 사용했다고 주장한다면 논리적 비약일 것이다. 하지만 과거에 집착하는 세르반테스의 태도를 지적했다는 점에서는 맥락이 통하는 부분이 분명 있다. 볼라뇨가 세르반테스까지 들먹이며 하고자 했던 이야기는 다음과 같다.

> 1950년대에 태어났고 삶의 어느 순간에 무(武, milicia)의 길을 걸은 우리, 아니 더 정확히 말하자면 투사의 길을 선택한 우리는 없는 것도 많고 가진 것도 많은 우리 청춘을 세상에서 제일 위대한 일이라고 믿었던 일에 바쳤다. 그 일은 어느 면에서는 위대했지만, 사실은 그렇지 않았다. 우리는 정말로 필사적으로 투쟁했다. 그러나 부패한 두목들, 겁쟁이 지도자들, 한센병보다 더 고약한 선전선동과 마주쳤을 뿐이다. [...] 이제 그 젊은이들은 아무도 남지 않았다. 볼리비아에서 죽지 않은 젊은이들은 아르헨티나나 페루에서 죽었다. 생존한 이들은 칠레나 멕시코로 죽으러 갔다. 거기에서 죽이지 못한 이들은 나중에 니카라과, 콜롬비아, 엘살바도르에서 죽여 버렸다. 라틴아메리카 전역에 이 망각된 젊은이들의 뼈가 뿌려져 있다. 그것이 세르반테스로 하여금 시보다 무(武)를 선택하게 한 발판이다. 그의 동료들 역시 죽었다. 혹은 빈곤과 방치 속에서 늙고 내팽개쳐졌다.(Paz Soldán y Faverón Patriau 2008, 40-41)

인용문에서 보듯이, 볼라뇨는 자신과 세르반테스를 동일시하고 있다. 그러나 세르반테스보다 볼라뇨의 환멸이 더 크다. 세르반테스는 깊은 환멸에도 불구하고 과거에 대한 향수로 군인의 길을 옹호하지만, 볼라뇨는 젊은이들의 뼈만 라틴아메리카 전역에 뿌렸다는 한탄만 하고 있다. 그도 그럴 것이 볼라뇨는 15세 때인 1968년 멕시코혁명으로 집권한 제도혁명당 정권이 틀라텔롤코 광장에서 학생들을 학살하는 것을 보고 치를 떨었고, 20세 때인 1973년에는 아옌데 정권 수호에 작은 힘이라도 보태겠다는 일념으로 칠레로 가지만 쿠데타 세력의 무자비함에 분노한 것은 물론이고 좌파의 무기력함과 도덕적 해이에 어이없어 했고, 엘살바도르 시인 로케 달톤(Roque Dalton, 1935~1975)이 혁명군 내부의 갈등으로 처형된 것에 분노한 사람이었다.

그래서 볼라뇨의 우울증의 기원은 라틴아메리카의 혁명의 시대, 즉 멀리 봐서는 1950년대 초반 과테말라의 개혁 정치와 볼리비아의 소위 '광부들의 혁명', 짧게 보아서는 적어도 1959년의 쿠바혁명으로 개막된 낙관적인 시대의 좌절과 긴밀한 관계가 있다. 쿠바 같은 작은 나라가 혁명에 성공하는 것을 목격하면서, 1960년대의 라틴아메리카는 혁명을 통한 새로운 시대의 개막이 가능하리라는 열망에 사로잡혔다. 하지만 이런저런 이유로 그 열망은 환멸로 변했고, 볼라뇨처럼 라틴아메리카 전역에 젊은이들의 뼈만 뿌린 꼴이라는 한탄에 공감하는 분위기가 형성되었다. 이 환멸의 기점은 지역에 따라, 세대에 따라, 또 연구자에 따라 다르다. 가령, 존 베벌리는 레지 드브레(Régis Debray), 엘리사베스 부르고스(Elizabeth Burgos), 베아트리스 사를로(Beatriz Sarlo), 호르헤 카스타녜다(Jorge Castañeda), 테오도로 페트코프(Teodoro Petkoff)처럼 진보 진영에 있다가 그가 보기에 보수화된 지식인들의 이름을 열거하면서 이들이 "환멸의 패러다임"(Beverley 2011, 165)에 사로잡혀 있다고 비판한다. 어떻게든 애도의 조건을 창출해야 한다는 사명감에 사로잡혀 있던 모레이라스와 유사한 문제의식이었다. 실제로 아벨라르는 붐 소설의 쇠락 기점에 대한 베벌리의 주장을 수용하면서 적어도 문학에서는 1973년 9월의 칠레 쿠데타를 분기점으로 볼 수 있다고 말한다(Avelar 1999, 13). 니카라과 산디니스타 혁명을 비롯한 중미의 혁명적 분위기에서 일말의 희망을 본 이들처럼, 그 실패를 목격한 후에야 환멸의 패러다임에 뒤늦게 빠져든 이들도 물론 있다. 반면, 이념적으로 차츰 경직되어 가는 쿠바혁명에 실망한 이들은 이미 1960년대 중반부터 환멸의 패러다임에 빠져들기도 했다. 또 클라우디아 힐만 같은 이들은 1960년대와 1970년대 초중반을 통칭하는 "장기 1960년대"(largos sesenta)에 혁명적 전망이 차츰 환멸로 바뀌었다고 주장하며(Gilman 2003, 39), 서구와 멕시코의 1968년이나 쿠바 문인 에베르토 파디야의 자아비판(1971) 등을 원인으로 지목하기도 한다. 필자가 보기에 볼라뇨의 환멸, 그리고 그에 따른 우울증의 징후는 바로 라틴아메리카의 이러한 분위기의 소산이다. 그래서 『칠레의 밤』을 포스트독재 소설이 아니라 포스트혁명 소설로 보는 것이다.

참고 문헌

로베르토 볼라뇨(2009), 『아메리카의 나치 문학』, 김현균 옮김, 을유문화사.

로베르토 볼라뇨(2010a), 『먼 별』, 권미선 옮김, 열린책들.

로베르토 볼라뇨(2010b), 『칠레의 밤』, 우석균 옮김, 열린책들.

박정원(2012), 「공포의 시뮬라크르를 넘어 경계의 윤리학으로: 『2666』에 나타난 세계화 시대의 상징으로서 미국-멕시코 국경」, 『이베로아메리카연구』, Vol.23, No.3, pp. 1-26.

발터 벤야민(1983), 「역사철학테제」, 반성완 편·역, 『발터 벤야민의 문예이론』, 민음사, pp.343-356.

우석균(2010), 「문자도시의 몰락: 로베르뜨 볼라뇨의 『칠레의 밤』을 중심으로」, 『스페인어문학』, No.54, pp.107-125.

우석균(2012), 「칠레 근대성 담론 비판」, 서울대학교 라틴아메리카연구소 편, 『라틴아메리카의 전환-변화와 갈등』 상권, 한울, pp.84-106.

이경민(2013), 「볼라뇨의 「참을 수 없는 가우초」: 보르헤스의 「남부」 다시쓰기」, 『스페인어문학』, No.68, pp.261-282.

장정일(2011), 「MB의 연설 원고를 쓰는 그 작가는 누구인가?」, 『프레시안』, 2011년 1월 14일, http://www.pressian.com/news/article.html?no=65861.

지그문트 프로이트(2007), 「슬픔과 우울증」, 윤희기 옮김, 지그문트 프로이트, 『정신분석학의 근본 개념』, 윤희기/박찬부 옮김, 열린책들, pp.243-268.

Avelar, Idelber(1999), *The Untimely Present: Postdictatorial Latin American Fiction and the Task of Mourning*, Durham and London: Duke University Press.

Benmiloud, Karim(2010), "Odeim y Oido en *Nocturno de Chile* de Roberto Bolaño," *Aisthesis*, No.48, pp.229-243.

Berchenko, Pablo(2006), "El referente histórico chileno en *Nocturno de Chile* de Roberto Bolaño," Fernando Moreno(ed.), *La memoria de la dictadura*, Paris: Ellipses, pp.11-20.

Beverley, John(2011), "Repensando la lucha armada en América Latina," *Sociohistórica*, No.28, pp.163-177.

Braithwaite, Andrés(2006), *Bolaño por sí mismo: entrevistas escogidas*, Santiago:

Universidad Diego Portales.
Favry, Geneviève(2012), "Las visiones de Raúl Zurita y el prejuicio de lo sublime," *Caravelle*, No. 99, http://journals.openedition.org/caravelle/457.
Gilman, Claudia(2003), *Entre la pluma y el fusil*, Buenos Aires: Siglo XXI.
Moreiras, Alberto(2008), "Postdictadura y reforma del pensamiento," Nelly Richard(ed.), *Debates críticos en América Latina*, tomo 1, Santiago: Editoria ARCIS/Editorial Cuarto Propio/Revista de Crítica Cultural, pp.67-79.
Moulian, Tomás(1997), *Chile actual: Anatomía de un mito*, Santiago: Universidad Arcis/Lom Ediciones.
Paz Soldán, Edmundo y Gustavo Faverón Patriau(eds.)(2008), *Bolaño salvaje*, Barcelona: Editorial Candaya.
Piña, Juan Andrés(1993), *Conversaciones con la poesía chilena*, 2a ed., Santiago: Pehuén.
Richard, Nelly(1998), "Take the Sky by Assault: Political Transgression and Flight of Metaphors," Nelly Richard, *Cultural Residues: Chile in Transition*, Minneapolis & London: University of Minnesota Press, pp.145-158.
VV. AA.(2004), *Palabra de América*, Barcelona: Seix Barral.
Zurita, Raúl(1991), *Anteparaíso*, Madrid: Visor Libros.

로베르토 볼라뇨의 『먼 별』에서 나타나는 거울같이 반사되고 폭발하는 이야기들*

최 은 경

1. 서론

로베르토 볼라뇨는 『먼 별』(1996)의 서문에서, 작가의 알터 에고(Alter ego)인 아르투로 베(Arturo B)가 "다른 이야기들의 거울이 아니라 그 자체로 하나의 거울이 되는 이야기, 다른 이야기들과 연쇄 반응을 일으켜 폭발하는 이야기가 아니라 스스로의 힘으로 폭발하는 이야기를 원했다"(Bolaño 1996, 11)[1]라고 명시한다. 본 논문은 이러한 그의 목표를 중심으로 소설을 분석해 보기 위해서 소설 속의 이야기들을 '다른 이야기들

* 본 논문은 A&HCI 등재지 Hispamérica(2014: 33-40, ISSN: 0363-0471) 학술지 43권 129호에 "Historias especulares y explosivas en *Estrella distante* de Roberto Bolaño"라는 제하의 논문을 번역한 것이다. 본 논문은 2013년 대한민국 교육부와 한국연구재단의 지원을 받아 수행된 연구(NRF-2013S1A5B5A07046119)로 2014년 교육부 장관 표창 우수성과상을 수상하였다.

1) 앞으로 『먼 별』 인용 시 쪽 번호만 표시한다. 본 소설의 한글 번역은 권미선이 옮긴 『먼 별』(서울: 열린책들, 2010)을 참고하였다.

에 의해서 폭발력을 갖고 다른 이야기들을 비추는 이야기들'(거울-이야기)과 '자신의 힘으로 폭발하고 스스로를 비추는 이야기들'(스스로 폭발하는 이야기)이라는 두 가지의 카테고리로 나누어 연구한다. 먼저 후안 스테인(Juan Stein), 로렌소(Lorenzo), 디에고 소토(Diego Soto), 야만스러운 작가들(los escritores bárbaros), 라울 들로르메(Raoul Delorme), 그리고 카를로스 비더(Carlos Wieder)의 이야기들은 거울-이야기로 분류하여 연구하고자 한다. 이 이야기들은 이 소설의 원작인 「악명 높은 라미레스 호프만 Ramírez Hoffman, el infame」이라는 『아메리카의 나치 문학』(1996)의 마지막 장의 내용을 반복하여 비추고 있기 때문이다. 그리고 이 이야기들은 콜롬보 작전(La Operación Colombo), 게슈탈트 심리치료법(la terapia Gestalt), 카다 예술 행위 집단(CADA: el Colectivo Acciones de Arte, 1979-1985), 라울 수리타, 그리고 미겔 앙헬 카바요(Miguel Angel Cavallo)를 암시하는 사회적, 정치적, 문화적 이야기들과 연관 지었을 때 비로소 강한 폭발력을 가지는 이야기들이기 때문에 이를 거울-이야기로 분류하여 고찰하였다. 이러한 관점으로 연구한 후에 본 논문은 『먼 별』 속 비더의 사진 전시회에서 드러난 사라진 사람들의 고문당하고 잘려진 신체 사진의 묘사를 스스로 폭발하는 이야기로 간주하여 연구할 것이다. 이것이 스스로 폭발하는 이야기라고 할 수 있는 것은 이 이야기만이 『먼 별』에 유일하게 덧붙여진 이야기이기 때문일 뿐만 아니라 (「악명 높은 라미레즈 호프만」에도 사진전에 관한 이야기는 나오지만 사진의 자세한 묘사는 빠져있다) 극화되지 않은 폭력의 시각적 재현의 묘사를 읽거나 보는 것은, 어떤 설명이 덧입혀지지 않는다 할지라도 독자의 육체적이고 도덕적인 반응을 불러일으키기 때문이다. 본 연구자는 소설 속 아르투로 베가 정치적으로 강한 영향력을 가지고 있는 스스로 폭발하는 이야기를 선호하는 배경을 설명한다. 필자는 이미 이야기되어진 이야기에 덧붙여진 비더 사진의 자세한 묘사를 통하여 볼라뇨가 칠레 군부독재자들에 대한 사면의 부당함과 사라진 사람들에 대한 사회적 의식을 일깨워 보다 폭넓은 이야기로 소설을 다시 썼다는 논지를 펼칠 것이다.

『먼 별』은 1973년 9월 11일 칠레 쿠데타의 이전과 이후를 소설의 사회적, 정치적 배경으로 삼았으며 두 가지의 상이한 전개방식을 택하였다. 첫 번째는 회고적 전개방식으로써 생존자들의 기억을 바탕으로 칠레 쿠데타에 대한 기억을 되살린다. 두 번째는 칠레의 독재 이후, 즉 망각정치가 성행하던 현재 시점으로 시간을 되돌려, 화자가 가해자의 뒤를 쫒는 것에 집중한다.

「악명 높은 라미레즈 호프만」이 『먼 별』로 바뀌면서 인물이 이름만 바뀐 채 중복되었음을 볼 수 있다. 라미레즈 호프만은 카를로스 비더(Carlos Wieder)로, 에밀리오 스티븐스(Emilio Stevens)는 알베르토 루이스-타글레(Alberto Ruiz-Tagle)로, 쌍둥이 자매 마리아 베네가스와 마그달레나 베네가스(María y Magdalena Venegas)는 앙헬리카 가르멘디아와 베로니카 가르멘디아(Angélica y Verónica Garmendia)로, 후안 체르니아코브스키(Juan Cherniakovski)는 후안 스테인(Juan Stein)으로, 그리고 마르틴 가르시아(Martín García)는 디에고 소토(Diego Soto)로 이름만 바뀌어 다시 부활하였으며 이러한 글쓰기 방식은 볼라뇨의 작품에서 자주 나타나는 특징 중의 하나이다.

아돌포 카세이로(Adolfo Cacheiro 2010, 131)와 카롤리나 라미레즈 알바레스(Carolina Ramírez Álvarez 2008, 45)는 모든 소설은 다른 소설의 다시쓰

기라는 전제를 바탕으로, 어떻게 그리고 어떤 면에서 볼라뇨의 소설이 그의 다른 소설들을 상호 텍스트적으로 가리키고 있으며 또한 서구의 정전들도 다시 쓰고 있는지를 분석하였다. 예를 들어, 이들은 『아메리카의 나치 문학』과 『먼 별』이 호르헤 루이스 보르헤스의 『불한당들의 세계사』의 다시쓰기로 볼 수 있다고 주장한다. 소설작품들의 다시쓰기라는 소설의 본질을 강조하기 위해서 『먼 별』의 서문 끝에 볼라뇨의 알터 에고도 "수많은 문장들을 반복함으로써 효과적으로 되살려 주는 피에르 메나르의 혼령"(11)을 언급하였다. 카를로스 바르가스 살가도(Carlos Vargas Salgado 2011, 11)는 카세이로와 마찬가지로 피에르 메나르가 『돈키호테』를 다시 썼듯이, 볼라뇨 또한 다른 소설을 다시 쓰고 있다고 주장하였다.

필자는 본 논문에서 『먼 별』의 대부분의 이야기가 거울-이야기인 이유는, 작가 자신의 글의 상호 텍스트적 다시쓰기 혹은 다른 정전들의 다시쓰기를 시도하기 때문일 뿐만 아니라, 소설이 칠레의 사회와 정치를 보여주는 이야기이기 때문이기도 함을 입증하고자 한다. 『먼 별』이 칠레의 사회와 정치를 반영하는 이야기라는 연구는 이 소설에서 볼라뇨가 독자를 위해 깔아놓은 의미심장한 힌트들을 찾아감으로써만 입증될 수 있다. 그리고 이러한 힌트에서 역사적 사실과 허구적 이야기와의 관계는 때로는 강조되기도 하고, 때로는 지워져버리기도 하여 이 둘 사이의 명확한 관계를 증명하지 않아도 되게 계획되어 있다.

2. 스테인의 이야기: 콜롬보 작전의 거울-이야기

『먼 별』의 4장에서 콘셉시온 대학의 시 창작 교실 교수이자 볼셰비키 장군 체르니아코브스키의 조카인 후안 스테인은 쿠데타가 일어나자 실종되었다가 그 후 니카라과, 앙골라, 파라과이, 엘살바도르에서 게릴라 전사로 다시 나타난다. 볼라뇨가 독자에게 주는 첫 번째 힌트는 화자가 텔레비전에서 스테인에 관한 뉴스를 보고 그의 이러한 게릴라 전사로서의 이미지가 미디어 편집으로 몽타주 되었을지도 모른다고 생각할 때 주어진다(69). 두 번째 힌트는 비비아노(Bibiano)와 가르멘디아 쌍둥이 자매들이 라틴아메리카 시인인 윌리엄 카를로스 윌리엄스(William Carlos Williams) 사진의 진위성에 대해서 의구심을 표현할 때 나타난다. "윌리엄 카를로스 윌리엄스보다는 굳이 의사가 아니더라도 '뭔가'로 변장해 신분을 숨기고 동네 거리를 걷고 있는 트루먼 대통령을 닮았다. 비비아노가 보기에는 능숙한 사진 조작이었다. 얼굴은 윌리엄스의 얼굴이지만 몸은 다른 사람의 것이었다. 어쩌면 실제 동네의사의 몸일 수도 있었다. 그리고 배경은 여러 조각들을 이어 붙인 것이었다"(64, 필자 강조). 세 번째 힌트는 로케 달톤(Roque Dalton)을 언급하면서 나타나는데 이는 스테인이 그의 좌파 동지들에 의해 살해되었을 수도 있음을 간접적으로 암시하는 것이다. 4장 말미에 비비아노 오라이언(Bibiano O'Ryan)이 스테인의 고향을 방문하였을 때 그는 스테인은 고향을 단 한 번도 떠난 적이 없으며 암으로 죽었다는 사실을 발견한다. 그의 미스터리를 벗겨내는 것은 허무하기 그지없다. 스테인은 게릴라전의 영웅이 아니었으며 그저 "엔진이나 경운기, 수확기, 우물 등 뭐가 됐든지 고치는데"

(72) 열성이었던 교수였을 뿐이라는 것이다. 볼라뇨의 작품에서 이러한 점은 그것의 본질이 허상/시뮬라시옹(simulacro)이라는 점을 강조하기 위해 앞서 언급(desplazamientos)된 것이며, 이것은 짜 맞추어진 사건의 진실성을 의심하게 하기 위해 사용된 복선들이었다.

이러한 힌트들을 통해 볼라뇨는 피노체트 정부의 비밀경찰이었던 DINA(Dirección de Inteligencia Nacional)가 119명의 반정부인사들을 사라지게 한 사건이었던 콜롬보 작전을 암시하려고 했던 것으로 보인다. 군부는 이러한 비밀작전의 진실을 숨기기 위해 미디어 조작을 감행하였는데, 이러한 조작을 통하여 국내 및 해외 대중들은 마치 사라진 사람들이 다른 나라로 건너가 게릴라 군사가 되었으며, 그곳에서 자신들의 동료들에 의해 살해된 것처럼 생각하도록 유도되었다.

> 『레아 Lea』 잡지는 '최근 3개월간 60명가량의 극좌파 인사들이 광범위하고 무자비한 정치적 정화와 보복 작전 중 자신들의 전우들에 의해 살인되었다고' 전했다. […] 또한 1973년 7월 23일자 <엘 메르쿠리오 El Mercurio> 신문은 헤드라인으로 '60명의 극좌파(miristas)가 살해된 것으로 확인됨'이라고 썼으며 […] <라 세군다 La Segunda>지는 59명의 또 다른 사상자들의 리스트를 공개하는 제1면 뉴스 제목을 다음과 같이 붙였다: '극좌파인사들을 쥐 잡듯이 살해했음'.(Ramírez 2007, 1)

다음 문장은 스테인이 미디어 조작 뒤에 숨겨진 독재의 음모공작을 보았을 때 느끼는 그의 비판적 사고를 보여준다.

> 한 번은 (우리는 미와 진실에 대해 토론을 벌이고 있었다) 베로니

카 가르멘디아가 스테인에게 윌리엄스가 아니라는 걸 확실히 알면서도 윌리엄스의 사진에서 대체 무엇을 보는 거냐며 물은 적이 있었다. 나는 사진이 좋아, 스테인이 인정했다. 윌리엄스 카를로스 윌리엄스라고 믿는 게 좋아. 한참 후 그가 덧붙였다. […] 나는 사진의 평온함과 윌리엄스가 그의 일을 하고 있고, 일을 하러 가는 길임을 봄으로써 얻게 되는 안도감이 좋아.(64)

스테인이 윌리엄스가 일하고 있는 것처럼 조작된 사진을 보면서 느끼는 마음의 평온함이 바로 스테인이 외국에 있는 것처럼 조작된 텔레비전 몽타주를 보면서 청중들이 느끼는 것일 것이다. 반면, 미디어 조작의 진실성을 의심하는 것은 청중들이 스테인에 관한 미디어 조작을 받아들이면서 이미 안도감을 느꼈기에 이들을 도덕적으로 불편하게 느끼게 만든다. 그럼에도 불구하고 이것을 의문시하는 것은 사진 조작의 메커니즘에 대한 경각심을 불러일으킬 것이다. 볼라뇨는 이와 같이 가는 연결고리를 가지고 콜롬보 작전과 같은 역사적 사건을 은연중에 시사함으로써 독자들이 진실에 더 다가갈 수 있도록 이들을 훈련시킨다.

3. 로렌소의 이야기: 게슈탈트 심리 치료법의 거울-이야기

또 다른 거울 이야기는 5장에서 디에고 소토의 이야기를 다루면서 나온다. 쿠데타가 일어나자, 콘셉시온 대학의 의과대학 시 창작교실의 리더이자 교수인 소토는 파리로 자진 망명하고 그곳에서 문학 작업을 시작한다. 어느 날, 그는 네오-나치에 고문당하고 있던 부랑자 여성을 도우려고 시도하다가 페르피그난(Perpignan) 기차역에서 그들에게 살해당한다. 이 장의 말미에 화자는 화제를 바꾸듯이 다음과 같이 덧붙인다. "스테인과 소토를 생각할 때면 로렌소를 역시 떠올리지 않을 수 없다"(85). 여기에서 다시 한 번 『먼 별』에 의해 남겨진 연결고리의 흔적은 스테인과 소토의 운명을 로렌소의 운명과 연결 짓는다. 로렌소의 인생은 어떠한 이탈행동도 용납되지 않았던 피노체트 시대의 칠레에서 불안정적이고, "절망적이며, 상상할 수 없고 말로 다할 수도 없는"(81) 인생들의 완벽한 예시이다. 그 이유는 로렌소가 동성애자 예술가이며, (두 팔이 없는) 불구자이고 게다가 인간은 "단 한 번밖에 살지 않는다는 숙명적인 확신"(82) 때문에 자살을 시도하였으나 죽지도 못한 인물이었기 때문이다. 하지만, 그는 스페인으로 이민간 후, 바르셀로나의 장애인 올림픽의 마스코트로 거듭나고 "페트라(Petra)"로 알려져 유명해졌으며 그 후 에이즈로 사망한다. 이러한 로렌소의 이야기를 한 후, 화자는 스테인, 소토 그리고 로렌소의 운명을 엮으며 5장을 갑작스럽고 기묘한 방법으로 마무리한다.

> 로렌소는 스테인과 소토보다 더 훌륭한 시인이었다. 하지만 항상 그들을 떠올릴 때면 그들을 함께 떠올리게 된다. 비록 이들을 엮을 수 있는 유일한 것은 이들이 칠레에서 태어났다는 것이다. 그리고 어쩌면 스테인이 읽었을 수도 있는, 소토는 (멕시코에서 출간된 망명과 방랑이라는 긴 글에서 이 책에 대해 언급한다) 분명히 읽었을 책 한권이다. 무언가를 읽을 때마다 거의 항상 흥분하는 로렌소 역시 그 책을 읽었다. [⋯] 그 책의 제목은 『게슈탈트 심리치료법 Ma gestalt-thérapie』이며, 저자는 프레드릭 펄스(Frederick Perls) 박사이다.(85)

이렇게 5장은 로렌소가 왜 세 사람 중에 가장 훌륭한 시인이었는지 그리고 이 책은 어떠한 내용을 다루고 있는지 혹은 칠레에서 태어났다는 것과 『게슈탈트 심리치료법』을 읽은 것이 어떻게 이들 세 사람을 엮는 연결고리가 되는지를 설명하지 않은 채 끝나버린다.

카일 샤르 페레즈(Kahlil Chaar Pérez 2011, 662-663)는 이렇게 연관성이 없어 보이는 세 사람을 엮는 행동을 공동체의 정치(una política de la comunidad)라고 일컬었다. 즉, 우리가 우리를 넘어서는 집합의 일부라고 간주한다면, 겉보기에 다른 사람들과 우리를 묶는 연결고리가 아무것도 없어 보일지라도, 생각지도 않은 공통점들을 만나게 된다는 것이다. 그러나 필자는 게슈탈트 심리치료법에 대한 언급을 통하여 이들을 엮는 추가적인 연결고리를 제시하려고 한다. 프레드릭 펄스(Frederick Perls 혹은 Fritz Perls)에 의해 이름지어진 이 치료법은 인간은 사물을 격리시켜 서로 연관성 없는 것으로 인지하는 것이 아니라, 이들을 의미 있는 총체성으로 재편성하여 인지한다고 말하는데, 이는 우리의 인지체계가 매 상황마다 사물들을 관심을 가지고 있는 "형태(게슈탈트)"와 관심이 없는 "배경"으로 나누어 지각하기 때문에 가능하다고 말한다. 배경은 형태를 관찰하고 뒷받침하는 하나의 테두리로서 역할을 한다. 반면, 형태는 배경보다 더 중요하고, 견고하며, 더 구조화되어 있고, 인상적이기 때문에 배경으로부터 두드러져 보인다(Instituto de Terapia Gestalt 2013). 주체가 관심을 갖는 동안 그의 인지기록에는 형태가 강조되고 배경은 뒤로 물러나는 장면이 형성되어 나타난다. 이러한 과정은 상황에 의미를 부여하고 인간이 자신의 욕구와 필요를 충족시키는 것을 도움으로써 그 당시의 상황에 인간이 유연하게 대처하도록 도와준다. 정신적 이상이 없는 주체들은 형태를 잘 형성해 내지만, 반면 그렇지 못한 사람들은 형태와 배경을 분명히 구분해 내지 못한다.

이러한 게슈탈트 심리치료법의 용어를 『먼 별』에 적용한다면, 소설의 세 주인공은 형태를 잘 형성해내는 정신적으로 건강한 사람들이라고 하겠다. 스테인에게 있어서 그의 형태는 혁명가가 되는 것이고, 소토에게 있어서는 문학가, 그리고 로렌소에게 있어서는 예술가가 되는 것이었다. 더욱이 이 세 사람은 그들의 (자진)망명 중 그들 자신의 욕구를 충족시키기 위해 자신의 환경을 어느 누구에게도 해를 입히지 않으면서 변화시켜 나간 사람들이다. 스테인은 라틴아메리카 국가들과 앙골라에서, 소토는 그의 망명지인 파리에서, 그리고 로렌소는 유럽에서 각기 자신이 되고자 하는 사람이 되었다. 볼라뇨가 스테인, 소토, 로렌소의 인생, 게슈탈트 심리치료법과의 연관성, 그리고 칠레에서 태어났다는 사실을 통하여 말하고자 했던 것이 칠레 독재 하에서 그들은 각자 적대적인 환경 하에 있었음에도 불구하고 대안적인 삶의 방식을 창조해 낼 수 있었고 그러한 삶을 살아냈다는 것임을 필자는 주장한다. 이러한 이유로, 인생을 시라고 생각한다면, 타자와의 차이를 인정하지 않는 독재라는 환경 때문에 로렌소의 인생에 존재했던 수많은 시련에도 불구하고 그는 인생의 목표를 달성하였기에 화자가 이야기 했듯이 로렌소가 세 사람 중에서 가장 훌륭한 시인이라는 것일 것이다.

4. 야만스러운 작가들과 라울 들로르메의 이야기: 카다와 라울 수리타의 거울-이야기; 비더의 이야기: 수리타와 미겔 앙헬 카바요의 거울-이야기.

9장에서 우리는 다른 거울-이야기들을 만나게 된다. 야만스러운 작가들과 라울 들로르메의 이야기로 이는 예술 행위 단체 카다(CADA)를 모델로 하고 있으며 이 단체의 실제 멤버는 라울 수리타, 디아멜라 엘팃(Diamela Eltit), 로티 로센펠드(Lotty Rosenfeld), 페르난도 발셀스(Fernando Balcells) 그리고 후안 카스티요(Juan Castillo)였다. 이 단체의 목적은 예술 행위(퍼포먼스)를 통해서 독재 하의 예술과 정치적 삶을 엮는 것이었다. 이와 마찬가지로, 『먼 별』에서 나오는 야만스러운 작가들의 리더인 라울 들로르메는 "스탕달 작품의 지면 위에 대변을 보고, 빅토르 위고의 책장으로 코를 풀고, 고티에와 방빌의 글 앞에서 자위행위를 하고 그 책장에 정액을 뿌리고, 도데의 글 위에 토하고, 라마르틴의 글 위에 소변을 보며 일하였다 [···그리고] 들로르메는 이것을 인간화(humanización)라고 불렀다"(139). 이와 마찬가지로 라울 수리타(그는 들로르메의 모델에 해당하는 사람일 것이다)는 1979년 산티아고 아르테 칼 갤러리(la Galería de Arte Cal)에서 후안 다빌라(Juan Dávila)의 미술품 앞에서 실제로 「더 이상은 못 하겠어 No puedo más」라는 자위 퍼포먼스를 선보였다.

『먼 별』에서 비더라는 인물 또한 어떤 면에서 라울 수리타를 떠올리게 한다. 앙헬 도노소(Ángeles Donoso)와 이나 제네르한(Ina Jennerjahn)을 인용하면서 실비나 만돌레씨(Silvana Mandolessi) 또한 『먼 별』에서 비더의 시 -"죽음은 우정, [···] 죽음은 칠레"(89)- 와 1982년 라울 수리타가 뉴욕의 창공에 5개의 비행기로 쓴 「새로운 삶 La vida nueva」이라는 퍼포먼스 시의 유사성을 지적했다. 시는 수리타의 원작 시에서의 '나의 신'을 '죽음'이라는 구절로 대치시켰을 뿐이다("나의 신은 굶주림/ 나의 신은 눈/ 나의 신은 거절의 대답/ 나의 신은 환멸")(Mandolessi 2011, 73).[2] 또한 비더 혹은 그의 다른 이름인 알베르토 루이스-타글레는 독재시절 아르헨티나 비밀경찰이었던 미겔 앙헬 카바요(Miguel Ángel Cavallo)라는 인물을 모델로 하고 있다. 비더와 같이 카바요도 두 개의 이름과 두 개의 얼굴을 지니고 있다. 리카르도 미겔(Ricardo Miguel)은 어리숙한 행동과 천사의 얼굴을 하고 고등교육을 받아서 존경을 받지만, 미겔 앙헬은 강제수용소의 사관이며 무자비한 고문관이다. 독재 후, 카바요는 다양한 사업에 참여하여 부를 쌓고 2000년까지 해외에서 법의 처벌 없이 살아갔다. 하지만 2000년 멕시코에서 체포되어 스페인으로 송환되고 그곳에서 마침내 그의 범죄에 대한 심판을 받게 된다. 암시적이고 미스터리하게 쓰인 이러한 거울-이야기들은 정치적 기능을 달성한다. 독자들이 실제의 사건과 실제 인물들과의 연관관계를 추측하게 하고, 이들의 유사성과 연속성에 예의주시하는 습관을 갖도록 훈련시킨다.

5. 비더 사진의 묘사: 스스로 폭발하는 이야기

거울-이야기들과 비교하자면, 비더의 사진 묘사는 스스로 폭발하는

2) 해당 원문은 다음과 같다. "Mi dios es hambre/ mi dios es nieve/ mi dios es no/ mi dios es desengaño."

이야기이다. 이것은 「악명 높은 라미레즈 호프만」에 전례가 없는 유일한 이야기이며, 화자에 의해 어떠한 코멘트도 덧붙여지지 않은 채로 자신의 이야기를 비추는 것을 뛰어넘어, 마침내 연결된 영향력의 과잉으로 인해 폭발하는 이야기이다. 다시 말하면, 증인/독자들에게 강한 육체적이며 윤리적인 반응을 불러일으키며 자신의 힘에 담긴 폭력성으로 인해 스스로 폭발하는 이야기이다.

군사독재 시절, 쿠데타 군부의 사관이었던 비더는 모든 이미지들이 고문당한 여성들을 보여주는 개인 사진 전시회를 주최한다. "무뇨스 카노(Muñoz Cano)에 의하면, 그는 몇몇 사진들에서 가르멘디아 자매와 다른 실종자들을 알아볼 수 있었다. 대부분이 여성들이었다. [···] 여성들은 마네킹 같았다. 어떤 경우 **사지가 떨어져 나가 훼손된 마네킹** 같았다. 물론 무뇨스 카노는 여자들이 사진에 찍힌 순간 30퍼센트 정도는 살아있었을 거라는 가능성을 제외하지 않는다"(97, 원문 강조). 이러한 비더의 예술은 다양한 각도에서 연구되어져 왔다. 만돌레씨는 이를 공포의 미학 혹은 비열한 것(lo abyecto-Kristeva)의 미학이라는 관점에서 분석하였다. 다시 말하자면, 타자(비천한 사람)와 나(독자) 사이의 경계를 지울 때 생기는 미학이라는 것이다(Mandolessi, 67). 이그나시오 로페스-비쿠냐(Ignacio López-Vicuña 2009, 213-214)는 또한 볼라뇨가 야만적인 것과 고급문화 사이의 연대를 제안하면서 예술의 비인간적인 시각을 발전시켰다고 주장하였다. 이 비평가는 이렇게 라틴아메리카에서는 문학이 인간을 구원할 수 있다고 믿는 시각이 이제 더 이상 존재하지 않는다고 지적하기도 하였다. 오라시오 시무노빅 디아스(Horacio Simunovic Díaz 2006, 23-24)는 바르가스 살가도(Vargas Salgado)와 마찬가지로 소설이 절대 악에 접근하면서 도덕적 판단에서 자유로워진다는 점을 지적한 후 작가의 사회적 책임감에 대해서도 언급하였다. 그리고 줄리엣 린드(Juliet Lynd 2011, 179-180)는 비더 퍼포먼스의 정치적 기능에 집중하여 연구하였다. 하지만, 필자는 이 점에 대해서 시각을 달리한다. 이러한 극화되지 않은 폭력의 시각적 재현은 스스로 폭발하는 이야기를 구성하게 만들어 강한 정치적 도구가 된다는 것이 바로 필자의 논지이다.

청중들을 두려움에 떨게 하려고 만들어진 '숭고한 예술(arte sublime)'을 통하여 비더는 자신의 절대적인 힘을 청중들에게 과시하고자 하였다. 고문당하고 절단된 육체를 마치 하나의 예술품인 것처럼 시각적으로 보여줌으로써 비더는 공공연히 타자의 고통을 극화시키지 않았다. 그럼에도 불구하고 그의 의도는 청중에 의해 잘못 해석된다. 그의 작품은 반감을 불러일으켰다. 유일한 여성 참석자였던 타티아나(Tatiana)는 "복도에서 토했"(95)으며, 한 사관후보생은 "울음을 터트리며 악담을 퍼붓기 시작해 사람들이 억지로 그를 끌어내야 했다"(97).

비더가 폭력을 전시함에 있어 예상치 못했던 것은 어떤 사람들에게 —"회색 바닥에 버려진 잘린 손가락 사진"(98) 같은— 잘려진 육체의 오싹한 이미지는 타자의 고통과 잔인함과 같이 피상적으로는 알 수 없는 것을 구체적이고, 상상할 수 있고, 납득할 수 있는 것으로 만들어준다는 것이다(Choi 2011a, 72; 2011b, 22). 에드문드 버크(Edmund Burke)를 인용하면서 파트리시아 비에이라(Patricia Vieira)는 "고통과 두려움 —고통에 대한 생각— 은 육체에 영향을 끼친다. 감각과 감정 모두는 근육의 수축과 신경의 긴장을 일으킨다"(2006, 10)라고 지적하였다. 따라서 이러한 종류의 이미지에 노출되기를 꺼리는 사람들은 타자의 고통이 자신의 신체를 통하여 상상되어질 수 있는 연관 가능성을 추측하기 때문에 거부하는 것이다.

이와 같은 논리로, 사진 전시회의 무시무시한 목적을 알아차린 청중들 중 일부는 사진 속에 담긴 사라진 사람들의 고통을 느끼고 희생자들과 공감하기 시작한다. 이러한 도덕적인 반응은 볼라뇨 소설을 읽는 독자들을 자의적이지는 않지만 범죄의 증인으로 변화시킨다. 필자는 이러한 변화가 결국 칠레 독재 시대에 사라진 사람들에 대한 군부독재자들의 범죄에 대한 사면을 반대하는 사회운동가를 만들어 낼 수 있으리라고 생각한다.

6. 결론

결론적으로, 비더의 사진전을 통해서 볼라뇨는 사진 이미지에 숨겨져 있는 정치적 힘을 보여주고자 한 듯하다. 사진 이미지에는 코멘트도 필요 없다. 그리고 사진의 정치적 힘은 아마도 코멘트가 없기 때문에 생긴다고 할 수 있겠다. 화자가 한발 뒤로 물러섬으로써 관중은 희생자의 부서진 육체의 고통을 보는 충격을 홀로 마주하게 되고 이것이 육체적이자 윤리적인 수준에서 직접적이고 즉각적인 반응을 일으키기 때문이다. 이렇게 이 이야기는 하나의 정치적 도구로써 자신의 강한 에너지의 힘으로 스스로 폭발한다. 또한, 감정적 공감이라는 시각에서 분석하자면 그 정치적 효과는, 독자를 현실의 다른 관계들과 사건으로 이끌어가서야 비로소 폭발하는 거울-이야기보다 훨씬 더 효율적이라고 하겠다. 이러한 이유로 이 스스로 폭발하는 이야기에 이미 이야기되어진 이야기를 덧붙여서 볼라뇨는 감각과 육체를 연결하며, 즉각적이고 피해갈 수 없는 정치적 소환의 힘을 가진 스스로 폭발하는 이야기로 다시 썼다라고 필자는 주장한다.

참고 문헌

Bolaño, Roberto(1996), *Estrella distante*, Barcelona: Anangrama.

Cacheiro, Adolfo(2010), "The Force Field of the Real: Imginary and Symbolic Identification in Roberto Bolaño's *Estrella distante*," *Confluencia* 25(2), 131-146.

Chaar Pérez, Kahlil(2011), "La lógica del trauma: dictadura, posdictadura y melancolía en *Estrella distante*," *Revista iberoamericana* LXXVII. 236-237, 649-664.

Choi, Eun-kyung(2014), "Historias especulares y explosivas en *Estrella distante* de Roberto Bolaño," *Hispamérica* 43. 129, 33-40.

_____(2011a), *Cartas de esperanza: la recuperación de lo imaginario utópico en literatura, film y movimientos sociales durante el neoliberalismo en el Cono Sur*, New York: Peter Lang.

_____(2011b), "La representación del dolor en *Estrella distante*, de Roberto Bolaño," *Isla flotante* III(3), 7-26.

Instituto de Terapia Gestalt, "¿Qué es la terapia Gestalt?"(2013), http://www.itgestalt.com/cms/content/que-es-la-terapia-gestalt(11/07/2013).

López Vicuña, Ignacio(2009), "Malestar en la literatura: escritura y barbarie en *Estrella distante y Nocturno de Chile* de Roberto Bolaño," *Revista Chilena de Literatura* 75, 199 - 215.

Lynd, Juliet(2011), "The Politics of Performance and the Performance of Narrative in Roberto Bolaño's *Estrella distante*," *Chasqui* XL(1), 170 - 188.

Mandolessi, Silvana(2011), "El arte según Wieder: Estética y política de lo abyecto en *Estrella distante*," *Chasqui* XL(20), 65-79.

Ramírez Álvarez, Carolina(2008), "Trauma, memoria y olvido en un espacio ficcional. una lectura a *Estrella distante*," *Atenea* 497, 37-50.

Ramírez, Francisco(2007), "Operación Colombo: La versión oficial del horror," *La nación*. http://www.lanacion.cl/prontus_noticias/site/artic/20051018/pags/20051018092838.html (1/8/2007).

Simunovic Díaz, Horacio(2006), "*Estrella distante*: crimen y poesía," *Acta literaria* 33, 9-25.

Vargas Salgado, Carlos(2011), "¿La escritura del mal, o el mal de la escritura? *Estrella distante* de Roberto Bolaño," *Espéculo* 47. www.ucm.es-info-especulo-numero47 -bolano. html(1/ 11/2012).

Vieira, Patricia(2006), "Torture and the Sublime: The Ethics of Physical Pain in Garaje Olimpo," *Dissidences* II(1), 1-14.

『부적』: 광기의 시대와 구원으로서의 문학*

김현균

1. 들어가며

로베르트 볼라뇨는 세계적으로 막 인정받기 시작한 결정적인 순간에 죽음을 맞았다. 그는 자신의 작중 인물들처럼 오랫동안 베일에 가려진 마이너 작가였으며, '소수의 행운아들'을 제외하고는 그의 문학적 면모를 잘 알지 못했다. 그러나 스페인 소설가 빌라-마타스의 말대로, 그의 죽음과 함께 전설이 시작된다. 호르헤 볼피가 "볼라뇨 전염병"이라 이름 붙인 신드롬은 가르시아 마르케스 이후 라틴아메리카 문학에서 다시 한 번 하나의 현상이 되기에 이르렀다. 볼피의 표현을 빌리자면, 1998년 『야만스러운 탐정들』이 출간된 이후 볼라뇨 바이러스는 "채 십 년도 지나지 않아, 다행히도 소설의 회의적인 반항기에 저항하는 백신을 투여받지 않은 수백만의 독자를 감염시켰다".(호르헤 볼피 외 2010, 33) 결코

* 이 글은 『비교문화연구』 제21집(2010년 12월)에 실린 동일 제목의 논문을 수정・보완한 것이며, 특히 서론 부분은 『스페인어문학』 제73호(2014년 12월)에 게재된 「마술적 사실주의에 대한 도전과 새로운 라틴아메리카 정체성의 모색」 제4장의 내용을 가져왔다.

대중성을 추구하는 작가가 아니면서도 비평계와 출판계의 뜨거운 반향을 불러일으켰다는 점에서 놀라운 일이 아닐 수 없다. 더욱 주목할 점은 1960년대 이후 라틴아메리카의 문학 권력으로 군림해온 붐 소설가들과 매너리즘에 빠진 마술적 사실주의에 도전장을 던진 젊은 작가들—맥콘도 세대[1]와 크랙 그룹[2]으로 대표되는—이 그를 자신들의 문학적 멘토로 삼았다는 사실이다.

볼라뇨는 그의 세대의 가르시아 마르케스로 일컬어지며, 비평가들은 세계적인 명성을 안겨준 『야만스러운 탐정들』의 중요성을 붐의 대표작인 『백년의 고독』이나 『팔방놀이』에 견주기까지 한다. 그는 파블로 네루다, 파블로 데 로카, 비센테 우이도브로 등 정전화된 칠레 기성 시인들에 맞서 부정과 전복, 탈전통을 본질로 하는 '반시(antipoesía)'를 주창했던 니카노르 파라(Nicanor Parra)로부터 깊은 영향을 받았음을 거듭 밝힌 바 있다.[3] 비록 코르타사르를 탐독하긴 했지만, 붐 세대에 대한 그의 평가는 기성세대 시인들에 대한 파라의 악명 높은 조롱 못지않게 신랄하고 비판적이다. "굶어 죽는 한이 있더라도 붐 작가들에게 빵 한 조각 구걸하지 않겠다"(Herralde 2005, 95)며 붐의 상속자이기를 거부했던 그는

1) 1996년 칠레 작가들인 알베르토 푸겟과 세르히오 고메스가 주축이 되어 펴낸 스페인어권 젊은 작가 선집(*McOndo*, Barcelona: Mondadori, 1996)의 제목에서 유래한 문학 세대로서 『백년의 고독』의 배경인 마콘도(Macondo)를 패러디한 명칭에서 알 수 있듯이 1960년대 이후 라틴아메리카 문학을 지배해온 붐 세대와 마술적 사실주의에 대한 거부감을 노골적으로 드러낸다.

2) 호르헤 볼피와 이그나시오 파디야를 중심으로 20세기 말에 결성된 멕시코의 문학 그룹으로서 오랫동안 국가정체성 문제를 화두로 삼아온 기성 문단의 지배적 전통을 타파한다는 의미에서 '단절'을 암시하는 명칭을 채택하고 있다.

3) 멕시코판 『플레이보이』와의 인터뷰에서 볼라뇨는 "파블로 네루다, 비센테 우이도브로, 가브리엘라 미스트랄을 포함하여 어느 누구보다 니카노르 파라다"라고 말한다(Braithwaite 2006, 63).

가르시아 마르케스에 대해 "수많은 대통령과 대주교를 알고 있다는 것을 우쭐해하는 사람"이라고 거침없이 독설을 날린다. 또 로마를 배경으로 한 아홉 번째 소설 『하나의 작은 룸펜 소설』의 제목은 대표적인 붐 작가의 하나인 호세 도노소의 『세 개의 작은 부르주아 소설』에 대한 명백한 조롱이다. 그의 우상파괴적 공격 앞에서는 여성작가도 예외가 아니어서, 세계적인 베스트셀러 작가인 이사벨 아옌데와 라우라 에스키벨은 각각 "엉터리 글쟁이", "마술적 사실주의의 불량 아류"로 형편없이 매도당했다.[4] 볼라뇨의 논쟁적이고 비타협적인 태도는 수많은 적을 만들어냈다. 그러나 그는 "세상을 불사르겠다는 욕망"을 결코 꺾지 않았고 문학을 욕되게 하는 자들에 대한 경멸을 서슴지 않았다. 이처럼 볼라뇨의 문학적 잣대는 유별나게 엄격하고 냉철하다. 아이러니하게도 그가 비평계의 찬사를 받는 와중에도 가르시아 마르케스나 바르가스 요사 같은 붐의 '위대한' 거장들이 거의 철저히 침묵을 지켰다는 것은 의미심장하다.

볼라뇨는 문학 권력이 된 붐 작가들과 그들의 주된 창작미학인 마술적 사실주의에 저항하였지만, 동시에 붐 세대를 뛰어넘는 진정성과 치열함을 보여준다는 점에서 다른 신세대 작가들과 차별화된다. 그에게서는 칠레 사회의 상층 계급만이 배타적으로 경험할 수 있는 포스트모던 공간을 제시하며 정치적 무관심과 문학의 사회적 책무에 대한 몰이해를 드러내는 맥콘도 세대의 경박함을 찾아볼 수 없다. 이런 이유로 그는

4) 볼라뇨는 이사벨 아옌데와 앙헬레스 마스트레타, 마르셀라 세라노 같은 작가들을 표절을 일삼는 글쟁이(escribidora)로 매도하는 동시에 실비나 오캄포를 진정한 여성작가(escritora)로 높이 평가한다. 또 이사벨 아옌데를 당대 최고의 베스트셀러 작가였지만 지금은 잊힌 19세기 프랑스 작가 옥타브 푀이에에 비유한다(Braithwaite 2006, 64).

1990년대에 새롭게 부상한 칠레 소설가들을 도노소의 클론, 즉 "새끼 도노소(donositos)"로 폄하하였으며 신세대를 대표하는 푸겟도 "발육기 작가"라는 조롱과 비웃음을 피할 수 없었다. 그는 결코 폐쇄적인 로컬리스트의 한계에 갇히지 않았지만, 그렇다고 전지구적 대중문화에 경도되거나 개인주의에 매몰되어 신자유주의 질서를 무비판적으로 받아들이지도 않는다. 아마도 이것이 청년 볼라뇨가 헤게모니 담론에 치열하게 맞서며 추구했던 내장사실주의나 밑바닥사실주의의 근원적 본질일 것이다. 따라서 언어적 의미를 포함하여 칠레인으로서의 정체성에 집착하지 않는 그의 무정부주의적 성향은 '무국적성'보다는 '다국적성'의 범주에서 이해되어야 할 것이다. 맥콘도 세대에서 볼 수 있듯이, 라틴아메리카 작가에게 국민국가의 영토적 경계 와해와 글로벌 생산 네트워크의 확산을 본질로 하는 무국적성은 서구중심성을 의미할 가능성이 농후하기 때문이다.[5)]

조국 칠레를 비롯하여 멕시코와 프랑스, 그리고 스페인 등 발을 디딘 세상의 모든 곳에서 자신을 이방인으로 느꼈고 다양한 문화권에 펼쳐진 유랑의 삶을 주저 없이 찾아 나섰으며, 헐벗은 삶 속에서도 야만의 시대에 맞서 문학의 결정적 승리를 위해 온몸을 불살랐던 볼라뇨는 중세의 수도사 성 빅토르 후고가 말하는 '완벽한 자'의 범주에 들 수 있는 전형적인 작가다.

5) 국적을 정의해 달라는 요청에 볼라뇨는 "나의 유일한 조국은 나의 두 아이, 라우타로와 알렉산드라입니다. 그리고 아마도 두 번째로는, 내 안에 있지만 언젠가는 잊힐 특정한 순간들, 특정한 거리들, 특정한 얼굴들, 장면들, 책들입니다"라고 답한다(Braithwaite 2006, 62). 다른 인터뷰에서 도서관이나 스페인어를 자신의 조국으로 규정하기도 했다.

자신의 고향을 아름답다고 생각하는 사람은 아직 미숙한 초보자이다. 모든 땅을 자신의 고향으로 생각하는 사람은 이미 강인한 자이다. 그러나 전세계를 타향으로 볼 수 있는 사람은 완벽한 자이다. 미숙한 영혼의 소유자는 그 자신의 사랑을 세계 속 특정한 하나의 장소에 고정시킨다. 강인한 자는 그의 사랑을 모든 장소에 미치고자 한다. 완벽한 자는 그 자신의 장소를 없애버린다.(에드워드 사이드 2005, 627)

마리오 산티아고의 글에서 가져온 『아이스링크』의 제사("이왕 살아야 하는 인생이라면 정처없이 헤매는 광란자가 되리라."(볼라뇨 2014b, 5))와 『안트베르펜』 서문("나는 나 자신이 세상의 모든 나라에서 등거리에 있다고 느꼈기 때문이다."(볼라뇨 2014c, 13))에서 문학관과 세계관의 일단을 드러내고 있는 볼라뇨는 아이러니하게도 "라틴아메리카 작가이면서도 라틴아메리카 작가이기를 원치 않고", 세계의 어느 특정 지역에도 속하지 않으면서 동시에 모든 지역에 속하는, 다시 말해 "제국주의적, 또는 민족주의적, 또는 지역적 한계를 초월"하는 탈경계인이다.

가르시아 칸클리니는 『금세기에 장소를 찾는 라틴아메리카인들』에서 "라틴아메리카인이라는 것이 무엇을 의미하는가에 대한 물음은 21세기 초에 바뀌고 있다. 납득이 가던 예전의 답들은 사라지고 대륙적 합의의 유용성에 대한 의문이 생겨난다"(García Canclini 2002, 8)라고 적고 있다. 다시 말해, 라틴아메리카는 온전히 라틴아메리카 안에 있는 것이 아니라 그 이미지는 이주(移住)의 군도(群島)에 산재되어 있다는 것이다. 이런 의미에서 볼라뇨는 유토피아의 종언과 함께 도착한 정체성의 황혼 속에서 대륙적 합의를 해체하는 작가의 전형이라 할 수 있다. 그의 탈주적 글쓰기와 노마드적 사유에서는 주변성, 국가나 정치적 상황 또는 정전으로부터의 망명 상태가 두드러지며, 망명은 그의 문학의 본질적인 이데올로기적·미학적 구성요소를 이룬다. 조지 스타이너는 망명과 유목을 1970년대 초에 부상한 많은 현대 작가들이 공유하는 특징으로, 그리고 새로운 문화적 국제주의의 맥락에서, 낡아빠진 세계시민주의 개념을 대체하는 탈영토성, 즉 "영속적인 망명의 전략"을 이들 문학의 주요한 추진력으로 규정한 바 있는데, 이그나시오 에체바리아가 예리하게 포착했듯이 볼라뇨는 이런 흐름의 한가운데에 있는 작가다(호르헤 볼피 외 2010, 46-47).

경계를 탈주하는 초국적 라틴아메리카와 그 안에 스며드는 지점들—칠레, 멕시코, 카탈루냐, 아프리카, 동유럽 등—의 지역성 사이를 끝없이 떠도는 문학적 유희 속에서 파트리시아 에스피노사가 말하는 "탈지역화된(deslocalizada) 라틴아메리카성"(Espinosa H. 2003, 13) 또는 로페스 바다노가 말하는 "문화횡단적(transcultural) 라틴아메리카성"(Cf. López Badano 2011)이 시작된다. 망명을 "축복이자 완벽한 글쓰기의 조건"으로 받아들이는 태생적 무정부주의자의 여정은 부유하는 일종의 새로운 국가성을 희구하는 것, 다시 말해 라틴아메리카적 장소의 경계를 정하고, 뛰어넘고, 확장하는 몸짓이다. 어디에도 없는, 그러나 동시에 모든 곳에 있는 작가에 의해 생산된 글쓰기의 특수성 속에서 지역성/세계성의 뿌리 깊은 충돌과 모순에 균열이 발생하고 마술적 사실주의라는 본질주의적 라벨 너머의 라틴아메리카성이 모습을 드러낸다. 이러한 움직임의 문학, 혼종적 정체성의 문학, 그것이 바로 볼라뇨가 추구한 횡단적 문학이며 기성세대에 도전하기 위한 그의 글쓰기 전략이다(이경민 2012, 16).[6]

6) 이경민의 논문은 볼라뇨 문학의 유목적 성격을 "접속과 변형적 다시쓰기", 즉 "정착된

이처럼 지리적으로, 또 문학적으로 라틴아메리카에 갇히지 않았다는 점에서, 그리고 기존의 문학적 패러다임과 삶의 방식을 거부하고 시스템에 정주하지 않는 새로움을 창조했다는 점에서 볼라뇨는 진정한 호모 노마드였다. 이 글에서 다룰 『부적』 역시 1968년 멕시코에 초점을 맞추면서 『야만스러운 탐정들』을 비롯한 여느 작품들과 마찬가지로 "카탈루냐에 거주하는 칠레인이 쓴 멕시코 현대소설"이라 평할 수 있을 만큼 공간에 대한 횡단적 사유를 잘 보여준다. 20세기 라틴아메리카의 폭력과 광기를 목격하고 시적 이상을 찾는 인물들의 태피스트리를 창조하고 있는 『부적』은 『야만스러운 탐정들』이나 『2666』 같은 메가 소설을 비롯하여 볼라뇨의 모든 작품을 이해할 수 있는 중요한 열쇠를 제공한다. 볼라뇨는 작품을 통해 인물들을 창조하거나 재창조하는 능력, 그들을 생생하게 살아 있게 하고 그들에게 문학적인 것을 넘어서는 현실성을 부여하는 능력을 유감없이 보여주었다. 이 글에서는 그의 작품에서 작가의식과 관련하여 결정적인 중요성을 지니는 등장인물들을 중심으로 역사적 트라우마와 그것을 넘어서고 극복하기 위한 구원으로서의 문학의 의미를 살펴봄으로써 작가 특유의 글쓰기 코드를 구명할 것이다.

2. 폭력의 시대, 기억 그리고 글쓰기

볼라뇨는 『괄호 치고』에 실린 「단편 창작법에 대한 조언」에서 '단편을 쓸 때 결코 한 번에 한편씩 쓰지 말라'고 권고한다(Bolaño 2005, 324).

문학영토와 탈주하려는 글쓰기의 긴장"으로 설명하고 있다.

그렇게 하다보면 죽는 날까지 똑같은 작품만을 되풀이해서 쓰게 될 것이라는 게 그 이유다. 그러나 아이러니하게도 그의 작품에서 각각의 이야기는 거대한 퍼즐의 조각처럼 끝없이 교차하며 서로를 감싸고 서로를 비춰준다. 물론 언급한 작가의 말은 진지한 조언이라기보다 신랄한 조소, 혹은 독자와의 유희의 한 방식일 수 있다. 그러나 그의 작품에서 빈번하게 발견되는 프랙탈 구성과 스핀오프의 전략, 즉 내적 텍스트성(intratextuality)으로 미루어볼 때, 볼라뇨는 오히려 수많은 지류를 가진 한 권의 유일한 책을 염두에 두었던 것처럼 보인다.

예컨대 『먼 별』은 같은 해에 출간된 『아메리카의 나치 문학』의 마지막 에피소드 「악명 높은 라미레스 호프만」을 확장하여 다시 쓴 것이다. 또 단편집 『전화』에 등장하는 조안나 실베스트리는 1년 전에 출간된 『먼 별』의 8장에서 언급된 인물이며, 『먼 별』에는 『칠레의 밤』에 나오는 문학평론가 이바카체 신부 역시 등장한다. 마찬가지로 『부적』은 『야만스러운 탐정들』에서 부차적 인물 아욱실리오 라쿠투레의 전기를 다룬 10여 페이지의 일화를 취하여 14개의 장으로 이루어진 다른 시·공간적 콘텍스트의 이야기로 확장하고 있다. 세 대륙에 걸친 방대한 탐정 이야기인 『야만스러운 탐정들』은 이야기꾼으로서의 작가의 능력이 절정에 달한 서사시적 소설로 다성성(polyphony)이 두드러진다면, 『부적』에서는 단일한 목소리가 지배한다는 차이가 있다. 『야만스러운 탐정들』의 주인공들인 아르투로 벨라노와 울리세스 리마, 그리고 에르네스토 산 에피파니오 역시 등장하지만, 이들은 부차적 인물로 물러나고 작가는 시종일관 화자이자 주인공인 아욱실리오의 목소리에 초점을 맞춘다. 결과적으로 작품 전체는 수수께끼 같은 인물의 서정적 회고담으로 이루어져 있다.

아욱실리오는 멕시코 대학가에 전설처럼 떠돌던 인물로 1968년 당시 같은 상황에 처했던 우루과이 여성 알시라(Alcira Soust Scaffo)가 실제 모델이다. 멕시코 작가 엘레나 포니아토프스카는 『틀라텔롤코의 밤』에 그녀에 대한 증언 기록을 남기고 있다(Poniatowska 1994, 71).[7] 알시라/아욱실리오는 멕시코에 불법체류 중인 우루과이 여성으로 구스타보 디아스 오르다스 정부 치하에서 학생운동 탄압이 극에 달했던 1968년 9월, 군대와 경찰이 멕시코국립자치대학교(UNAM)를 점령했을 때 인문대학 여자화장실에 숨어 수돗물만 마시며 15일간을[8] 버틴다. 이 기간 동안 화장실은 그녀의 전 생애를 조망할 수 있는 "시간의 배(nave del tiempo)"로 변한다. 타일 바닥에 달빛이 비치는 비좁은 화장실 공간, "모든 세계를 포괄하는 공간의 한 지점"을 의미하는 보르헤스의 '알레프'를 연상시키는 이 비시간적 지점에서 아욱실리오는 광기에 가까운 목소리로 긴 시적 독백을 시작한다. 그녀의 독백은 일상성의 차원에서 시작하여 점차 비현실적이고 몽환적인 풍경들로 흘러들며, 피상적인 대상을 통해 불가사의한 미지의 차원에 접근할 수 있는 주인공의 직관적 성격을 드러낸다. 이 과정에서 시간은 서사적 인과율을 벗어나 파편화되고 다양

7) 2003년에 발표된 글("*Soldados de Salamina* de Javier Cercas," *La Jornada*, 7 de julio de 2003)에서 포니아토프스카는 다시 한 번 알시라를 소환하고 있다. 포니아토프스카는 알시라가 화장실에서 나온 지 2~3년 뒤에 로사리오 카스테야노스의 장례식에서 그녀를 만났다고 회고한다. 장례식에서 알시라는 참석자들에게 전날 밤 손수 타자한 로사리오의 시를 나눠주고 있었다고 한다. 포이나토프스카, 볼라뇨 외에도 호세 레부엘타스, 루벤 보니파스 등이 작품에서 알시라를 소환하고 있다. 2008년 68혁명 40주년을 맞아 베로니카 랑헤르와 안토니오 알가라는 알시라의 에피소드를 다룬 모놀로그 「알시라 또는 무장한 시 Alcira o la poesía en armas」를 무대에 올리기도 했다.

8) 볼라뇨의 작품에서 15일의 기간은 13일로 줄어 있다.

한 사건과 인물들이 작가 특유의 방식으로 복잡하게 뒤얽히면서 환상과 역사의 경계가 희미해진다.

"기억 말고는 쥐뿔도 가진 게 없는", 그래서 곧 기억 자체인[9] 아욱실리오는—실제로 소설에서 가장 집요하게 되풀이되는 단어의 하나가 '기억(recuerdo, recordar)'이다—한때 체 게바라의 연인이었던 엘살바도르 시인 릴리안 세르파스와 그녀의 불행한 아들 화가 카를로스 코핀 세르파스, 자신이 가사도우미 역할을 자청했던, 스페인의 27세대 망명시인들인 레온 펠리페와 페드로 가르피아스, 대학의 젊은 철학도 엘레나와 피델 카스트로와 면담하기를 원하는 이탈리아 남자 파올로, 카탈루냐 출신의 초현실주의 화가 레메디오스 바로, 콜로니아 게레로의 '남창들의 왕'과 동성애자들, 그리고 보헤미안들인 이름 없는 신세대 시인들을 기억한다. 이들은 모두 질식할 것 같은 화장실의 깊은 침묵 속에, 시간의 경계를 넘나드는 아욱실리오의 의식의 흐름과 폐소공포적 섬망 속에, 그리고 정신질환적 진술의 특징인 강박적 집착과 반복적인 횡설수설 속에 존재하며, 주인공의 유폐는 1968년 9월에 대학생들과 지식인들이 겪은 자유의 박탈을 상징적으로 드러낸다.

아욱실리오의 기억은 화장실의 폐쇄된 공간의 경계를 넘어 대학 캠퍼스와 멕시코시티의 도시 공간을 자유롭게 활보하며, 시간 속에 고정된 한 지점으로부터 작품의 서두에서 언급된 '범죄'와 관련된 모든 인물들과 한 세대를 규정하는 모든 시간들로 이동한다. 작가가 놀랍도록 생생하게 재현해낸 아욱실리오의 기억은 망각에 맞서 틀라텔롤코의 후예

9) "이윽고 나는 잠에서 깨어났다. 나는 생각했다. 내 자신이 기억이라고."(로베르토 볼라뇨 2010, 170). 이후 이 작품을 인용할 때는 쪽수만 적는다.

들이 살고 있는 유령 도시 멕시코시티의 지도를 그려내고 그녀는 멕시코, 더 나아가 라틴아메리카에 대한 기억의 알레고리가 된다. 열다섯의 나이에 가족과 함께 멕시코시티로 이주한 이후 볼라뇨에게 멕시코는 문학적 상상력이 형성된 곳이자 "미지의 것으로 향한 문"이었다. 훗날 "과거와 판이한 나라를 만날까 두려워 멕시코에 가고 싶지 않다"고 말할 정도로 멕시코와 그곳에서 보낸 시간들에 대한 그의 애착은 남달랐다. 이처럼 칠레에서 태어나 '우연'에 이끌려 카탈루냐에서 대부분의 작품을 쓰고 그곳에서 숨을 거둔 그의 대표작들이 멕시코를 중심무대로 한다는 것은 결코 우연이 아니다. 볼라뇨가 많은 작품에서 강박적으로 되살리고 있는 멕시코는 언제나 라틴아메리카 대륙 전체를 조망하는 창이었던 셈이다. "작가에게 조국은 여럿"이라고 말했던 볼피와 마찬가지로 볼라뇨 역시 유목적 글쓰기, 탈영토화된 세계를 지향했지만 그에게 멕시코는 적어도 여러 중심 중 하나였다.

한편, 독백의 도입부에서 아욱실리오는 이 소설이 "잔혹한 범죄 이야기"임을 밝히면서 독자의 궁금증을 유발하는 동시에 독서의 열쇠를 제공한다.

> 이 이야기는 공포물이다. 탐정 소설, 느와르 소설, 호러 소설이 될 것이다. 그러나 그렇게 보이지 않을 것이다. 말하는 사람이 바로 나이기 때문이다. 말하는 사람은 나 자신이고, 그래서 그렇게 보이지 않을 것이다. 하지만 결국 잔혹한 범죄 이야기다.(9)

물론 『부적』에는 '남창들의 왕' 일화처럼 일상적인 범죄도 등장하며 6장에 "역사는 짧은 공포물"(69)이라는 말이 나오기도 한다. 그러나 이 작품이 공포물인 이유와 공포의 실체는 결말에 가서야 분명히 밝혀진다. 이런 의미에서 조너선 레섬은 "로베르토 볼라뇨를 읽는 것은 비밀 이야기를 듣는 것과 같다"고 지적한다(Lethem 2008). 소설의 알레고리적 결말은 거대한 범죄의 상징인 틀라텔롤코 학살사건을 언급한다. 1968년 10월 2일 멕시코시티에서 일어난 이 비극적 사건은 멕시코 국민들의 의식과 그 문학에 지울 수 없는 흔적을 남겼다. 아르헨티나 작가 멤포 지아르디넬리는 "1968년 학생운동 탄압의 트라우마는 아주 깊숙이 스며들어 아직까지도 너무 생생한 결과를 남겼다."고 지적하면서 이 사건 이후 멕시코 문학의 테마는 '68'로 집중된다고 진단한다(Giardinelli 1989, 23). 멕시코시티의 10월은 파리의 5월, 프라하의 봄, 미국의 베트남 반전운동 등 같은 시기에 세계적으로 일어난 일련의 혁명적 사건들과 같은 맥락에서 한 시대의 종언과 새로운 시대의 시작을 의미한다.[10] 멕시코 시인 호세 에밀리오 파체코는 시 「1968」에서 "하나의 세계가 무너진다/ 하나의 세계가 태어난다/ 어둠이 우리를 에워싼다/ 그러나 빛이 불탄다"(Pacheco 2000, 71)라고 역사의 변곡점이 되었던 이 격동의 해를 노래하고 있다. 또 사파티스타 민족해방군(EZLN) 부사령관 마르코스는 「틀라텔롤코, 30년 후에도 투쟁은 계속됩니다」에서 "68은 침묵시위와 폴리(Poli), UNAM, 대학 제도가 경멸한 수많은 학생, 민중들의 지하

10) 20세기 삼부작의 두 번째 작품인 『광기의 끝』에서 호르헤 볼피가 기점을 1968년으로 잡고 있는 것도 같은 맥락에서 이해할 수 있다. 물론 주된 공간적 배경은 프랑스지만 볼피로 대표되는 멕시코의 크랙 그룹의 글쓰기가 지리적으로 멕시코에 갇혀 있지 않다는 점에서 프랑스는 1968년의 멕시코까지를 아우르는 동질화된 보편적 공간이라고 할 수 있다. 한편, 후안 가르시아 폰세, 페르난도 델 파소, 호세 에밀리오 파체코, 로사리오 카스테야노스 등 수많은 멕시코의 작가·시인들이 멕시코의 1968년을 작품으로 형상화했다. 따라서 『부적』은 멕시코와 라틴아메리카 문학에서 이미 다루어진 '68' 테마의 다시쓰기라고 할 수 있다.

자치 단체, 집회, 벽을 장식한 낙서, 기습 집회, 존엄이라는 새로운 옷을 입은 전복적인 거리이기도 합니다. 68은 무엇보다 이런 것들입니다. 68은 다른 정치, 아래로부터의 정치, 새로운 정치, 투쟁하는 정치, 반란의 정치가 펼쳐지는 거리입니다. 68은 말하고 토론하고 역사에서의 위치를 묻고 재천명하고 요구하는 거리입니다"(마르코스 2002, 326)라고 '68'의 현재적 의미를 천명한다. 주지하다시피 전지구적인 차원에서는 무엇보다 1968년을 기점으로 근대에 대한 전면적인 문제제기, 구체적으로 자본주의와 사회주의의 두 체제로 대표되는 근대세계체제에 대한 근본적인 회의가 일기 시작했다. 이런 의미에서 이매뉴얼 월러스틴은 1968년 세계혁명이 자유주의의 수립으로 이어진 1848년 혁명에 비견되는 역사적 중요성을 지닌다고 보며, 그 이후부터 지금까지를 이행의 시기 또는 과도적 위기로 규정한다(Cf. 이매뉴얼 월러스틴 2005).

『부적』의 크고 작은 일화들은 모두 "1968년의 전망대로부터" 정의되며, "영원히 기억 속에 각인되어 있는 이름" 틀라텔롤코는 주인공의 꿈과 기억의 요체를 이룬다. 이러한 유기적 구성 덕분에 곳곳에 등장하는 복잡한 은유와 상징에도 불구하고 이 소설은 강력한 서사의 힘을 유지한다. 가령, 페드로 가르피아스의 거실에 있던 꽃병에 얽힌 일화는 레메디오스 바로의 그림에 의해 도입된 수수께끼 같은 결말을 이해하는 데 결정적인 실마리를 제공한다. 꽃병 안에 감춰진 "지옥의 문"을 파괴하려는 주인공의 폭력적 충동에서 심연의 메타포로 형상화된 틀라텔롤코의 공포를 어렴풋이 엿볼 수 있다.

> 이윽고 나는, 여전히 몸을 떨면서, 몸을 일으켜 다시 꽃병에 다가갔다. 꽃병을 집어 들어 바닥에, 바닥의 녹색 타일들에 부딪쳐 깨뜨리려는 건전한 의도에서였다고 생각한다. 이번에는 나를 두려움에 떨게 하는 대상에 나선이 아닌 직선으로 접근했다. 실은 흔들리는 직선이었지만 어쨌든 직선은 직선이었다. 꽃병이 손에 닿을 만큼 가까워졌을 때 다시 걸음을 멈추고 혼잣말을 했다. 지옥은 없을지 몰라도 그곳엔 어쨌든 악몽이 있어. 사람들이 잃어버린 모든 것들, 고통을 가져오는 모든 것들, 차라리 잊는 편이 나을 모든 것들이 있어.(17)

또 11부에 등장하는, 오레스테스와 그의 이복여동생 에리고네를 둘러싼 사랑과 복수의 신화는 텍스트의 핵심을 이루는 사랑과 죽음의 일화를 예고하고 있다. 공포 때문에 주인공이 한 발짝도 움직일 수 없었던 화장실의 폐쇄된 공간 역시 자유를 박탈하고 멕시코 학생운동을 파멸시킨 학살의 트라우마적 순간을 상징적으로 보여준다.

이처럼 『부적』은 멕시코 정부에 의해 자행된 1968년의 범죄를 서사의 중심에 놓고 있다는 점에서 역사적 사실에 밀착되어 있다고 할 수 있다. 일견 이 소설은 콜롬비아 바나나농장 노동자들의 투쟁과 학살을 다룬 가르시아 마르케스의 『백년의 고독』, 멕시코 혁명을 소환해낸 카를로스 푸엔테스의 『아르테미오 크루스의 최후』, 그리고 19세기 말 브라질의 광적인 종교 집단을 파헤친 마리오 바르가스 요사의 『세상 종말 전쟁』 등으로 이어져온 소설의 계보에 속하며 붐 작가들이 천착했던 거대서사에서 여전히 자유롭지 못한 것처럼 보인다. 그러나 볼라뇨의 작품에서는 역사가 전경화되는 경우에도 결코 역사가 서사를 압도하지 않는다. 『부적』에서도 작가는 주인공을 역사적 비극의 현장에 위치시키지 않으며, 흥미롭게도 멕시코의 68년을 재구성하는 작가의 시선은 여전히 이방인의 시선에 머물러 있다. 또한 포니아토프스카의 『틀라텔롤코의 밤』처럼 사건의 전모를 생생하게 기록하고 있는 증언서사와 달리 이 작품에서는 사건들이 간접적이고 비유적이고 생략적인 방식으로 서술되고 있다. 물론 전설처럼 떠돌던 인물 알시라를 둘러싼 역사적 사실과 작가에 의해 재구성된 상상적 전기 사이에는 밀접한 상응관계가 존재한다. 그러나 호세 프로미스의 지적대로, 그의 글쓰기는 서로 상반된 두 방향을 지닌다. 다시 말해, 경험적 현실에 가까운 영역에서 출발하여 상상과 비현실의 영역으로 흘러들었다가, 다시 그 자체의 토대를 전복시키기 위해 현실로 되돌아온다(Navarrete González 2005).

볼라뇨의 조국 칠레와 관련된 범죄를 다룰 때도 상황은 크게 다르지 않다. 작가의 알터 에고인 아르투로 벨라노는 민중연합의 사회주의 건설에 동참하기 위해 산티아고로 돌아가지만 '공포지대'의 긴박한 정황에 대한 서술은 의도적으로 비껴간다. 대신 딴사람이 되어 멕시코시티로 돌아온 뒤에 '남창들의 왕'에 맞서 동료인 에르네스토 산 에피파니오를 구해내는 두려움 없는 태도를 통해 피노체트의 군사쿠데타와 살바도르 아옌데 정부의 붕괴라는 칠레의 엄혹한 현실이 간접적으로 암시된다. 『부적』에서 1973년 칠레의 범죄는 부수적으로 이야기되고 있지만 5년 앞서 멕시코에서 자행되었던 범죄와 마찬가지로 트라우마적이다. 볼라뇨는 치열한 작가의식으로 여러 작품에서 이 테마를 강박적으로 되풀이한다. 라틴아메리카가 더 이상 유토피아를 믿지 않게 된 순간에 작가로 등장한 그는 『살인 창녀들』에 수록된 단편 「오호 실바」의 첫머리에서 자신의 세대적 운명을 이렇게 밝히고 있다. "세상사가 마음대로 되지 않듯, 오호로 불린 마우로시오 실바는 겁쟁이라는 말을 듣는 한이 있어도 늘 폭력을 피하려 애썼지만 폭력에서, 진짜 폭력에서 자유로울 순 없었다. 1950년대 라틴아메리카 태생인 우리, 살바도르 아옌데가 죽을 때 스무 살 언저리였던 우리는 말할 것도 없다"(로베르토 볼라뇨 2014a, 7).[11] 보헤미안 시인이자 문학계의 앙팡테리블로 멕시코에 체류 중이던 볼라뇨는 소설에서처럼 실제로 피노체트의 쿠데타가 발발하기 직전 귀국하여 좌파 진영에 가담하며 쿠데타 후에 8일 간 투옥되기도 한다. 그러나 그는 『부적』에서 자신의 경험을 여과 없이 직접적으로 다루기보다는 에둘러 제시하고 싶어 하는 것처럼 보인다. 보다 직접적인 진술을 만나기 위해서는 작가의 구체적인 삶의 편린들이 엿보이는 단편집 『전화』나 『살인 창녀들』을 찾아야 할 것이다.

이처럼 틀라텔롤코의 학살이 언급되면서 범죄와 관련된 공포의 개념이 전개되며, 아욱실리오의 이야기는 아르헨티나의 '더러운 전쟁(Guerra Sucia)'을 비롯해 1960~70년대에 라틴아메리카에 창궐했던 정치적 재앙에 대한 메타포로 읽히게 된다. 작품에서는 이 재앙을 "검은 구멍(agujeros negros)"에 비유하고 있다. 그러나 암울한 과거에 강박적으로 집착하고 개인과 사회에 대한 통렬한 비판의식을 견지하면서도 작가는 결코 전투적이고 선동적인 목소리를 통해 뚜렷한 정치색이나 이데올로기적 지향을 드러내지 않는 독특한 방식으로 라틴아메리카의 정치적 대의에 참여한다. 『부적』 이외에도 볼라뇨의 많은 작품들은 끔찍한 범죄를 둘러싸

11) 「오호 실바」에서도 남창들의 세계가 그려지고 있는데, 『부적』에서와 마찬가지로 작가는 프리랜서 사진가로 인도에 체류하는 동안 위험을 무릅쓰고 소년 남창들을 구해내는 주인공의 모험을 폭력에서 벗어날 수 없는 라틴아메리카 젊은이들의 운명과 결부시키고 있다.

고 전개된다. 예컨대, 묵시록적인 미완성 유고작 『2666』은 미제사건으로 아직도 진행 중인 국경도시 시우다드후아레스(소설 속의 산타테레사)의 연쇄살인에 초점을 맞추고 있으며 방대한 등장인물을 통해 20세기의 공포를 묘사한다. 『부적』에 훗날 『2666』의 제목이 되는 숫자가 등장한다는 것도 흥미롭다. 정작 『2666』에는 이 숫자가 전혀 나오지 않는데, 이 수수께끼 같은 제목은 『부적』에서 언급된 공동묘지의 이미지와 관련이 있는 것으로 보인다. 아욱실리오는 게레로 거리를 묘사하면서 2666년의 공동묘지, 즉 "송장이나 아직 태어나지 않은 아이의 눈꺼풀 아래서 잊혀진 공동묘지, 무언가를 망각하고 싶어 한 끝에 모든 것을 망각하게 된 한쪽 눈의 무심한 눈물"(88)에 비유한다. 이처럼 『부적』은 상호텍스트적 중층성이 두드러지는 볼라뇨의 모든 소설의 나침반으로 그의 작품의 비밀을 푸는 실마리를 제공한다.

3. 부적으로서의 문학: 열패자들에게 바치는 오마주

위에서 살펴본 대로, 그리고 작품의 서두에서 밝히고 있는 대로 『부적』은 작품에서 근원적인 중요성을 지니는 1968년 10월 틀라텔롤코, 아니 그 비극의 서막인 1968년 9월 18일 멕시코국립자치대학에서 시작되어 라틴아메리카의 청년 세대와 시적 공간의 희생을 불러온 공포를 다룬 범죄 이야기다. 희생당한 멕시코의 젊은이들은 라틴아메리카의 모든 젊은이들을 대변하며, 그로 인해 틀라텔롤코와 1968년은 대륙의 모든 젊은이들을 집어삼키는 공포로 변한다. 아욱실리오의 꿈과 환각 속에서 사랑의 이상과 죽음의 운명을 안고 공포를 향해 행진하는 한 세대가 성격화되고 재창조되며, 라틴아메리카의 악천후의 지리적 상징인 환영적인 계곡은 고뇌와 죽음의 이미지를 동반한다. 그러나 라틴아메리카의 과거 역사가 재구성되고 현재화되는 바로 그 지점에서, 심연을 향해 행진하는 무수한 젊은이들의 위대한 죽음 위에서, 미래의 시적 공간, 다시 말해 시가 일체의 불의 위에 군림하는 구원적인 상상의 공간이 열린다. 심연은 젊은이들을, "68년에 죽었고, 또 다른 내일, 또 다른 나라, 또 다른 기억, 또 다른 정치, 또 다른 인간을 탄생시키기 시작한"(마르코스 2002, 329) 존엄한 세대를 삼켜버리지만 젊은이들의 노래는 피비린내 나는 공포와 억압의 장면들을 압도하며 끝없이 울려 퍼진다.

> 내가 들은 노래는 비록 전쟁과 희생당한 라틴아메리카 젊은 세대 전체의 영웅적인 위업에 관한 것이었지만, 나는 다른 무엇보다 용기와 거울들, 욕망 그리고 쾌락에 대해 노래하고 있다는 것을 알고 있었다. 그 노래는 우리의 부적이다.(180)

노래는 악천후 속에서, 고통의 한가운데서 솟아올라 희생당한 라틴아메리카의 젊은 세대 전체의 영혼을 위무한다. 이렇듯 심연으로의 추락과 함께 역사의 지배 세력에 맞서 반란의 예술을 유지하고자 하는 작가의 의지가 생겨난다. 부적은 질병이나 재앙을 막아주고 복을 가져다준다고 믿는 주술적 도구다. 그러나 여기에서 부적은 노래이고 시다. 아욱실리오를 통해 화장실을 크로노스적 시간성과 합리성이 관여할 수 없는, 상상력을 본질로 하는 시적 공간으로 승화시킨 볼라뇨에게 시는 저항과 혁명의 동의어다. 그는 시라는 부적, 시라는 무기를 통해 라틴아메리카 젊은 세대의 역사적 트라우마, "라틴아메리카의 악몽"을 물리치고 넘어선다. 이처럼 어두운 역사에 대한 성찰은 문학에 대한 성찰을 만난다.

여기서 초현실주의적인 레메디오스 바로의 환영적 계곡과 가르피아스의 꽃병에 얽힌 일화는 범죄와 창조의 동력에 있어 서로 연결된다. 꽃병을 향한 시인들의 파괴적 충동이 틀라텔롤코의 공포의 반사 이미지를 의미하는 동시에 암울한 과거의 파괴 의도를 드러낸다면, 바로의 계곡은 무차별한 숱한 죽음 앞에서 정의를 세울 수 있는 영광스러운 미래를 기다리는 시적·상징적 공간에서 전개된다. 이처럼 아욱실리오의 이야기는 작품의 마지막에 이르러 멕시코뿐만 아니라 칠레를 비롯한 라틴아메리카 전역에서 권위주의 독재의 정치적 억압에 희생된 젊은 세대 전체에 바치는 오마주로 승화된다. 볼라뇨는 자신의 모든 작품을 "나의 세대에 보내는 연서(戀書) 혹은 작별의 편지"(Bolaño 2005, 324)로 규정한 바 있는데, 이 정의는 『부적』에도 그대로 적용될 수 있다. 그가 이 작품을 가장 절친한 동료로서 함께 "멕시코판 다다"로 알려진 문학운동인 밑바닥사실주의를 주창하고 붐 작가들이나 옥타비오 파스 같은 문학 권력에 저항했던 산티아고 파파스키아로에게 바치고 있다는 것도 같은 맥락에서 이해할 수 있다. 결국 이 작품은 세대 의식의 반영이자 시와 문학에 대한 거대한 사랑의 고백이며, 여기에서 인간과 역사의 구원은 곧 문학의 구원을 의미한다.

한편, 이와 관련하여 볼라뇨의 등장인물들이 정치지도자나 독재자, 장군이 아니라 주로 소설가나 시인, 비평가들이라는 사실은 주목을 끈다. 이는 라틴아메리카뿐만 아니라 세계의 문학에서도 쉽게 예를 찾아

볼 수 없는, 볼라뇨의 독창적 면모다. 특히 시인들의 존재가 두드러지는데, 『야만스러운 탐정들』이나 『2666』에는 허구적 시인들은 물론 역사상 존재했던 무수한 시인들이 등장한다. 또한 「무도회 수첩」이나 「엔리케 린과의 만남」 같은 단편들에도 루벤 다리오, 파블로 네루다, 니카노르 파라, 에르네스토 카르데날 등 라틴아메리카의 주요 시인들이 망라되어 있다. 이처럼 문학과 관련된 등장인물들은 작품 도처에 존재하며, 영웅, 탐정, 악당, 우상파괴자 등 다양한 얼굴을 보여준다. 예컨대, 저명한 문학비평가이자 보수적 사제인 세바스티안 우루티아 라크루아를 통해 절대 권력과 야합하는 부패한 문학가의 초상을 그리고 있는 『칠레의 밤』은 천박하고 구역질나는 작가들의 부조리와 허위의식을 적나라하게 보여준다. 이와는 대조적으로, 『부적』에서 작가는 역사의 주변부를 부유하는 무력한 보헤미안적 존재들, 역설적으로 고통과 비참함을 통해 생존하는 호모 사케르, 역사가 가차 없이 삼켜버린 인물들, 혁명을 꿈꾸었지만 참담하게 실패한 세대를 치켜세우고 정당화하며 미겔 데 우나무노가 말하는 '내역사(intrahistoria)'의 주인공으로 승화시킨다. 다시 말해, 공식 역사의 보이지 않는 이면에서 역사를 만들어가는 이름 없는 주변부적 존재들과 사회적 열패자들, 즉 "역사 없는 사람들(gentes sin Historia)"을 새로운 세계 건설의 주체로 복권시킨다. 그리고 그 중심에 작가들, 특히 시인들이 위치하며 그들과 더불어 공포와 폭력의 시대에 맞섰던 신념과 관대함, 꿈과 희망, 유토피아와 혁명이 되살아난다. 이러한 존재들은 『아메리카의 나치 문학』에서 역사의 흐름을 거스르는 패자들로 그려지고 있는 일련의 극우 파시스트 작가들과 극명한 대비를 이룬다. 결국 『부적』에서 작가는 승리자의 시선을 거부하고 고통 받고 억압 받는 패배자의 시각에서 역사를 바라보고 있으며, 암울한 과거에서 창조와 구원의 동력을 읽어낸다. 이러한 역사관은 발터 벤야민이 「역사철학테제」에서 파울 클레의 그림 <새로운 천사 Angelus Novus>를 '역사의 천사'로 설명하면서 제시한 '메시아적 시간', 즉 "기억이 응축된 순간이자 과거의 특정 순간이 구원되는 카이로스적 시간"인 '현재시간(Jetztzeit)'의 개념을 환기시킨다(발터 벤야민 1983, 343-356).

시와 시인들의 친구이자 순수한 삶의 열정에 사로잡힌 주인공 아욱실리오는 멕시코국립자치대학이 군인과 경찰에 유린되었을 때 화장실에서 기억과 회상을 통해 대학 자치권의 파멸에 저항한 유일한 인물이다. 그녀는 대부분 허드렛일인 불안정한 임시직을 전전하고 동료들에게 경제적으로 의지하며 룸펜처럼 궁핍하게 살아간다. 또 돈키호테처럼 멀쑥하고 깡마른 몰골에 약간 실성한 듯 보이며 앞니까지 빠진 중년 여자의 모습은 매력적인 뮤즈와는 거리가 멀다. 그러나 시적 망상에 사로잡힌 그녀는 결코 문학에 대한 믿음과 희망의 끈을 놓지 않는다. 화장실에 갇힌 고립무원의 상황에서 그녀를 버티게 해준 것은, 그래서 "역사 분만"의 증인이자 대학의 자치권의 최후 보루가 될 수 있게 해준 것은 바로 시였다. 그녀는 배고픔과 추위와 눈물 속에서 페드로 가르피아스의 시집을 읽고 화장지에 시를 적는다. 경찰기동대가 대학에 난입한 순간에도 "스커트를 걷어 올린 채 변기에 걸터앉아"(30) 더없이 섬세한 가르피아스의 시를 읽고 있었다. 아욱실리오가 변기를 통해 자신이 쓴 시를 내려버리고 작품은 시가 아닌 노래로 끝나지만 그녀를 정치적 폭력과 문학적 억압에서 구원한 것은 무엇보다 문학에 대한 믿음이다("나는 글을 썼기 때문에 버텼다고 생각했다.")(171). 아욱실리오에게 시 쓰기는 "언제나 생사가 걸린 문제"(103)였던 것이다. 13장에서는 20세기의 책들의 운명에 대한 흥미로운 예언이 등장하는데, 파괴가 계속될 때조차 문학은 끊임없이 윤회(metempsicosis)하며 지탱하고 살아남는다는 작가의 확고한 신념을 명백하게 보여준다.[12)]

> 세사르 바예호는 2045년에 지하에서 읽힐 거야. 호르헤 루이스 보르헤스는 2045년에 지하에서 읽히게 돼. 비센테 우이도브로는 2045년에 대중적인 시인이 될 거야.
>
> 버지니아 울프는 2076년에 아르헨티나인 소설가로 환생해. 루이 페르디낭 셀린은 2094년에 연옥에 들어갈 거야. 폴 엘뤼아르는 2101년에 대중 시인이 돼.
>
> 윤회. 시는 사라지지 않아. 그 무력함은 다른 형태로 부각될 거야.
>
> (155)

스페인어로 '도움', '원조'를 의미하는 이름이 암시하듯, 아욱실리오는 "멕시코 시의 어머니" 역할을 자처하며 모든 시인들은 그녀의 자식들이다. 이처럼 직관적 성격의 소유자이자 카오스적이고 열정적이고 시와 광기에 이끌리는 아욱실리오는 단순한 인물의 범주를 넘어 순수와 역사적 진실에 대한 일종의 알레고리이며, 마법적 지각을 통해 시간의 경계를 자유롭게 넘나드는 현대판 예언자라고 할 수 있다. 작품이 낙관주의적 어조로 끝날 수 있는 것도 과거를 기억하고 미래를 통찰할 수 있는, 테베의 눈먼 예언자 테레시아스 같은 아욱실리오의 자질 덕분이다. 이

12) 볼라뇨는 '불멸성(inmortalidad)'을 정의하면서 "아직도 문학의 불멸을 믿는 작가들이 있다면 먼저 따귀를 한대 때리고 나서 부둥켜안고 격려해주고 싶다"고 말한다(Herralde 2005, 101).

러한 자질은 곧 문학의 자질이며, 아욱실리오의 구원은 곧 문학의 구원을 의미한다. 문학은 아욱실리오가 기댈 수 있는 유일한 부적이기 때문이다. 문학이 메시아적 구원일 수 있다면 그것은 폭력과 억압, 허무주의가 지배하는 세계에 단호하게 '노(No)'를 외치고 문학적 진실을 세울 수 있는 힘이 있기 때문일 것이다.

가난과 시에 대한 목마름은 볼라뇨의 인물들에게 공통되는 특성이며, 더 나아가 그 자신을 규정하는 두 가지 특성이기도 하다. 실제로 그는 보르헤스와 마찬가지로 픽션 작가로 이름을 얻었지만 시인으로 문학에 입문하여 죽을 때까지 스스로를 시인으로 여겼으며 소설의 문체 역시 다분히 시적이다.[13] 『부적』에는 아르투로 벨라노라는 작가의 알터 에고가 등장하지만,[14] 어쩌면 궁핍하고 비루한 삶 속에서도 정치적 폭력이라는 시대의 광기에 광기로 맞서며 문학과 역사의 힘을 지켜낸 아욱실

---

13) 볼라뇨의 시적이고 실험적인 면모는 『안트베르펜』에서 가장 두드러진다. 1980년대 초에 씌어졌지만 2002년에야 출간된 이 책에는 서사적 연속성을 거의 찾아볼 수 없는 55개의 이야기가 파편적으로 산재되어 있다. 작가 스스로 소설로 규정하고 있지만, 서사적 요소를 압축과 절제의 시적 구조로 형상화하고 있는 이 작품은 '규칙은 없다'는 47장의 제목처럼 소설과 시의 경계를 경쾌하게 넘나드는 일종의 초장르적 하이브리드 텍스트로 정의할 수 있을 것이다.

14) 아르투로 벨라노는 『야만스러운 탐정들』의 제2부 마지막 장에서 흔적도 없이 사라지지만, 후에 단편집 『살인 창녀들』의 「사진들」에서는 프랑스 시인들과 자신의 과거를 회상하며 여전히 아프리카의 라이베리아에 머물고 있다. 한편, 『아메리카의 나치 문학』의 마지막 에피소드와 『안트베르펜』에서는 로베르토 볼라뇨가 실명으로 등장한다. 그러나 『아메리카의 나치 문학』의 마지막 에피소드를 확장한 『먼 별』에서는 다시 아르투로 벨라노로 돌아가며 『살인 창녀들』의 「지상 최후의 일몰」에서는 약어인 B로 등장한다. 아르투로 벨라노는 작가의 자전적 성격이 강한 인물이고 『부적』 또한 자전적 성격이 짙은 작품인 것은 분명하지만, 그의 허구적 전기는 연대기적으로 배치되지 않으며 경험적 현실과 허구적 현실 사이의 경계는 희미하다. 이런 의미에서 동료 작가인 로드리고 프레산은 아르투로 벨라노를 볼라뇨의 "가상의 알터 에고(un supuesto alter ego)"로 규정한다.

리오야말로 부평초처럼 세상을 떠돌며 문학에 삶을 송두리째 바친 "낭만적 사무라이"(에두아르도 라고 외 2014, 229-241),[15] 볼라뇨의 진정한 자화상일지 모른다. 볼라뇨의 텍스트는 고독과 절망에 사로잡힌 작가의 우울한 자화상이다. 그러나 동시에 문학을 통해 치열하게 삶에 맞섰던 투쟁의 산물이기도 하다. 그는 악몽과 불면에 시달리며 자신의 길을 모색하기 위해 분투하였으며 그를 구원한 것은 무엇보다 문학의 '헛된 몸짓'과 '운명'에 대한 믿음, 즉 '문학병'이었다. 한 인터뷰에서 볼라뇨는 "패배할 줄 알면서도 용기를 내서 싸움에 나서는 것, 그것이 바로 문학이다"라고 설파한다. 그에게 문학의 길은 마지막 호흡을 내뱉고 마지막 말을 기록할 때 비로소 끝나는 퇴로 없는 모험, 결정적인 여행, 최후의 결투를 의미했다.

4. 나가며

「라틴아메리카 소설문학의 죽음」이라는 흥미로운 에세이에서 볼피는 라틴아메리카 문학 50년(2005~2055)을 평가하는 베리(Lucius J. Berry) 교수의 가상의 글을 인용한다. 여기에서 베리 교수는 붐의 거장들이 사라진 뒤에 라틴아메리카 문학은 가르시아 마르케스의 회고록 제3권이 나온 2005년에 종언을 고했으며 전문 학자들은 연구대상을 잃고 관련 학과들은 점차 문을 닫게 될 것이라고 암울하게 진단하고 있다(Volpi 2004,

15) "낭만적 사무라이(el samurai romántico)"는 로드리고 프레산이 사후에 출간된 볼라뇨의 『악의 비밀』과 『미지의 대학』에 대해 쓴 서평의 제목이다.

206-223).[16] 이에 대해 볼피는 라틴아메리카 문학은 서구문학의 주변부적 흐름인데도 베리 교수는 계속해서 대단한 별종으로 바라보는 심각한 오류를 범하고 있다고 비판하면서 새로운 세대의 작가들은 자기 시대의 편견에서 벗어나려는 열망 속에서 '라틴아메리카성'을 거부해온 라틴아메리카의 고귀한 전통을 이어갈 것이라고 말한다. 줄곧 편협하고 폐쇄적인 내셔널리즘을 거부했던 볼라뇨는 스스로를 서구의 문학 전통에 속하는 작가들로 규정하면서 탈영토의 글쓰기를 통해 언어와 문화의 공동체를 꿈꾸는 이 새로운 작가들에게 하나의 문학적 전범이 되고 있다. 아욱실리오가 1968년을 전후한 시기에 "멕시코 시의 어머니"였던 것처럼, 볼라뇨는 오늘날 "개미나 매미, 혹은 고름처럼 틀라텔롤코의 절개된 상처에서 튀어나왔지만 68 투쟁에도 참가하지 않은"(79) 새로운 문학 세대에게 든든한 어머니 같은 존재로 우뚝 서서 라틴아메리카 문학, 더 나아가 문학 그 자체의 구원과 불멸을 증거하고 있다. 볼라뇨와 함께 시작된 새로운 정체성의 모색과 노마드적 글쓰기라는 대안적 제안이 라틴아메리카 문학의 미래 지형을 어떻게 그려갈지 기대된다.

16) 2003년 6월, 볼라뇨가 사망하기 몇 주 전에 세비야에서 열린 '라틴아메리카 작가 대회'의 발표문을 수록하고 있는 이 책은 그에게 헌정되었다.

참고 문헌

로베르토 볼라뇨(2010), 『부적』, 김현균 옮김, 열린책들.
____________(2014a), 『살인 창녀들』, 박세형 · 이경민 옮김, 열린책들.
____________(2014b), 『아이스링크』, 박세형 옮김, 열린책들.
____________(2014c), 『안트베르펜』, 김현균 옮김, 열린책들.
마르코스(2002), 『우리의 말이 우리의 무기입니다』, 윤길순 옮김, 해냄.
발터 벤야민(1983), 『발터 벤야민의 문예이론』, 반성완 옮김, 민음사.
에두아르도 라고 외(2014), 『볼라뇨 전염병 감염자들의 기록』, 신미경 옮김, 열린책들.
에드워드 사이드(2005), 『문화와 제국주의』, 박홍규 옮김, 문예출판사.
이경민(2012), 「유목적 글쓰기로서의 볼라뇨 문학」, 『이베로아메리카연구』, 23(3).
이매뉴얼 월러스틴(2005), 『세계체제 분석』, 이광근 옮김, 당대.
호르헤 볼피 외(2010), 『볼라뇨, 로베르토 볼라뇨』, 박세형 · 오숙은 옮김, 열린책들.

Braithwaite, Andrés(ed.)(2006), *Bolaño por sí mismo. Entrevistas escogidas*, Santiago: Ediciones Universidad Diego Portales.

Bolaño, Roberto(2005), *Entre paréntesis. Ensayos, artículos y discursos(1998-2003)*, Barcelona: Anagrama.

Espinosa H., Patricia(ed.)(2003), *Territorios en fuga. Estudios críticos sobre la obra de Roberto Bolaño*, Santiago: Frasis editores.

García Canclini, Néstor(2002), *Latinoamericanos buscando lugar en este siglo*, Buenos Aires: Paidós.

Giardinelli, Mempo(1989), "Panorama de la narrativa mexicana de los 80's," *Ínsula*, 512-513.

Herralde, Jorge(2005), *Para Roberto Bolaño*, Buenos Aires: Adriana Hildalgo Editora.

Lethem, Jonathan(2008), "The Departed," *The New York Times Book Review*, November 9.

López Badano, Cecilia(2011), *Inmersiones en el Maelström de Roberto Bolaño: La caja de Pandora de la latinoamericanidad contemporánea*, Madrid: Editorial Académica Española.

Navarrete González, Carolina A.(2005), "*Amuleto*, de Roberto Bolaño: de la representación especular al rito sacrificial," *Agulha*, 45, http://www.revista.agulha.nom.br/ag45 bolano.htm

Pacheco, José Emilio(2000), *Tarde o temprano*, México D.F.: FCE.

Poniatowska, Elena(1994), *La noche de Tlatelolco*, 52.a reempresión, México D.F.: Era.

Volpi, Jorge(2004), "El fin de la narrativa latinoamericana," *Palabra de América*, Barcelona: Seix Barral.

『참을 수 없는 가우초』, 근대세계와 문학에 대한 비판적 성찰*

이경민

악을 행하는 데 초월적 존재를 끌어들일 필요는 없다.
인간은 독자적으로 모든 악행이 가능하므로.
—조셉 콘래드, 『서구인의 눈으로』

1. 들어가며

로베르토 볼라뇨는 『야만스러운 탐정들』(1998)로 1999년 로물로 가예고스 문학상을 수상하며 문학계에 등장한 이후 비평계는 물론 대중의 지대한 관심을 받으며 라틴아메리카 문학을 대표하는 작가가 되었다. 하지만 정작 자신은 『칠레의 밤』 영문판이 출간된 2003년에 생을 마감함으로써 자신의 문학적 성공을 목도할 수 없었다. 바로 그 해 6월 27일, 볼라뇨는 스페인 세비야에서 열린 라틴아메리카 작가 대회에 참가

* 이 글은 『이베로아메리카연구』 28권 3호(2017)에 실린 동일 제목의 논문을 수정・보완한 것이다.

하여 동세대 작가들로부터 새로운 라틴아메리카 문학의 대변자이자 "토템"(Herralde, 13)으로 추앙된다. 블라네스(Blanes)로 돌아온 볼라뇨는 아들과 하룻밤을 보내고 이튿날 학교에 바래다 준 뒤, 각혈을 하면서도 입원을 미루고 서둘러 『참을 수 없는 가우초』(2003)의 원고를 출력하여 아나그라마 출판사의 호르헤 에랄데(Jorge Herralde)에게 건넸다. 그리고 7월 1일, 간부전 악화로 입원한 볼라뇨는 10일간 혼수상태에서 사경을 헤매다 7월 15일 세상을 떠났다. 그리하여 『참을 수 없는 가우초』는 볼라뇨의 세 번째 단편집이자 첫 번째 유작이 되었다. 죽음이 멀지 않음을 예견했다는 듯, 볼라뇨는 『참을 수 없는 가우초』에서 아들 라우타로(Lautaro)와 딸 알레한드라(Alejandra),[1] 막역한 동료이자 비평가였던 이그나시오 에체바리아에게 헌사를 남겼다. 또한 「참을 수 없는 가우초」는 아르헨티나 작가 로드리고 프레산, 「경찰 쥐 El policía de las ratas」는 불어판 번역자인 로버트 아뮤티오(Robert Amutio)와 영문판 번역자인 크리스 앤드류스(Chris Andrews), 「알바로 루셀로트의 여행」은 그의 임종을 지킨 연인 카르멘 페레 데 베가(Carmen Pérez de Vega), 「문학+병=병」은 주치의 빅토르 바르가스(Victor Vargas), 그리고 「크툴루 신화 Los mitos de Cthulhu」는 그가 "라틴아메리카의 생존 작가 중에 가장 훌륭한 작가 중 명"(Bolaño 2004, 209)이라고 극찬한 아르헨티나 작가 알란 파울스(Alan Pauls)를 위해 헌사를 남겼다.

죽음이 임박한 상황에서 필생의 역작인 『2666』의 탈고를 뒤로 미루고 『참을 수 없는 가우초』를 출판사에 전달했다는 사실은 이 단편집에

1) 볼라뇨는 『2666』에도 두 자녀를 위한 헌사를 남겼다. 『2666』은 볼라뇨가 "『2666』은 너무 잔혹한 작품이라서 내 건강을 끝장낼 수도 있다"(Braithwaite 2006, 113)라고 할 만큼 심혈을 쏟은 작품이다.

대한 볼라뇨의 개인적 애착과 중요성을 짐작케 한다. 특히, 문학계와 출판계에 대해 노골적이고 직설적인 비판을 담은 두 편의 에세이는 볼라뇨가 작가정신을 환기하는 마지막 메시지가 되었다. 하지만 볼라뇨의 문학세계에 관한 연구는 『2666』, 『야만스러운 탐정들』을 중심으로 중·장편 단행본에 집중되어 있으며 상대적으로 단편집에 대한 연구는 미미하다. 『참을 수 없는 가우초』를 전반적으로 다룬 선행연구도 거의 없으며, 국내에서도 2013년 필자가 「참을 수 없는 가우초」와 보르헤스의 「남부」를 비교 분석한 연구가 유일하다. 따라서 이 글에서는 볼라뇨의 문학적 유서라 할 수 있는 『참을 수 없는 가우초』를 포괄적으로 분석함으로써 문학과 세계에 대한 볼라뇨의 메시지를 살펴보고자 한다.

2. 볼라뇨의 문학적 유서

앞선 글에서 살펴봤듯이, 볼라뇨는 상호·내적텍스트, 하이퍼텍스트, 콜라주, 다성성 등의 특징을 보이며 정주하지 않는 유목적 글쓰기를 구현하고 있다. 이는 마치 보르헤스가 "언어는 인용체계다"(OC III, 55)라고 하듯이, 볼라뇨의 문학 또한 인용체계와 다르지 않다. 즉, 볼라뇨의 작품은 다양한 작품과 접속, 변주되면서 기성 텍스트가 생산한 문학적 코드와 의미를 불확정적이고 모호하게 만든다. 볼라뇨 역시 자신의 작품세계가 지닌 특징을 다음과 같이 밝힌 바 있다.

> 저는 독자가 많진 않지만 운 좋게도 충실한 독자를 만났습니다. 그들은 메타문학적 유희, 제 모든 작품의 놀이에 뛰어드려는 독자들입니다. 한 작품만 읽어도 나쁘진 않겠지요. 하지만 그 작품을 이해하려면 모든 작품을 읽어야 합니다. 모든 작품이 모든 작품을 지시하니까요. (Braithwaite 2006, 118)

따라서 리좀 구조로 뒤얽힌 볼라뇨의 작품은 상호-메타텍스트성에 대한 분석이 이뤄져야만 해당 작품에 내포된 의미를 포착할 수 있다. 이 글에서 다룰 『참을 수 없는 가우초』에 실린 5편의 단편은 다양한 텍스트와의 접점을 추적하게 하거나 작품 자체가 탐색의 과정을 다룬 변형적 탐정소설의 성격이 혼재되어 있다. 그렇다면 이런 문학적 특성을 감안하면서 『참을 수 없는 가우초』에 실린 작품들을 순차적으로 살펴보기로 하자.

1) 「짐 Jim」,[2] 절망적 인간의 초상

첫 번째 단편 「짐」은 "시인으로서 기발한 뭔가를 찾아서 그걸 쉬운 말로 표현"(볼라뇨 2013, 11)[3]하고자 하는 그링고(미국인) 짐이라는 인물에 대한 이야기이다. 일종의 일화라 할 수 있는 이 단편은 서술자-목격자

2) 이 단편은 칠레의 일간지 Las últimas noticias(2002년 9월 9일자)에 실렸다가 『참을 수 없는 가우초』와 『괄호치고』(2004)에 포함됐다. 볼라뇨는 2000년 7월부터 2003년 1월까지 주기적으로 상기 일간지에 에세이를 게재했는데, 이에 대한 구체적 정황은 『괄호치고』(350-352)를 참조하라.

3) 본 논문에서는 이경민(2013)의 한역본 『참을 수 없는 가우초』를 인용하며, 앞으로 이 작품이 인용될 경우 쪽수만 표시한다.

가 멕시코시티의 거리에서 불쇼를 지켜보며 눈물 흘리고 있는 짐을 목격하고 죽음(혹은 시적 계시)으로 상징되는 불길의 위협에서 그를 피신시킨다는 이야기가 전부다. 정체를 알 수 없는 짐이라는 인물은 서술자가 "그 불길이 1미터 이내로 날아들었다. 어쩌려고 그래, 길에서 타 죽을 거야? 내가 물었다. 별생각 없이 내뱉은 신소리였는데 불현 듯 그게 바로 짐이 원하는 것이라는 생각이 들었다"(13)라고 서술하듯, 죽음 혹은 생의 마지막 형벌을 기다리는 사람처럼 그려져 있다.[4] 어쨌거나 전반적으로 이 단편은 "유령들의 얼굴을 똑바로 마주하고 있는"(13) 짐과 차카나 시인으로 "얼굴엔 고통이 묻어 있었고 그 고통 속엔 증오가"(11) 서려 있는 그의 아내, 그리고 "배꼽에서 가슴까지 흉터가 뻗쳐"(12)있는 불쇼하는 멕시코인을 통해 절망적 현실을 살아가는 인간의 이미지를 투사하고 있다.

이 단편에 대한 구체적인 선행연구가 없는데다 볼라뇨의 문학세계 전반을 이해하지 않고는 이 단편이 어떤 메시지를 담고 있는지 가늠하기 쉽지 않다. 다만 1975년에서 1977년 즈음 멕시코시티에서 밑바닥사실주의 운동을 하던 볼라뇨의 행보에서 실마리를 찾을 수 있다. 볼라뇨가 작가와 자신의 운명을 투영한 것으로 보이는 이 단편의 주인공 짐은 당시에 부카렐리가에 있던 피자가게의 미국인 주인을 인물화한 것으로, 볼라뇨는 그 파자가게를 자주 갔다고 한다(Madriaga Caro 2010, 58). 그리고 밑바닥사실주의 작가들의 행보를 문학적으로 그려낸 『야만스러운 탐정들』에 짐이라는 인물에 대한 구체적 단초가 있다. 마데로의 11월

4) 볼라뇨의 작품에는 시적인 계시나 성스러운 현현의 순간이 불이나 빛, 혹은 피로 형상화된 단편이 있는데, 『살인창녀들』에 실린 「고메스팔라시오」와 「프랑스 벨기에 방랑기」, 그리고 『참을 수 없는 가우초』에 실린 「두 편의 가톨릭 이야기」가 그러하다.

26일자 일기에 보면 "피자 가게는 무척 붐볐고, 사람들은 그링고가 커다란 조리용 칼로 직접 잘라 주는 피자 조각을 서서 먹었다. […] 잠시 후, 사소하지만 묘한 사실 하나가 눈에 띄었다. 그링고가 커다란 조리용 칼을 결코 놓지 않는 것이었다"(Bolaño 1998, 89)라는 묘사가 있는데, 여기에 등장한 그링고가 바로 짐의 모델인 것이다. 뒤이어 『야만스러운 탐정들』의 1977년 7월 시몬 다리외(Simone Darrieux)의 증언에 따르면, 그 미국인이 제리 루이스(Jerry Lewis)(Bolaño 1998, 224)로 불렸다는 사실이 언급된다. 하지만 이 이름이 실명인지는 확인할 수 없다. 짐에 대한 단서는 여기까지이며 볼라뇨의 작품 어디에도 더 이상의 언급은 없다.[5)]

짐의 정체가 제리 루이스로 불린 피자가게 주인이라면, 이 단편에 대한 해석은 그 그링고가 칼을 놓지 않았다는 점에 주목해야 한다. 그의 칼이 「짐」을 읽는 핵심어로 작동하기 때문이다. 『야만스러운 탐정들』에 두 종류의 칼이 등장한다. 하나는 창녀 루페의 포주인 알베르토가 지니고 다니는 칼이다. 그는 칼로 자신의 성기를 재보는 인물인데, 여기서 그의 칼은 남성적 권력(혹은 폭력)을 포괄적으로 상징한다. 반면에 소노라로 떠난 세사레아 티나헤로 또한 자신을 보호하기 위해 "카보르카"라는 글귀가 새겨진 칼을 지니고 다닌다.[6)] 그런데 그 글귀는 그녀가 남긴 유일한 문학잡지명과 동일하다. 따라서 그녀의 칼은 문학과 동일시되면

5) 볼라뇨가 스페인어권 작가를 포함한 모든 아메리카 작가들의 문학세계가 두 작품, 즉 멜빌의 『모비 딕』과 마크 트웨인의 『허클베리핀의 모험』의 지평 위에 있다고 언급한다(2004, 269)는 점을 고려하면, 이 단편의 짐과 『허클베리핀의 모험』의 짐의 상관성을 유추해 볼 수도 있으나, 명확한 근거를 제시하기는 어렵다.

6) "카보르카"라는 글귀가 새겨진 칼은 『전화』에 실린 「굼벵이 아저씨」에도 등장하는데, 이 단편에서 굼벵이 아저씨는 늘 몸에 지니고 다닌 자신의 칼을 볼라뇨의 분신인 화자에게 선물한다.

서 생명을 지키는 수단이 된다(이경민 2012, 42). 이런 맥락을 감안할 때, 『야만스러운 탐정들』에 등장하는 그링고가 들고 있는 칼은 티나헤로의 칼이 지닌 성격에 근접한다. 즉, 그링고의 칼은 생계와 삶을 유지하고 지키기 위한 상징적 도구이다. 그런 맥락에서 『짐』은 어떤 방식으로든 폭력의 주체이자 대상으로 살 수밖에 없는 인간 세계, 즉 폭력이 근대 세계의 본질적 구성소인 세계에서 벗어나는 길이 죽음 밖에 없음을 암시한다. 이로써 "중앙아메리카에서 그는 몇 번이고 강도를 당했는데 전직 군인이자 베트남 참전용사가 당할 만한 일이 아니었다. 싸움은 그만, 짐이 말했다"(11)라는 서술은 폭력의 세계를 벗어나야 한다는 메시지로 구체화된다.

2) 「참을 수 없는 가우초」, 폐허의 세계

두 번째 단편 「참을 수 없는 가우초」는 이 책의 다음 장에서 구체적으로 다뤄지기에 여기에서는 이 작품의 상호텍스트성, 그리고 이를 통해 구축된 작품의 의미를 간략히 언급하고자 한다. 이 작품은 아르헨티나 문화정체성과 문명과 야만 논쟁에 대한 보르헤스의 관점이 녹아있는 「남부」에 대한 패러디이다. 『돈키호테』의 텍스트와 현실의 대한 문제의식을 드러내는 이 단편은 보르헤스의 「남부」, 「마가복음 El Evangelio según Marcos」 외에도 아르헨티나의 여러 작가들의 작품과도 접속하며 볼라뇨의 문학적 놀이가 유감없이 표출된 작품이다. 이 작품은 20세기 후반 아르헨티나의 몰락을 목격하고 '가우초 되기'를 꿈꾸며 팜파스로 향한 법조인 페레다(Pereda)가 사라진 가우초 전통을 구현하는 과정에서 발생하는 사건들을 해학적으로 그려낸다. 그 해학성은 기성텍스트와의 접속으로 인한 의미변화를 통해 배가된다. 황량한 팜파스를 누비는 토끼는 훌리오 코르타르의 「파리의 여인에게 보내는 편지」와, 안토니오 디 베네데토의 「궤변적 학식이 담긴 동식물학 3부작 Tríptico zoo-botánico con rasgos de improbable erudición」과, 페레다가 말을 타고 풀페리아에 들어가는 장면은 디 베네데토의 「아바야이 Aballay」와 직접적으로 접속되어 있다.

보르헤스의 「남부」가 문명과 야만의 지속적 대립을 암시하고 있다면, 이 작품은 그 대립이 종식된 현재, 즉 문명에 대한 낙관적 전망과 가우초 신화와 전통이 모두 몰락한 20세기 후반의 아르헨티나의 현실을 통해 묵시록적 비전을 내비친다. 한 가지 이 단편에서 주목할 점은 무기로서의 칼이 등장한다는 것이다. 작품의 대단원에서 주인공 페레다가 어느 카페에서 코카인을 코에 발라가며 세계문학에 대해 열변을 토하는 작가의 허벅지를 칼로 찌른다. 다음 장에서 확인하겠지만, 이 장면은 텍스트를 무기로 쓰지 못하는 시대착오적이고 무기력한 도시-서구문명-지식인, 즉 '문자도시'에 대한 비판이라 할 수 있다.

3) 「경찰 쥐」, 악의 영속성

스페인의 극작가이자 연출가인 알렉스 리골라(Àlex Rigola)[7]에 의해 2013년 연극으로 공연된 바 있는 「경찰 쥐」는 인간 세계를 쥐에 빗대어 인간에게 내재된 악의 욕망과 악의 일상화를 그린 작품으로, 밴 다

7) 알렉스 리골라는 2007년 『2666』을 희곡화하여 무대에 올리기도 했다.

인(Van Dine) 등이 제시한 전형적인 탐정소설 서사구조를 비교적 충실히 따르고 있다. 줄거리는 비교적 간명하다. 페페 엘 티라(Pepe el Tira)라는 경찰 쥐를 주인공으로 하여 "쥐는 쥐를 죽이지"(69) 않는 사회에서 예외적으로 발생한 연쇄살해 사건의 범인을 추적한다. 페페는 마침내 범인 엑토르(Hector)를 체포하지만, "나를 체포하면 범죄가 사라질 거라 생각하는 겁니까? […] 그럼 페페 당신은 누가 치료해 주죠?"(77)라고 묻는 범인의 오만함과 야만성에 분노하여 혈투를 벌인 끝에 그를 죽이고 만다. 이후 페페는 "여러 목소리이자 하나의 목소리"(78)를 가진 여왕 쥐를 마주하게 되는데, 여왕 쥐는 엑토르를 "변이(anomalía)"(79)로 규정하며 "쥐는 쥐를 죽이지 않아요"(79)라고 단정한다. 그로 인해 페페는 악을 추적하고 제거하는 선의 위치에서 또 다른 악(변이)의 주체로 변모하는 모순에 빠진다.

이 단편은 두 개의 작품과 직접적으로 접속하고 있다. 볼라뇨는 주인공 페페를 "여가수 요제피네의 조카"(52)로 설정함으로서 프란츠 카프카의 「가수 요제피네, 혹은 쥐의 일족 Josefine, die Sängerin oder Das Volk der Mäuse」(1924)과의 상관성을 명시적으로 제시하고 있다. 『참을 수 없는 가우초』의 제사로 쓰인 "어찌 되건 우리가 너무 많은 걸 잃진 않겠지"(7)[8]라는 구문 또한 카프카의 단편 마지막 단락을 시작하는 문장이다. 카프카가 불면증과 결핵에 시달리며 죽음을 마주하고 완성한 최후의 작품이 「가수 요제피네」이며, 볼라뇨의 작품 중에 「경찰 쥐」가 동물

8) 이 논문에서 활용한 박환덕 번역의 「여가수 요제피네」에서 이 제사는 "그러므로 우리들은 아마도 그녀의 부재로 인하여 조금도 곤란을 받지는 않을 것이다"라고 되어있다. 볼라뇨의 『참을 수 없는 가우초』 원문에는 "Quizá nosotros no perdamos demasiado, despúes de todo"로 되어 있으며 독일어 원문은 "Vielleicht werden wir also gar nicht sehr viel entbehren"이다.

이 의인화되어 등장하는 유일한 작품임을 고려할 때, 「경찰 쥐」는 카프카와 같은 처지에 놓인 볼라뇨가 "20세기 최고의 작가"(2004, 326)로 극찬한 카프카에게 전하는 경의의 표현이라 할 것이다.9) 또한 두 번째 단편인 「참을 수 없는 가우초」가 보르헤스의 「남부」에 대한 패러디임을 고려할 때, 이 단편에서 살인을 통한 처벌이 또 다른 살인자의 탄생을 암시하는 모티브는 보르헤스의 「끝 El fin」에서 가져온 것으로 판단할 수 있다("그는 다른 사람이 되어있었다. 사람을 죽였으니 이 땅 위에 그가 머물 곳은 없었다.")(Borges OC I, 521).10) 다만, 「끝」이 복수를 통한 살인자의 순환적 재생산을 암시한다면, 「경찰 쥐」는 그 순환성이 처벌을 통해 이뤄진다는 차이가 있을 뿐이다.

그렇다면 볼라뇨가 카프카의 단편에 대한 변형적 다시쓰기를 통해 말하고자 하는 것은 무엇인가. 카프카의 단편은 음악에는 관심이 없는 쥐 족속이 어찌하여 이해하지도 못하는 요제피네의 노래에 몰입하는지를 탐색하는 과정을 다룬 작품으로, 인간의 삶에 예술이 과연 필요한 것인가에 의문을 제기하는 작품이다. 이 작품에서 쥐 족속이 음악에 관심이 없는 이유는 화자가 "우리들의 생활은 늘 고통스러우니까"라고 말하듯, 음악이 "일상생활과 관계가 없는 것"(카프카 2014, 293)으로 간주되기 때문이다. 따라서 "음악을 사랑하고 있으며, 또 음악을 우리들에게 전하는 중개 역할도 터득"하고 있는 요제피네는 "예외"(카프카 2014, 293)적 존재이다. 화자는 그런 요제피네의 노래 혹은 찍찍거림과 공동체의

9) 볼라뇨는 자신의 생에 가장 영향을 준 작가와 작품으로 카프카의 『성』과 『소송』을 포함했다. 라틴아메리카 작가로는 보르헤스, 꼬르따사르, 비오이 까사레스를 꼽았다. (Braithwaite 2006, 70)

10) 보르헤스의 「끝」과 「남부」는 「불사조 교파 La secta del Fénix」와 함께 1944년 초판본 『픽션들』에 포함되지 않았다가 1956년 판에 추가로 실렸다.

관계를 탐색하다가 다음과 같이 결론짓는다.

> 요제피네는 몰락의 길을 걸을 수밖에 없다. […] 그것은 우리 종족의 영원한 역사에 있어서 하나의 사소한 에피소드에 지나지 않으며, 대중은 그 손실을 극복할 것이다. […] 그러나 요제피네는 […] 기꺼이 우리 종족의 무수한 영웅의 무리 속으로 사라져 버릴 것이다. 그래서 우리는 역사를 교란시키는 사람들이 아니므로 그녀도 곧 모든 그녀의 형제들과 마찬가지로 고양된 구원 속에서 잊혀지고 말 것이다.(카프카 2014, 315)

허정화(1994)는 요제피네의 양가성, 즉 "영웅"과 "고양된 구원"의 긍정성과 요제피네가 망각 속에 사라질 존재라는 부정성을 언급하면서, 쥐 족속 또한 영웅으로 부각되기에 그녀의 노래가 개인적 차원이 아니라 집단적 합창이며, 이는 공동체와 예술가의 변증법적 관계를 드러낸다고 해석한다.[11] 또한 「가수 요제피네, 혹은 쥐의 일족」이라는 제목에서 "혹은"이라는 말은 요제피네의 개인적 정체성과 쥐의 일족의 정체성이 등가적인 것임을 암시한다고 볼 수 있다. 카프카가 제시한 결론에 대해서는 다양한 해석이 가능하겠지만, 볼라뇨가 「경찰 쥐」에서 표명한 예술가와 "예술을 하지 않으니 어떤 예술이든 거의 이해하지"(54) 못하는 대중의 관계 또한 모순적이면서 상보적이다.

11) 요제피네의 죽음과 화자의 결론에 관한 연구는 김연수(2012), 장혜순(2005), 편영수(1987)를 참조하라.

> 그들이[예술가들이] 왜 고독하냐고? 그건 우리가 예술과 예술 작품 감상이란 걸 꿈도 꾸지 못하는 족속이기 때문이다. […] [요제피네는] 우리에게 많은 걸 요구했다는 점에서 위대하며 이곳에 사는 이들이 그녀의 견딜 수 없는 욕망을 받아 줬거나 그러는 척이라도 했다는 점에서 한없이 위대하다. […] 그녀의 행실이 극도의 인내와 희생을 요구했다면서 이 두 가지 기질은 접점이 있는 기질로 우리 안에도 어느 정도 자리 잡고 있다고 했다.(54-56)

따라서 예술은 공동체에 필요치 않은 것일 수도 있으나, 공동체와 불가분적 관계에 있다. 여기에 「경찰 쥐」의 핵심적 메시지가 있다. 볼라뇨는 「경찰 쥐」에서 요제피네라는 예외적 예술가를 동족을 살해하는 엑토르라는 예외적 범죄자로 치환한다. 쥐를 살해한 범인이 쥐라는 페페의 주장에 대해 경찰서장은 쥐가 쥐를 죽인다는 것은 "말도 안 되는 발상"이며 "비현실적인 일"(69)이라고 반박하듯, 동족을 살해하는 일은 극단적 예외이다. 따라서 「가수 요제피네」에서 요제피네-노래(예술)-예외성의 등가관계는 「경찰 쥐」에서 엑토르-범죄(악)-예외성의 관계로 치환된다. 결과적으로 예술과 공동체의 관계가 그렇듯, 「경찰 쥐」는 범죄(악)가 인간 세계에 필요치 않지만 불가분의 관계에 있음을 암시한다. 여기에서 요제피네의 조카로 등장하는 페페 엘 티라는 그녀와 마찬가지로 고독한 존재로 그려진다는 데 주목할 필요가 있다. 요제피네가 예외적 존재이듯, 그녀와 동일한 혈통의 페페 또한 그러하다.

> 운명적으로 내가 다른 이들과 다르다는 사실을 알고서, 홀로 하는 직업, 그러니까 오랜 시간을 절대 고독 속에서 보내며 동족에게 짐이

되지 않으면서 실질적인 직업을 찾게 됐는지도 모른다. […] 내 안에 요제피네의 피가 흐른다는 걸 느끼고 있었으니, 내가 괜히 그녀의 혈육이겠는가.(52)

페페는 예외적 범죄를 추적하는 예외적 존재이다. 따라서 그가 엑토르-악을 죽이는 순간, 그는 추적자이자 범죄자라는 이중적이고 모순적이며 예외적인 정체성을 지닌 존재가 된다. 엑토르를 죽인 후 페페는 "신종 바이러스에 동족이 전염되는 꿈"을 꾸고 "쥐는 능히 쥐를 죽일 수 있다"는 말이 머릿속에 맴돌며 "우리 민족이 사라질 운명"(80)에 처해 있음을 감지한다. 그리고 작품의 대단원에서 한 신참이 페페에게 쥐들이 족제비에 쫓기고 있다면서 지원을 기다리다간 늦을 것 같으니 그들을 구하러 가자고 하는데, 페페는 "너무 늦었다는 건 언제를 말하는 건가? 요제피네 이모가 살던 시대인가? 1백 년 전? 3천 년 전? 우리 종이 시작된 그 때부터 그럴 운명 아니었던가?"(81)라며 죽음과 멸종의 운명을 돌이킬 수 없는 것으로 이해한다. 이로써 볼라뇨는 「경찰 쥐」를 통해 제거되지 않는 인간세계의 필연적이고 근본적인 본질로서 악을 그려내는 한편, 악의 악순환이 파멸을 낳을 것이라는 묵시록적 비전을 내비친다.

4) 「알바로 루셀로트의 여행」, 문화 중심부-주변부 구조의 해체

네 번째 단편 「알바로 루셀로트의 여행」은 표절의 문제를 다룬 작품이다.[12] 아르헨티나의 작가 루셀로트는 1950년 『고독』이라는 작품을

12) 이 작품은 『참을 수 없는 가우초』의 뒤표지에 명시되어 있듯이, 아르헨티나 작가 비오이 카사레스(Bioy Casares)와 프랑스의 영화감독 알랭 레네(Alain Resnais)의 관계를

출판한다. 4년 뒤 이 작품의 프랑스어 판이 『팜파스의 밤』이라는 제목으로 출판된다. 이후 1957년에 프랑스의 기 모리니(Guy Morini) 감독의 <잃어버린 목소리>라는 영화가 개봉하는데, "루셀로트의 작품을 읽은 사람이라면 그 영화가 『고독』을 교묘히 베꼈다"(85)는 사실을 알 정도로 표절이 명백하다. 그런데 그 영화의 성공은 루셀로트에게 "명성을 안겨주면서 얼마 안 되던 그의 대인 관계도 넓어졌다"(87). 뒤이어 그는 단편집 『신혼 생활』을 출판하는데, "초판본이 석 달 만에 바닥나고 1년 만에 1만 5천부"가 팔리며 그의 이름을 "하룻밤 사이에 번쩍이는 스타"(88)로 만든다. 그런데 이 작품의 프랑스 판본이 나오기도 전에 이 작품과 "똑 같다 못해 더 훌륭해 보이는 모리니의 신작 <하루의 테두리>가 부에노스아이레스에서"(88) 개봉한다. "불쾌감이 절정에"(88)에 달했지만, 그는 "분노와 경악을 뒤로한 채 최소한 법적으로는 아무 조치도 취하지 않기로"(89) 마음먹는다. 그런데 그 이후로 개봉한 모리니의 영화는 그의 작품과 유사성을 보이지 않는다. 이후 루셀로트는 프랑스로 건너가 모리니의 행방을 좇는다. 하지만 모리니를 만나는 순간이 다가오자 루셀로트는 그 만남이 "자기의 우둔함과 야수적 포악성을 인정"(105)하는 것으로 인식하게 된다.

이 작품은 기성작품에 대한 표절, 패러디, 상호텍스트성 등이 문학의 본질적 속성임을 주장함으로써 예술 작품의 독창성을 무의미한 것으로 간주하는 작품이다. 즉, 볼라뇨는 예술 작품은 누구의 것도 아니거나 모두의 것이라는 듯, 작품의 원형과 예술가의 권위를 파괴한다. 이는 마치

환기시킨다. 알랭 레네는 비오이 카사레스의 『모렐의 발명 La invención de Morel』(1940)에 착안하여 영화 〈작년 마리앙바드에서 El año pasado en Marienbad〉(1961)를 제작했다. 이와 관련한 구체적 연구는 이 책에 실린 벤하민 로이의 글을 참조하라.

볼라뇨가 앞선 두 작품, 「참을 수 없는 가우초」와 「경찰 쥐」의 패러디적 성격과 상호-메타텍스성에 기초한 자신의 작품세계를 정당화하려는 전략으로 이해될 수 있으나, 이 단편은 여기에 머물지 않는다. 그 이유는 모리니가 루셀로트를 모형으로 삼고 있다는 사실, 즉 라틴아메리카라는 주변부의 문학이 프랑스의 지배적 문화의 모형으로 작동한다는 데 있다. 이와 관련하여 볼라뇨는 역사적으로 설정된 문화적 지도의 중심부와 주변부가 어떻게 배치되어 있는지 보여주는데, 대표적으로 루셀로트가 파리에서 만난 아르헨티나인 부랑자의 태도와 그의 문학이 프랑스에서 인정받지 못하는 상황을 통해 구체화된다.

> 나도 아르헨티나에서 왔는데, 부랑자가 스페인어로 말했다. […] 부랑자는 탱고 한 소절을 흥얼거리더니 벌써 15년 넘게 유럽에서 살고 있고 이곳 생활이 행복하며 때로는 지혜를 얻었다고 말했다. 루셀로트는 부랑자가 프랑스어를 할 때와 다르게 반만을 쓰고 있다는 걸 깨달았다. 목소리 톤까지 변해 있었다.(100)

> 이 작품[『곡예사 가족』]은 의심의 여지없이 루셀로트의 최대 성공작이 됐고 그로 인해 과거 작품들도 재판됐을 뿐 아니라 시(市) 문학상까지 수상하게 된다. […] 애초부터 우리의 시 문학상을 신뢰하지 않던 프랑스인들이 『곡예사 가족』의 번역본을 출판하기까지는 꽤 시일이 걸렸다.(90-91)

첫 번째 인용문에서 아르헨티나 출신 부랑자가 문화적 우열의 관점에서 프랑스를 문화적 중심부로 인정하는 태도를 보인다면, 두 번째 인용문에서는 프랑스가 중심부임을 자처하고 있음이 확인된다. 루셀로트 또한 그런 방식으로 서열화 된 문화 지형도에서 자유롭지 못하다. 그는 모리니의 예술세계(중심부)가 라틴아메리카(주변부)에 전파될 것이라는 거짓말을 통해 그 어떤 출판사도 알려주지 않던 모리니의 거처를 알아낸다("루셀로트는 자기를 아르헨티나 기자라 소개하고 아르헨티나에서 멕시코에 이르기까지 아메리카 대륙에 막대한 부수를 꾸준히 보급하고 있는 잡지에 인터뷰를 싣고자 한다고 말했다."(102)). 그러나 루셀로트는 모리니를 찾는 여행에서 중심-주변부 구조에서 벗어나기 시작한다("기차가 루앙에 멈췄다. 만약 그가 다른 아르헨티나인에 다른 상황이었다면 플로베르의 자취를 찾아 사냥개처럼 순식간에 거리로 뛰쳐나갔을 것이다."(103)). 이윽고 모리니를 만난 루셀로트는 모리니의 표절을 확인하고 그의 "등을 토닥"(106)거리며 자기가 머무는 호텔 주소를 감독의 바지 주머니에 넣어준다. 그리하여 마침내 그는 서구 문화의 '사생아'가 아니라 아르헨티나 작가로서의 정체성을 확신하기에 이른다.

> 남은 시간 동안 루셀로트는 정말로 아르헨티나 작가가 된 것 같은 느낌이었다. 그건 자신에 대해서도 아르헨티나 문학의 가능성에 대해서도 확신하지 못하여 최근 며칠, 아니 몇 년 전부터 의심하던 바였다. (107)

볼라뇨는 서구의 문화적 우월성과 라틴아메리카의 주변부성, 즉 문화적 남-북의 조건을 역전시킨다. 사실 알바로 루셀로트라는 이름은 북유럽(Ávaro)과 프랑스(Rousselot)에서 기원한다. 따라서 이 인물의 이름만으로도 문화적으로 서구가 라틴아메리카에 선행한다는 것을 암시한다. 하지만 볼라뇨는 루셀로트의 문학을 통해 라틴아메리카가 서구의 모형이 되는 전도된 상황을 연출한다. 이는 『문학의 세계공화국 The World Republic of Letters』에서 세계문학의 장을 설명하면서 세계문학의 지형도를 중심부–주변부로 설정한 파스칼 카사노바(Casanova 2004)의 주장에 대한 문학적 반박이라 할 것이다.[13] 그러나 볼라뇨는 예술적 독창성이 "허영"(105)에 지나지 않으며 루셀로트가 "파리에서 했던 모든 일이 비난받을 짓이고 헛된 것이며 무의미하고 웃긴 짓"(106-107)이라고 간주함으로써 문화적 중심부–주변부 구조를 전도하여 복수를 감행하는 루셀로트의 행위 또한 폭력적임을 보여준다. 이는 또한 서구 문화의 우월성을 강조하며 스스로 중심임을 자처하는 서구의 태도에 대한 비판이기도 하다.

루셀로트의 행위가 폭력으로 규정될 수 있는 이유는 모리니와 마찬가지로 그의 문학적 독창성 또한 부정되기 때문이다. 이는 루셀로트가 모리니의 영화가 자신의 작품과 유사점이 발견되지 않자, "자기 작품의 최고 독자, 그로 하여금 진정으로 글을 쓰게 하는 유일한 독자, 그에게 화답해 줄 수 있는 유일한 독자가 사라졌다"(91)고 생각한다는 것으로 확인된다. 다시 말해, 보르헤스가 「피에르 메나르, 『돈키호테』의 저자」에서 표명하듯, 볼라뇨 또한 뒤이은 에세이 「문학+병=병」에서 "글쓰기는 당연히 글을 읽는 일과 다르지 않으며, 그것은 때로 여행과 아주 비슷하며 그 여행은 경우에 따라 특권적이기도 하죠"(149)라고 언급함으로써 창작과 독서를 동일한 것으로 간주한다. 따라서 루셀로트의 작품 또한 독서에 근거한 창작이기에 문학적 독창성을 주장할 수 없다. 그가

13) 카사노바는 세계문학이라는 공간에 그리니치 자오선 같은 문학의 표준시가 있다고 주장하면서, 런던이나 파리를 문학적 수도로서 중심부에 위치하며 이 중심부와 거리가 먼 문한 공간을 주변부에 배치한다.

모리니의 표절에 대해 아무런 조치를 취하지 않는 것도, 그런 그의 결정에 대해 "비난도 없었고 예술가의 결백함이나 명예를 찾아야 한다는 요구"(89)고 없었던 것도 이와 같은 맥락에서 이해할 수 있다. 그런 점에서 볼라뇨는 이 단편을 통해 중심-주변부라는 세계문학의 계서구조를 전도하는 게 아니라 그런 구조가 실재한다는 주장과 인식을 해체하고 무효화함으로써 양자를 등가적이며 상호적인 것으로 재설정한다.

5) 「두 편의 가톨릭 이야기 Dos cuentos católicos」, 선과 악의 아이러니

「두 편의 가톨릭 이야기」는 2002년 『열린 문학 Letras libres』 48호에 발표되었다가 『참을 수 없는 가우초』에 포함된 작품이다. <천명 La vocación>과 <우연 El azar>이라는 두 개의 에피소드로 구성된 이 단편은 성직자가 되려는 청년과 성직자와 어린 아이를 살해하고 도주하는 어느 살인자의 조우로 발생하는 기막힌 현실을 그린 작품이다. 먼저, <천명>은 "신의 부르심, 천명", "신과의 성스러운 소통의 현기증을 경험"(113)하고 싶어 하는 열여섯 살 주인공(서술자)의 이야기다. 그는 자백을 받기 위해 "3일 동안 가두고 빵 조각 하나"(111) 주지 않는 잔혹한 현실에서 순교자 성 비센테에 의지하며 지내다가 어느 날 모로 언덕에 창녀들이 산다는 후아니토의 "구미가 당기는 말"(114-115)을 듣고 그곳으로 향한다. 어느덧 어둠이 내린 골목에서 그는 맨발로 눈길을 걸어가는 수도사를 우연히 목격하고 "그의 정순한 발자국"을 "신의 메시지", "그토록 오래 기다려 온 화답"(117)으로 여긴다. 그는 수도사가 역에 도착해 화장실에 들른 후 표를 끊고 기차에 올라 떠나는 장면을 지켜본 뒤, 다시 수도사의 발자국을 찾아보지만 흔적조차 없다.

<우연>은 정신병원에서 탈출한 연쇄 살인자로 추측되는 정체가 불확실한 인물의 행보를 1인칭 시점에서 서술한 작품이다. 이 인물은 도주 중에 음식과 돈을 구하러 과거에 알고 지내던 여인을 찾아간다. 그러다가 우연찮게 들어간 곡식창고 같은 곳에서 벌거벗은 채 침대에 누워 떨고 있는 아이와 그 옆에서 기도서를 읽고 있는 수도사와 맞닥뜨린다. 주인공은 알 수 없는 이유로 수도사와 아이를 죽이고 수도복으로 갈아입은 뒤 피범벅이 된 발로 모로 언덕을 내려온다. 한 소년이 뒤를 밟고 있다는 걸 눈치 채지만 그는 개의치 않고 역으로 향하고 이내 기차를 타고 그곳을 벗어난다. 이로써 <천명>의 주인공이 천명으로 받아들인 수도사의 고행이 다름 아닌 수도복을 입은 살인자의 도주였음이 밝혀진다.

「경찰 쥐」에서 악을 제거하는 폭력적 선이 악으로 귀결되듯, 볼라뇨는 이 단편에서 두 인물의 조우를 통해 신성한 선의 현현이 악행에 근거할 수 있는 부조리한 현실, 즉 선과 악의 아이러니를 그려낸다. <우연>의 화자가 "삶이란 어떻게 보는지에 따라서 달라지는 선물"(119)이라고 하듯, 이 작품에서 선과 악의 경계는 모호하고 불투명하다. 볼라뇨 또한 선과 악의 경계에 대해 "악이란 기본적으로 상이한 방식으로 서술된 에고이즘"(Braithwaite 2006, 81)이라고 언급한 바 있다. 그런데 악의 필연성과 우연성에 대한 문제는 『야만스러운 탐정들』에서 이미 제기된 바 있다.

누구인지는 모르겠으나 갑자기 누가 거대한 검은 날개로 우리를 뒤덮은 악에 대해, 죄악에 대해 말하기 시작했다. […] 벨라노, 문제의 핵심은 악(혹은 범죄 혹은 죄악 등 당신이 뭐라고 부르든 간에)이 우연인지 필연인지 아는 것일세. 필연적인 것이면 우리는 악에 대항하여 투쟁할 수 있어. 악을 퇴치하는 것은 어려운 일이지만 가능성은 있어. […] 반대로 악이 우연이라면 우리는 더럽게 꼬인 거지. 신에게 자비를 구하는 수밖에. 신이 존재한다면 말이야.(Bolaño 1998, 397)

사실 종교적 성스러움과 악의 관계는 『칠레의 밤』을 필두로 볼라뇨의 여러 작품에서 나타난 상징적 화두이다. 『살인창녀들』의 「오호 실바 Ojo Silva」에서는 종교의식을 위해 사내아이를 거세하여 신에게 바치는 인도의 관습을 통해 종교의 폭력성을 드러내며, 「랄로 쿠라의 원형」은 포르노 여배우와 성직자, 즉 성(性)과 성(聖)의 결합으로, 잉태되는 순간부터 남성의 성적 폭력에 노출된 랄로 쿠라의 삶을 다루고 있다.[14] 이 두 단편은 악이 필연과 우연의 문제를 넘어 이 시대의 어떤 시공간에서든 악이 상존함을 명시적으로 보여준다. 그런 관점에서 「두 편의 가톨릭 이야기」는 성직자가 되려는 소년이 경험한 신성한 '천명'을 악행이 만들어낸 필연적 우연(혹은 우연적 필연)으로 구성함으로써 선과 악의 모순적이면서도 공생적인 영속성을 암시한다.

14) 「오호 실바」의 주인공은 "인도의 어느 곳엔 이런 관습이 있대. 이름은 기억나지 않지만 어떤 신에게 소년을 바치는 거야, […] 축제가 시작되기 며칠 전에 소년을 거세한다는 거야. 축제 동안 소년으로 태어나는 신이 남성의 표상이 없는 인간의 몸을 요구하니까"(Bolaño 2001, 18-19)라고 서술하며 「랄로 쿠라의 원형」의 서술자이자 주인공인 랄로 쿠라는 "코니[어머니]는 날 임신하고도 일을 했다. […] 나는 그 인간들의 성기가 어머니 몸속에 최대한 깊숙이 들어왔을 때 내 눈에 닿았다고 믿고 싶었다"(Bolaño 2001, 100)라고 서술한다.

6) 「문학+병=병」과 「크툴루 신화」,[15] 문학의 미래에 대한 경고

마지막으로 「문학+병=병」과 「크툴루 신화」는 삶과 문학에 대한 볼라뇨의 개인적 비전이 담긴 에세이다. 먼저, 「문학+병=병」은 병마와 싸우고 있는 볼라뇨의 삶과 새로운 문학을 향한 그의 관점이 문학적으로 결합된 에세이이다. 볼라뇨는 이 에세이가 무엇을 다루는지 다음과 같이 밝힌다.

> 프랑스 시는 19세기 시문학의 최고봉으로, 그 시와 시구들엔 20세기 유럽과 우리의 서구 문화가 맞닥뜨릴 심각한 문제가 예시되어 있으며 그 문제는 여전히 해결되지 않고 있습니다. 혁명과 죽음, 권태와 탈주가 그 문제들이죠.(136)

그리고 그 문제들은 "보들레르에서 시작하여 로트레아몽과 랭보에 이르러 정점에 달하고 말라르메"(136)로 끝난다고 하면서 말라르메의 「바다의 미풍 Brise marine」을 인용한다. 그리고 이 시에서 말라르메가 말한 여행을 "삶에 대한 긍정이자 죽음과의 지속적인 놀이"(140)로 이해한다.[16] 따라서 그에게 삶과 문학의 생명은 여행에 있으며, 정지 상태는

15) 「크툴루 신화」는 볼라뇨가 2002년 ICCI(Institut Català de Cooperació Iberoamericana)가 주최한 학회에서 발표한 글이다. 이후 2003년 세비야에서 열린 라틴아메리카 작가 대회에서 다시금 이 글을 읽었다. 애초에 이 작가 대회에서는 「세비야가 날 죽인다」라는 글을 발표하기로 했으나, 건강 악화로 완성하지 못하고 「크툴루 신화」로 대신했다. 「세비야가 날 죽인다」는 『아메리카의 말』(2003)에 실리게 된다.

16) 말라르메의 「바다의 미풍」에서 "육신은 슬프도다, 아! 난 모든 책을 읽어 버렸구나./떠나리라! 떠나리라!"(137)라는 시구는 '병들고 쇠락한 육신과 문학' 그리고 '여행'을 가리키는 상징적 표현이다. 볼라뇨는 이 시구를 유한한 육체-섹스, 문학-책에 대한 욕망이 사라진 뒤 남은 것이 바로 여행이라고 해석한다(139).

죽음과 마찬가지이다. 뒤이어 그는 말라르메의 시가 보들레르의 시에 대한 화답이라고 간주하면서 보들레르의 『악의 꽃 Les fleurs du mal』에 실린 「여행 Le voyage」을 해석하는데, 여기에서 볼라뇨는 보들레르가 여행을 통해 파악한 인간과 세계에 대한 비전을 다음과 같이 밝힌다.

> 권태의 사막 한가운데 있는 공포의 오아시스.[17] 근대인의 병을 표현하는 데 이보다 더 명확한 진단이 있을까요. 그 권태를 벗어나는 데, 그 죽음의 상태를 탈출하는 데 우리 손에 주어진 유일한 것, 그렇다고 그다지 우리가 손에 쥐고 있지도 않은 그것은 바로 공포입니다. 다시 말해, 악이란 말입니다. […] 오늘날의 모든 것이 이 세상에는 공포의 오아시스만 존재한다고, 혹은 모든 오아시스가 공포를 향하고 있다고 하는 것 같습니다.(145-146)

볼라뇨는 인간세계가 악으로 점철된 공간이며, "공포의 오아시스만" 존재하는 악의 세계를 벗어날 수 없다고 피력한다. 그럼에도 불구하고 그는 "그 미지의 세계 깊은 곳으로, 새로운 것을 찾아"(149)라는 시구를 통해 말라르메가 "여행과 여행자의 운명이 어떤지 알면서도 그 여행을 다시 시작"한다고 지적하면서, 우리의 병든 행위와 언어를 치유하기 위한 해독제를 찾아 탐험해야 한다고 주장한다. 따라서 볼라뇨에게 작가란 "패퇴가 자명한 전투"(149)일지라도 전투에 임해야 하는 숙명을 지닌 존재이다. 뒤이어 그는 "20세기 최고의 작가 카프카가 주사위는 이미 던져졌고 처음 피를 토한 날 이후로 그 무엇도 자신과 글쓰기를 떼어 놓을 수 없다는 것을 알았다"(152)라고 밝히면서 자신 또한 죽음의 순간

17) 보들레르의 「여행」에 나오는 시구로 볼라뇨는 이 시구를 『2666』의 제사로 활용한다.

까지 글쓰기를 멈추지 않을 것임을 시사한다. 그리하여 볼라뇨에게 글쓰기-문학은 "뭔가를 찾아서", "그 뭔가가 책이든, 몸짓이든, 잃어버린 무엇이든, 그것이 어떤 방법이든, 그 어떤 것이 됐든", 즉 "새로운 것을"(152) 찾아가는 삶이자 여행이며 탐험이 된다.

이로써 「문학+병=병」이라는 제목의 함축적 의미에 접근할 수 있다. 문학이 여행이자 탐험으로 이해된다면, 병은 볼라뇨를 죽음으로 몰고 간 질병을 넘어 권태에 사로잡힌 현대 사회의 질병, 즉 악을 가리킨다. 따라서 병이 걸린 세계의 문학은 병으로 귀결되며, 병에 걸린 세계를 벗어날 길도 없다. 그렇지만 볼라뇨는 그런 조건에서도 해독제를, 다시 말해 병을 치료할 '새로운 것'을 찾기 위해서는 미지를 탐험해야 한다고 말한다. 그 탐험이 "심연으로 이끌지라도", "어쩌면 그 심연이 해독제를 찾을 수 있는 유일한 곳"(150)이더라도 말이다. 볼라뇨가 인간세계의 악에 천착하는 여행-글쓰기-탐험을 하는 이유가 여기에 있을 것이다.

다음으로 「크툴루 신화」는 스페인어권 문학의 현재 상황에 대한 비판적 관점이 두드러진 에세이이다. 볼라뇨가 이 글의 제목을 「크툴루 신화」로 한 것은 문학의 미래에 대한 절망적 비전과 경고를 포괄하고 있다. 러브크레프트(H.P. Lovecraft)가 창조한 크툴루가 인류에 재앙을 가져올 존재로 그려져 있을 뿐만 아니라 이 신화가 인간 역사 이전의 기괴한 외계 생명체들에 대한 공포를 그려내고 있다는 점을 고려할 때, 이 제목은 출세주의 작가들로 인한 문학의 위기를 상징한다고 볼 수 있다. 먼저, 이 글에서 볼라뇨는 출판계의 수익지상주의가 지배한 문단과 비평계의 현실에 대해 다음과 같은 말로 포문을 연다.

> 콘테라는 비평가는 페레스 레베르테를 완벽한 스페인 소설가라 하더군요. [⋯] 그의 두드러진 장점이 작품의 가독성이라더군요. 그 가독성으로 페레스 레베르테는 가장 완벽한 소설가가 됐을 뿐만 아니라 가장 많이 읽힌 소설가가 됐죠. 그러니까 작품을 가장 많이 판 작가가 됐단 얘깁니다.(153-154)

볼라뇨는 '완벽한 작가'의 조건이 작품의 가독성과 수익성 담보에 있는 문단의 현실을 지적함과 동시에, 스페인 비평가인 콘테(Rafael Conte)의 발언을 통해 수익지상주의에 편승하여 문학의 가치를 출판자본의 가치로 평가하는 논단, 즉 사회문화적 역할을 상실한 비평계를 역설적으로 비판한다.[18] 나아가 그는 문학이 상품화 된 상황에서 '독자'가 "소비자"(157)로 전락했다고 강조하면서, "죽음의 도시 코말라가 다가오는 게 희미하게 보입니다"(162)라며 문학의 쇠퇴를 예견한다.[19] 또한 볼라뇨는 출판계와 비평계에 대한 비판을 넘어 문학의 쇠퇴를 촉발한 원인이 문학에 대한 작가의 태도에 있다고 지적한다. 그는 요즘 작가들의 관심이 "오직 성공과 돈과 존경"(173)에 있다면서, "실속 있는 보조금과 지원금"을 챙기고 "계약하고 싶은 마음을 접기 전에 당신을 팔아야 합니다"(170)

18) 자본주의의 예술영역 침투와 문학의 상품화가 전지구적 현상이라는 점에는 의심의 여지가 없다. 예컨대, 가라타니 고진(柄谷行人)은 일본에서 문학은 1980년대에 죽었다고 하면서 무라카미 하루키가 그렇듯, 작가들이 세계적으로 유통되는 상품을 만들어내고 있지만, 문학이 일본사회에서 지니고 있었던 역할이나 의미는 끝났다고 주장한다. 그는 1990년대에 들어 한국에서도 문학이 상품화되고 비평이 사라지면서 문학이 급격하게 영향력을 잃었다고 갈파한다.

19) 볼라뇨는 "라틴아메리카 문학은 이사벨 아옌데고 루이스 세풀베다고 앙헬레스 마스트레타고 세르히오 라미레스며 토마스 엘로이 마르티네스고 아길라르 카민인가 코민인가 하는 작자고 제가 이 순간 기억해 내지 못하는 수많은 작가들입니다"(165-166)라며 상업적으로 성공한 작가들을 조롱한다.

라는 역설로 사회적 역할을 상실한 작가의 세속적 태도를 조롱한다. 그리고 결론에 이르러 "가르시아 마르케스의 말을 따르고 알렉상드르 뒤마를 읽읍시다. 페레스 드라고나 가르시아 콘테가 하는 말을 경청하고 페레스 레베르테를 읽읍시다. 독자의 구원은 베스트셀러에 있습니다. 출판 산업의 구원도 거기 있죠. [⋯] 이 모든 게 우리한테 출구가 없다고 하는 것 같습니다"(174)라며 자본주의의 물결 속에서 상실된 작가 정신과 문학 풍토를 신랄하게 비판한다.

3. 나가며

『참을 수 없는 가우초』에 포함된 작품들의 수렴점은 크게 두 가지로 정리될 수 있을 것이다. 첫째, 차이를 만들어 냄으로써 차별화하려는 패러디와 상호-메타텍스트성을 활용함으로 인해 다양한 텍스트와의 접점을 탐색해야만 작품의 내포된 의미에 접근할 수 있다. 패러디가 기성작품에 대한 경의의 표시이자 그 작품을 넘어서려는 의지의 표현이라는 양가성을 지니듯, 『참을 수 없는 가우초』의 단편들은 문학적 원형을 파괴함과 동시에 그 작품을 소환하고 되살려낸다. 「경찰 쥐」, 「참을 수 없는 가우초」가 그 대표적 예라면 「알바로 루셀로트의 여행」은 상호 인용 체계를 문학의 본질적 속성임이라고 변호함으로써 문학-문화적 계서구조를 무효화한다. 둘째, 다양한 텍스트와의 접점을 통해 구축된 작품들이 현대세계의 병리에 대한 탐색으로 수렴된다. 폭력에 노출된 절망적 인간, 폐허가 된 세계, 반복적이고 영속적인 범죄, 예술의 폭력성, 선과 악의 모순적 아이러니 등을 그려내고 있는 『참을 수 없는 가우초』의 단편들은 '공포의 오아시스' 같은 세계에 내재된 다양한 층위의 악을 구현하고 있다. 이를 입증하듯 그의 대부분의 작품은 인간 세계에 내재된 폭력과 악을 투사하고 있다.

인간과 세계에 대한 볼라뇨의 문제의식은 다음 유작인 『2666』에서 총체적으로 재현된다. 『참을 수 없는 가우초』와 마찬가지로 이 작품도 절망적인 묵시록적 비전으로 가득하다. 살인은 계속되고 범인은 밝혀지지 않는다. 그러나 볼라뇨가 이 작품의 배경인 산타테레사의 실제 도시인 시우다드후아레스를 "지옥"에 비유하면서 "시우다드후아레스는 우리의 저주이자 우리의 거울이다. 우리의 실패와 자유에 대한 추악한 해석과 우리의 욕망으로 점철된 불안한 거울이다"(Braithwaite 2006, 69)라고 언급한 것은 『2666』을 통해 인간이 생산한 악의 세계를 성찰하라는 요구이다. 마찬가지로 『참을 수 없는 가우초』는 악으로 병든 세계에 대한 비판적 거울이며, 「문학+병=병」에서 밝히고 있듯이, 그 세계를 치료할 새로운 것, 해독제를 찾아야 한다는 절박한 요청이다. 그런 점에서 "아이들"과 "용사로 싸우는 전사들"(Braithwaite 2006, 71)에게 희망을 걸고 있다는 볼라뇨의 발언은 미래 세대를 위해 부조리하고 잔인한 오늘의 현실에 맞서 투쟁하라는 주문이다. 그리고 그 투쟁이 세계와 문학을 대하는 볼라뇨의 작가정신일 것이다.

참고 문헌

가라타니 고진(2004), 「근대문학의 종말」, 구인모 옮김, 문학동네 11(4), 1-22.
로베르토 볼라뇨(2013), 『참을 수 없는 가우초』, 이경민 옮김, 서울: 열린책들, 2013.
강동호, 금정연, 박솔뫼 외(2015), 『Analrealism vol.1』, 서울: 서울생활.
김연수(2012), 「카프카의 '작은 문학'과 요제피네의 노래 혹은 휘파람」, 『카프카연구』 28, 25-45.
이경민(2012), 「유목적 글쓰기로서의 볼라뇨 문학」, 『이베로아메리카연구』 23-3, 27-55.
_____(2013), 「볼라뇨의 「참을 수 없는 가우초」: 보르헤스의 「남부」 다시쓰기」, 『스페인어문학』 68, 261-282.
장혜순(2005), 「현대에 대한 카프카의 문화비판 - 노래하는 생쥐와 미적 경험」, 『카프카연구』 13, 257-274.
편영수(1987), 「카프카에 있어 개인과 공동체 - 「여가수 요제피네 혹은 쥐의 족속」을 중심으로」, 『카프카연구』 2, 196-208.
프란츠 카프카(2014), 「가수 요제피네, 혹은 쥐의 일족(一族)」, 박환덕 옮김, 『변신, 유형지에서 (외)』, 서울: 범우. 293-315.
허정화(1994), 「카프카의 「歌姬 요제피네 혹은 쥐의 족속」에 나타난 예술가와 공동체의 변증법적 관계」, 『카프카연구』 4, 165-183.
Andrews, Chris(2014), *Roberto Bolaño's Fiction: An Expanding Universe*, New York: Columbia University Press.
Bolaño, Roberto(1997), *Llamadas telefónicas*, Barcelona: Anagrama.
_______(1998), *Los detectives salvajes*, Barcelona: Anagrama.
_______(2001), *Putas asesinas*, Barcelona: Anagrama.
_______(2003), *El gaucho insufrible*, Barcelona: Anagrama.
_______(2004), *Entre paréntesis*, Barcelona: Anagrama.
_______(2008), "Discurso de caracas," Edmundo Paz Soldán y Gustavo Faverón Patriau(eds.), *Bolaño salvaje*, Barcelona: Editorial Candaya, 33-42.
Borges, Jorge Luis(1989), *Obras Completas Vol. I, III*, Barcelona: Emecé.
Braithwaite, Andrés(ed.)(2006), *Bolaño por sí mismo: Entrevistas escogidas*, Santiago: Universidad Diego Portales.

Herralde, Jorge(2005), *Para Roberto Bolaño*, Buenos Aires: Adriana Hidalgo.
Madariaga Caro, Montserrat(2010), *Bolaño Infra 1975-1977: los años que inspiraron* Los detectives salvajes, Santiago: RIL Editores.
Pascale Casanova(2004), *The World Republic of Letters*, Trans. M. B. Debervoise, Cambridge, Massachusetts: Harvard University Press.
Vila-Matas, Enrique(2002), "Bolaño en la distancia," Celina Manzoni(ed.), *Roberto Bolaño: La escritura como tauromaquia*, Buenos Aires: Corregidor, 97-104.

「참을 수 없는 가우초」, 「남부」에 나타난 문명과 야만에 대한 재해석*

이경민

나는 그가 몇 쪽의 좋은 글을 썼다는 사실을 당당히 말할 수 있다.
그러나 그 글이 나를 구원하지는 못한다.
좋은 것은 이미 그의 것도 그 누구의 것도 아니며,
다만 언어나 전통의 소유물이기 때문이다.
—보르헤스, 「보르헤스와 나」

1. 들어가며

로베르토 볼라뇨 작품 세계의 두드러진 특징 중 하나는 기성 작품에 대한 변형적 다시쓰기를 창작 기법으로 활용한다는 것이다. 이런 상호텍스트적 글쓰기 전략은 필연적으로 기성 작품에 대한 문학적 유희와 경의를 넘나들며 기존의 고착화된 의미를 흐트러뜨리는 결과를 초래하여, 기성 작품의 권위와 위계를 무너뜨리고 문학작품을 현재적 수평 관

* 이 글은 『스페인어문학』 68권(2013년)에 실린 「볼라뇨의 「참을 수 없는 가우초」: 보르헤스의 「남부」 다시쓰기」를 수정 · 보완한 것이다.

계로 재정립한다(이경민 2012). 허구 작가들의 전기를 "나치"라는 표제어로 묶은 『아메리카의 나치문학』과 보르헤스의 『불한당들의 세계사』(1935), 볼라뇨의 대표작 야만스러운 탐정들』과 코르타사르의 『팔방놀이』(1963)의 형식적 유사성만 보더라도 볼라뇨가 상호 증식하는 '일그러진 거울'의 이미지처럼 문학을 끊임없는 텍스트 재생산으로 이해하고 있다는 점은 분명하다. 이런 다시쓰기 전략은 볼라뇨의 단편에서도 찾아볼 수 있는데, 그 대표적 예가 2003년 출판된 단편집 『참을 수 없는 가우초』이다. 이 단편집에서 「참을 수 없는 가우초」는 20세기 중반의 아르헨티나 문화정체성에 대한 보르헤스의 관점이 녹아있는 「남부」에 대한 다시쓰기라 할 수 있다.

볼라뇨는 라틴아메리카 붐 소설을 철저히 거부하며 기성세대 문학은 물 론 출판 상업주의 현실과 이에 발맞춰 명성을 얻고자 하는 동시대 작가들 을 신랄하게 비판한 작가이다. 그러나 그에게도 존경과 동시에 극복의 대상이 된 작가들이 있었으니 니카노르 파라, 코르타사르, 보르헤스 등이 그러했다. 특히, 자신을 개미 한 마리에, 코르타사르와 보르헤스의 문학을 코끼리에 비유하면서 보르헤스를 가장 큰 가르침을 준 작가로 인정한 바 있다(Braithwaite 2006, 99).[1] 그런 점에서 「남부」의 서사구조를 정치하게 반영한 「참을 수 없는 가우초」는 보르헤스의 글쓰기에 대한 경의의 표시이자 그의 글쓰기를 탈신화화 하려는 볼라뇨의

1) 보르헤스에 대한 볼라뇨의 입장은 다음에서 충분히 살펴볼 수 있다. "보르헤스를 십자가에 못 박을 수 있다면 우리는 그렇게 했을 것입니다. 우리는 겁 많고 소심한 살인자입니다. 우리는 우리의 뇌가 대리석으로 된 능이라고 믿으나, 사실은 마분지로 된 집이며, 끝없는 황혼과 빈 황야 사이에 버려진 폐가입니다. (그런데 우리더러 보르헤스를 십자가에 못 박지 못했다고 할 사람이 있을까요. 제네바에서 죽은 보르헤스가 그럴 겁니다)"(Bolaño 2003, 177).

의지가 담긴 대표작이다. 보르헤스가 1956년 『픽션들 Ficciones』 서문에서 「남부」를 자신의 최고의 단편으로 꼽았다는 상징적 의미와 더불어 이 작품이 지닌 치밀하고 밀도 깊은 구성은 테마나 내용 이상으로 작품 구조를 중요시한 볼라뇨가(Braithwaite 2006, 74-75) 다시쓰기를 시도하기에 충분한 작품이었을 것이다. 더욱이 볼라뇨가 끊임없이 현대문명의 병폐를 천착한 작가였음을 고려할 때 문명과 야만 논쟁에 대한 보르헤스의 비전을 담고 있는 「남부」는 자신만의 새로운 버전을 생산하기에 적절했을 것이다. 이에 본고에서는 「남부」와 「참을 수 없는 가우초」의 구성적 · 담론적 측면을 분석함으로써 볼라뇨가 보르헤스의 「남부」에 대한 변형적 다시쓰기를 어떤 방식으로 구현하고 있으며 이러한 글쓰기가 이르는 지점이 어디인지 고찰해 보고자 한다.

2. 텍스트 다시쓰기-읽기

볼라뇨의 「참을 수 없는 가우초」는 인물설정이나 공간 배경은 물론이고 스토리 전개에 이르기까지 「남부」의 핵심적 서사 구조를 차용한 작품이다. 더욱이 작가 스스로 작품에서 「남부」를 직접적으로 언급함으로써 「남부」가 모방의 대상 텍스트임을 밝히고 있다. 하지만 유사성이 아닌 차이에 기초한 모방, 즉 모방의 대상인 「남부」와 일정한 비평적 거리를 유지하고 있으며 보르헤스에 대한 경의와 아이러니한 경멸의 모호한 경계에 있다는 점에서(허천 1992) 「참을 수 없는 가우초」는 「남부」에 대한 패러디라 할 수 있다. 보르헤스가 육필로 쓴 「남부」는 「끝」과

「불사조 교파」와 함께 1956년 판 『픽션들』에 추가로 실린 작품으로[2] 도서관 사서로 일하는 달만(Juan Dahlmann)이 부에노스아이레스를 떠나 '남부'에서 겪게 되는 짧은 모험 이야기이다. 그는 어느 날 바일(Gustavo Weil)[3]이 번역한 『천일야화』를 습득한 기쁨에 허겁지겁 계단을 오르다 창틀에 머리를 찧고 패혈증에 걸린다. 병원에서 치료를 받으며 사경을 헤매다 살아난 그는 요양을 목적으로 기차를 타고 부에노스아이레스를 떠나 남부에 있는 자신의 농장을 찾아간다. 그러나 엉뚱한 마을에 도착한 그는 그곳의 풀페리아에서 사소한 시비 끝에 인디오 혼혈인과 결투를 하게 되는데, 작품은 달만이 늙은 가우초가 던져준 칼을 쥐고 들판으로 나가는 장면으로 끝난다. 짧고 간명해 보이는 이 작품에서 보르헤스는 그 구성방식(독서방식까지)을 구체적으로 수렴하는 길잡이를 제시하는데, "현실은 대칭과 가벼운 시대착오를 좋아한다"(Borges 1989 OC I, 526)가 그것이다. 「남부」는 바로 그 대칭에서 출발한다.

> 한 남자가 1871년 부에노스아이레스 항에 하선했다. 이름은 요하네스 달만이었고 복음주의 교파의 목사였다. 1939년, 그의 손자들 중 후안 달만은 코르도바 거리에 있는 시립도서관의 서기로 일하고 있었고 자기가 아르헨티나인임에 깊은 긍지를 느꼈다. 그의 외조부는 제 2 전열보병군 소속의 그 유명한 프란시스코 플로레스로 부에노스아이레스

2) 이 판본의 서문에서 보르헤스는 「남부」를 소설적 서사로서의 독서는 물론 다른 방식으로 읽을 수 있다고 언급하는데(Borges 1989 OC I, 483), 이는 보르헤스의 개인적 경험이 투영됐다는 사실 때문일 것이다. 실제로 보르헤스는 1937년 시립도서관 사서로 일을 시작했다. 그리고 이듬해 12월 25일 계단을 오르다 유리창 틀에 머리를 부딪쳐 패혈증으로 한 달간 치료받은 바 있다.

3) 구스타프 바일(Gustav Weil, 1808-1889)은 독일의 동양연구가로 『천일야화』의 아랍어 판본을 독일어로 바로 번역하여 1837년에서 1841년까지 4권으로 출판하였다.

전선에서 카트리엘 추장 휘하의 인디오들이 던진 창에 전사했다. 상반된 혈통을 지닌 후안 달만은(게르만 혈통을 물려받은 탓인지) 낭만적 죽음을 맞은 낭만적 선조에 끌렸다.(252)

달만은 유럽 이주민과 토착 크리오요 아르헨티나인의 후손으로 부에노스아이레스의 질서정연한 지식의 저장고인 도서관에서 일하지만 스스로 무력-야만세계로 대변되는 전근대적 아르헨티나성 혹은 크리오요 정체성을 물려받았음을 자부한다. 뒤이어 보르헤스는 달만의 혈통적 대칭을 공간적 대칭으로 확대하는데, 부에노스아이레스(북부-도시-중심)와 팜파(남부-농촌-변방)의 대칭이 그것이다. 달만에게 도시는 언제나 포근하고 익숙한 공간으로 그의 뇌리에 각인된 공간이다. "눈으로 확인하기도 전에 그의 머릿속엔 부에노스아이레스의 길모퉁이들과 벽보들과 엇비슷한 광경들이 떠올랐다"(526). 하지만 그는 현재-도시에 살면서 끊임없이 근원적 과거를 꿈꾸는 인물로 남부에 농장을 소유하고 있다는 "막연한(abstracta)" 생각 속에 그 농장이 자기를 기다리고 있다고 "확신(certidumbre)"(525)한다. 뿐만 아니라 『천일야화』에 열광하면서도 "『마르틴 피에로 Martín Fierro』의 시구를 읊조리는 버릇"(525)이 있는데, 이는 달만의 이중적 문화 정체성, 즉 그가 '외부의 문화'와 '토착 전통'을 동시에 지녔음을 시사한다.

보르헤스는 이렇게 부에노스아이레스(북부)-현재-『천일야화』와 변방(남부)-과거-『마르틴 피에로』의 대칭구조를 설정하고 이 두 세계의 시공간적 간극을 "시대착오"로 중첩시키면서 환상성을 획득하는데, 그로 인해 달만의 일화는 현실과 환상의 모호한 경계에 위치하게 된다. 그가 북부와 남부의 상징적 경계로 제시되는 "에콰도르(Ecuador)"(526)길에 있는 병원에 입원하는 순간부터 남부에서 인디오 혼혈 사내와 결투를 벌이기까지의 전 과정이 환상일 가능성이 제기되는 것이다. 특히, 남부로 향하는 달만이 상이한 장소에 동시에 존재하는 것처럼 그려지는 장면, 풀페리아 주인을 병원의 직원으로 착각하는 장면, 그리고 칼을 들고 결투를 하러 나가는 장면은 환상의 효과를 배가한다.

> 그는 <내일은 목장에서 기상하겠지>라고 생각했는데, 그건 마치 그가 동시에 두 사람이 된 것 같았다. 가을날 조국의 산천을 주유하는 사람과 병원에 갇혀 하인처럼 치료를 받는 사람.(527)

> 달만은 풀페리아 주인을 아는 사람이라고 생각했다. 나중에야 그의 외모가 병원 직원과 닮았다는 걸 알았다.(528)

> 문턱을 넘으면서 그는 주사를 맞던 병원에서의 첫날밤에 이처럼 창공 아래서 스스로 칼을 들고 싸우다 죽었다면 그것은 일종의 해방이고 행운이며 축제였을 거라 느꼈다.(530)

보르헤스는 부에노스아이레스에서 남부로 향하는 달만의 공간적 이동을 합리화할 직선적 시간성을 무력화하기 위해 공시성을 연출한다. 또한 유사한 사건의 순환적 반복이라는 결정적 대칭이 달만의 남부 여행을 환상으로 유도한다. 부에노스아이레스에서 계단을 오르다가 "어둠 속에서 뭔가에 이마를 긁힌(algo en la oscuridad le rozó la frente)(525)" 달만이 죽음의 문턱에서 "8일을 8세기처럼 보냈다"(526)면 남부의 풀페리아에선 빵조각이 "가벼이 얼굴을 스침(un leve roce en la cara)(529)"으로 인해 목숨을 건 결투가 유발된다. 이러한 이미지 중첩은 남부로의 여행과 결투가 달만의 정신착란이었을 가능성, 다시 말해 죽어가는 달만이 병원에서 "낭만적 죽음"(252)을 꿈꾸며 가우초와의 결투를 상상하고 있을 가능성을 배제할 수 없게 한다.

「남부」의 핵심적 구성 틀인 "대칭과 시대착오"는 볼라뇨의 「참을 수 없는 가우초」에도 그대로 적용된다. 이 단편은 21세기에 들어선 아르헨티나를 배경으로 변호사 엑토르 페레다(Héctor Pereda)라는 인물이 퇴직 후 부에노스아이레스를 떠나 팜파의 농장에서 가우초로 살면서 발생하는 일화를 해학적으로 그린 작품이다. 달만이 대칭적 혈통의 후손이라면, 페레다는 유년기에 팜파에서 부에노스아이레스로 이주한 이주민으로 서구를 문화의 중심으로 수용하는 인물이다. 그는 "버터 발린 프랑스식 빵에" "특별한 경우엔 꼭 프랑스산 포도주"를 마시고 자식들에게는 "프랑스어와 영어"(17)를 가르치며 파리를 문화-문명의 표본으로 받아들인다. 그러나 2001년 모라토리엄을 선언한 아르헨티나에서 가정과 청렴이라는 도덕적 가치를 유지하려는 페레다의 태도는 시대착오에 지나지 않는다.

> 엑토르 페레다와 친분이 두터운 사람들은 그가 무엇보다 두 가지 미덕을 지닌 사람이었다고 한다. 그는 한 가정의 세심하고 자애로운 아버지였으며 청렴함을 인정받은 흠 잡을 데 없는 변호사였다. 청렴이 유행이 지난 나라에서 말이다. [···] 그들은 행복한 유년과 청소년기를 보냈으나 나중엔 현실적인 문제에 있어 책망의 강도를 높여가며 당시의 현실에서 그들을 유리시켰다고 페레다를 비난했다.(15)

개인적 신념과 현실의 괴리 속에서 "부에노스아이레스가 침몰"(19)하고 있음을 목격한 페레다는 팜파의 농장으로 돌아간다. 달만이 육체적 병으로 떠난다면 페레다는 문명의 병, 다시 말해 몰락한 도시를 벗어나 상상속의 고향으로 향한다. 이로써 「남부」와 마찬가지로 「참을 수 없는 가우초」에서도 부에노스아이레스-도시-북부와 팜파-농촌-남부라는 공간적 대칭이 형성된다.

흥미로운 점은 「남부」에서 달만의 가우초 정신이 『마르틴 피에로』에 비롯한다면, 페레다의 가우초 정신은 「남부」에 있다는 사실이다. 페레다는 가우초 신화를 재건하려는 인물로 보르헤스의 「남부」를 비롯하여 문학적으로 형상화된 가우초를 현실에 구현하려 한다. 그는 팜파에 도착하자마자 "자연스레 보르헤스의 「남부」가 떠올랐고 마지막 단락의 풀페리아가 연상되자 그의 눈이 젖어들었다"(24). 또한 "자신의 운명, 그 엿 같은 아메리카인의 운명이 달만의 운명과 비슷하다"(30)고 생각한다. 이렇게 볼라뇨는 보르헤스의 달만과 마찬가지로 페레다의 '가우초 되기'를 통해 돈키호테를 모형으로 하는 "시대착오"를 끌어들인다. 다시 말해, 문학텍스트로 형상화된 신화적 가우초의 삶을 재현하는 것이다. 그는 "마치 나무와 메마른 팜파의 그간결한 풍경이 오직 자기를 위해 굳건히 인내하며 기다렸다"(26)는 듯 착각하며 물건을 외상으로 사기도 하고 고집스레 말과 소를 구입하여 자신을 가우초와 동일시한다. 그는 "진짜 가우초가 토끼 사냥으로 산다는 게 말이 돼?"(33)냐며 한탄하고 "다른 지역 가우초나 떠돌아 장사치가 풀페리아에 나타나는 밤이면 싸움을 걸고 싶어 안달이 났고" 달만처럼 "칼로 싸우고"(35-36) 싶어 한다. 또한 아들과 함께 농장에 왔다가 토끼에 목을 할퀸 출판인을 치료하려고 칼을 달궈 지지고 아구아르디엔테를 적신 붕대를 감싸주는 등 전근대적 생활양식을 고수하며 "목축업이 회복되지 않는 한 무엇도 예전 같지 않으리라"(44) 생각한다. 이러한 페레다의 '가우초 되기'는 달만처럼 가우초 정체성을 신뢰하는 데서 비롯한다. 그러나 가우초들이 페론 정권 시절을 그리워한다는 사실에 격분한 페레다가 칼을 꺼내든 장면은 그의 '가우초 되기'가 불가함과 동시에 퇴락한 팜파의 현실을 더욱 명확히 드러내는 기제로 작동한다.

> 페레다가 […] 칼을 꺼내 들었다. 순간적으로 페레다는 가우초들도 자기처럼 칼을 꺼내들 것이고 그날 밤 자기 운명이 결정되리라 생각했다. 하지만 촌로들은 겁에 질려 뒤로 물러서더니, 아이고, 왜 이러시나, 그들이 당신한테 어쨌다고, 대체 뭔 짓을 했다고, 라고 물었다. 등불의 불빛이 그들의 얼굴에 호랑이 무늬를 그려냈다. 하지만 페레다는 손에 칼을 쥐고 부들부들 떨면서 아르헨티나의 과오가, 라틴아메리카의 과오가 그들을 고양이로 만들었다고 생각했다.(45)

달만이 남부에서 가우초와 결투를 벌인다면 21세기 팜파에는 칼을 들고 결투를 벌일 가우초가 없다. 그들은 페론 시절에 향수를 느끼는 소심한 촌부에 지나지 않는다. 「남부」의 시대착오가 환상성을 야기한다면 페레다의 시대착오는 가우초의 결투를 희화함과 동시에 가우초 신화가 문학적 허상에 지나지 않음을 드러낸다. 이로써 볼라뇨는 가우초 신화와 더불어 보르헤스의 「남부」에 대한 탈신화화를 시도한다. 흥미로운 점은 그 과정에서 볼라뇨가 상이한 가우초 문학 텍스트를 끌어들인다는 것이다.

「참을 수 없는 가우초」는 상호텍스트성에 기초한 문학적 '유희(혹은 놀이)'를 보여주며 라틴아메리카 문학(특히 아르헨티나 문학)의 여러 작품과 접속한다.[4] 예를 들어, 「참을 수 없는 가우초」에서 팜파를 점령한 토끼의 등장은 아르헨티나의 역사와 문학을 직접적으로 지시하는데, 대표적으로 토끼를 토해내는 인물을 통해 환상성을 연출하며 새로 이사한 집의 질서가 붕괴되는 과정을 그린 코르타사르의 「파리의 여인에게 보내는 편지」(1951), 그리고 다윈의 진화론을 활용하며 19세기에 "미래를 기억"하는 화자를 통해 20세기 중반에 "토끼가 파타고니아를 침범"(Di Benedetto 2009, 346)하는 이야기를 풀어냄으로써 '토끼-백인'의 상징으로 19세기 후반에서 20세기까지 이어진 유럽 이주민 유입을 비판적으로 접근한 디 베네데토의 「궤변적 학식이 담긴 동식물학 3부작」(1978)이 그에 해당한다. 또한 「참을 수 없는 가우초」의 주인공인 페레다가 자신이 구입한 말에 붙인 이름은 보르헤스의 동시대 작가이자 <엘 수르 El Sur>의 편집자이던 호세 비안코(José Bianco, 1908-1986)에서 따온 것이다. 그 외에도 「참을 수 없는 가우초」는 보르헤스의 「남부」의 핵심적 구성틀을 활용하면서 가우초와 관련한 작품을 다양하게 끌어들여 문학적 콜라주를 완성한다. 다음은 「남부」에 대한 볼라뇨의 변형적 글쓰기를 보여주는 대표적 예이다.

> 한 탁자에 몇몇 청년들이 떠들썩하게 음식과 술을 먹고 있었다. 달만은 처음엔 그들에게 주의를 기울이지 않았다. 바닥에는 고령의 한

4) 「참을 수 없는 가우초」는 아르헨티나 문학과 광범위하게 접속하고 있다. 이와 관련하여 Patriau(2008)는 「참을 수 없는 가우초」에 등장한 토끼, 말, 남부 등의 소재에 대한 문학적 기원을 추적하고 있다.

노인이 카운터에 등을 기댄 채 쭈그리고 앉아 있었는데 물건처럼 미동도 없었다. [⋯] 주인이 그에게 정어리 요리와 불고기를 가져왔다. [⋯] 다른 탁자에 앉아 있던 마을 사람들은 모두 셋이었다.(Borges OC I, 528-529)

사람들의 목소리와 기타 연주 소리가 들렸는데 보르헤스의 책에서 읽은 것처럼 특정한 곡을 연주하는 게 아니었다. [⋯] 페레다는 생각지도 못한 어떤 느낌에 이끌려 말을 탄 채 풀페리아에 들어가고 말았다. 풀페리아 안에는 기타를 치는 늙은 가우초와 주인, 그리고 그들보다 훨씬 젊어 보이는 세 사람이 탁자에 앉아있었는데 말이 들어오자 혼비백산했다. 페레다는 디 베네데토의 단편에 나오는 장면 같다는 생각에 아주 흡족했다.(Bolaño 2003, 30)

상기 인용문은 볼라뇨가 「남부」의 서사전개를 따르면서 상이한 문학텍스트를 조합하고 있음을 보여주는 부분으로 보르헤스와 디 베네데토의 작품을 직접적으로 지시하고 있다. 먼저, 기타 연주 소리는 보르헤스의 「마가복음 El evangelio según Marcos」에서 "부엌에 기타가 하나 있었다. 내가 말을 꺼내기도 전에 촌부들이 둘러앉았다. 누군가 기타를 튕기고 있었지만 연주를 한 건 아니었다. 그걸 기타 훑기(guitarreada)라 했다"(Borges 2011, 412)라는 점에 착안한 것이다. 이는 또한 「참을 수 없는 가우초」에서 주인공 페레다가 아들의 농장방문을 환영하는 자리를 마련하는 장면에서도 발견된다("기타를 가장 잘 치는 가우초를 데려와 그에게 기타를 연주하긴 하되 팜파 식으로 특정한 곡을 연주하지 말라"(38)). 이 외에도 볼라뇨는 「마가복음」의 다른 소재들도 활용하는데, 대표적으로 페레다의 농장 이름인 알라모 네그로(Álamo Negro)는 「마가복음」에서 주인공 에스피노사가 부에노스아이레스를 떠나 머물게 되는 남부의 농장 이름인 로스 알라모스(Los Álamos)에서 가져온 것이며 「참을 수 없는 가우초」에 등장한 가우초들의 무시간적 시간개념도 「마가복음」에서 제시된 것이다.

> 에스피노사는 시골에선 거의 모든 생명이 나이를 모르거나 날짜 개념이 없다는 아버지의 말이 기억났다. 가우초들은 몇 년에 태어났는지도 몰랐고 그들을 낳은 부모의 이름도 몰랐다.(Borges 2011, 412)

> 사실 몇몇 가우초는 시간 개념이 있었지만 일반적인 시간 개념은 아니었다. 그들은 한 달이 사십일이라 해도 개의치 않았다. 일 년이 사백사십일일 수도 있었다.(Bolaño 2003, 44)

더욱이 「마가복음」에서 관리인 구트레의 부계가 불분명한 딸이 에스피노사의 침실에 들어가 함께 밤을 보낸 사건도 「참을 수 없는 가우초」에서 다시 재현된다. 페레다의 농장에 들어와 살던 평원의 촌부가 어느 날 밤 페레다의 침실에 들어가는데, 이는 「마가복음」에서 에스피노사가 딸의 순결을 빼앗은 것으로 간주되어 관리인 가족에 의해 십자가에 못 박히게 되는 전개와 중첩되면서 복선적 긴장을 유발한다. 기존 텍스트에 대한 변형적 모방으로 발생하는 이러한 긴장 관계는 페레다가 풀페리아에 들어가는 순간에서도 찾아지는데, 이는 「남부」의 주인공 달만이 풀페리아에서 목숨을 건 칼싸움에 휘말리기 때문이다. 그런데 이 장면에서 볼라뇨는 디 베네데토의 「아바야이」(1978)[5]의 서사 모티브를 가져

---

5) 「아바야이 Aballay」를 뒤집어 읽으면 'y allá b(v)a'로 읽히는데, 이는 떠돌이의 삶을 상

와 「남부」의 사건 전개를 희화화 한다. 다시 말해, 페레다가 말을 타고 풀페리아에 들어가는 장면에서 성인들이 기둥 위에서 고행을 하며 살았다는 신부의 말을 듣고 살인에 대한 과오를 씻고자 말에서 내려오지 않는 고행을 택한 가우초에 대한 이야기인 「아바야이」를 활용함으로써 불길한 사건이 발생하리라는 긴장과 텍스트를 현실에 재현하려는 시대착오적 우스꽝스러움을 동시에 유발한다. 「남부」의 풀페리아 청년들이 달만에게 시비를 거는 가우초라면 「참을 수 없는 가우초」에 등장한 풀페리아 청년들은 말을 타고 나타난 페레다에 시비나 결투는커녕 혼비백산 몸을 피할 따름이다. 이렇게 볼라뇨는 상이한 텍스트의 서사코드를 잘라내고 재조직하여 일종의 문학적 콜라주를 생산함으로써 텍스트 간의 긴장과 유머를 유발하고 기존 작품의 안정적 서사 코드를 파괴 및 확장한다.

주목할 점은 볼라뇨가 「참을 수 없는 가우초」에 보르헤스의 「남부」와 「마가복음」, 코르타사르의 「파리의 여인에게 보내는 편지」, 디 베네데토의 「궤변적 학식이 담긴 동식물학 3부작」과 「아바야이」와 같은 작품을 끌어들인 것이 우연한 조합이 아니라는 것이다. 이 작품들이 공히 인물의 '공간이동' 혹은 '여행'을 중심으로 전개되기 때문인데, 볼라뇨 문학의 핵심어가 바로 그것이다. 볼라뇨에게 있어 창작은 독서와 동의어이며 여행과 다르지 않다.

> 글쓰기는 당연히 글을 읽는 일과 다르지 않으며, 그것은 때로 여행과 아주 비슷하며 그 여행은 경우에 따라 특권적이기도 하죠.(Bolaño

징적으로 표현한 것으로 볼 수 있다.

2003, 155)

따라서 「참을 수 없는 가우초」는 볼라뇨가 기성 텍스트 '다시쓰기'에 앞서 '다시읽기'의 볼라뇨적 버전임과 동시에 문학을 횡단하는 여행의 결과라 할 수 있다. 그 속에서 볼라뇨는 기성 텍스트에 내재한 고유한 코드를 환기함으로써 코드 변형과정을 독자로 하여금 추적하게 하며, 새로운 코드를 생성함으로써 다성적인 텍스트를 생산한다. 그런 점에서 「참을 수 없는 가우초」에서 볼라뇨가 보여주는 글쓰기는 바르트가 『S/Z』(1970)에서 정전문학 텍스트의 권위와 인습적 독서방식을 부정하고 독자에 의한 '다시읽기', 즉 '다시쓰기'를 통해 텍스트가 무한한 차이를 담보하며 분산됨으로써 문학텍스트가 독서놀이로 전환된다는 주장과 같은 맥락에 있다. 결과적으로 「참을 수 없는 가우초」는 '다시읽기' 전략의 표면화이며 보르헤스의 「남부」(를 비롯해 상이한 아르헨티나 문학 작품)에 대한 문학적 놀이라고 할 수 있다.

더불어 보르헤스가 「남부」에서 달만의 시대착오를 『마르틴 피에로』에 비롯한 것으로 설정함으로써 문학적으로 신화화된 가우초를 탈신화화 한다면, 이와 동일한 방식으로 「참을 수 없는 가우초」에서 '가우초'가 되려는 페레다의 시대착오가 「남부」에 있다는 것은 보르헤스의 글쓰기에 대한 볼라뇨의 탈신화화 작업으로 이해될 수 있다. 즉, 볼라뇨의 보르헤스 탈신화화 작업은 바로 보르헤스가 활용한 패러디, 패스티시, 메타텍스트성 등의 서사기법에서 출발한다. 그런 맥락에서, 「참을 수 없는 가우초」는 보르헤스가 「피에르 메나르, 『돈키호테』의 저자」나 「틀뢴, 우크바르, 오르비스 테르티우스」에서 밝힌 저자의 죽음과 다양한 층위의 독서 가능성을 그대로 따르고 있다.

> 저자의 이름이 들어간 책은 매우 드물다. 그들에게 있어 표절이라는 개념은 존재하지 않는다. 그들에게 모든 작품은 단 한 작가의 작품이며, 무시간적이고 익명이라는 생각이 확립되어 있다.(Borges OC I, 439)

볼라뇨는 작품에 대한 인습적 독서방식, 작품에 대한 저자의 권위, 그리고 문학의 절대적 독창성(Originalidad)을 폐기하고 다양하고 무한한 층위에서 독서가 가능하다는 보르헤스의 아이디어를 보르헤스를 극복하는 방식으로 활용한다. 이는 하나의 작품이 그 자체로 완결성을 지니는 것이 아니라 다른 작품과의 접속, 분절, 상호작용을 통해 형성된 언어 구조물이며 독서의 층위에 따라 끊임없이 확장될 수 있음을 신뢰한 결과이다. 그런 점에서 「참을 수 없는 가우초」는 볼라뇨의 텍스트 다시 읽기(쓰기)이자 다양한 텍스트들이 생산한 텍스트라 할 수 있다. 그리고 그 과정에서 작가로서의 볼라뇨는 사라지고 독자는 또 다른 방식의 교직을 통해 상이한 층위의 독서-글쓰기를 실행할 가능성을 획득한다.

3. 몰락한 문명과 폐허의 야만

볼라뇨의 「참을 수 없는 가우초」는 독자로 하여금 다른 작품과의 관계를 고려한 서사 코드풀이를 유도함과 동시에 과거(「남부」)와 현재(「참을 수없는 가우초」)를 오가며 현대사회의 초상을 재고하게 한다. 이는 다시쓰기의 대상 텍스트인 「남부」가 시공간적 대칭과 시대착오 속에 문명과 야만논쟁에 대한 보르헤스의 시각을 담고 있다는 사실에 기인한다.[6] 다시 말해, 「남부」는 보르헤스 자신의 개인적 일화를 넘어 서구의 변방으로서의 20세기 초반의 아르헨티나 정체성에 대한 비판적 관점을 보여주는 작품이다.[7] 주지할 점은 보르헤스가 「남부」에서 서구문명과 크리오요주의의 경계에 있다는 것이다. 먼저, 달만이 외래문화로 상징되는 『천일야화』로 인해 "새로 칠한 창틀"(525)에 머리를 찧고 "지옥의 언저리"(526)를 경험한다는 것은 유럽식 근대화에 대한 보르헤스의 비판적 관점을 보여주는 단적인 예이다. 또한 달만이 지닌 크리오요 정체성에 대한 자의식이 혈통과 『마르틴 피에로』로 촉발된 가우초 신화에 근거한다는 것은 루고네스가 『노래꾼 El payador』(1916)에서 호세 에르난데스의 『마르틴 피에로』(1872)를 민족서사시로 규정하고 가우초를 크리오요 민족주의의 신화적 인물로 형상화한 것에 대한 반발이다. 이는 달만이 "과거로의 여행"이자 "작은 모험"(528)을 하는 순간 그의 크리오요 정체성이 경험한 적 없는 과거에 대한 지식과 상상의 구축물임이 밝혀지기 때문이다("그는 나무와 전답의 곡식의 이름은 기억하지 못했다. 그의 기억이나 문자적 지식에 비해 들판에서 직접 경험한 지식이 너무 보잘 것 없었기 때문이었다"(527)). 이를 입증하듯, 보르헤스는 크리오요 문화가 이미 퇴락하여 생명력을 상실한 전통임을 분명히 한다. 그는 달만이 풀페리아에서 크

6) 사르미엔토의 근대화론과 관련하여 20세기 아르헨티나 문화정체성 형성과 보르헤스의 입장은 박병규(2010)의 논문을 참조하라.

7) 「남부」는 1939년을 시대적 배경으로 삼고 있으며 1956년에 『픽션들』에 실렸다는 점에서 「끝」과 더불어 아르헨티나성에 대한 보르헤스의 응축된 시각을 담고 있다. 또한 보르헤스가 굳이 이 단편을 1944년에 출판된 『픽션들』에 뒤늦게 삽입했다는 것은 그가 아르헨티나성이 배제된 『픽션들』에 보편성을 추구하는 서구적 작가가 아닌 아르헨티나 작가로서의 자신을 기입하려는 의지의 표출로 볼 수 있다.

리오요 아르헨티나성의 상징인 가우초를 만나는 장면을 다음과 같이 묘사한다.

> 바닥에는 고령의 한 노인이 카운터에 등을 기댄 채 쭈그리고 앉아 있었는데 물건처럼 미동도 없었다. 물에 돌이 깎이고 세대와 세대를 거치며 가훈이 퇴색하듯 세월에 쭈그러들고 닳아빠져있었다. 거무스름한 피부에 왜소하고 비쩍 마른 그 노인은 시간을 초월한 듯 영원 속에 있었다. 달만은 두건과 모직 판초와 기다란 요대와 승마장화를 천천히 살펴보고는 북부나 엔트레리오스 사람들이 벌이던 쓸데없는 논쟁을 회상하며 이런 가우초는 이제 남부에서나 볼 수 있을 거라고 혼잣말을 했다.(528)

20세기 초 가우초는 화석화된 존재이며 그들의 문화는 이미 아르헨티나의 시대정신을 수렴할 수 없는 변방에 위치한다. 그러므로 혈통에 대한 달만의 집착과 크리오요 신화에 대한 믿음은 시대착오에 지나지 않는다. 그럼에도 불구하고 가우초는 여전히 존재하며 그 역사적 신화가 영원히 지속될 것으로 예견된다. 이는 1956년 『픽션들』에 「남부」와 함께 실린 「끝」과 동일한 맥락에서 해석될 수 있다. 보르헤스는 「끝」에서 마르틴 피에로를 살해한다. 그러나 이것을 보르헤스가 호세 에르난데스의 『마르틴 피에로』와 신화화된 가우초 (문학)전통에 종지부를 찍는 것으로 판단하기는 어렵다. 마르틴 피에로를 살해한 자[8]는 살인자를 죽인 살인자로서 마르틴 피에로의 운명을 물려받은 또 다른 마르틴 피

8) 보르헤스의 「끝」은 한 흑인 남성이 마르틴 피에로를 살해하는 내용이다. 그런데 이 흑인은 『마르틴 피에로』에서 마르틴 피에로가 시비 끝에 살해한 흑인 남성의 동생이다.

에로의 탄생을 의미하기 때문이다("그는 다른 사람이 되어있었다. 사람을 죽였으니 이 땅위에 그가 머물 곳은 없었다"(Borges OC I, 521)).[9] 이로써 「끝」은 역설적으로 가우초 신화의 영속성을 암시한다.[10] 마찬가지로 「남부」의 달만도 이중적 혈통과 가우초 신화로 형성된 크리오요 정체성을 받아들이며 그 영속적 신화에서 벗어나지 못한다. 더욱이 가우초 문화가 현재하는 남부에선 더더욱 그렇다. 그곳은 문명이 작동하지 않는 곳이기 때문이다. 그는 "마치 현실을 덮어버리려는 듯 『천일야화』를 펼쳐들"(529)지만 결투의 운명을 피하지 못한다. 달만은 풀페리아에서 만난 늙은 가우초에서 남부의 표상을 보고 남부를 자신의 영토로 수용하며(529) 그가 던진 칼을 "거의 본능적으로"(529) 집어 든다. 결국 달만은 시대착오적 가우초 신화를 현실로 받아들임으로써 「끝」의 살인자가 "다른 사람"(521)으로 변하듯 '칼을 든 가우초'가 된다.

보르헤스는 달만이 결투의 순간에 "자신의 죽음을 선택하거나 꿈꿀 수 있었다면 바로 그런 죽음을 선택하거나 꿈꿨을 것이라 생각했다"(530)고 함으로써 가우초가 사르미엔토에 의해 야만으로 치부되고 루고네스에 의해 신화화됐다 하더라도 그것이 아르헨티나 정체성의 토대임을 인정한다. 그리고 이것은 문명과 야만, 현재와 과거의 가치가 대립적이면서도 대항을 필요로 하는 상호의존적 혹은 변증법적 관계임을 시

9) 앞서 살펴봤듯이 살인자를 죽이는 살인자의 모티브는 『참을 수 없는 가우초』에 실린 「경찰쥐」에도 나타난다. 이 단편은 범죄를 제거하는 수단으로서의 권력이 또 다른 범죄임을 드러내는 것으로 근대세계에 내재한 권력과 범죄의 메커니즘에 천착한 볼라뇨의 문제의식과 궤를 같이한다.

10) 보르헤스가 「끝」에서 마르틴 피에로를 살해한 것은 페론 정권의 등장과 직접적으로 관련된다. 그는 1946년 아르헨티나 작가회(SADE: Sociedad Argentina de Escritores)에서 페론을 비난함으로써 크리오요 민족주의에 대한 비판적 입장을 견지했다. 당시의 정치적 맥락과 「끝」에 관련한 연구는 Wiliamson(2007)을 참조하라.

사한다. 이런 관점은 콘스티투시온 역 근처에 있는 한 카페에 잠들어 있는 고양이에 대한 묘사에서 여실히 드러난다.

> 그는 검은 털을 만지면서 그 감촉이 환상처럼 느껴졌고 그들이 유리로 분리된 세계에 있다는 생각이 들었다. 인간은 시간 속에, 연속성 속에 살지만 그 마술적인 동물은 현재 속에, 순간의 영원 속에 살기 때문이다.(527)

이처럼 보르헤스는 야만 세계를 환상과 마술의 세계이자 영원한 현재로 규정한다. 심지어 야만과 무력의 상징적 공간인 남부는 가장 확고한 세계이다. "남부가 리바다비아 거리의 맞은편에서 시작한다는 걸 모르는 사람은 없었다. 달만은 그러한 생각이 하나의 철칙은 아니지만 그 거리를 가로지르는 사람은 가장 오래되고 가장 견고한 세계 속으로 들어가는 것이라고 되풀이해서 말하곤 했다"(526). 이로써 보르헤스는 문명과 야만이 서로 포섭되지 않으며 끊임없이 긴장과 길항관계에 있음을 보여준다. 그런 맥락에서 달만이 칼을 들고 풀페리아를 나서는 마지막 장면에서 시제가 급전한다는 점에 주목할 필요가 있다. 과거형으로 진행되던 달만의 일화가 결투를 앞둔 결정적 순간에 돌연 현재형으로 바뀌는데("달만은 다룰 줄도 모르는 칼을 꼭 움켜쥐고 들판으로 나간다"(530)), 이 시제의 급전은 첫째, 당대 아르헨티나 정체성에 크리오요 민족 정체성이 -그것이 혈통과 텍스트에 근거한 상상의 구축물이라 할지라도- 내재하고 있으며, 둘째, 아르헨티나의 근대화에 대한 열망과 전근대적 전통의 충돌이 불가피하며, 그 충돌이 언제나 현재형이라는 점을 시사한다. 결과적으로 "현실은 대칭과 가벼운 시대착오를 좋아한다"는 말은 보르헤스의 현실 인식을 분명히 보여주는 것으로, 아르헨티나의 현실이 이질적인 두 요소의 대립적 공존이며 현재와 과거의 조우이자 긴장의 연속임을 암시한다. 보르헤스가 「남부」의 결말을 유보하는 이유나 단편 「마르틴 피에로」에서 "한 차례 일어난 이 사건은 영원히 반복적으로 생성된다"(Borges OC II, 175)라고 한 것도 이와 같은 맥락에서 이해될 수 있을 것이다.

보르헤스는 아르헨티나의 역사를 "서글픈 칼싸움"의 역사로 이해하지만 칼이나 칼잡이를 이상화하지는 않는다. 하지만 그것이 아르헨티나의 피할 수 없는 현실이었음을 인정한다(Alazraki 1983, 136). 사를로(Beatriz Sarlo)가 지적하듯, 보르헤스는 환상적이고 형이상학적인 문학에 천착한 세계주의 작가이자 아르헨티나성이라는 화두를 버리지 않은 작가로서 20세기 초 세계주의적 관점에서 근대로 진입하고자 하는 사르미엔토의 '문명과 야만'에 근거한 발전주의와 근대화로 황폐해진 전원 문화의 전통과 향수에 토대한 유토피아적 지방주의 패러다임의 경계에 있는 작가였다. 보르헤스는 근대화와 더불어 새로운 신화를 요구하는 부에노스아이레스라는 도시-중심과 전근대적인 아르헨티나의 지방-변방을 동시에 품은 작가로서 현재와 과거, 현실과 환상을 오가는 작가였던 것이다(사를로, 1999). 그런 점에서 보르헤스의 「남부」는 세계주의적 근대화와 식민전통에서 유래한 아르헨티나성을 하나의 테두리 안에 담으려는 시도라 할 수 있다.

반면에 볼라뇨는 부에노스아이레스-도시-문명과 남부-농촌-야만으로 고정된 명제를 폐기한다. 보르헤스가 대칭적 혈통을 지닌 달만을 통해 19세기 말부터 유럽계 이민자들이 지속적으로 유입됨과 동시에 20

세기 초반 근대도시로 발전한 부에노스아이레스의 역사적 맥락을 끌어들인다면, 볼라뇨는 21세기에 들어선 부에노스아이레스의 현실을 구체적으로 제시함으로써 「남부」에서 추상적 이미지로 형성된 도시-문명의 고리를 깨뜨림과 동시에 크리오요 정체성에 토대한 아르헨티나성도 제거한다. 먼저, 볼라뇨는 「남부」에서 야만성의 상징인 대문자 남부(Sur)를 대신하여 카피탄 주르당(Capitán Jourdan), 코로넬 구티에레스(Coronel Gutiérrez) 등을 마을 이름으로 제시함으로써 크리오요가 부흥하던 과거를 연상케 한다. 그러나 한 시대를 풍미하던 그 영광의 역사가 그저 이름뿐임을 암시하듯 21세기 팜파는 폐허의 변방일 뿐이다.

> 카피탄 주르당에 포장된 길이라곤 없었다. 집 외벽엔 먼지 부스럼이 켜켜이 쌓여있었다. 마을 안으로 들어서자 플라스틱 조화가 담긴 화분 옆에서 졸고 있는 남자가 보였다. 세상에나, 될 대로 되라고만, 그는 생각했다. 중앙 광장은 넓었고 벽돌로 된 시청건물이 버려진 짜리몽땅한 주변 건물에 희미하게나마 문명의 기운을 불어넣고 있었다.(26)

「남부」에서 남부가 과거의 공간이듯, "그 곳은 아르헨티나 지도에서도 사람의 기억에서도 지워졌는지 기차가 지나지 않을 때도 있는"(37) 문명 밖의 공간이다. 그렇다고 해서 그곳이 야만의 공간으로 그려지진 않는다. 오히려 그곳엔 더 이상 가우초도 그들의 전통 문화도 존재하지 않는다. 1926년 구이랄데스(Ricardo Güiraldes)가 『돈 세군도 솜브라 Don Segundo Sombra』에서 크리오요 아르헨티나성의 상징으로 말(馬)을 제시한다면 볼라뇨는 이를 조롱하듯 2003년 「참을 수 없는 가우초」에 토끼를 등장시킴으로써 크리오요 전통의 몰락을 상징적으로 그려낸다. 하지만 실제로 20세기 중반에 아르헨티나에 유럽 토끼가 유입되면서 목축업이 큰 타격을 입었다(Vassallo 2012)는 점을 고려하면 토끼의 등장은 풍자적임과 동시에 현실적이다.[11] 팜파에는 더 이상 말도 소도 없다. "사방 수 킬로미터 내에는 교배할 수말도 없었다. 가우초들은 도살장에 말을 내다 팔고 이젠 팜파의 끝없는 길을 걸어서 혹은 자전거를 타거나 지나는 차를 잡아타고 다녔다"(36). 가우초의 삶과 문화정체성의 근간인 유목은 사라지고 팜파에는 "토끼밖에"(27) 없다. 그런 팜파에서 '가우초 되기'를 시도하는 페레다의 돈키호테적 시대착오는 가우초의 몰락을 역설적으로 부각시킴과 동시에 가우초를 신화화한 문학텍스트에 대한 볼라뇨의 비판적 시각을 보여준다.

볼라뇨는 도시-문명의 도식 또한 파괴한다. 이는 근대화된 부에노스아이레스가 문명이 아니라 야만의 공간으로 설정되기 때문이다. 먼저, 「참을 수 없는 가우초」는 21세기에 들어선 아르헨티나의 현재를 정치하게 반영하는데, 여기서 아르헨티나는 여전히 서구의 변방으로 상정된다. 부에노스아이레스는 "파리와 베를린이 완벽히 섞인 곳"이지만 "자세히 들여다보면 리옹과 프라하의 완벽한 조합"(17)일 뿐이다. 또한 자본주의에 기초한 근대화 기획의 몰락을 암시하듯 21세기 문턱에서 침몰한 아르헨티나를 배경으로 한다. "경제가 나락으로 추락"하고[12] "기억 저편의 탱고와 국가의 노랫말에서 어설프게 따온 기약들이 나도는"(20) 국가로 전락한 아르헨티나엔 이데올로기도 권위주의 정부 출현도 없다. "그 짧

11) 「참을 수 없는 가우초」에서 토끼들이 한 토끼를 추적하여 갈가리 찢어 죽이는 장면은 인간이 인간을 살해하는 현대 사회의 병리에 대한 비유적 비판이다.

12) 아르헨티나는 2001년 12월 19일 국가비상사태가 선포된다. 뒤이어 페르난도 델 라 루아 대통령이 사임하고 로드리게스 사아가 임시 대통령직을 수행하지만 결국 23일 대외채무상환을 중단, 즉 모라토리엄이 선언하기에 이른다.

은 시기에 세 번이나 대통령이 바뀌었다.[13] 아무도 혁명을 생각하지 않았으며 그 어떤 군인도 쿠데타를 감행하지 못했다"(20). 반세기 전 보르헤스가 「남부」에서 보여준 문명과 야만의 대립은 「참을 수 없는 가우초」에선 작동하지 않는다. "인디오 혈통의 사내가 배트맨 만화를 보는"(22) 시대에 추락한 부에노스아이레스는 문명이 아니라 암흑의 공간이다.

> 부에노스아이레스가 썩고 있어.(20)
>
> 모두들 사기를 당했다고 생각하고 있으며 그 터널 끝을 밝혀줄 빛이 없다는 숙명론에 젖어있다고 했다.(32)
>
> 아르헨티나는 소설이야, 그러니 가짜거나 최소한 거짓이란 말이지, 그가 말했다. 부에노스아이레스는 도둑놈과 눈꼴사나운 놈들의 땅이야, 지옥이나 다름없지.(34)

아르헨티나는 허상이며 그 중심이자 문명의 상징인 부에노스아이레스는 지옥으로 그려진다. 보르헤스가 「남부」에서 당대 서구문화-문명과 가우초-야만의 결투를 상정하고 그 결과를 유보했다면 볼라뇨는 그 결투의 결과를 참혹한 현실로 제시한다. 이는 국가를 "부르주아의 창조물"(Braithwaite 2006, 108)로 인식하는 볼라뇨의 무정부주의적 시각은 물론, 신자유주의 시대가 낳은 멕시코의 죽음과 유령의 시우다드후아레스를 "지옥"(Braithwaite 2006, 69)으로 표현한 볼라뇨의 현대 사회에 대한 비판적 인식과 궤를 같이 한다. 나아가 볼라뇨는 부에노스아이레스의 몰

---

13) 2001년부터 2003년에 해당한다. 카를로스 메넴(1989-1999) 이후 페르난도 델 라 루아(1999-2001), 아돌포 로드리게스 사아(2001-2002), 에두아르도 두알데(2002-2003), 네스토르 키르치네르(2003-2007)가 연이어 대통령에 취임한다.

락을 회의주의적이고 묵시록적인 관점에서 접근한다.

> 그는 꿈속에서 부에노스아이레스로 보이는 거대한 도시 위로 안락 의자들이 비처럼 날아다니는 게 보였다. 그런데 그 의자들에 돌연 불이 붙더니 도시의 하늘을 밝히며 타올랐다.(29)

> 페레다는 또한 중심지에 있는 길을 […] 그리며 호세 비안코를 타고 그곳에 들어서자 주변 건물에서 하얀 꽃비가 내리는 상상을 했다. 꽃은 누가 뿌리는 거지? 알 수 없었다. 건물 유리창도 거리도 텅 비어있으니 말이다. 죽은 자들일 거야, 페레다는 비몽사몽간에 생각했다. 예루살렘의 망자들과 부에노스아이레스의 망자들.(48)

사실 이러한 묵시록적 시각은 볼라뇨 작품세계 전체를 관통하고 있다. 『야만스러운 탐정들』에서 문학적 원형이 살해되는 공간인 소노라, 『2666』에서 살인과 범죄의 도시로 형상화된 멕시코의 산타테레사, 『부적』에서 무자비한 국가폭력이 자행되는 멕시코시티, 『칠레의 밤』과 『먼 별』에서 피노체트의 공포의 철권통치 공간인 산티아고, 『팽 선생』에서 비밀과 감시의 도시로 그려진 파리, 『제3제국』과 『아이스링크』에서 공포와 범죄의 공간으로 추락하는 스페인 해안도시 등이 그러하다.[14] 볼라뇨는 사르미엔토에서 출발한 도시-문명, 농촌-야만의 이분법적 분류

14) 특히 『칠레의 밤』에서 〈일출 1시간 전 멕시코시티 풍경〉이라는 그림은 「참을 수 없는 가우초」에 묘사된 묵시록적 서술과 연결된다. "언덕이나 높은 건물 발코니에서 내려다본 멕시코시티 그림이었다. 녹색과 회색이 대부분이었다. 어떤 동네는 파도 같았다. 또 어떤 동네는 네거티브 필름 같았다. 사람의 모습은 보이지 않았다. 하지만 여기저기 사람일 수도 있고 동물일 수도 있는 골격이 흐릿하게 보였다"(Bolaño 2000, 44).

를 폐기하고 두 공간을 모두 폐허와 몰락의 공간으로 그려냄으로써 아르헨티나(라틴아메리카)를 야만적 근대문명세계로 규정한다. 그리하여 “유럽의 밤”이 “늑대의 입”이라면, 유럽의 변방인 “아메리카의 밤은 차라리 공허함, 붙잡을 게 없는 곳, 허공의 공간, 완전한 노천, 위 아래로 텅 빈 어둠”(29)이다. 이렇듯 볼라뇨는 「참을 수 없는 가우초」에서 라틴아메리카를 ‘공허한 어둠 속 망자들의 세계’로 그려낸다. 그리고 볼라뇨는 그 원인을 서구의 식민성에서 찾는다.

> 라틴아메리카는 유럽의 정신병원이다. 아마도 처음엔 라틴아메리카가 유럽의 병원이나 곡식창고였을 것이다. 하지만 지금은 정신병원이 됐다. 가난하고 폭력적이며 야만적인 정신병원 말이다. 혼돈과 부패가 난무하는 그곳을 잘 살펴보면 루브르 박물관의 그림자가 보일 것이다. (Braithwaite 2006, 111)

볼라뇨는 라틴아메리카의 역사를 은유적으로 함축하며 “아르헨티나의 과오가, 라틴아메리카의 과오”(45)가 가우초 정체성을 무너뜨리고 부에노스아이레스를 몰락시켰으며, 그 과오의 원인이 루브르 박물관으로 상징되는 유럽의 식민성에 있음을 분명히 한다. 그런 점에서 가우초로 ‘변신’한 페레다가 부에노스아이레스로 돌아가 문자세계를 상징적으로 대변하는 작가를 칼로 찌르는 장면은 의미심장하다. 페레다는 예술인들이 모인 카페를 지나다가 코끝에 헤로인을 발라가며 몰락한 아르헨티나의 현실에서 “세계문학에 대해 열변을 토하고”(50)있는 작가와 눈이 마주친다. 여기서 볼라뇨는 결투의 무대를 「남부」의 평원에서 부에노스아이레스로 옮겨온다. 문명의 도시 한복판에 가우초가 등장하는 것을 용납지 않는 늙은 작가는 결투를 벌이려 거리로 뛰쳐나온다. 페레다는 칼로 부에노스아이레스 작가의 "허벅지를 살짝"(50) 찌름으로써 시대착오적이고 무기력한 도시-서구문명-지식인, 즉 "문자도시"에 복수를 감행한다. 이로써 볼라뇨는 문자-문학텍스트를 '무기-칼'[15]로 쓰지 못하는 작가의 현실, 즉 출판 지상주의와 "성공과 돈과 존경"(Bolaño 2003, 176)을 좇아 글을 쓸 수밖에 없는 21세기 문학계 현실을 공개적으로 비판하며 작가-지식인의 위치에 대한 재고가 필요함을 역설한다.

4. 나가며

보르헤스에게 "한 작품의 작가는 작품에 대해 어떤 역할이나 위엄도 갖지 못한다. 그 작품은 태어날 때부터(아마도 그전부터) 대중의 소유이며 무한한 독서 공간 속에서 다른 작품들과의 무수한 관계를 통해 존재한다. 어떤 작품도 독창적인 것은 없다"(주네트 1996, 165). 볼라뇨는 문학에 대한 이러한 보르헤스의 인식을 바로 보르헤스를 탈신화화하는데 활용한다. 그는 「참을 수 없는 가우초」에서 텍스트 생산이 기성 텍스트와의 관계와 조합에서 비롯한 것임을 보여줌으로써 문학의 원형과 작가의 권위를 파괴하고 문학작품을 언어의 소유물이자 상호텍스트적 놀이로 구현한다. 이로써 텍스트는 누구의 것도 아니거나 혹은 모두의 것이라는 명제가 가능해진다. 여기서 두 작품의 결정적 차이는 바로 텍스트와 현

15) 『야만스러운 탐정들』에서 '텍스트'와 '무기-칼'은 동일한 것으로 상정되는데, 이와 관련한 자세한 분석은 앞선 이경민의 글을 참조하라.

실의 간극을 어떻게 재현하고 있느냐에 있다. 보르헤스는 「남부」에서 "북부와 동부 사람들이 벌인 논쟁"을 "쓸모없는"(528) 것으로 간주함으로써 사르미엔토의 『문명과 야만』에 근거한 백인우월주의적 발전주의 패러다임에도 루고네스가 『마르틴 피에로』로 촉발시킨 크리오요주의에도 경도되지 않는 관점을 보여준다. 나아가 『천일야화』의 경이로움이 "아침이나 살아있다는 사실보다 경이로운 건 아니다"(527)라고 밝힘으로써 담론의 허구성을 드러내고 오히려 현실주의적 면모를 보여준다. 그리하여 보르헤스는 달만을 가우초가 되어 칼싸움에 나서게 함으로써 20세기 중반 아르헨티나의 사회적 현실을 반영한다.

반면에 볼라뇨는 「참을 수 없는 가우초」에서 신화화된 텍스트를 현실로 재현하려는 돈키호테적 시대착오에 빠진 페레다를 통해 문학텍스트와 현실의 화해할 수 없는 간극을 극명히 드러낸다. 그 과정에서 볼라뇨는 사르미엔토의 문명에 대한 낙관적 비전과 신화화된 가우초의 형상이 총체적으로 몰락한 21세기 아르헨티나의 현재를 「남부」에 대한 패러디적 다시쓰기로 그려낸다. 결론적으로 볼라뇨는 「참을 수 없는 가우초」를 상호텍스트적 놀이로 구현함으로써 문학의 원형과 작가의 권위를 파괴함과 동시에 이 작품을 통해 20세기 아르헨티나에 설정된 문명-야만의 사회문화적 메커니즘에 대한 현재적 재해석을 시도하고 있다.

마지막으로 한 가지 주목할 점은 팜파스-야만-가우초의 공간이 "아르헨티나 지도에서도 사람의 기억에서도"(36) 지워진 공간으로 그려진다는 것이다. 그런데 가우초가 사라졌다는 것은 역설적으로 '칼'과 결투가 필요치 않은 공간, 야만적 폭력이 제거된 공간으로 변모했음을 의미한다. 페레다가 "부에노스아이레스에 남아서 정의의 챔피언"이 될지 팜파스로 돌아갈지 자문하다가 "팜파스에 대해선 아는 게 하나도 없는데"(50)도 불구하고 그곳으로 돌아가는 이유가 거기에 있다. 페레다는 부에노스아이레스를 "지옥"(34)의 공간으로 간주하지만 "반대로 팜파스는 영원해"(34)라고 역설하면서 "그래도 아직 인간으로서 일어설 수" 있고 "인간다운 죽음을 맞을 수"(36) 있는 공간, 즉 인간이 창조한 근대 문명 외부의 삶이 가능한 곳을 야만이 사라진 팜파스로 인식한다. 따라서 문명이 몰락한 부에노스아이레스는 묵시록적 디스토피아이지만 야만성이 제거된 팜파스는 역설적으로 유토피아의 회복이 가능한 공간일 수 있다.

참고 문헌

롤랑 바르트(2006), 『S/Z』, 김웅권 역, 서울: 동문선.

린다 허천(1992), 『패로디 이론』, 김상구・윤여복 역, 서울: 문예출판사.

베아트리즈 사를로(1999), 『보르헤스와 아르헨티나 문학: 변방에서의 글쓰기』, 김한주 옮김, 서울: 인간사랑.

우석균(1999), 「민족문학가 보르헤스」, 『이베로아메리카연구』, 10, 1-29.

이경민(2012), 「유목적 글쓰기로서의 볼라뇨 문학」, 『이베로아메리카연구』, 23(3), 27-54.

제라르 주네트(1996), 「문학의 유토피아」, 김춘진(엮음), 『보르헤스』, 서울: 문학과지성사

Alazraki, Jaime(1983), *La prosa narrativa de Jorge Luis Borges*, Madrid: Gredos.

Bonino Vassallo, Never Antonio(2012), "Mamíferos invasores en la Patagonia Argentina: El conejo silvestre europeo como caso emblemático," *Revista Iberoamericana para la Investigacióon y el Desarrollo Educativo*, 9. http://www.ride.org.mx/docs/publicaciones/09/zoologia/Never_Antonio_Bonino_Vassallo.pdf

Bolaño, Roberto(2003), *El gaucho insufrible*, Barcelona: Anagrama.

_____(2000), *Nocturno de Chile*, Barcelona: Anagrama.

Borges, Jorge Luis(1989), *Obras complestas(OC)* I, II, Barcelona: Maria Kodama y Emecé Editores.

_____(2011), *Cuentos completos*, México D.F.: Mondadori.

Braithwaite, Andrés(2006), *Bolaño por sí mismo. Entrevistas escogidas*, Santiago: Univ. Diego Portales, 2006.

Di Benedetto, Antonio(2009), *Cuentos completos*, Buenos Aires: Adriana Hidalgo.

Faverón Patriau, Gustavo(2008), "El rehacedor: "El gaucho insufrible" y el ingreso de Bolaño en la tradición argentina," Edmnudo Paz Soldán y Gustavo Faverón Patriau(Eds.), *Bolaño Salvaje*, Barcelona: Editorial Candaya, 371-416.

Olea Franco, Rafael(2006), *Los dones literarios de Borges*, Madrid; Frankfurt: Iberoamericana; Vervuert.

Williamson, Edwin(2007), "Borges against Perón: A contextual approach to "El fin"," *Romanic Review*, 98(2/3), 275-296.

세계에 대한 욕망, 로베르토 볼라뇨와 (그다지 새롭지 않은) 세계문학*

벤하민 로이

1. (새로운) 세계문학이라는 매혹적 용어

최근 수년간 로베르토 볼라뇨와 그의 작품을 정의하고 분류하는 과정에서 문학비평계가 사용한 두드러진 표현은 그가 "새로운 세계문학" 패러다임을 대표하는 작가라는 것이다. 윌프리도 코랄(Wilfrido Corral)은 볼라뇨 연구서의 제목으로 "새로운 세계문학"이라는 말을 사용했다. 미국내 볼라뇨 수용에 대한 연구를 전개하면서 자신의 연구 결과를 "세계문학"의 이론적 패러다임에 관한 최근 연구와 연계한 것이다.[1] 하지만

---

* 이경민 옮김. 원문 출처: Loy, Benjamin(2015), "Deseos de mundo. Roberto Bolaño y la (no tan nueva) literatura mundial," Gesine Müller y Dunia Gras Miravet(eds.), *América Latina y la literatura mundial: mercado editorial, redes globales y la invención de un continente*, Iberoamericana/Vervuert: Madrid/Frankfurt, 241-293.

1) 2008년까지의 세계문학에 대한 핵심적 연구는 Rosendahl(11-32)을, 최근의 이론적 관점은 Küpper(2013)의 『세계문학에 관하여 Approaches to world literature』를 참조하라.

이그나시오 에체바리아가 지적하듯, 볼라뇨를 "새로운 세계문학의 최대 주인공"(9)으로 평가하는 코랄의 저서는 "제목이 야기하는 기대를 충분히"(181) 달성하지 못하고 있다. 에체바리아는 코랄이 미국 외부에서 볼라뇨가 어떻게 수용되는지에 대해 전적으로 배제한다고 비판하면서 "세계문학이라는 개념이 실질적으로 영미 중심적 관점에서 선택된 민족문학임을 은폐한다는 사실에 대한 증거"(181)라고 지적한다. 또한 (직접적으로 몇 가지 의미심장한 단서를 제시하면서도 비교 연구를 하지 않았지만) "새로운 세계문학"이라는 용어에 대해 코랄이 "그 개념의 정의를 충분히 설명하지"(179) 않는다고 비판한다. 사실 코랄의 저서가 지닌 가장 큰 문제가 용어에 대한 개념이 불명확하다는 것이다. '세계문학'이 무엇인지, 기존의 선구적 작가들과 볼라뇨를 구분하는 '새로운'이라는 말이 무엇인지 명쾌하고 설득력 있는 설명이 어디에도 없다. 코랄이 유일하게 결정적으로 제시하고 있는 것은 "새로운 세계문학"의 핵심 요소가 "정치적, 민족적 의존성에서 벗어나 모호한 외부로부터 경계가 없는 정체성의 모델과 소설적 원형을 재현한다"(9)는 모호한 설명이다. 코랄은 현재 진행되는 이론적 쟁점에 대해 표면적으로 접근하고 있으며(Cf. 55-68, 134-154) '세계문학'에 대해서도 '세계'에 대해서도 개념적 틀을 분명히 밝히지 않는다.[2] 더욱이 코랄 스스로 "이 문제에 답을 제시하려는 문학적 세계주의는 학술적 개념으로서 여전히 불확정적이고 논쟁적이다"(15)라고 언급한다는 점에서 모순적이다. 번역의 개념에 있어서도 그렇다. 코랄의 관점에서 '번역된다'는 것은 전적으로 '영어로 번역된다'는 것을 의미한다. 또한 그는 세계문학에 관한 최근의 이론 틀에서 번역이

2) 이와 관련한 이론적 연구는 Valdivia(2013)을 참조하라.

라는 개념의 중요성을 깊이 있게 다루지도 않았고[3] 볼라뇨의 영역본을 실질적으로 분석하지도 않았다. 비록 그가 비평가들이 볼라뇨의 작품을 읽으면서 번역의 영향을 고려하지 않고 있다고 문제를 제기하지만, 정작 그의 저작은 왜 볼라뇨의 영역본 번역자인 크리스 앤드류스와 나타샤 윔머(Natasha Wimmer)의 번역이 "전반적으로 훌륭한 번역"(139)인지에 대해서는 단 하나의 예시도 제시하지 않는다. 반면에 볼라뇨의 번역과 관련하여 "볼라뇨의 단편과 소설 번역은 두통을 낳는다. 물론 볼라뇨이기에 그런 두통은 감내할 가치가 있다"(140)라는 등의 표현은 부지기수다. 그의 저작은 개념 규정에도 취약할 뿐더러 전반적인 의도에도 문제가 있는데, 그가 (자기도 교수이면서) "교수들이 생산한 책"(40)과 "메타이론과 서술성에 기댄 연구에 함몰된 학술비평"(40)을 조롱하는 태도를 보인다는 것이 그렇다. 그는 (Benmiloud & Estève(2007)에 실린 양질의 연구는 제외한 채) 일정한 기준도 없이 볼라뇨에 관한 모든 학술비평을 다뤘으며, "볼라뇨가 아카데미즘을 경멸했음을 상기하면서 『볼라뇨 번역: 새로운 세계문학 Bolaño traducido: nueva literatura mundial』을 집필했다"(55)라고 밝히면서 '야만적 비평가'의 역할에 심취하여 자신의 연구 목적을 달성하고자 했다. 코랄은 볼라뇨와 "새로운 세계문학"이라는 용어에 대해 그런 방식으로 진행한 연구의[4] 대표적 예이다.[5] 이런 연구

3) 이와 관련하여 Apter(2013)의 연구와 비교해보라.

4) Pope(2011)의 논문을 참조하라.

5) 새로운 세계문학이라는 용어에 관해서는 뢰플러(Löffler 2013)의 연구를 참조하라. 뢰플러는 코랄과 마찬가지로 '새로운'이라는 말과 '세계문학'의 개념에 대해 설득력 있는 정의를 내리지 못하고 있다. 즉, "새로운 세계문학"이 "문화적 경계를 가로지르고 확장하면서 다양한 문화와 정체성 속에서 동요하는 '사이에 있는(Dazwischen)' 문학의 작가로 변하는"(8) "이민자들의 문학"과 어떤 차별성을 갖는지 설명하지 않는다. 더욱이 볼라뇨의 작품이 그런 성질을 충족하고 있든 그렇지 않든, 볼라뇨는 자신의 작품에서 그 성질

들은 에리히 아우어바흐(Erich Auerbach)가 (새로운) 「세계문학에 대한 철학 Filosofía de la Weltliteratur」에서 세계문학은 "모든 것의 질서를 잡기 위해 추상적 개념들을 위격화 하여 풍부한 자료를 결속하려는 유혹으로서, 이는 대상을 용해하고 가상의 문제에 대한 논의를 야기하며 결국에는 아무 것도 이루지 못한다"(14)라는 주장에 굴복하고 있다. 코랄이 해결하지 못한 것이 바로 총화의 문제이다. 볼라뇨의 세계성을 판단함에 있어 비평 재료를 남김없이 수집한 그의 연구가 역설적으로 공허해 보이는 이유가 거기에 있다. 아우어바흐가 비판한 것도 바로 그 수집벽이다. 이 독일 철학자는 가속화되는 전지구화의 흐름 속에서 문화적 생산이 대량화되는 상황과 관련하여 "자료에 관해 인습적으로 행한 연대기적, 지리적 혹은 유형적 분류는 이제 부적절하며 어떤 종류의 통일적 진보도 보장해줄 수 없을 것이다"(15)라고 주장한다. 한편, 그는 "총화의 목적을 실현하려면 우선적으로 대상에 접근할 출발점 혹은 명분을 찾아야 한다"(15)라고 밝히고 있다. 아우어바흐가 말하는 좋은 출발점은 (코랄이 활용한 '방법'과 비교하면 아우어바흐가 제안한 내용의 유용성이 여기에 있다) 한편으로는 "구체성과 간결함, 다른 한편으로는 잠재적 방사의 힘으로 구성된다. […] 출발점은 외부로부터 대상에 부과된 일반적인 무엇이 아니라 테마의 밀접하고 유기적인 부분이어야 한다"(15).

이런 문제를 고려하여 본 연구는 로베르토 볼라뇨와 세계문학의 관계를 다음과 같은 방식으로 전개하고자 한다. 이론적으로 모호하고 표면적인 코랄의 총화와 거리를 두고 볼라뇨의 작품 "내부"에서 볼라뇨와

은 어떤 식으로도 문학적 질을 나타내진 않는다고 한다. 예컨대, 볼라뇨는 『아메리카의 나치문학』의 막스 미르발레(Maz Mirebalais)의 전기에서 그의 출세가 "네그리튀드의 모든 표현들을 고갈시키는 것으로 이뤄졌다"(136)라고 공개적으로 희화화 한다.

세계문학의 관계가 어떻게 연계되는지 분석할 것이다. 이로써 '전지구적'이라는 용어를 재고하고 세계문학 패러다임에 관한 (유럽과 영미에서 진행된) 최근의 이론 틀에서 (라틴아메리카적이고) 비평적인 관점의 제안을 하고자 한다. 근대성에서 출발하여 세계문학에서 라틴아메리카라는 공간에 관한 성찰을 통해 (또한 최근 이론에 기초하여 그 공간을 개념화에 대한 성찰을 통해) 본 연구에서 진행할 텍스트 분석은 현재까지 연구가 미흡한 「알바로 루셀로트의 여행」을 중심 텍스트로 삼을 것이다. 또한 본 연구는 볼라뇨의 문학에 대한 두 가지 지점에서 비평적 접근을 시도할 것이다. 하나는 코랄의 지적처럼 "스페인어와 영어로 쓰인 비평은 특정한 단편이나 단편집에 대해 소홀히 다루고 있다"(120)는 점이다(이에 대해서는 코랄도 구체적으로 다루지 않고 있다). 다른 하나는 에체바리아가 지적하듯이, "볼라뇨를 새로운 '세계문학'의 대표적 작가로 간주할 때(이것이 무엇을 의미하든), 볼라뇨의 도서관에 대한 연구가 그의 작품에 대해 쓴 리뷰를 분석하고 정리하는 것만큼이나 혹은 그 이상으로 빛을 발할 것이다"(191). 여기서 에체바리아가 말한 볼라뇨의 도서관에 대한 연구는 두 가지를 의미한다. 하나는 볼라뇨의 작품 내부에서 분석하는 것이고, 다른 하나는 볼라뇨의 작품이 지니는 상호텍스트적 관계에 대한 연구가 그것이다. 이 상호텍스트성은 다양한 불평등이 나타나는 지구적 문학 공간 안에서의 권력과 정전화의 메커니즘을 (비오이 카사레스의 『모렐의 발명』에 대한 지시를 통해) 문제시한 「알바로 루셀로트의 여행」에서 중요한 의미를 지닌다.

2. 중심에 대한 욕망 또는 문학적 '세계지도'의 문제

라틴아메리카라는 공간과 관련한 세계문학 이론의 핵심적인 문제는 (비교문학의 선행 연구를 토대로 이뤄진) 이론적 모델들 간에 접점이 없다는 것과 라틴아메리카 문학이 다양하고 복합적인 차원을 지니고 있음에도 불구하고 상당수 이론들이 아주 표면적인 지식에 의존하고 있다는 것이다.[6] 이 문제와 더불어 알아야 할 것은 그 이론 모델들에서 ("변방"으로 간주되는 지역을 포함하여) 라틴아메리카라는 지역을 국지화하는 문제가 그 이론들이 제작하고자 하는 세계와 세계(문학)사와 긴밀하게 관련된다는 것이다. 파스칼 카사노바(Pascale Casanova)의 개념이 이를 극명히 보여주는 예인데, 그는 "이 거대한 대륙에 작가와 그들의 작품을 배치함으로써 '특별한 역사'로 고려될 수 있게"(5) 만들어야 한다고 주장한다. 카사노바나 모레티(Moretti)는 세계, 문학, 역사를 늘 이분법적이고 정태적인 지리학, 즉 "중심부와 종속적 주변부 사이의 대립에 기초한" 지리학으로 고려하며 "양자의 관계는 중심부에 대한 주변부의 심미적 거리로 규정된다"(12)고 생각한다. 이 보다 강도는 덜할지 모르나, 한 문학 작품의 혹은 "문화적 원천"에 (유일한) '기원'이 있다고 주장한 댐로쉬(Damrosch)도 마찬가지이다. 카사노바는 세계문학의 조직을 설명하면서 "문학의 그리니치 자오선을 통해 중심부에 속하는 모든 이들의 문학세계의 중심으로부터 상대적인 심미적 거리를 측정할 수 있다"(88)는 메타포를 활용한다. 카사노바는 그 자오선이 "보편성의 기본 구조"(126)인 프랑스 파리를 지난다고 함으로써 비판에 직면했다. 세계문학계

6) 이와 관련한 대표적 연구는 Casanova, Damrosch, Rosendahl을 참조하라.

의 형성 과정에서 식민적 관계를(특히 라틴아메리카의 관점에서)[7] 무시했기 때문이다. 그런 비판은 '변방'에서 형성된 공분 속에서 (코랄이 설득력 있게 설명하듯이, 그 변방인 북미의 대학들은 사실상의 중심이었다) "19-20세기 라틴아메리카 문학의 영향력을 무시할 위험이 있다"(Hanneken 2010, 132). 헤네켄(Hanneken)과 최근 시스킨드(Mariano Siskind)의 연구는 그런 방식의 정치화된 비평뿐만 아니라 라틴아메리카 문학과 이론적 모델 사이의 거리도 극복하는 성과를 거두고 있다. 두 비평가는 모데르니스모를 연구하면서 카사노바가 주장하는 "파리의 자오선"이 있다는 사실에는 동의한다.

> 라틴아메리카에서 (세계의 여타 주변부에서 그렇듯이) 비평적, 심미적 세계주의 담론들은 동일한 인식론적 구조를 지니는데, 나는 그것이 "세계에 대한 욕망"이라고 본다. 세계주의를 지향하는 지식인들은 세계를 추상적 보편성의 기표로 또는 작가와 작품이 여행한 구체적이고 한정적인 지구적 여정의 집합으로 간주한다. 이 두 입장은 세계를 향한 개방을 통해 민족주의적 문화형성에서 벗어남과 동시에 문학의 초지역적인 심미적 잠재성을 실현하기 위한 상징적 지평과 객관화라는 세계주의적 형식을 안착시켰다.(Siskind 2014, 3)

두 비평가는 "중심에 대한 욕망들"을 부정하지는 않지만 그 욕망들의 복합적 관계와 전파 과정을 드러냄으로써 카사노바의 고착화된 모델을 전복하고 수정한다.[8] 이 글에서 그들의 연구를 깊게 살펴보진 않겠지

7) Sánchez-Prado(2006)을 참조하라.

8) 하네켄(Hanneken)은 모레티가 소설을 (서구) 문학의 지구화를 추동한 장르로 판단한 것에 반하여 루벤 다리오(Rubén Darío)와 그의 『세계 매거진 Mundial Magazine』을

만, 그들은 -세계문학이라는 지도를 만들기 위한 정치적 비평을 넘어- ("지구적이라는 말의 의미를 둘러싼 비대칭적인 구조적 힘이 만들어낸 문화교류의 보편적 장이자 비판적 담론으로서, 즉 세계적 사회관계로서" 세계문학의 "내부"와 "외부"로부터 이해된(Siskind 2014, 38)) 세계문학의 공간을 형성하는 '운동들'의 역사(들)를 그려내고 중심부의 보편성이라는 미명 하에 필연적으로 그런 운동들을 묵살하는 '전문화된 역사'를 대체하기 위해 카사노바가 창안한 견고한 세계문학 지도를 뒤흔들고 복잡하게 만들었다.

여하튼, 이 글에서 다룰 문제는 그런 비평의 문제 너머에 있다. 왜냐하면 이 글은 볼라뇨를 통해 상이한 시간적 관점에서 세계문학의 문제에 집중하고 있기 때문이다. 앞서 언급한 연구들이 어떻게 "본초자오선이 문학창작의 현재, 즉 근대성(modernity)을 규정하는"(Casanova 2004, 88)가에 대한 것, 다시 말해 "한 작품 혹은 작품들의 총체가 지닌 중심부와의 미학적 거리는 문학의 현재를 정의하는 정전에서 일시적으로 제거됨으로써 측정될 수 있다"(88)는 것에 관한 것이라면, 이 글의 주요 목적은 그 세계문학의 영역과, 세계문학에서 라틴아메리카가 근대성 '이후'의 위치에서 세계문학에서 차지하는 공간을 어떻게 서술할 것인가에 있다. 다시 말해, 현대적 자오선이 불명확해지고 보편성을 생산하는 톱니바퀴가 (적어도 부분적으로) 추동력을 상실하는 지금, 지구적 시스템에 어떤 변화가 발생할 것인가? 카사노바의 연구에는 이런 현상이 거의 다뤄지지 않은데다 문화적 비관론도 내비치는데, 그는 "오늘날 우리는 파리가 지배하던 세계에서 다중적이고 복수적인 세계로 향하는 전이 단계에 있다고 할 수 있다"(164)라고 피력한다. 근대성(Modernidad)에 집중되고 전

예로 들면서 카사노바와 모레티의 연구가 지닌 문제점(앞서 언급한 문제들과 아우어바흐의 비판적 관점에서 볼 때 작가들에 대한 그들의 잘못된 총화)을 지적했다.

문화된 세계문학의 역사가 효력을 상실하고 있다는 것은 분명하다. 카사노바는 그런 변화에 대한 일반적 견해를 벗어나지 못한 채 "오늘날의 세계문학의 구조는 내가 앞서 서술한 19세와 20세기 초의 세계문학보다 훨씬 복잡해졌다. 이제는 종속적 지역이 말 그대로 궁핍한 국가적 공간과 일치하지 않는다"(169)라고 한다. 본 연구는-세계문학의 구조 변화라는 패러다임을 대표하는 작가로서 근대성을 작품 세계의 핵심으로 삼고 재검토하는-[9] 볼라뇨가 '중심'이 만들어 낸 지도그리기에 대해 의문을 제기함으로써 세계문학을 재고한다는 가정에서 출발한다. 이에 본 연구는 너무나도 고유한 근대적 설정인 라틴아메리카 '세계의 욕망에 관한 담론'과 카사노바식의 정전의 개념에 발생할 변화는 물론이고 볼라뇨의 서사가 어떤 식으로 세계문학의 변화에 대한 '이론'을 제안하는지 살펴볼 것이다. (사실 코랄과 뢰플러의 부족한 연구를 채우려면 '새로운' 차원의 세계문학이 제시되어야 한다.) 또한 볼라뇨와 세계문학에 관한 최근의 이론을 연구하려면 볼라뇨의 서사가 카사노바, 모레티, 댐로쉬의 모델을 비판하는 이론들과 어떤 접점을 이루는지 알아야 한다. 더불어 그런 이론적 배경 없이 볼라뇨의 문학을 지구적 현상으로 파악하는 연구에 대해서도 간략히 살필 것이다. 빌라시니 코판(Vilashini Cooppan)은 최근 에세이에서 앞서 언급한 핵심적 연구를 비켜가며 "비선형적 세계문학의 역사"(107)의 가능성을 언급한 바 있다. 그는 세계문학 지도제작의 문제를 시코리코(Ciccoricco), 판 데이크(Van Dijk), 데 란다(De Landa)가 주장하는 '네트워크 이론'과 연계하면서 "탈식민적 힘의 대안적 모델"(104)을 전개하기 위해 네트워크 패러다임으로 세계문학을 읽을 것

9) 이 문제에 관한 연구는 Loy(2014)를 참조하라.

을 제안한다. 이 관점의 핵심은 "절점의 밀도(nodal densities)"에 있는데, 이에 대해 코판은 "먼 것(역사적으로 오래되고 지역적으로 먼)과 가까운 것(지금, 여기)이 문학사에 새로운 양식을 촉발하기 위해 충돌하는 절점"(105)이라고 설명한다. 즉, 그 "절점들"에 집중함으로써 -단일 작품 내에서 혹은 비교문학적 관점에서- 복합적인 시공간성을 간파한다는 것이다. 이로써 "위-아래, 상향식"(108)의 선형적이고 목적론적인 모델들은 제 근거가 되는 역사적 개념을 고수하지 못하고 사라진다. 이 방법론은 '자세히 읽기(close reading)'를 함축하고 있다는 점에서 모레티의 모델에 대한 비판이다. 왜냐하면 시스킨드가 주장하듯이 모레티는 '멀리 읽기(distant reading)'와 세계와 세계문학에 대한 전체주의적 개념을 주장하는데, "전체는 특정 언명의 콘텍스트에서는 이해되는 게 아니라, 절대적 거리에 대한 헤겔식의 보편적 관점으로만 인식할 수 있기 때문이다"(17). 코판의 주장은 로젠달의 이론과 일치하는데, 이들이 자신의 방법론을 설명하기 위해 별자리라는 메타포를 활용한다는 점에서 그렇다. 코판이 "절점들"을 "세계문학의 성좌를 형성한 역사의 별들"(105)로 표현한다면, 로젠달은 다음과 같이 피력한다.

> 세계문학의 별자리는 하나의 분석 방식으로서 아주 상이한 텍스트들이 문학에서 두각을 나타낼 수 있게 만든 공통의 특징을 연구하는 것이다. 작품들의 별자리라는 개념과 활용이 세계문학에 접근하는 본 연구의 핵심이다. 다시 말해, 시공간에 구애받지 않고 작품들이 공유하는 속성을 통해 세계문학 안에 있는 패턴을 찾는 것이다.(4)[10]

10) 로젠달이 제안하듯이, 이 메타포는 정전의 문제와도 연계될 수 있을 것이다. 볼라뇨는 "첫 번째 밑바닥사질주의 선언"에서 멕시코 문학계에서 아방가르드 집단이 지닌 주변

오트마르 에테(Ottmar Ette 2005, 11)는 '정주지 없는 문학'에 관한 연구에서 유사한 방법론적 메타포를 쓰는데, '벡터화(vectorización)'라는 용어가 그것이다. 이 용어는 "재출현하여 새로이 현재의 운동이 될 수 있는 과거의(또한 미래의) 운동 모델들의 축적"으로서 횡단지역적 문헌학 내에서 이해된다. 그는 (괴테식) 세계문학(Weltliteratur)이라는 용어에 반하여 '세계의 문학들(Literaturen der Welt)'이라는 개념을 제시하는데, 이것은 "다중논리적(polilógico) 시스템으로서 [···] 세계의 한 지역에서 창안되거나 한 공간으로부터 유포되는 것이 아니라 보다 다양한 문화적 지리학적 기원들을 지닌다"(2014, 302).[11] 이 세 가지 주장은(라틴아메리카라는 특정 지역을 고려하지 않은) 지구적 문학 공간을 역동적이고 다중논리적이며 비선형적인 방식으로 이해할 수 있게 한다는 점에서 세계문학의 개념과 본질적으로 상이한 개념에 자리한다. 이로써 세계문학에 대한 대안적 지도그리기와 수사(修史) 뿐만 아니라 '파리 자오선' 해체 이후 다양한 공간의 복합성을 설명하는 데 쓰일 수 있다.

볼라뇨의 문학 작품들이 "네트워크의 연결과 유사한 형식, 즉 작품이 산재되어 있고 분량, 구성, 문체도 다양하며 상호 접속되어 있다"(Volpi 2009, 177)는 점을 고려하면, 구성 단계에서부터 그런 이론적 개념에 상응하는 요소가 있음을 쉽게 인지할 수 있다. 이점을 가장 잘 여주는 작품이 『2666』인데, 이 작품은 "세계체제로 연결되는 시공간을 창조하는

부적 위치를 드러내기 위해 스스로 메타포적 인물이 된다. 그는 이렇게 묻는다. "이 땅에서도 그렇듯이 저 하늘의 별자리에도 표시된 "별들-도시들"과 누락된 "별들-마을들"이 있지 않은가?"(5). 『먼 별』에서도 이와 유사한 맥락을 찾을 수 있을 것이다.

11) 에테는 전지구화의 상이한 순간들 앞에 출현한 역사기술적 개념에 대한 독창적 비판을 통해 동적인(móvil) 세계문학사를 주장한다(Cf. 2014, 289-301). 하지만 논쟁이 되고 있는 최근 이론에 대해선 언급하지 않는다.

부분으로-된-전체(whole-in-the-parts)의 구조가 파편화된 부분들의 관계들을 통해 연결"(Deckard, 2013 6)됨으로써 그런 미학과 지구적인 것을 급진적으로 극화하고 있다. 헤르만 헬링가우스(Hermann Herlinghaus)는 이 소설에 관한 연구에서 볼라뇨가 비선형적 세계문학 이론이 제시한 논리와 20세기의 폭력적 세계사가 어떤 방식으로 연계되는지 입증한다. 비록 그가 볼라뇨에 대한 독서를 세계문학(과 세계문학 이론)의 문제와 직접적으로 연관짓지는 않지만, 벤야민의 변증법적 이미지에서 『2666』의 비선형적 독서(와 글쓰기)를 설명하기 위한 방식을 찾아내는데, 이 작품의 기본적 토대인 "절점들"은 "오늘날의 비판적이고 비체계화된 상상력의 요소라 할 [세계와 세계사에 대한] '가독성'을 순식간에"(200) 만들어 낼 수 있다. 그런 점에서 『2666』은 헬링가우스가 설명하듯이, "국가적 문헌학의 개념과 여기에서 추출한 지구적 경험 등, 해석에 대한 암묵적인 역사주의적 개념들"(193)은 물론이고 "혼종적이고 유동적인 정체성의 관점에서 나온 시공간의 해체에 접근하는 포스트모던 문화 접촉 모델들"(193)에서도 벗어나 있다. 하지만 볼라뇨는 이런 방식의 세계사에 대한 독서를 『2666』뿐만 아니라 자신의 모든 작품에 적용하고 있다. 심지어 '칠레에 관한 소설들'에서 실질적으로 국가적 문제를 다룰 때도 마찬가지이다. 물론 평단에서는 이 소설들을 대부분 국가적 관점에서 해석하고 있다.[12] 이 글에서 그 소설들을 다루지 않겠지만, 『먼 별』, 『칠레의 밤』에서 카를로스 비더(Carlos Wieder)와 세바스티안 우루티아 라크루아(Sebastián Urrutia Lacroix)와 같은 '칠레인의 경우', 그들의 예술적 기획과 칠레의 역사를 서구 근대성의 정치적, 미학적 담론과 연결함으로써

12) Loy(2013)를 참조하라.

국가적 맥락을 끊임없이 벗어나고 있으며, 그 인물들을 가독성의 불가결한 조건으로서의 비-선형성 속에 문학과 세계의 지구적 역사에 집중시키는 "변증법적 이미지들" 혹은 "절점들"의 전례로 변형시키고 있다.

3. 주변부의 환영들 : 「알바로 루셀로트의 여행」

볼라뇨의 대부분의 작품이 기본적으로 예술과 정치, 그리고 이것들과 지난 세기의 폭력적 세계사와의 접점의 복합적 관계를 추적한다면, 『참을 수 없는 가우초』에 실린 「알바로 루셀로트의 여행」은 중심과 변방의 개념에 대한 문제제기라는 점에서 뿐만 아니라 독창적인 것과 정전이라는 범주와 관련하여 세계문학사를 읽어낼 가능성을 보여준다는 점에서 지구적 문학계에 대한 응축된 독서이다. 볼라뇨는 그런 목적으로 알바로 루셀로트라는 아르헨티나 작가의 이야기를 전개한다. 이 작품에서 루셀로트는 출처를 밝히지 않은 채 자기의 소설을 표절하여 영화로 만든 프랑스인 영화감독 기 모리니를 마주하게 된다. 이 단편집의 표지에 나와 있듯이, 이 작품은 "아돌포 비오이 카사레스와 알랭 레네(Alain Resnais)의 경우를 환기"하면서 비오이 카사레스의 『모렐의 발명』과 레네의 <지난해, 마리앙바드에서 L'année dernière à Marienbad>의 관계를 소설화하여 세계문학을 비판한 작품이다. 1961년 프랑스 영화감독 레네는 누벨바그 영화운동의 조류 속에서 (누보로망을 주도하던 작가 중 한 명인) 알랭 로브그리예(Alain Robbe-Grillet)의 각본에 기초하여 영화 <지난해, 마리앙바르에서>를 제작한다. 이 영화는 이름 없는 남녀가 바로 크식 호텔에서 만나, 남자가 여자에게 남편을 버리고 자기와 떠나자고 설득하는 이야기이다. 두 사람은 1년 전 마리앙바드에서 만나서 그렇게 하자고 약속했지만, 여자는 그 일을 기억하지 못한다. 이렇듯 이 영화가 다루는 핵심은 현실과 상상, 과거와 현재 사이의 경계는 어디에 있는가이다. 그의 영화가 (영화 제목이 분명히 암시하듯이) 1940년 출판된 『모렐의 발명』의 기본적 구상을 따르고 있다는 점은 분명하다. 그런데, (볼라뇨의 출발점과 마찬가지로) 레네와 로브그리예의 입장에서는 "영화에도 각본에도 그런 믿음은 없다. <지난해, 마리앙바르에서>는 그 자체로 고도의 현대 예술의 완전히 새로운 작품이다"(Beltzer)라는 것이다. 실제로 로브그리예는 각본의 서문에서 영화에 대해 장황하게 소개하면서, 그 영화는 독창적인 두 예술가의 공동작업의 성과이며, "우리는 처음부터 같은 방식으로 영화를 이해했다. 대략적으로 같은 방식이 아니라, 전반적인 구성부터 아주 세부적인 것까지 정확히 같은 방식으로 이해했다"(9)라고 확신한다. 로브그리예는 비오이 카사레스의 소설은 언급하지 않은 채, "나는 글을 쓰기 시작했다. 홀로 […] 구상한 것을 한 프레임 한 프레임 써나갔다"(11)라며 자신의 독창성을 주장했다. 심지어 앙드레 라바스(André Labarthe)와 자크 리베트(Jacques Rivette)가 『카예 뒤 시네마 Cahiers du cinéma』에서 비오이 카사레스에 대해 물었을 때도, 로브그리예는 "예술가를 부양하는 건 직접적인 현실입니다. 우리가 예술에 매료되는 이유는 현실 세계가 야기한 감정 하에서 우리가 하고자 했던 것을 이미 만나기 때문입니다. 나는 예술이 창작의 순간에 우리를 부양한다고 생각지는 않습니다"(14)라고 말한다. 비오이 카사레스의 책이 언급되자 그는 "내가 그 책을 모르는데 그에 대해 언급하기는 곤란하다"라고

운을 떼고는 "<지난해, 마리앙바드에서>와 상관성이 있다니 놀랍군요. 하지만 우리는 이처럼 놀라운 일을 종종 봤지요"(14)라고 말한다. 자신의 영화가 어떤 영향을 받았는지에 대한 레네의 결론은 지구적 예술 영역의 권력관계의 관점에서(볼라뇨의 단편의 관점과 마찬가지로) 출발한 것으로, 자신의 전위주의적 예술 창작에 대한 담론이 프랑스 혹은 서구의 문화 정전(따라서 보편적 문화 정전!)을 원천으로 하고 있다고 주장하는 한편, 그 소설을 단순히 "놀라운 일"로 간주함으로써 1940년에 아르헨티나 작가가 쓴 공상과학소설을 프랑스의 관점에서 평가절하하고 자신의 영화의 주요한 원천임을 숨기고 있다. 레네는 자신의 창작의 선구자로서 "유구한 브르통의 전설"(5)과 러시아 전위주의자 일야 트아우베르크(Ilya Trauberg)(Cf. 10)[13]에서 시작하여 영화감독 파브스트(G. W. Pabst)와 히치콕(Alfred Hitchcock), 화가 피에로 델라 프란체스카(Piero della Francesca)를 꼽는다.[14] 이 역사적 사건의 핵심은 독창적인 것과 특정한 정전으로 귀속되려는 욕망, 그리고 그 욕망에서 벗어나는 것 혹은 그 욕망을 환영적인 영향 관계의 위험에 빠뜨리고 숨기려는 것을 변질시키는 것에 있다. 「알바로 루셀로트의 여행」은 바로 이 점에 기초하고 있으며, 근대성과 탈근대성 사이의 교차점에 있는 지구적 예술(문학) 영역에서의 라틴아메리카의 위치와 관련하여 근대적 '작가', 독창성, 정전의 개념에 의문을 제기한다.

욕망은 세계 문학에 대한 주변부적 담론에서 뿐만 아니라 근대문학의 독창성에 대한 욕망에 있어서도 핵심적 열쇠가 된다(Cf. Casanova

13) 원문에는 일야 트아우벤베르크(Ilja Traubenberg)로 되어 있으나, 러시아 영화감독 트라우베르크를 가리키는 것으로 보인다.-옮긴이

14) 레네의 영어판 영화 DVD의 인터뷰를 참고하라.

2004, 91). 『모렐의 발명』(과 레네의 영화)에서 서사의 지배적 모티브는 포스틴(Faustine)을 향한 서술자의 욕망과 공동체와 세계(서술자는 유폐된 탈주자처럼 그 세계에서 도망쳤다)로의 귀속이다. 마찬가지로 볼라뇨의 단편도 "우리 모두는 결국 우리가 사랑하는 대상의 희생자로 전락하고 만다. 그건 아마 열정이라는 것이 -인간의 다른 어떤 감정보다 빠르게- 제 끝을 향해 질주하기 때문이기도 하고 욕망의 대상을 지나치게 헤프게 다루기 때문이기도 할 것이다"(88)라며 이를 암시한다. 그런데 비오이 카사레스를 투사한 루셀로트라는 인물에 대해 "독창적인 작품을 쓴 유쾌하고 대담한 작가"(87)로서 "자신이 쓴 기존 소설에 나타난 추리소설이나 환상소설의 문체"(94)라는 언급이 있는데, 이는 욕망의 모티브를 역전하는 것이다. 이 역전은 앞서 언급한 세계문학의 문제에 대한 맥락에서 아주 중요하다. 라틴아메리카의 모데르니스모 작가들이 "주변부의 예술가가 세계적인 문학적 상호교환 시스템이라는 가정적 보편성에 자신을 기입할 수 있는"(Siskind 2014, 125) 세계를 향한 욕망으로 글쓰기를 전개했고 프랑스가 그 세계와 보편적이고 근대적인 욕망의 중심이었을지 모르나, 알바로 루셀로트라는 인물과 그의 일화에선 그 점을 찾을 수 없다. 루셀로트가 프랑크푸르트를 여행한 뒤, 자신의 소설을 표절한 프랑스인 감독을 찾기로 결정할 때, 그가 말한 "파리로 가야하는 두려움"(97)은 그의 선배들의 (주변부적) 상상 속에 있는 파리의 위상에 비교하면 대조적이다. 볼라뇨의 단편에서 파리 자오선을 향한 욕망은 리켈메라는 인물을 통해 재현되는데, 그는 파리에 살면서 아무런 성과도 얻지 못한 작가이면서도 "20세기 아르헨티나 소설에 획을 그을 대작을 쓰고 있었다"(100)는 (반어적) 신념에 찬 인물이다. 반면에 루셀로트에게

그 욕망은 단지 악몽으로만 나타난다.

> 그리고 그날 밤 그는 프루스트가 아니라 부에노스아이레스 꿈을 꿨는데, 아르헨티나 펜클럽에 가입한 수천 명의 리켈메가 나타났다. 모두들 프랑스로 가는 표를 들고 아우성치며 누군가의 이름에 저주를 퍼붓고 있었는데 그것이 사물의 이름인지 사람의 이름인지 제대로 들리지 않았다. 그건 누구도 밝히고 싶지 않은, 하지만 그들의 내면을 파괴하는, 비밀번호나 트라바렝구아스 같았다.(109)

파리는 더 이상 신화적 '빛의 도시'가 아니다. 근대성의 중심으로 가는 여행은 옥타비오 파스가 말하는 "다른 세기로 건너뛰기"(19)가 아니다. 반면에 루셀로트에겐 "마치 빛의 도시 파리가 특정 시간에 특정 구역에서 소련의 영화감독들이 종종 자신의 영화에 끼워 넣어 대중에게 보여주는 중세 러시아 도시 또는 그런 도시의 이미지로 변하는 것 같았다"(102).[15] 이런 인상은 루셀로트가 경험한 파리의 출판계의 반응을 통해 강화되면서 중심과 주변부의 역전(과 전복)이 분명해진다. 니체는 『모렐의 발명』에 대한 연구에서 그 섬의 서술자(베네수엘라인)와 유럽인의 공동체(환영)의 관계가 "라틴아메리카 문화와 유럽 문화의 대립"(112)으로서, "원시적 혈거인과 우아한 발명가가 칼리반과 프로스페로로 대조된다"(112)라고 해석하지만, 볼라뇨의 단편에서는 양극화된 유럽문명과 아메리카의 야만의 관계 또한 뒤집힌다. 루셀로트가 파리에 왔다는 사

15) 파리에 대한 이런 방식의 재현은 볼라뇨의 『팽 선생』, 『칠레의 밤』, 『야만스러운 탐정들』 등에 나타난 도시에 대한 비전과 맞닿아 있다. 이에 관한 연구는 Bolognese(2009)를 참조하라.

실을 모르는 파리의 편집자는 처음엔 그를 알아보지 못하다가 "파리 사람들은 잔인하죠"(98)라면서 "면전에서 판매실적이 저조하다고 말했다"(97). 이 단편의 시대적 배경인 1950-60년대 근대성의 미학적 자오선이던 파리는 시장논리로 인해 문학의 윤리와 미학이 몰락한 공간이다("카뮈 이후로 여기선 돈에만 신경 쓰죠"(99)).

레네가 비오이 카사레스에 대해 그랬던 것처럼, 프랑스인 영화감독기 모리니는 루셀로트의 소설을 미학적 모델로 삼았다는 사실, 즉 주변부적 원천을 숨긴다. 그런 점에서 볼라뇨는 『모렐의 발명』에 대한 독서를 역전시키고 있다. 『모렐의 발명』의 아메리카인 서술자가 모렐이 발명한 유럽적 환영의 침범과 마주한다면, 볼라뇨의 단편에서 모리니는 자신이 표절한 주변부의 환영인 루셀로트를 급작스럽게 마주하고 『모렐의 발명』의 서술자처럼 도망치려 한다("모리니는 잠시 뒤에야 반응을 보였다. 그는 자리에서 벌떡 일어나 무섭게 고함을 치더니 호텔 복도로 사라져버렸다"(111)). 또한 비오이 카사레스의 소설과 대조적으로 여성이 욕망과 성교의 인물로 역전된다. 『모렐의 발명』에서 서술자의 욕망의 대상인 포스틴은 우아하면서도 접근하기 어려운 인물로서 무지하고 야만적인 아메리카인이 넘볼 수 없는 중심에 대한 알레고리이다.[16] 반면에 루셀로트가 사랑에 빠진 시몬은 (누구든 넘볼 수 있는) 창녀인데다가 루셀로트에겐 기쁨의 원천(Cf. 112-113)으로서, 『모렐의 발명』의 서술자가 자신의 생을 담보해야하는 포스틴과는 아주 대조적이다.

모데르니스모 작가들이 "선험적으로 결정할 수 없는 다양한 지리적

16) 예컨대 서술자가 그녀를 위해 정원을 가꾸지만 (환영적 투사물인) 그녀는 당연히 그걸 무시한다. "오가며 그 조그만 정원을 지났지만 못 본 채 했다"(45).

총체에 국제주의적 욕망을 환영적으로 투사"(Siskind 2014, 10)했다면, 그러한 역전 속에서 볼라뇨의 문학은 보편문학으로 귀속되려는 사유를 보이지 않는다. 알바로 루셀로트는 아메리카의 환영으로서 유럽을 주유할 뿐만 아니라 작품 속에서 '현실'의 예술적 재현의 문제와 관련한 메타-반영적 인물로 작동한다. 비오이 카사레스의 소설과 레네/로브그리예의 영화의 핵심인 '현실' 말이다("그것은 크고 작은 현실에 관한 영화이다"(4)). 세계에 대한 재현으로서 미메시스와 문학적 사실주의의 문제는 볼라뇨의 단편의 토대로서, 이 단편은 파리를 중심으로 한 선형적이고 목적론적인 세계문학사에 문제를 제기하면서 세계문학이 카사노바의 주장처럼 하나의 자오선에서 출발하거나 중심부에서 주변부로 물결을 타고 퍼지는(Cf. Moretti 2005) 게 아니라 오직 그물망의 형태로, 앞서 말한 "절점들"을 통해 이뤄짐을 보여준다. 그 절점들 중 하나가 -비오이 카사레스와 레네의 경우를 넘어- 프랑스 북부를 여행하던 루셀로트의 말("기차가 루앙에 멈췄다. 만약 그가 다른 아르헨티나인에 다른 상황이었다면 플로베르의 자취를 찾아 사냥개처럼 순식간에 거리로 뛰쳐나갔을 것이다"(108))에 있다. 여기에서 플로베르에 대한 암시가 중요한 까닭은 그가 근대 사실주의 문학을 대표하는 작가이기 때문일 뿐만 아니라 루셀로트가 프랑스 북부에서 표절자를 찾아가는 여행을 통해 플로베르의 미완성 유작인 『부바르와 페퀴셰 Bouvard et Pécuchet』를 가리키기 때문이다. 보르헤스는 플로베르의 소설이 새로운 지식을 지속적으로 축적하려는 두 인물을 다룬 작품으로서 "『마담 보바리 Madame Bovary』로 사실주의 소설을 일궈낸 플로베르가 그 사실주의 소설을 깨뜨린 장본인"(121)이라고 지적한다. 카사노바와 모레티의 개념이 독창성과 정전의 문제에 기초하고 있다면, 보르헤스가 시간과 보편적 역사에 대한 개념을 밝히면서 쓴 플로베르에 관한 글은 그 문제를 뒤집는다.

> 『부바르와 페퀴셰』에서 시간은 영원성으로 기운다. 따라서 주인공들은 죽지 않고 캉(Caen) 근처에서 1870년에도 그랬듯이 1914년에도 무지몽매하게 그들의 시대착오적 '우언집(Sottisier)'을 계속해서 써나갈 것이다. 따라서 이 작품은 볼테르, 스위프트, 동양의 우화집을 뒤돌아보고 카프카를 내다본다. 거기엔 다른 열쇠가 있을지도 모른다. 스위프트가 휴머니티에 대한 열망을 조롱하려고 그 열망을 소인족과 유인원에게 부여했다면, 플로베르는 그로테스크한 두 인물에게 부여한다. 만약 부바르와 페퀴셰의 역사가 보편적 역사라면, 그 역사를 구성하는 모든 게 우스꽝스럽고 별 가치도 없다.(121-122)

보르헤스의 관점에서 플로베르의 위치는 고정적 자오선 혹은 중심이라는 절대적 위치가 아니며, "내다보고" "돌아보는" 방식의 그의 작품은 변증법적인 것으로 인식된 보편적 역사의 우스꽝스러운 실체를 폭로한다. 늘 문학사를 포함하고 「카프카와 그의 선구자들」 혹은 「존 윌킨스의 분석적 언어」와 같은 훌륭한 에세이에도 나타난 보르헤스의 역사기술에 대한 비평은 카사노바나 모레티가 제기한 문학사의 가능성에 의문을 제기한다. 왜냐하면 "역사적 공간에서 이탈하는 것(텍스트의 역사에서 독서의 강밀도로)은 인과적 시간 흐름의 변경뿐만 아니라 배치를 위한 또 다른 지시 관계를 함축하기 때문이다"(Valdivia 418). 발디비아가 자신의 논지를 세계문학과 연관짓지는 않지만, 볼라뇨의 문학과 정전과 독창성의 문제에 있어 보르헤스의 관점이 중요하다는 것은 인식하고 있다. 그는 이렇게 말한다. "문학의 역사는 독자의 경쟁이지, 결국엔 자의적인 것이 되고 마는 하나의 특징으로 이어진 텍스트들의 총합이 아니다"(420). 이 말에서 우리는 볼라뇨와 「알바로 루셀로트의 여행」에 세계문학과 관련한 두 가지 중요한 지점이 있음을 알아야 한다. 하나는 그 텍스트가 비오이 카사레스와 보르헤스를 지시함으로써 2차 세계대전 이후 효력을 상실한 근대적 파리 자오선을 문제시하면서 카사노바의 모델을 전복한다는 것이다. 비오이 카사레스와 레네의 경우는 포스트모던 사유의 창시자인 보르헤스와 근대성의 중심인 프랑스의 관계를 투사한다. 데 토로(de Toro)의 언급처럼, 보르헤스는 "일련의 원문적 절차를 활용하는데, 이는 20세기 중반에 포스트모던 철학과 문학이론(신비평, 『텔켈 Tel Quel』)에 유포되고 정착되었으며 1950년대 이후 유럽의 아방가르드 문학이론과 실천을 넘어서는 것이었다"(14). 그런 점에서 보르헤스는 볼라뇨가 취한 비오이 카사레스와 레네/로브그리예의 경우처럼 대표적 예일 것이다. 왜냐하면 "대체적으로 다음과 같은 관계로 요약되는 주변부와 중심부의 어려운 관계, a) 알면서도 숨기는 관계(예컨대, 누보로망, 로망 『텔 켈』)(de Toro, 37-38)"를 구현하기 때문이다. 카사노바는 (예컨대 『말과 사물』에 나오는 푸코의 태도와 다르게) 근대 사유에 대한 인식론적 비판의 창시자라 할 수 있는 보르헤스의 중요성을 완전히 무시하고 에코(Eco)와 같은 작가를 다루면서 "소설 속의 소설(책 자체를 주제로 삼는 허위적이고 자기 지시적 박식함을 위한 마지막 구실로서, '보르헤스식' 근대성 모방에서 나온 효과)"(171)이라며 지나치듯 보르헤스를 언급할 뿐이다. 그러나 보르헤스와 볼라뇨는 파리의 자오선을 부에노스아이레스 자오선으로 대체함으로써 세계문학사라는 위계화 된 개념을 지속하려 하지 않는다.

텍스트의 관계를 중심에서 주변으로 향하는 단향적 흐름으로 이해하는 카사노바와 모레티의 수직적 모델에 맞서 보르헤스와 볼라뇨는 그물망의 형식으로 조직된 사유를 제시한다. 이런 생각은 보르헤스가 쓴 『모렐의 발명』 서문에 명확히 드러나는데, 그는 비오이 카사레스의 소설 "제목이 또 다른 섬사람 발명가인 모로 박사(Moreau)를 분명하게 암시하며 우리의 땅과 우리의 언어에 새로운 장르를 옮겨왔다"(10)라고 피력한다. 여기에서 '옮겨왔다'라는 말은 의미심장하다. 왜냐하면, 그 작품이 -명백한 '독창성'에도 불구하고- (레네/로브그리예의 영화와 다르게) 독창적 창작이 아니라 애초부터 독서의 그물망에 있음을 의미하기 때문이다. 이 문제는 (H. G. 웰스의) 모로와 (비오이 카사레스의) 모렐의 관계로 드러난다. 여기에 볼라뇨는 중심의 발명가들이라는 그물망의 마지막 조각으로 모리니를 추가한다(물론 모리니는 발명가-복제자의 아이러니를 드러낸다). 『모렐의 발명』에서 서술자가 욕망하는 대상의 이미지에 자신의 이미지를 포갬으로써 모렐의 환영적 공동체의 역사에 결합한다면, 볼라뇨는 중심부가 구성한 세계문학사의 과정에 대한 비판적 접근을 위해 "절점"(Cooppan) 혹은 "벡터화(vectorizaciones)"(Ette)의 의미에서 텍스트를 포개는 전략을 활용한다. 그리하여, 볼라뇨는 문학사의 구성주의적 특성뿐만 아니라 주변부의 모데르니스모 작가들이 자신의 예술적 권위를 정당화하기 위해 정전과 독창성의 범주에 집착하면서 자신의 욕망을 어떻게 중심부의 욕망으로 변화시키는지 밝혀준다. 데 토로가 보르헤스의 피에르 메나르에 대해(볼라뇨는 『먼 별』에서 보르헤스의 환영과 대화를 나눈다) 텍스트가 "독창적 의미의 과거 텍스트들이 재현실화(동시대화)될 가능성을 부정한다"(21)고 하는데, 이것이 독창성과 정전의 범주에 대해 볼라뇨가 전개한 정의의 토대가 된다(따라서 세계문학사에 대한 사유도 마찬가지이다). 「알바로 루셀로트의 여행」에서 기 모리니의 표절은 독창성과 사본에 대한 근대적 논리에 따라 고려되는 게 아니라(레네와 로브그리예의 단언도 그렇듯이), 고유한 성질을 지닌 자치적 창작으로 이해된다.

> 푼타델에스테에서 휴가를 보내고 돌아오고 7개월 뒤, 『신혼 생활』의 프랑스어 판본이 아직 출간되지도 않았는데 이 작품과 똑같다 못해 더 훌륭해 보이는 모리니의 신작 「하루의 테두리」가 부에노스아이레스에서 개봉했다. 영화는 상당히 각색되고 확장돼 있었다. 어떤 점에선 첫 영화와 수법이 유사했는데, 영화 중간에 루셀로트의 이야기를 함축적으로 집어넣고 처음과 끝 부분은 코멘트로 처리했다.(93, 원문 강조)

루셀로트도 처음엔 프랑스인의 표절에 화를 내지만, 나중엔 "최소한 법적으로는 아무 조치도 취하지 않기로 마음먹고 그저 기다릴 따름"(93)이다. 그렇지만, 모리니가 더 이상 표절하지 않자 루셀로트는 실망한다. 마치 모리니가 "그에게서 멀어지는 것 같았다. 혹은 빚에 쪼들리거나 영화 사업의 소용돌이에 휘말려 그와의 인연을 포기한 것 같았다. 그렇게 심적 부담을 덜어 내자 돌연 서글펴졌다. 그에게 화답해 줄 수 있는 유일한 독자가 사라졌다는 생각이 며칠이고 그의 뇌리를 떠나지 않았다"(95). 루셀로트의 슬픔은 볼라뇨가 문학사를 어떻게 생각하는지 보여주는데, 볼라뇨는 문학사가 작가를 미학적, 서열적 정전의 내부로 배치하는 텍스트들의 역사가 아니라 끊임없이 움직이는 독서의 경쟁으로 이해한다. 볼라뇨에게 정전의 개념은, 데 토로가 지적하듯, 보르헤스가 말하는 정전 의미에서만 존재한다.

> 보르헤스는 각자의 욕망과 취향과 즐거움의 정전을 구축하기 위해 전통적 정전을 파괴한다. 보르헤스의 정전은 그의 글쓰기를 원형으로 수용하지 않고 그 글쓰기를 변형시키는 독자들, 그 무한한 독자들의 정전이다. 독자마다 자신의 정전을 구축할 것이며 […] 무한한 세계를, 무한한 문학의 그물망을 창조하고자 할 것이다.(2006, 119)

독서의 대상이 되는 능력, 독자의 반작용을 야기하는 능력, 볼라뇨는 그것을 양질의 문학으로 규정한다. 이와 관련하여 볼라뇨는 「번역은 일종의 모루이다 La traducción es un yunque」라는 에세이에서 이렇게 밝힌다.

> 예술작품을 어떻게 알아볼까? […] 그 일은 아주 쉽다. 번역하면 그만이다. 번역자가 걸출할 필요는 없다. 잡히는 대로 아무 쪽이나 뜯어내서 다락방에 내던진다. 그러면 한 청년이 그것을 읽은 뒤 자기 것으로 만든다. 그에게 가장 적절한(부적절해도 상관없다) 것이 되면 그걸 재해석하고 그걸 가지고 극한으로 가는 여행을 떠나면 둘 다 풍요로워질 것이며, 청년은 원래의 가치에 1그램의 가치를 더하게 된다. 우리는 뭔가를, 어떤 기계나 책을 마주하고 있으며, 그 뭔가는 모든 인간에게 말할 수 있는 능력이 있다.(223-224)

볼라뇨에게 세계문학은 카사노바나 모레티가 말하는 (학술적) 정전과 근대적 독창성의 범주로 써지지 않는다. 그에게 세계문학은 독서 행위 자체로서만 가능하다. 세계의 자오선이 되고자 하는 민족문학은 특정 지점에 작가를 배치하고(Damrosch) 독자에게 미치는 충격을 담보하지 않는 범주로 가치를 포착하려는 시도만큼이나 잘못된 관점에서 출발한 것이다. 볼라뇨는 「문학과 망명」이라는 에세이에서 그 같은 생각을 전개하는데, 이 글에서 볼라뇨는 루벤 다리오(Rubén Darío)와 알폰소 데 에르시야(Alfonso de Ercilla)를 위대한 칠레 시인 4인방으로 천명하는 니카노르 파라의 시를 언급하면서 "우리에겐 다리오도 에르시야도 없다. 우리는 그들을 소유할 수 없다. 다만 그들을 읽을 뿐이다. 그걸로 족하다"(46)라고 피력한다. 그런 점에서 볼라뇨를 연구하는 비평가들은 (부바르와 페퀴셰처럼) 절망한 수집가가 되어 그를 분류하고 최근 유행하는 이론(학술적으로는 공허한)에 맞춰 그를 재단하는 대신 독서를 통해 세계문학과 볼라뇨의 관계를 연구해야 할 것이다. 이로써 세계문학에 대해 볼라뇨가 설정한 문제들이 새로운 게 아니라 오랜 역사를 이어온 것임을 알게 될 것이다. 볼라뇨의 새로움은 단지 그 역사를 다른 누구보다 잘 읽어냈다는 것이다. 마지막으로 호세 도노소와 관련하여 칠레 작가들에게 보내는 볼라뇨의 충고, 물론 비평가들에게도 적용될 수 있는 그 충고는 새로운 세계문학에 대한 볼라뇨의 관점을 명확하게 보여준다. 그는 "그[도노소]를 읽음으로써 더 나아질 것이다. 글쓰기를 멈추고 읽는 편이 나을 것이다. 읽는 게 훨씬 낫다"(101)라고 말한다.

참고 문헌

Apter, Emily(2013), *Against World Literature: On the Politics of Untranslatability*, Londres: Verso.

Auerbach, Erich (2010) [1952], "Filología de la Weltliteratur," trad. de Pablo Gianera, *Diario de Poesía* 81, 13-15,

Beltzer, Thomas(2000), "Last Year at Marienbad: An Intertextual Meditation," *Senses of cinema* 10. http://sensesofcinema.com/2000/novel-and-film/marienbad(18/07/2014).

Benmiloud, Karim & Estève, Raphaël (eds.) (2007), *Les astres noirs de Roberto Bolaño*, Bordeaux: Presse universitaire.

Bioy Casares, Adolfo(2010) [1940], *La invención de Morel*, Buenos Aires: Emecé.

Bolaño, Roberto(1977), "Déjenlo todo nuevamente," *Correspondencia infra, revista menstrual del movimiento infrarrealista*, octubre-noviembre, 5-11.

_____(1996), *La literatura nazi en América*, Barcelona: Seix Barral.

_____(2003), *El gaucho insufrible*, Barcelona: Anagrama.

_____(2004), *Entre paréntesis. Ensayos, artículos y discursos (1998-2003)*, Barcelona: Anagrama.

Bolognese, Chiara(2009), "París y su bohemia literaria: homenajes y críticas en la escritura de Roberto Bolaño," *Anales de literatura chilena* 11, 227-239.

Borges, Jorge Luis(1986) [1932], "Vindicación de 'Bouvard et Pécuchet'," *Borges, Jorge Luis: Discusión*, Buenos Aires: Emecé, 117-122.

Casanova, Pascale(2007), *The World Republic of Letters*, Cambridge: Havard University Press.

Cooppan, Vilashini(2013), "Codes for World Literature: Network Theory and the Field Imaginary," Küpper, Joachim (ed.), *Approaches to World Literature*, Berlín: Akademie-Verlag, 103-121.

Corral, Wilfrido(2011), *Bolaño traducido: nueva literatura mundial*, Madrid: Ed. Escalera.

Damrosch, David(2003), *What is world literature?*, Princeton: Princeton University Press.

Deckard, Sharae(2013), "Bolaño and the Global Remapping of Literature," manuscrito de conferencia, presentada en el congreso Roberto Bolaño and World Literature, University of Warwick, 16/17 de mayo 2013. https://www.academia.edu/3538001/Bolano_and_the _Global_Remapping_of_Literature(18/07/2014).

Echevarría, Ignacio(2013), "Bolaño internacional: algunas reflexiones en torno al éxito internacional de Roberto Bolaño," *Estudios Públicos* 130, 175-202.

Ette, Ottmar(2005), *ZwischenWeltenSchreiben: Literaturen ohne festen Wohnsitz*, Berlín: Kadmos Kulturverlag.

_____(2014), "Vom Leben der Literaturen der Welt," Müller, Gesine (ed.), *Verlag Macht Weltliteratur. Lateinamerikanisch-deutsche Kulturtransfers zwischen internationalem Literaturbetrieb und Übersetzungspolitik*, Berlín: tranvía, 289-310.

Hanneken, Jaime(2010), "Going Mundial: What It Really Means to Desire Paris," *Modern Language Quarterly* 71(2), 129-152.

Herlinghaus, Hermann(2013), *Narcoepics. A global aesthetics of sobriety*, Londres/Nueva York: Bloomsbury.

Labarthe, André & Rivette, Jacques(1961), "Entretien avec Resnais et Robbe-Grillet," *Cahiers du cinéma* 123, 1-21.

Löffler, Sigrid(2013), *Die neue Weltliteratur und ihre groβen Erzähler*, Múnich: Beck.

Loy, Benjamin(2013), "Escritores bárbaros, detectives distantes y un cura amnésico: escenificaciones de la memoria (post-)dictatorial chilena en la obra de Roberto Bolaño," Paatz, Annette/Reinstädler, Janett (eds.), *Arpillera sobre Chile. Cine, teatro y literatura antes y después de 1973*, Berlín: tranvía, 117-138.

_____(2014), "El nacimiento del detective vacunado en el espíritu de la (pos) modernidad - la búsqueda de huellas como paradigma en la obra de Roberto Bolaño," Melchior, Lucas et. al. (eds.), *Spurensuche (in) der Romania. Beiträge zum XXVIII. Forum Junge Romanistik*, Berna: Lang, 109-122.

Moretti, Franco(2000), "Conjectures on World Literature," *New Left Review* 1, 54-68.

_____(2005), *Graphs, maps, trees: abstract models for a literary history*, Londres: Verso.

Nitsch, Wolfram(2004), "Die Insel der Reproduktionen. Medium und Spiel in Bioy Casares' Erzählung La invención de Morel," *Iberoromania* 60, 102-117.

Paz, Octavio(1965), *Cuadrivio: Darío, López Velarde, Pessoa, Cernuda*, México, D.F.: Joaquín Mórtiz.

Pope, Randolph(2011), "A writer for a globalized age: Roberto Bolaño and 2666," Maufort, Marc/de Wagter, Caroline (eds.), *Old margins and new centers: the European literary heritage in an age of globalization*, Bruselas et. al.: Lang,

157-166.

Robbe-Grillet, Alain(1968), *L'année dernière à Marienbad*, París: Éd. de minuit.

Rosendahl Thomsen, Mads(2010), *Mapping world literature: international canonization and transnational literature*, Londres: Continuum.

Sánchez-Prado, Ignacio(2006), "'Hijos de Metapa': un recorrido conceptual de la literatura mundial (a manera de introducción)," Sánchez-Prado, Ignacio (ed.), *América Latina en la "literatura mundial,"* Pittsburgh: Inst. Internacional de Literatura Iberoamericana, 7-46.

Siskind, Mariano(2014), *Cosmopolitan Desires. Global Modernity and World Literature in Latin America*, Evanston: Northwestern University Press.

Toro, Alfonso de(2003), "Jorge Luis Borges. Los fundamentos del pensamiento occidental del siglo XX: finalización del logocentrismo occidental y virtualidad en la condición posmoderna y poscolonial," Solotorewsky, Myma/Fine, Ruth (eds.), *Borges en Jerusalén*, Madrid/Frankfurt del Meno: Vervuert, 13-47.

_____(2006), "Jorge Luis Borges o la literatura del deseo: descentración-simulación del canon y estrategias postmodernas," *Taller de Letras* 39, 101-126.

Valdivia, Pablo(2013), *Weltenvielfalt. Eine romantheoretische Studie im Ausgang von Gabriel García Márquez*, Sandra Cisneros und Roberto Bolaño, Berlín: De Gruyter.

Volpi, Jorge(2009), *El insomnio de Bolívar. Cuatro consideraciones intempestivas sobre América Latina en el siglo* XIX, Barcelona: Debate.

저자 소개

김현균

서울대학교 서어서문학과를 졸업하고 마드리드대학에서 라틴아메리카 문학으로 박사학위를 취득하였으며, 현재 서울대학교 서어서문학과 교수로 재직 중이다. 볼라뇨의 『아메리카의 나치 문학』, 『부적』, 『안트베르펜』을 비롯하여 『봄에 부르는 가을 노래』, 『네루다 시선』, 『날 죽이지 말라고 말해줘!』, 『휴전』, 『칼리반』 등의 역서가 있고, 저서로는 『차이를 넘어 공존으로』, 『서양의 고전을 읽는다』, 『낮은 인문학』(이상 공저) 등이 있다.

박정원

서울대학교를 졸업하고 미국 피츠버그대학교에서 라틴아메리카 문학과 문화연구 분야로 박사학위를 받았다. 미국-멕시코 경계연구, 라틴아메리카 영화, 탈식민주의와 서발턴 연구 등을 진행하고 있다. 미국 노던콜라라도대학교에서 교수를 역임했으며, 현재 경희대학교 스페인어학과 교수로 재직 중이다.

벤하민 로이(Benjamin Roy)

독일 쾰른대학교 로망스어문학과 연구조교로 있다. "야만적 도서관: 로베르토 볼라뇨의 작품에 나타난 독서의 미학과 정치학"을 주제로 박사학위논문을 진행하고 있으며 라틴아메리카와 프랑스 근현대문학, 라틴아메리카 영화, 세계문학 이론과 문헌학 연구에 매진하고 있다. <지구적 독서. 라틴아메리카와 세계문학의 형성> 연구 프로젝트에 참여하고 있으며 최근 『세계문학 지도 다시 그리기: 글쓰기, 도서 시장 그리고 라틴아메리카와 지구적 남(南) 사이의 인식론 Re-Mapping World Literature. Writing, Book Markets, and Epistemologies between Latin America and the Global South』(2018 공저)을 펴냈다.

송병선

한국외국어대학교 스페인어과를 졸업했다. 콜롬비아 카로이쿠에르보 연구소에서 석사 학위를, 하베리아나 대학교에서 문학 박사 학위를 취득하고 전임 교수로 재직했다. 현재 울산대학교 스페인중남미학과 교수로 재직 중이다. 지은 책으로 『보르헤스의 미로에 빠지기』 등이 있고, 옮긴 책으로 『픽션들』, 『알레프』, 『거미여인의 키스』, 『콜레라 시대의 사랑』, 『내 슬픈 창녀들의 추억』, 『모렐의 발명』, 『천사의 게임』, 『꿈을 빌려 드립니다』, 『판탈레온과 특별 봉사대』, 『염소의 축제』, 『나는 여기에 연설하러 오지 않았다』, 『2666』 등이 있다. 제11회 한국문학번역상을 수상했다.

우석균

서울대학교 서어서문학과를 졸업하고 페루 가톨릭 대학에서 라틴아메리카 문학 석사과정을 마친 뒤, 스페인 마드리드 대학에서 라틴아메리카 문학박사 학위를 받았다. 박사논문 집필 중 칠레의 칠레대학교, 아르헨티나의 부에노스아이레스 국립대학교에서 수학했다. 현재 서울대학교 라틴아메리카연구소 HK교수로 재직 중이다. 주요 저서로는 『라틴아메리카를 찾아서』(공저), 『바람의 노래 혁명의 노래』, 『잉카 in 안데스』, 『쓰다 만 편지』가 있으며, 주요 역서로는 호르헤 루이스 보르헤스의 『부에노스아이레스의 열기』, 로아 파킨슨 사모라/웬디 B. 패리스가 편찬한 『마술적 사실주의』, 안토니오 스카르메타의 『네루다의 우편배달부』, 스티븐 하트/니콜라 밀러 편찬의 『라틴아메리카의 근대를 말하다』(공역), 로베르토 볼라뇨의 『칠레의 밤』과 『야만스러운 탐정들』이 있다.

윤종은

서울대학교 서어서문학과 졸업하고 동 대학원에서 볼라뇨의 『2666』 연구로 석사학위를 받았다.

이경민

조선대학교와 서울대학교에서 수학하고 멕시코 메트로폴리탄 자치대학교에서 로베르토 볼라뇨 연구로 인문학 박사학위를 받았다. 서울대학교 라틴아메리카연구소 HK연구교수를 역임했으며, 현재 조선대학교 스페인어과 교수로 재직 중이다. 옮긴 책으로 로베르토 볼라뇨의 『제3제국』, 『참을 수 없는 가우초』, 『살인창녀들』(공역), 호르헤 루이스 보르헤스의 『영원성의 역사』(공역), 호세 바스콘셀로스와 사무엘 라모스의 『『보편인종』, 『멕시코의 인간상과 문화』』 등이 있으며 저서로는 『포스트-신자유주의 시대의 라틴아메리카 사회적 시민권』(공저) 등이 있다.

최은경

고려대학교 서어서문학과를 졸업하고 Indiana University Bloomington에서 라틴아메리카 문학 석사과정을 마친 뒤, University of California, Los Angeles(UCLA)에서 칠레, 아르헨티나, 우루과이의 문학, 영화, 그리고 사회운동 연구로 라틴아메리카 문학 박사학위를 받았다. 현재 고려대학교와 서울대학교에서 강의하고 있다. 저서로는 *Cartas de esperanza: la recuperación de lo imaginario utópico en literatura, film y movimientos sociales durante el neoliberalismo en el Cono Sur*(2011)가 있다.

지구적 세계문학 총서 4
로베르트 볼라뇨

초판 1쇄 인쇄 2018년 2월 22일
초판 1쇄 발행 2018년 3월 2일

엮은이 이경민
지은이 김현균 박정원 벤하민 로이 송병선 우석균 윤종은 이경민 최은경
펴낸이 최종숙

책임편집 이태곤 | **편집** 권분옥 홍혜정 박윤정
디자인 안혜진 홍성권 | **마케팅** 박태훈 안현진 이승혜
펴낸곳 글누림출판사 | **등록** 2005년 10월 5일 제303-2005-000038호
주소 서울시 서초구 동광로46길 6-6(반포4동 577-25) 문창빌딩 2층
전화 02-3409-2055(편집부), 2058(영업부) | **팩시밀리** 02-3409-2059
홈페이지 http://www.geulnurim.co.kr
블로그 http://blog.naver.com/geulnurim
북트레블러 http://post.naver.com/geulnurim
이메일 nurim3888@hanmail.net

ISBN 978-89-6327-504-8 94800
978-89-6327-217-7(세트)

정가 27,000원

* 이 도서의 국립중앙도서관 출판시도서목록(CIP)은 서지정보유통지원시스템 홈페이지(http://seoji.nl.go.kr)와 국가자료공동목록시스템(http://www.nl.go.kr/kolisnet)에서 이용하실 수 있습니다.(CIP제어번호: CIP2018006073)